GOLDMANN

Buch

Als ein exquisit gearbeitetes, aus Edelsteinen und kostbaren Goldschmiedearbeiten gefertigtes Schmuckei unter mysteriösen Umständen in ihr Atelier geliefert wird, erkennt Laurel Swann in der Kostbarkeit sogleich die Arbeit des berühmten Juweliers Fabergé. Sie ahnt, daß kein anderer als Jamie Swann der Absender sein kann – ihr Vater, der, solange sie sich erinnern kann, in ihrem Leben stets überraschend auftauchte und wieder verschwand. Diesmal hinterläßt er ihr allerdings etwas, wofür viele Menschen bereit wären zu töten. Laurel ist sich der Gefahr, in der sie schwebt, sehr wohl bewußt, weshalb sie auch beschließt, die Hilfe eines attraktiven Mannes in Anspruch zu nehmen, eines gewissen Cruz Rowan. Was Laurel jedoch nicht ahnt: Cruz treibt ein verwegenes Spiel mit ihr, und dabei geht es um nicht weniger als um ihr Herz...

Autorin

Ann Maxwell, die amerikanische Bestsellerautorin, gehört zu den Meisterinnen im Genre des ebenso spannenden wie leidenschaftlichen Liebesromans. Sie hat – zum Teil unter ihrem Pseudonym Elizabeth Lowell – bisher weit über vierzig Bücher verfaßt und wurde mehrfach mit dem *Romantic-Times-Preis* ausgezeichnet.

Von Ann Maxwell bei Goldmann:

Flammender Diamant. Roman (42427)
Lockende Wildnis. Roman (42428)

Von Elizabeth Lowell bei Goldmann:

Roulette der Liebe. Roman (42697)
Im Strudel der Gefühle. Roman (42792)
Brandung des Herzens. Roman (42829)
Fesseln aus Seide. Roman (42867)
Lockende Nachtigall. Roman (41584/Juli 1996)

Ann Maxwell

Schimmernder Rubin

Roman

Aus dem Amerikanischen
von Uta Hege

GOLDMANN VERLAG

Originaltitel: The Ruby
Originalverlag: Harper Collins Publishers, New York

Umwelthinweis:
Alle bedruckten Materialien dieses Taschenbuches
sind chlorfrei und umweltschonend.
Das Papier enthält Recyclinganteile.

Der Goldmann Verlag
ist ein Unternehmen der Verlagsgruppe Bertelsmann

Deutsche Erstveröffentlichung Mai 1996

Umschlaggestaltung: Design Team München
Umschlagillustration: Pellegrino/Schlück, Garbsen
Satz: Uhl + Massopust
Druck: Elsnerdruck
Verlagsnummer: 43406
Lektorat: Silvia Kuttny
Redaktion: Barbara Gernet
Herstellung: Heidrun Nawrot
Made in Germany
ISBN 3-442-43406-8

1 3 5 7 9 10 8 6 4 2

1

Laurel Swann berührte den schimmernden Stein mit der Spitze ihres Zeigefingers. Er war glatt und kühl wie das Meer, und sie wünschte sich ihr Dasein wenigstens halb so sinnenbetörend.

Doch dem war leider nicht so: Selbst dieser Achat erinnerte sie an das Unglück ihrer Vergangenheit und die unsichere Gegenwart. Er wies einen blassen bernsteinfarbenen Streifen auf, der genau die Farbe ihrer Augen und derer ihres Vaters wiedergab. Sie fragte sich, wo Jamie Swann war, ob es ihm gutging oder schlecht, ob er dünn war oder wohlgenährt, frei oder ein Gefangener in einem Land, dessen Name sich mit jeder Schlagzeile änderte.

»Denk einfach nicht daran«, sagte sie mit der lauten Stimme, in der ein Mensch zu sich selber sprach, der oft alleine war. »Du kannst sowieso nichts tun. Er ist alt genug, um auf sich selbst aufzupassen. Verdammt, er ist alt genug, um in Rente zu gehen, sich eine Katze zuzulegen und seine Memoiren zu schreiben.«

Bei diesem Gedanken lächelte Laurel. Wie ihre tote Mutter konnte auch sie nicht aufhören, sich um den Mann Sorgen zu machen, dessen fröhliches Grinsen und Sprungbereitschaft sie zu dem gemacht hatten, was sie heute war.

Immer noch lächelnd nahm sie den Achat in die Hand und drehte ihn langsam herum. Das Licht, das durch das Nordfenster ihres verwitterten A-förmigen Häuschens fiel, ergoß sich über die Arbeitsbank und ließ den Stein schimmern, als enthielte er all den Sonnenschein, dessen er während unermeßlicher Zeiträume hatte habhaft werden können, in der Brandung eines kalifornischen Strandes.

Als professionelle Schmuckdesignerin hatte Laurel wesentlich wertvollere Steine – Diamanten und Opale, Rubine und Bergkristalle – im Safe ihrer Werkstatt, aber es bereitete ihr immer noch das größte Vergnügen, wenn sie einen reinen Achat am Strand vor ihrer Haustür fand.

Laurel empfand ein solches Juwel als ein Gottesgeschenk, als einen Fingerzeig auf die Kräfte, die die Erde formten, auf die Verschmelzung der beständigen Felsen mit der rastlosen See.

Der Stein in Laurels Hand war ein guter Achat. Wenn man in seine klaren Tiefen blickte, schaute man wie durch ein Fenster in eine andere Welt. Der strahlend goldene Bernsteinton des Achats wich an einer Seite einer leicht marmorierten Transparenz. Das Mineral wies dunkle Einschlüsse auf, winzige Zeugnisse seiner Vergangenheit, bewahrt in der kristallinen Form.

Diese kleinen Fehler machten den Stein interessanter für Laurel als jede Makellosigkeit. Während sie ihn langsam im Licht drehte, entwarf ihr Kunstsinn ganz von allein ein Schmuckstück, eine schlichte, fließende Goldfassung, in der der Achat bestens zur Geltung käme. Steine waren ebenso einzigartig und individuell wie Menschen; die richtige Umgebung konnte ihre natürliche Schönheit noch erhöhen oder so gut wie zunichte machen.

Für Laurel bestand darin die Faszination ihres Berufs. Jeder Entwurf war ihre persönliche Antwort auf die stumme Herausforderung dieser Kostbarkeiten, ihnen einen Rahmen zu schmieden, der ebenso ungewöhnlich und dauerhaft wie ihre Schönheit war.

Das Rattern eines Lastwagens, der in die steil ansteigende Einfahrt bog, unterbrach ihren Gedankengang. Mit gerunzelter Stirn legte sie den Achat auf den Tisch und blickte aus dem Erdgeschoßfenster ihres kleinen Hauses. Draußen stand ein Lieferwagen. Der Fahrer war netterweise direkt bis vor die Garage gefahren und hatte Laurel dadurch den Weg ins obere, auf Straßenhöhe gelegene Stockwerk erspart. Trotzdem freute sie sich nicht über den Besuch.

»Blödmann«, murmelte Laurel. »Was soll das? Ich habe nichts bestellt. Und genausowenig erwarte ich, daß mir etwas zurückgebracht wird, aber leider kommt es trotzdem vor.«

Sie verließ das Arbeitszimmer und öffnete die kleine Tür, die das Haus mit der Garage verband. Die Wohnräume lagen darüber, auf Straßenniveau. Sie waren seltsam angeordnet und winzig klein wie in vielen der Häuser, die einst als Wochenendhütten entstanden und erst mit Ansteigen der Grundstückspreise zu richtigen Wohnstätten umgestaltet worden waren.

Draußen sprang der Fahrer vom Sitz und kam an die offene Garagentür. In der rechten Hand hielt er ein Unterschriftsbrett und unter dem linken Arm trug er ein rechteckiges Paket. Es war recht unhandlich, aber nicht besonders schwer.

»Hi, Tom«, sagte Laurel, als der Mann näher kam.

»Hallo, Miss Swann.«

Obwohl Tom seiner Stimme einen möglichst zwanglosen Ton verlieh, sah er Laurel etwas zu lange an. Er musterte ihr schimmerndes schwarzes Haar, nahm Kenntnis von dem weiten Männerhemd, das an einer Seite zusammengeknotet war, und ließ dann den Blick auf den Jeans ruhen, deren enger Sitz das Ergebnis zahlloser Wäschen war.

Obgleich Laurel ihre Zeit nicht mit Anstrengungen vergeudete, Männerblicke auf sich zu ziehen, strahlte sie eine angeborene Sinnlichkeit aus, die wesentlich anziehender war als die der Blondinen, von denen es in Kalifornien nur so wimmelte.

»Haben Sie Geburtstag?« fragte Tom.

»Nein.«

»Dann vielleicht irgendwann in dieser Woche?«

»Nein.«

Laurel lächelte zwar nett, aber allzu gesprächig war sie nicht.

Tom akzeptierte seufzend, daß dieser Kontakt nicht anders verlief als alle vorhergehenden Begegnungen mit dieser Frau. Es ging ums Geschäft, sonst nichts. Er begann seine Papiere durchzublättern, bis er eines fand, auf dem die Unterschrift von Laurel Swann gefordert war.

Laurel übte Langmut. Sie spürte, daß Tom wie andere Männer, die bisher ihren Lebensweg gekreuzt hatten, den beruflichen Kontakt ins Private ausdehnen wollte, aber sie war es so gewohnt, Männer auf Armeslänge von sich abzuhalten, daß sie kaum noch merkte, wenn sie es tat.

Die Liebe, der Zorn, das Bedauern, die Wut, die Verzweiflung und schließlich die Scheidung ihrer Eltern hatten Laurel gezeigt, daß Diamanten für die Ewigkeit geschaffen waren, Beziehungen hingegen nicht.

Und wenn sie nicht für die Ewigkeit waren, dann lohnten sich die unausweichlichen Schmerzen nicht.

»Nun«, sagte Tom. »Dies muß Ihr Glückstag sein. Irgend jemand schickt Ihnen ein großes Geschenk.«

Laurel grunzte, was weder Zustimmung noch Ablehnung verriet. Wie die meisten Juweliere empfing und verschickte sie ihre Arbeitsmaterialien ohne jedes Trara. Sie versteckte Gold und wertvolle Steine für jeden sichtbar unter schlichtem braunen Packpapier und gewöhnlichem Klebeband.

Aber da sie gerade erst eine Ladung Gold von ihrem armenischen Händler in der Hill Street in Los Angeles erhalten hatte, erwartete sie im Augenblick nichts Besonderes.

»Bitte sehr«, sagte Tom.

Laurel nahm das Paket in beide Hände. Zehn Pfund. Vielleicht mehr. Bestimmt nicht viel weniger.

»Brauchen Sie vielleicht Hilfe?« fragte Tom.

»Nein, danke. Ich habe es meistens mit noch schwereren Sachen zu tun.«

Laurel sah auf die Beschriftung und hoffte, das Paket wäre nicht von einem ihrer Kunden in Seattle oder San Francisco, der nicht verkaufte Waren zurückschickte. Das passierte einem als freiberufliche Designerin und Juwelierin immer wieder einmal, selbst wenn man sowohl einen guten Ruf als auch einen festen Kundenstamm besaß.

Auf dem Begleitschein stand kein Absender.

»Verdammt«, murmelte Laurel. »Ich hoffe, daß keiner den Inhalt zurückhaben will.«

»Warum?«

»Weil kein Absender draufsteht. Können Sie mir sagen, woher das Paket kam?«

Tom beugte sich eifrig vor, froh über einen Grund, das Gespräch in die Länge zu ziehen. Er inspizierte den Begleitschein, sah, daß Laurel recht hatte und brummte etwas von dem Dilemma mit Teilzeitkräften für Vollzeitstellen.

»Warten Sie eine Sekunde«, sagte er dann.

Er ging zu seinem Lieferwagen, nahm einen Scanner vom Armaturenbrett und wedelte damit über den Strichcode-Aufkleber, der in einer Ecke des Pakets angebracht war.

»Häh?«

»Stimmt was nicht?«

»Der Begleitschein ist aus dem Inland, aber der Strichcode gibt mir eine internationale Wegnummer an, als käme die Sendung aus Übersee. Wen kennen Sie in Tokio?«

»Niemanden.«

Die Antwort kam automatisch und war vielleicht nicht wahr. Der letzte Brief ihres Vaters war aus Tokio gekommen, aber Laurel sprach mit niemandem über Jamie Swann.

Das lag zum Teil an ihrer natürlichen Verschwiegenheit, aber vor allem rührte es daher, daß Laurel bereits als Kind eingebleut worden war, daß niemand – noch nicht einmal ihre Mutter – wissen sollte, wo sich Jamie Swann gerade aufhielt. Wenn jemand nach ihrem Vater gefragt hatte, hatte man stets ausweichende Antworten gegeben, die Fragen ignoriert oder mit Lügen darauf reagiert, und falls der Fragesteller zu aufdringlich wurde, hatte ihre Mutter eine geheime Telephonnummer gewählt.

Abrupt hatten die Fragen dann aufgehört.

»Es muß über einen Zollmakler gekommen sein«, sagte der Fahrer nachdenklich. »Auf jeden Fall kam es gestern vom internationalen Flughafen in Los Angeles.«

Laurel durchkämmte ihr Hirn nach einer internationalen Sendung, die sie vergessen haben könnte.

Nichts.

Sie überlegte stumm, ob ihr Vater vielleicht wieder einmal auf dem Weg zu ihr war, um ihr Leben mit seinem Charme und seinem wachen Blick erneut aus den Fugen zu bringen. Manchmal hätte Laurel gern gewußt, was Swann während seiner langen Abwesenheiten anstellte. Die meiste Zeit jedoch war sie froh, darüber im unklaren zu sein.

»Danke«, sagte sie zu Tom. »Ich bin sicher, daß in dem Paket ein Zettel oder so etwas mit dem Absender liegt.«

»Wenn nicht, rufen Sie mich an.«

»Hm, hm«, war alles, was Laurel darauf erwiderte.

Mit einem konventionellen Lächeln verabschiedete sie sich und warf per Schulter die Tür ins Schloß. Dann sah sie erneut auf das Paket.

Nichts war hinzugekommen zu dem Standardbegleitschein, auf dem kein Absender stand.

Plötzlich rief das Gewicht des Pakets eine Erinnerung wach: die Urne, in der die Asche ihrer Mutter lag. Bei dem Gedanken bekam Laurel eine Gänsehaut.

Eilig ging sie in das ehemalige Wohnzimmer des Häuschens, das jetzt ihr Atelier beherbergte. Sie hatte an einer großen, eleganten Brosche aus gebogenem Golddraht für die Frau eines Kunden gearbeitet, in Wahrheit sicher ein Schmuckstück für seine Geliebte. Dies war ein weiterer Grund für sie, sich nicht mit Männern einzulassen. Man konnte ihnen nicht einmal dann vertrauen, wenn das Büro in der Nähe ihres Zuhauses lag.

Laurel räumte die Biegezange beiseite, um Platz für das unerwartete Paket zu machen. Sie trennte das Klebeband mit einem scharfgeschliffenen Messer auf, mit dem sie normalerweise Papierschablonen schnitt. Als sie mehrere Lagen verstärkter Pappe und Watte entfernt hatte, tauchte darunter langsam ein Holzkasten auf.

Dies war kein normaler Transportbehälter.

»Was in aller Welt soll das denn sein?«

Der Kasten war ein wahres Kunstwerk. Er bestand aus dick lackiertem, unverkratztem hellen Holz mit einer feineren Maserung, als Laurel je zu Gesicht bekommen hatte.

»Birke?« murmelte sie. »Himmel, das Material sieht aus wie Elfenbein. Es erinnert mich an etwas, was mir schon mal begegnet ist. Vielleicht in einem Museum?«

Doch es fiel ihr nicht ein.

Sie untersuchte den Kasten genauer. Seine Ecken waren gegehrt und verstärkt. Obgleich an der längeren Seite eine Fuge zu sehen war, verriet die Position des Riegels, daß der Kasten normalerweise aufrecht stand.

Sie stellte ihn hin und öffnete den kleinen Messingverschluß. Die Vorderhälfte des Kastens teilte sich, und die beiden Seiten schwangen auf wie die Türen eines antiken Schreins.

»Mein… Gott.«

Laurel blinzelte, schüttelte den Kopf und blinzelte erneut.

Ein juwelenbesetztes Ei blinkte zurück.

Trotz ihrer Verblüffung lachte sie unwillkürlich auf ob der reinen Schönheit des Objekts. Es lag in einem Nest aus blassem, cremfarbenen Satin, wodurch das leuchtende Scharlachrot der Schale besonders vorteilhaft zur Geltung kam. Das Muster des Netzes aus juwelenbesetztem Gold, in das das Ei sozusagen eingehüllt war, wurde durch dessen Form noch ganz subtil verstärkt.

Der Kunstgegenstand hatte fast die Größe eines Straußeneis, aber zugleich wirkte er so zart, daß Laurel kaum an seine tatsächliche Existenz glauben konnte. Voll Bewunderung strich sie mit der Fingerspitze über das Ei, wie zuvor bei dem Strandachat. Und wie dieser war auch das Ei kühle, feste Realität.

Eine Zeitlang starrte Laurel fasziniert auf dieses unerwartete Geschenk, dann jedoch gewann ihre Vernunft die Oberhand und sie knöpfte sich den Kasten vor. Es gab keinerlei Anzeichen für eine Fälschung, doch genausowenig entdeckte sie das Zeichen eines Herstellers.

Sie beugte sich über den Kasten und atmete tief ein. Da war auch nicht ein Hauch von Holz- oder Leimgeruch, der Laurel verraten hätte, daß das Behältnis erst vor kurzem in irgendeinem namenlosen Ausbeuterbetrieb der dritten Welt fabriziert worden war. In der Tat, je gründlicher sie sich den Kasten ansah, um so klarer wurde ihr, daß er das Ergebnis einer langen kunsthandwerklichen Tradition sein mußte, die ebenso vollkommen war wie diejenige bei der Herstellung des Eis.

Und genau wie das Ei erfüllte der Kasten seinen Zweck auf geradezu wundersame Weise.

Laurel vermutete, daß ihr überraschtes Vergnügen beim ersten Anblick des nahezu überirdisch schönen Eis vom Künstler beabsichtigt gewesen sein mußte. Als Designerin wußte sie, daß ein guter dekorativer Kunstgegenstand aus mehr bestand als einer Handvoll teurer Materialien und blitzender Edelsteine. Ein gelungenes Objekt bewirkte, daß der Betrachter zunächst den Atem anhielt vor Bewunderung und anschließend vor Vergnügen lachte.

Das Ei war ein besonders kunstfertiges Stück, makelloser als alles, was Laurel je unter die Augen gekommen war. Sie fragte sich, wie viele Menschen wohl so wie sie darauf reagiert hatten und wie viele Jahre es wohl in der Privatsammlung eines Sammlers – oder eines Sowjetkommissars – versteckt gewesen war.

»Aber es kann unmöglich das sein, für das ich es halte«, flüsterte sie. »So ein Ei hat er niemals gemacht.«

Sie beugte sich vor, um soviel wie möglich zu erkennen, ohne es zu berühren. Bei der goldenen Schneckenverzierung handelte es sich um feinste Ziselierarbeit. Falls es irgendwelche Fehler im Design oder in der Ausführung gab, so waren sie ohne ein Vergrößerungsglas nicht zu sehen. Die rote Lackierung war das Perfekteste, was eine menschliche Hand zu vollbringen imstande war. Die kleinen, in farbenfroher Präzision gesetzten Edelsteine strahlten klar und so rein, daß Laurel kaum an ihre Echtheit glaubte.

Ihre Finger schlossen sich automatisch um eine Juwelierslupe, und sie untersuchte den Stein in der zehnfachen Vergrößerung. Ein paar winzige Federn und dunkle Flecken, mit dem bloßen Auge nicht zu sehen, überzeugten sie davon, daß die Steine unrein genug waren, um von der Natur geschaffen worden zu sein.

Und noch etwas verrieten ihr die Juwelen unter dem Vergrößerungsglas. Ihre Oberflächen waren so unregelmäßig, daß sie geschnitten worden sein mußten, ehe Computer diese Aufgabe übernahmen und die monoton einförmigen, sterilen Steine schufen, gegen die Laurel eine unüberwindliche Abneigung empfand.

»Fabergé!« flüsterte sie. »Das muß es sein.«

Laurel hegte kaum noch einen Zweifel, daß das scharlachfarbene Ei im Atelier des berühmtesten Kunsthandwerkers erschaffen worden war, den Europa je hervorgebracht hatte.

»Natürlich könnte es eine Fälschung sein.«

Noch kritischer sah sie sich das Ei abermals an. Nach einer Weile hob sie den Kopf, seufzte und legte die Lupe fort. Wenn das Ei nicht echt war, konnte selbst diese mit solcher Akribie herstellte Fälschung als Meisterwerk durchgehen.

Wieder sah Laurel auf den Umschlag des Pakets und fand nur ihren eigenen Namen und ihre eigene Adresse. Wieder bekam sie eine Gänsehaut.

In der Vergangenheit hatte Swann ihr leuchtende Steine aus allen Teilen der Welt geschickt, Zeichen des schlechten Gewissens eines Rabenvaters. Aber selbst wenn man alle diese Steine zusammennahm, kämen sie bei weitem nicht an den Wert eines Fabergé-Eis heran.

»Mindestens eine Million«, murmelte Laurel. »Wahrscheinlich noch viel mehr, wenn man seine Echtheit bescheinigen und es offen verkaufen könnte.«

Aber sie war nicht so naiv zu glauben, daß man mit einem Nationalschatz wie mit buntem Preßglas auf der Straße feilschen konnte.

Jamie Swann war seinerseits kein Anfänger.

»Daddy, wo in aller Welt steckst du nur immer, wenn ich dich brauche?«

Laurel verzog das Gesicht, als ihre eigenen Worte in dem leeren Zimmer hallten.

»Alberne Frage. Du bist genau da, wo du immer warst, wenn Mom oder ich dich gebraucht haben: woanders.«

Dann fing sie an über all die unglückseligen Gründe nachzudenken, aus denen ihr Vater ihr ohne Vorwarnung und ohne Absender ein Geschenk in Millionenhöhe machen konnte. Je länger sie darüber nachdachte, um so mehr festigte sich ihre Überzeugung.

Irgendwo auf dieser grausamen Welt steckte Jamie Swann in Schwierigkeiten.

Genau wie sie jetzt!

2

Als der Piepser an Cruz Rowans Gürtel losging, stand dieser gerade bis zur Hüfte in einem Loch von der Größe eines Grabs. Er hackte wie ein Wilder in dem Schutt vor einer Felswand herum in dem verzweifelten Versuch, Ordnung zu schaffen, wo bisher vollkommenes Chaos war.

Den Piepser beeindruckte sein Eifer offenbar nicht, denn er stellte sein Pfeifen nicht ein.

Fluchend drückte Cruz auf den Knopf des Geräts und fuhr mit Graben fort. Nur sein Boß hatte die Nummer seines Empfängers, und im Augenblick wünschte Cruz kein Gespräch mit Cassandra Redpath. Er hatte Wichtigeres zu tun.

Die Spitzhacke schwenkte er, als wöge sie ein Pfund und nicht zwölf. Jedesmal, wenn der Pickel rhythmisch in den Felsen schlug, flogen lose Erde und Steinbröckchen wie Vogeldreck in sein Gesicht. Es war ihm egal. Mißlichkeiten bedeuteten ihm nichts, wenn er eine Verwerfung des Bodens aufspürte, wenn er versuchte herauszufinden, ob sich die Erde vor einem Jahr, vor einem Jahrhundert oder bereits in einem versunkenen Zeitalter aufgetan hatte.

Nach zwanzig Hieben machte Cruz eine Pause, um sich mit einem Handtuch die Stirn abzuwischen. Sein kurzes dunkelbraunes Haar glänzte fast schwarz vor Schweiß, der auch den bloßen Rücken hinablief. Als er sein Tagwerk wiederaufnahm, schien die Sonne wie eine Wärmelampe auf seine muskulösen, gebräunten Schultern herab. Obgleich Cruz mit seinen knapp ein Meter achtzig kein Riese war, war er kräftig gebaut.

Nach einer Weile stellte er die Hacke ab, streckte sich, wischte sich den Schweiß aus den Augen und griff nach einer Schaufel in der Nähe. Mit den geschmeidigen Bewegungen eines Mannes, der von Natur aus geschickt und körperlich in Bestform war, ging er den Schotterberg an und warf mit jedem Schwung eine Schaufel voll hinter sich.

Während Cruz sich der verlockenden Spalte näherte, gewahrte er weder die Hitze und Kieswolken noch die langsame Ermüdung seiner Schultern. Er war es gewohnt, auf Wohlbefinden zu verzichten, wenn es um die Jagd ging, ob er nun wissenschaftlichen Tatsachen oder internationalen Verbrechern auf der Spur war.

Trotz der Hitze, trotz der Schmerzen in Rücken und Armen, trotz des widerspenstigen Felsens grub Cruz ohne Pause auf der Suche nach einem Körnchen geologischer Wahrheit, die dem Altertum angehörte, lange bevor der Mensch auf dem Plan erschienen war.

Er genoß jede Sekunde dieser Jagd. Für ihn waren die Verwerfungen in der Erde ebenso faszinierend wie die Abgründe, die es in der menschlichen Seele gab. Im Augenblick suchte er einen kleineren Bruch aufzuspüren, der sich auf einer Strecke von wenigen Metern in einer Felswand gezeigt hatte, ehe er unter dem Schutthaufen im Erdreich verschwand.

Trotz ihrer relativ unbedeutenden Größe interessierte diese Verwerfung Cruz, weil sie an der falschen Stelle saß. Auf der anderen Seite des namenlosen flachen Senkungsgrabens südwestlich der Salton Sea gab es Dutzende von Brüchen. Sie alle waren Ausläufer der berühmten Sankt-Andreas-Spalte.

Aber der Bruch, über dem Cruz sich schwitzend verausgabte, war weit und breit der einzige. Er lag in einem sonnendurchfluteten Cañon, der in die Santa-Rosa-Berge schnitt, und war mehrere Meilen von sämtlichen anderen

Brüchen entfernt. Obgleich man ihn kaum ausmachen konnte, gab der isolierte Spalt einen Hinweis auf neue Aktivitäten unter der rissigen Oberfläche des Landes.

Wie ein Hund auf einen frischen Knochen hatte sich Cruz auf diese Verwerfung gestürzt. Sein Hobby und seine Leidenschaft war es, Zeichen neuer seismischer Aktivitäten ausfindig zu machen, Spuren von Rissen oder Druck. Er glaubte, daß Verwerfungen, anders als Menschen im allgemeinen und Frauen im besonderen, von jedem verstanden werden konnten, der bereit war, genug Schweiß und Verstand zu investieren.

Und er war mehr als bereit, draußen in der Wüste veränderte sich die Realität. Es gab keine Uhren. Keine Verzweiflung. Keine Bruchteile von Sekunden, in denen er entscheiden mußte, ob er töten oder leben wollte oder das Feuer zurückhielt und starb. Keine dummdreisten Medienspektakel, die morgens Werbekampagnen mit Kampfgetümmel und mittags Aufrufe gegen Gewalt vermarkteten.

In der Wüste gab es keine Zeitungen. Es gab nichts außer den anonymen Spuren, die nach kurzer Zeit versandeten. In der Wüste wurden keine Anzeigen verkauft und keine Leitartikel erstellt. Dafür bestand kein Bedarf. Die Überlebenden hinterließen Spuren, und die Verlierer ließen ihre Knochen zurück, klare Verhältnisse.

Die einzige Art der Zeitmessung, die in der Wüste Bedeutung besaß, war das langsame Schrumpfen der Schatten, wenn der Mittag nahte, gefolgt von einer ebenso langsamen Ausdehnung der Schatten, bis die Dunkelheit in jede Spalte und Ritze fiel und das Land mit ihrer kühlen Schwärze überflutete.

Cruz liebte die Nacht, wie er den strahlenden Sonnenschein genoß. Er liebte es, in der Wüste zu stehen und ihre Stille in seine Seele aufzunehmen, bis in ihm ein Frieden aufkam, der in seiner erfrischenden Reinheit einem Bergbach ähnelte. Nur die Wüste hatte ihn davon abgehalten, dem Wahnsinn anheimzufallen, als jede Institution, an die er je geglaubt hatte, und jeder Mensch, auf den er je gezählt hatte, ihn verlassen und von ihm gefordert hatte, sich selbst so abzuurteilen, wie es die Allgemeinheit tat.

Beinahe wäre es ihnen geglückt.

Cruz hatte lange gebraucht, um sich vom Rande des Abgrunds zurückzuziehen. Es gab immer noch Augenblicke, in denen er sich fragte, ob es ihm überhaupt gelungen, und wenn ja, ob es den Preis wert gewesen war.

In diesen Augenblicken zog es ihn in die Wüste. Dort lauschte er der Stille, bis es keine Vergangenheit, keine Gegenwart und keine Zukunft mehr gab, bis es nichts mehr gab außer der Unendlichkeit, die ihn einhüllte wie ein göttlicher Segen.

Der Piepser ertönte abermals.

»*Scheiße.*«

Cruz rammte die Schaufel bis zum Rand in den Geröllhaufen und drückte auf den Knopf des Geräts; das schrille Geräusch verstummte.

Dann hievte er sich aus dem Loch und machte sich für den Rückweg nach Karroo fertig.

Cassandra Redpath war weder eine dumme Gans noch sonderlich kapriziös. Sie piepte ihn nur in wichtigen Fällen an, denn er hatte ihr sein dringendes Bedürfnis nach Alleinsein ans Herz gelegt. Wenn er ihren Anruf ignorierte, auch gut. Redpath würde sich nach jemand anderem umsehen.

Aber zwei Piepser waren eindeutig als Notruf anzusehen.

Geologische Geheimnisse hatten einen unschlagbaren Vorteil, sagte sich Cruz, während er sich sein khakifarbenes Hemd überwarf. Es gab sie schon so lange, daß sie sich bestimmt nicht plötzlich aus dem Staub machen würden, während er sich um andere Dinge kümmerte.

Wenn er wieder einmal frei hätte, wäre die Erde immer

noch da, immer noch wartend, immer noch geheimnisvoll. Dieser Aspekt nahm ihm einen Teil seiner Verärgerung. Aber nicht genug, daß er auch noch sein Hemd zugeknöpft hätte.

Tief über seinem Kopf blitzte das Metall eines Grumman-Gulfstream-Fliegers auf und drehte zum letzten Anflug auf Karroo. In der Nähe gab es nur die Zweikilometerlandebahn von Risk Ltd., Cassandra Redpaths internationalem Sicherheitsdienst.

Die kryptischen Zeichen auf dem Flugzeugrumpf bestätigten Cruz, daß es sich um einen der Jets von Cassandra handelte, was bedeutete, daß ein neuer Klient auf dem Weg zu ihnen war. Zweifellos der Grund für den zweimaligen Ruf.

Mit einem letzten bedauernden Blick auf die Spalte trank Cruz einen Schluck aus dem Wassersack, der am Rand der Grube lag, und rieb ihn sich zur Abkühlung über Gesicht und Brust.

Er griff nach seinem Tagesgepäck, aber die Schaufel und den Pickel ließ er liegen. Noch nie hatte er Anzeichen dafür entdeckt, daß außer ihm noch jemand in den einsamen Cañon kam, aber selbst wenn dem so wäre, und wenn diese Person eine Schaufel und eine Hacke benötigte, dürfte sie sie gerne nehmen. Schon geringere Dinge hatten manchmal über Leben und Tod entschieden. Und Cruz hatte genug Tote gesehen.

Er kletterte auf sein altersschwaches dreirädriges Geländefahrzeug und trat den Motor an. Als der steinige Cañon hinter ihm lag, gab er Vollgas und fuhr mit einer Geschwindigkeit von vierzig Meilen über die Piste nach Karroo zurück.

Mit jedem Schlagloch überlegte er, was wohl falschgelaufen war.

Möglich war einfach alles. Als Redpath ihn das letzte Mal mit zwei Anrufen zurückbeordert hatte, hatte er zu guter Letzt in den Lauf eines Gewehrs geblickt und über die Freilassung des Sohnes eines italienischen Geschäftsmannes verhandelt. Der Junge hatte nichts weiter als Schürfwunden von den Fesseln an den Handgelenken als Beweis für das überstandene Abenteuer davongetragen.

Cruz hatte weniger Glück gehabt. Er hatte sich zwar so weit erholt, daß er ohne Hinken gehen konnte, aber sein linkes Knie tat immer noch bei jedem Wetterumschwung weh.

Als er schließlich in einer Staubwolke vor dem Hauptgebäude zum Stehen kam, wartete Cassandra Redpath im Schatten eines von ihr selbst gebauten Sonnendachs. Von allen Seiten blies angenehm kühl der Wind, und das Dach hielt zu jeder Tageszeit die Sonne ab.

Redpath war eine ungewöhnliche Frau. Sie war so begeistert gewesen von der in dieser Gegend *Ramada* genannten Vorrichtung, daß sie eine kurze Abhandlung über den Ursprung des Wortes verfaßt hatte. Sie hatte festgestellt, daß die Soboba-Indianer den Namen von dem spanischen Wort *Ramada* abgeleitet hatten, was wiederum von *Ramadan*, der arabischen Bezeichnung für ihren rituellen Monat kam. Die Spanier hatten das Wort von den Mauren übernommen und waren damit um die halbe Welt gereist, um es als Namen für eine prähistorische indianische Erfindung zu verwenden, die sowohl zeremonielle Bedeutung als auch praktischen Nutzen besaß.

Redpath hatte eine Vorliebe für derart kühne historische Verknüpfungen. Sie stärkten ihre Überzeugung, daß die Menschheit durch die Sprache und allgemeine Bedürfnisse miteinander verknüpft war, auch wenn sie sich durch Politik und die Habgier einzelner ständig bekriegte.

»Was ist los?« fragte Cruz, als er in den Schatten des Ramada trat.

Redpath blinzelte, da Cruz sich dunkel vom gleißenden Sonnenlicht abhob.

Er hingegen mußte kein Hindernis überwinden, als er

Redpath ansah. In dem gedämpften Licht unter dem Sonnendach sah er eine schlanke, sonnengebräunte Frau in Baumwollhosen und Hemd, mit rotem, silber durchwirktem Kurzhaar und grünen Augen. Redpath mochte Mitte Fünfzig bis Anfang Sechzig sein. Cruz war sich nie sicher gewesen, aber ihr Alter blieb ohnehin Nebensache.

Er wußte, daß Redpath als Historikerin angefangen hatte mit dem Spezialgebiet »Alltag in anderen Jahrhunderten«. Aber zugleich hatte sie einen ungewöhnlichen Blickwinkel eingenommen, der es ihr ermöglichte, alte Muster im Verhalten der Menschen der Gegenwart zu erkennen, die außer ihr niemand sah.

Infolgedessen hatte Redpath dreißig Jahre als Analytikerin gearbeitet und anschließend als leitende Angestellte beim CIA. Dann hatte sie dort gekündigt und war Botschafterin ihres Landes bei den Vereinten Nationen geworden. Nach vier Jahren hatte sie auch diesen Posten aufgegeben und sich mit der Risk Ltd. selbständig gemacht.

»Solange Sie da stehen, sehe ich nichts«, sagte Redpath.

Cruz trat zur Seite und folgte ihrem Blick. Die Hitze flimmerte auf der schwarzen Landebahn, wo der Firmenmercedes stand, und verzerrte die Form des Flugzeugs, bis es aussah wie eine Maschine aus einem Horrorfilm. Die Tür des Jets öffnete sich, und die Gangway wurde ausgefahren.

Nach einem kurzen Augenblick trat eine Gestalt zögernd aus der Tür. Redpath lächelte: »Manche Menschen werden von der Mojave-Wüste regelrecht eingeschüchtert.«

»Prima«, bemerkte Cruz. »Es sind sowieso schon zu viele Leute hier.«

Redpath ignorierte ihn.

Schließlich stieg ein Mann die Treppe auf den heißen Teer herab. Zwei Schritte hinter ihm kam, wie ein gut erzogener Hund oder ein orientalischer Sklave, ein zweiter Mann. Er war größer als der erste und ganz in Schwarz gekleidet. Selbst über die Entfernung konnte man ihn trotz seiner gebeugten Haltung als Kraftprotz erkennen.

Cruz erkannte den Redpathschen Empfangschef erst, als er in Richtung Flugzeug schlenderte. Hauptfeldwebel Ranulph Gillespie war ein Koloß. Außerdem hatte er als ehemaliger Ausbilder beim 22sten Luftwaffen-Sonderregiment der britischen Armee gedient, ein professioneller Soldat und einer der gefährlichsten Terroristenjäger der Welt.

Der Hauptfeldwebel verstaute seine Passagiere im Fond des Mercedes, kletterte selbst auf den Fahrersitz und fuhr im Schrittempo über die gleißende Landebahn zum Karrooschen Hauptquartier.

Mit einem leisen, zufriedenen Schnurren wandte sich Redpath an Cruz. Ihr breiter Mund wurde schmal, als sie an ihm hinabsah. In seinen schmutzigen Jeans und dem schweißdunklen Arbeitshemd sah Cruz wie ein Minenarbeiter am Ende der Schicht aus und nicht wie der gut ausgebildete, Schlagzeilen liefernde Privatdetektiv, der er war. Sein Haar klebte, er hatte sich seit Tagen nicht rasiert und brauchte unbedingt ein Bad. Die baßblauen Schlitze, die seine Augen darstellten, verrieten, daß er im Augenblick nicht gerade in Hochstimmung war.

Also herrschte Gleichgewicht.

Cruz bemerkte, daß Redpath die Lippen und Augen zusammenkniff, und er brauchte sich nicht lange den Kopf zu zerbrechen, weshalb sie so unzufrieden war. Redpath verlangte ein Mindestmaß an persönlicher Reinlichkeit von ihren Angestellten, und derzeit wurde Cruz diesen Anforderungen bei weitem nicht gerecht.

»Ich habe frei«, sagte er knapp. »Erinnern Sie sich?«

»Vielleicht hätte ich Carson Walker anrufen sollen«, erwiderte Redpath.

»Aber Sie wollten den Besten, stimmt's? Also müssen Sie mich so nehmen, wie ich bin. Genau wie unser Klient.«

Redpath zuckte die Schultern. »Selbst wenn Sie bereit wären …«

»Was ich nicht bin.«

»… sich noch umzuziehen, wäre es dazu jetzt zu spät«, beendete sie den Satz unbeirrt.

Cruz warf einen Blick auf den Mercedes. Er war immer noch zu weit entfernt, um das Geschlecht oder gar die Gesichtszüge der Besucher zu erkennen.

»Wer ist es dieses Mal?« fragte Cruz boshaft. »Hoffentlich nicht schon wieder die liebreizende Präsidentin der Philippinen.«

»Immerhin kann sie es sich leisten, uns zu engagieren.«

»Ich weiß, daß sie eine mächtige Persönlichkeit ist, und ich weiß, daß sie versucht, das Vermögen zurückzubekommen, das ihre Vorgängerin in italienische Schuhe investiert hat, aber sie ist trotzdem unerträglich.«

»Was meinen Sie, wie Frauen es schaffen, Präsidentinnen zu werden?« säuselte Redpath. »Oder Botschafterinnen. Ich habe in dieser Funktion Unmengen von Leuten unglücklich gemacht.«

»Das machen Sie immer noch.«

»Danke.« Redpath lächelte. »Aber die Spezies, die augenblicklich mit jedem Atemzug näher kommt, ist keine Politikerin. Sie ist ein Er und gehört der künstlerischen Seite des politischen Spektrums an.«

»Na wunderbar«, knurrte Cruz. »Das sind die Allerschlimmsten. Was ist er, ein Friseurschwengel?«

»Unser potentieller Klient ist ein Kunstkurator der neuen Russischen Föderation.«

»Hat er auch einen Namen?«

Obgleich Redpath ihn reglos ansah, hatte Cruz den Eindruck, daß sie tief Luft holte, ehe sie sprach.

»Alexej Nowikow.«

»Himmel!«

Redpath wartete auf den Rest der Explosion.

»Sind Sie sich des Umstandes bewußt, daß Nowikow und ich das haben, was man höflicherweise mit gemeinsamer Vergangenheit umschreibt?« fragte Cruz.

»Ihrer beider Wege haben sich gekreuzt, als Sie noch beim FBI beschäftigt waren.« Redpath war im Bilde.

Ihr Ton besagte, daß diese »gemeinsame Vergangenheit« vollkommen belanglos für sie war.

»Unsere Wege haben sich gekreuzt«, wiederholte Cruz. »Allerdings. Ich habe sechs Monate damit zugebracht, dieses Verbrüderungsarschloch Nowikow durch das gesamte Silicon Valley zu jagen.«

»Ihre Vorgehensweise war äußerst kreativ.«

»Nicht kreativ genug.«

»Da bin ich anderer Ansicht. Immerhin wurde Nowikow anschließend nach Hause zurückgeschickt.«

»Ich hätte ihm lieber zu einer Bleibe hinter schwedischen Gardinen verholfen«, entgegnete Cruz. »In Nowikows Paß stand, er wäre Kulturattaché beim Konsulat in San Francisco, aber wir haben ihn mit allen möglichen einschlägigen Materialien und einem ganzen Korb voller Handelsgeheimnisse eines Unternehmens erwischt, das für das Pentagon an einer neuen Lasertechnik für Informationswiedererlangung arbeitete.«

»Mit anderen Worten«, faßte Redpath zusammen, »er war ein Geheimagent. Sogar ein recht guter. Wenn ich ihm über den Weg trauen könnte, würde ich ihn selbst einstellen.«

»Was uns betraf, so war jeder Sowjetdiplomat ein Geheimagent«, sagte Cruz. »Aber Nowikow hatte richtiggehend Spaß daran. Er liebte es, mit dem Chefingenieur *geheime Gespräche* zu führen. Ich frage mich nur, ob der arme Idiot auf Aids untersucht wurde, nachdem er sich umgebracht hat.«

Redpath winkte ab. »Nowikows sexuelle Neigung ist allgemein bekannt.«

»Der Ingenieur, den er verführt und dann gevögelt hat, war einigermaßen überrascht, vor allem, als die Lichter ausgingen.«

»Das ist doch alles Schnee von gestern. Nowikow ist kein Sowjetdiplomat mehr. Er ist Russe, und die Russen sind unsere Freunde.«

Cruz lachte böse auf. »Wenn ich dächte, daß Sie das glauben, wäre ich nicht mehr hier. Niemand hat Freunde auf dieser schönen neuen Welt.«

Redpath schnurrte wie eine Katze. »Das ist der Grund, warum es der Risk Limited so gutgeht.«

»Was will Nowikow von uns?«

»Ich weiß nicht.«

»Gut. Dann finden Sie es am besten auch gar nicht erst heraus. Es gibt ein paar Dinge, die man nicht mit Wasser und Seife abwaschen kann. Nowikow ist eins davon.«

»Die Risk Limited ist eine private Agentur. Wir brauchen Kunden nicht zu nehmen, wenn uns das, was sie wollen, nicht gefällt.«

»Es gefällt mir schon nicht zu sehen, daß der Bastard noch lebt.«

»Sie sind einfach zu empfindlich«, sagte Redpath versöhnlich. »Es wird Zeit, daß Sie das, was geschehen ist, überwinden und wieder anfangen zu leben.«

Zunächst dachte Cruz, er hätte sich verhört. In all den Jahren, seit er angefangen hatte für sie zu arbeiten, hatte sie nicht ein einziges Mal den Zwischenfall erwähnt, der ihm alles genommen hatte, was für ihn von Bedeutung gewesen war. Und jetzt sprach sie darüber mit der Leidenschaft einer Frau, die einen kleinen Salat bestellt.

Ehe Cruz eine Antwort einfiel, kam der Mercedes in einer Staubwolke zum Stehen. Hauptfeldwebel Gillespie glitt mit militärischer Präzision hinter dem Lenkrad hervor, öffnete die Tür des Fonds und ließ die Herrschaften aussteigen.

Alexej Nowikow hatte strohblondes Haar und androgyne Züge, die sowohl sanft als auch schön zu nennen waren. Er war klein und sehr gut gebaut, wie ein etwas zu wenig trainierter Ballettänzer oder wie ein etwas konditionsschwacher Gymnasiast. Er bewegte sich mit einer erstaunlichen Grazie, die weder männlich noch weiblich, sondern die einer Schlange war. Alle Blicke fielen auf ihn und verfolgten ihn gebannt.

Cruz hatte schon oft gedacht, daß jeder, der neben Nowikow stand, bis zur Unsichtbarkeit verblaßte.

Hinter Nowikow stieg ein Schrank von einem Mann aus dem Benz. Er hatte gehetzte, dunkle Augen, bleiche Haut und einen zerzausten schwarzen Bart. Der schwarze Anzug, den er trug, war aus dickem Filz, für die Wüste zweifellos die falsche Wahl.

Nowikow trug einen Anzug aus blaßgrauer Seide, italienisch geschnitten, bewußt maßvoll und doch elegant. Falls ihn die Hitze störte, sah man es ihm zumindest nicht an. Seine schimmernde Haut wies eine leichte Röte auf und die auseinanderstehenden grauen Augen wanderten über die reizvolle Wüstenlandschaft vor dem Firmengebäude, ehe sein Blick an den Baumsäulen und dem Palmwedel des Ramada hängenblieb.

»Sie sind doch sicher nicht zu den Eingeborenen konvertiert, meine Liebe?« fragte er an Redpath gewandt.

Redpath lachte, trat einen Schritt vor und reichte ihm die Hand.

»Sie haben sich nicht im geringsten verändert, Alexej«, sagte sie.

»Genausowenig wie Sie, Botschafterin, abgesehen davon, daß Sie noch gefährlicher geworden sind.«

Nowikow nahm lächelnd Redpaths Hand, hob sie an seine Lippen und fügte hinzu: »Aber Ihre Finger sind immer noch weich und verströmen immer noch ihren Rosenduft.«

Cruz stellte säuerlich fest, daß Nowikow den Handkuß und das Kompliment mit der ihm eigenen makellosen Eleganz plazierte. Ein Blick auf Gillespie verriet ihm, daß er mit seinem Verdruß nicht allein stand.

»Danke, daß Sie sich in unsere Wüste gewagt haben«, sagte Redpath. »Ich weiß, sie ist nicht unbedingt nach Ihrem Geschmack.«

Nowikows Schulterzucken war ebenso elegant wie seine Garderobe.

»Es handelt sich nur um einen Test, nicht wahr?« fragte er. »Wenn der Berg nicht zum Propheten kommt, dann muß sich der Prophet zur Reise bequemen, um den Berg zu sehen.«

»Es überrascht mich, daß Ihnen Ihr Anliegen so wichtig ist.«

Nowikow lächelte schwach. »Risk Limited hat viele – äh – Bewunderer an hohen Stellen meiner Regierung.«

Redpath zog die Brauen ebenso maßvoll hoch, wie Nowikow lächelte.

»Wie eigenartig«, sagte sie. »Wir haben noch nicht viel mit der neuen russischen Republik zu tun gehabt.«

»Nein«, pflichtete Nowikow ihr bei, »aber Sie haben sich genügend Feinde unter dem alten Regime gemacht. Man spricht immer noch voller … Leidenschaft von Ihnen.«

»Wie schmeichelhaft«, sagte Redpath, ohne ihm ihre Hand zu entziehen. »Aber wir haben kein Interesse daran, alte Kriege fortzusetzen. Risk Limited ist ein privater Sicherheitsdienst, nicht mehr und nicht weniger.«

Dieses Mal war Nowikows Lächeln breiter und offenbar sogar spontan. Es verwandelte sein Gesicht wie ein Suchscheinwerfer die Dunkelheit.

»Direkt. Kurz. Prägnant. Herrlich amerikanisch.« Nowikows Lippen strichen abermals über Redpaths Hand. »Begrüßen Sie Ihre neuen Klienten immer mit dieser Rede?«

Cruz hatte genug von der Handküsserei und dem Vereinten-Nationen-Geheuchel. Er trat aus dem Schatten in das erbarmungslose Licht.

»Nein«, sagte er knapp. »Wir heben uns diese Rede für *potentielle* Kunden auf, die meinen, sie könnten uns anheuern, um illegal für sie zu arbeiten.«

Nowikows strahlendes Lächeln legte sich. Er starrte Cruz einige Sekunden an, ehe er sich wieder an Redpath wandte.

»Mit Männer wie Cruz Rowan als Angestellten«, sagte er, »verstehe ich, weshalb Sie meinen, eine Warnung könnte vonnöten sein. Wirklich, Botschafterin, wäre es nicht leichter, wenn Sie es einfach vermeiden würden, bekannte Kriminelle einzustellen?«

Redpath entzog ihm ihre Hand.

»Cruz ist einer meiner besten Männer«, sagte sie sanft.

»Schade«, sagte Nowikow mit der Stimme eines Rundfunksprechers. »Vor ein paar Jahren hat er in San Francisco versucht, die Sowjetregierung in Verlegenheit zu bringen, indem er mir falsche Beweise unterschob. Allerdings hat er seine Sache so dilettantisch aufgezogen, daß nichts dabei herauskam. Sie können doch sicher fähigere Männer bekommen?«

»Das einzige, was Sie damals gerettet hat, war ein Diplomatenpaß.« Cruz konnte sich diese Spitze nicht verkneifen.

Der große, stämmige Mann, den Nowikow sich bisher noch nicht einmal die Mühe gemacht hatte vorzustellen, tat einen Satz nach vorn. Cruz seinerseits bedachte ihn mit einem Blick, der mindestens so bedrohlich war wie ein geladener, entsicherter Revolver.

»Gapan«, sagte Nowikow zwischen den Zähnen.

Der Mann namens Gapan trat wieder zurück.

»Wie ich sehe, heuern Sie immer noch solche Muskelpakete an«, höhnte Cruz. »Seien Sie doch einmal ein Mann, Alexej. Sagen Sie der Botschafterin die ganze Wahrheit, und wenn Sie es nur der Abwechslung halber tun. Was kann das schon schaden? Das Spiel ist seit Jahren vorbei, und die Toten sind lange begraben.«

»Für Sie war es immer ein Spiel, nicht wahr?« fragte Nowikow ölig. »Wie schade, daß Ihre Regierung beschlossen hat, Sie nicht länger mitspielen zu lassen. Fehlen Ihnen Ihre Zinnsoldaten sehr?«

Cruz kniff die Augen zusammen, doch dann hatte er sich wieder in der Gewalt.

Die Linie von Nowikows Mund war zu kalt, um Lächeln genannt zu werden.

»Nachdem ich San Francisco verließ, war ich zwei Jahre in London«, sagte er. »Mein lieber Junge, wie hat es die britische Boulevardpresse geliebt, Sie zu hassen.«

»Ich bin eben ein Prachtjunge«, sagte Cruz, »aber Ihr Junge bin ich ganz bestimmt unter gar keinen Umständen.«

»Ich muß Ihnen etwas gestehen«, wandte sich Nowikow an Redpath. »Es hat mir ein ungeheures Vergnügen bereitet zu sehen, wie das FBI Cruz Rowan die Knöpfe von seiner Uniformjacke gerissen und ihn aus dem Amt gejagt hat.«

Redpath schüttelte seufzend den Kopf.

»Alexej«, murmelte sie. »Cruz hat das FBI verlassen, weil ich ihm ein besseres Angebot gemacht habe. Ich nehme an, das wissen Sie ganz genau.«

Nowikow schnippte ein Staubkorn von seinem Jackett. Es war, als schnippe er Cruz damit fort.

»Ich kann verstehen, daß Rowan die Chance genutzt hat, für Ihre Firma tätig zu sein«, gab er zurück. »Risk Limited gilt allgemein als der beste private Sicherheitsdienst der Welt.«

Redpath setzte ein höfliches Lächeln auf.

»Was mich überrascht, meine Liebe«, fügte er hinzu, »ist, daß Sie ihn genommen haben.«

»Fast alle, die für Risk Limited arbeiten, waren irgendwann bei der einen oder anderen Regierungsstelle im

Dienst«, sagte Redpath. »Aber wir alle, ich eingeschlossen, haben den Dienst bei der Regierung aufgegeben, weil wir dort gegen etwas ankämpfen mußten, was wir nicht akzeptieren konnten.«

Nowikow warf Cruz einen herablassenden Blick zu.

Cruz erwiderte ihn interessiert. Er witterte, daß Nowikow ihn zu ködern versuchte. Aber er wußte nicht, warum.

Früher wäre ihm das gleichgültig gewesen. Er hätte sich auf Nowikow gestürzt, egal, weshalb und warum. Aber die Vergangenheit war tot und Cruz wäre fast mit ihr gestorben. Inzwischen hatte er gelernt, Antworten auf seine Fragen zu suchen, ehe er handelte.

Manchmal.

»Ich für meinen Teil«, sagte Redpath, »bin wegen einer Politik gegangen, der die Interessen der Banken und der multinationalen Unternehmen wichtiger waren als die Bedürfnisse der Menschen. Ich habe es so lange ertragen, bis es nicht mehr ging, und dann verließ ich den Verein.«

Redpath blickte von Cruz zu Nowikow. Der Blick aus ihren grünen Augen war scharf und durchdringend, ihm entging nichts. Auch sie war neugierig zu erfahren, warum Nowikow sich einem Mann gegenüber, dessen Dienste er in Anspruch nehmen wollte, so widersprüchlich verhielt.

»Cruz Rowan hat das FBI aus ehrenwerten Gründen verlassen«, wiederholte sie. »Er genießt mein vollstes Vertrauen.«

Dann bedachte sie ihren eventuellen Klienten mit einem gekonnten Mona-Lisa-Lächeln, das das Herz einer Bronzestatue zum Erweichen gebracht hätte.

Cruz lächelte innerlich. Wenn Redpath wollte, konnte sie einem Mann das Gefühl geben, drei Meter groß und so schön wie Michelangelos *David* zu sein. Ebenso verstand sie es, einem Mann zu vermitteln, er wäre nichtswürdiger als ein Schlangenhintern.

Nowikow schwieg.

»Es hat natürlich auch Nachteile, wenn man auf dem Privatsektor tätig ist«, fügte Redpath hinzu. »Wir können uns nicht wie Polizisten aufführen, sondern nur als Detektive agieren.«

Nowikow teilte diese Ansicht offenbar nicht.

»Wir haben den Zugang zum Netzwerk der alten Herrn in den Regierungsabteilungen verloren, den einige unserer Konkurrenten so sinnvoll zu nutzen verstehen«, sagte sie. »Wir sind auf uns allein gestellt. Andererseits können wir Fälle annehmen oder ablehnen, wie es uns gefällt. Und das tun wir auch.«

»Es steht Ihnen natürlich frei einzustellen, wen Sie wollen«, entgegnete Nowikow. »Genau wie mir. Wie Sie selbst bereits sagten, sind Sie nicht die einzige Anbieterin auf diesem Markt.«

Dies war eine unverblümte Aufforderung an Redpath, ihm gewisse Zugeständnisse zu machen, aber das kam keinesfalls in Frage.

»Sie bitten mich, Cruz zu disqualifizieren, noch ehe Sie mir sagen, was Sie von uns brauchen«, sagte sie barsch. »Wenn Sie darauf bestehen, werde ich im Gegenzug Ihren Gefolgsmann ablehnen. Ich bin diejenige, die die Detektive ernennt, nicht der Kunde.«

Über Nowikows blasse Haut huschte eine leichte Röte. Er setzte zu einer Erwiderung an, besann sich aber dann eines Besseren.

»Natürlich«, sagte er beflissen. »Sie sind hier der Profi, nicht ich.«

»Es gibt auch andere Profis«, sagte Redpath. »Wenn Sie sich bei uns nicht wohl fühlen, finden Sie sicher Partner, die Ihnen zusagen.«

»Ihrem Unternehmen ist es gelungen, die Marcos-Milliarden aufzuspüren«, sagte Nowikow. »Sie haben die Befreiung der drei anglikanischen Priester in Ostbeirut organisiert. Sie haben einen CNN-Reporter vor den Kopfgeldjägern in Borneo gerettet. Unglücklicherweise sind Sie die Besten...«

Redpath nickte. Sie wußte besser als Nowikow, wie gut ihre Organisation war.

»Und ich brauche die Besten«, erklärte Nowikow.

»Warum?«

Nowikow sah ein letztes Mal zu Cruz hinüber, dann hatte er ein Einsehen.

»Einer der größten russischen Kunstschätze ist verschwunden«, sagte er.

»Welcher?« fragte Redpath.

»Die Rubin-Überraschung.«

Redpath sah ihn fragend an. »Das sagt mir nichts.«

»Die Rubin-Überraschung ist das kostbarste Kunstwerk, das die bolschewistische Ära überdauert hat«, erläuterte Nowikow. »Sie wurde erst vor kurzem von wahren russischen Patrioten wiederentdeckt.«

Cruz und Gillespie sahen einander an. Keiner von ihnen wußte, wovon Nowikow sprach. Es war allgemein bekannt, daß Rußland, um zu überleben, die Konkursmasse der Sowjetunion geradezu verschleuderte, aber von einem derart spektakulären Kunstdiebstahl hatte man noch nichts gehört.

»Was genau ist die Rubin-Überraschung?« fragte Redpath.

»Das letzte rote Ei, das Peter Carl Fabergé geschaffen hat.«

3

Fliegen machte Damon Hudson geil. Sooft er den *Hi-Flyer One*, das Flaggschiff von Hudson International, bestieg, verspürte er denselben Kitzel unterhalb der Gürtellinie, als hätte ihm eine schöne Frau ein laszives Lächeln geschenkt.

Vielleicht lag es an der Phallusform des Flugzeugs. Der lange, spitz zulaufende Rumpf der Boeing 757 glitzerte im dunstigen Sonnenlicht, das auf den Teer der Landebahn des Flughafens La Guardia fiel, und Hudson stellte sich vor, wie sich das Flugzeug in einer Höhe von fünfunddreißigtausend Fuß kraftvoll durch die klare Luft zurück nach Los Angeles schob.

Oder vielleicht rührte die sexuelle Erregung auch von dem Pomp des Flugzeugs her, von dem üppigen Schwulst, der ihn hier umgab. Ein Flieger dieser Größe transportierte für gewöhnlich hundertachtzig Passagiere, was bedeutete, daß Unterhalt und Wartung für den normalen Geschäftsbetrieb geradezu unerschwinglich waren.

Hi-Flyer One war nicht nur deshalb Hudsons Privatflugzeug, weil die kostspielige öffentliche Zurschaustellung des Unternehmens eine Bedeutung hatte, sondern auch, weil er es liebte, alles im großen Stil zu inszenieren. Er hatte das Flugzeug direkt bei Boeing bestellt, und dann hatte er es mit Orientteppichen, Wandbehängen aus chinesischer Seide und Antiquitäten aus aller Welt bestückt.

Die Kosten des Fliegers gingen zu Lasten von Hudson International, einem Unternehmen mit Tausenden von Aktionären. Ungeachtet dessen betrachtete Damon Hudson die

Firma, wie ein paar verärgerte Investoren und kleinkarierte Nörgler von der Börsenaufsichtsbehörde behaupteten, als seinen Privatbesitz.

Hi-Flyer One gehörte zu den protzigsten Geschäftsflugzeugen der Welt. Der vordere Teil des Fliegers war für Personal und Gäste bestimmt. Sie flogen bequem, aber ohne Raffinesse. Der hintere Teil war Hudsons privater Vergnügungspark. Dort verfügte er über die neueste Kommunikationstechnik, ergötzte sich an einer anspruchsvollen Sammlung erotischer Kunst und vergnügte sich häufig mit den verführerischsten Prostituierten, die er bekommen konnte.

Obgleich den Mann unersättliche sexuelle Gelüste erfüllten, war er viel zu gerissen, um sich jemals Erleichterung zu verschaffen, ohne vollkommen Herr der Lage zu sein. Seinen unermeßlichen Reichtum hatte er schließlich nicht dadurch erlangt, daß er den Verstand abschaltete, wenn es um sein Vergnügen ging.

Hudson International war die dritte geschäftliche Karriere für ihn. Zwei seiner bisherigen Unternehmen hatten kometenhafte Aufstiege erlebt und dann ebenso schnell bankrott gemacht, doch jedesmal hatte er sich abgesetzt, ehe es für sein Privatvermögen brenzlig wurde.

Und jedesmal hatte er einen Trümmerhaufen hinterlassen, der den Ruin bedeutet hätte für den Ruf eines Geringeren, oder den eines Mannes, hinter dem ein weniger gerissenes Team für Öffentlichkeitsarbeit stand. Jetzt, mit Anfang Siebzig und auf dem Höhepunkt seines dritten Geschäftserfolgs, war Hudson ein Meister der Manipulation, was seine Unternehmungen sowie auch seine Mitmenschen betraf.

Der Präsident und Geschäftsführer von Hudson International sog gierig die sorgsam gereinigte Luft im Inneren des Flugzeugs ein. Sooft er konnte, atmete er saubere Luft, und wenn es sein mußte, bediente er sich aus einer Flasche mit

Sauerstoff. Außerdem war er äußerst penibel, wenn es um Wasser und Lebensmittel ging, denn schließlich strebte er ein mindestens hundertjähriges Leben an.

Und was noch wichtiger war – er würde dafür sorgen, daß auch seine Potenz so lange erhalten blieb.

Als *Hi-Flyer One* die angestrebte Flughöhe erreicht hatte und Hudson den Gurt ablegen konnte, warf er seine Jacke ab, lockerte die Krawatte und rollte die Ärmel seines weißen Baumwollhemds hoch. Dann zog er einen locker gestrickten Baumwollpullover an, der eng genug war, um aller Welt zu zeigen, daß seine Brust mit den Jahren breiter, sein Bauch hingegen flacher und härter geworden war als der vieler Vierzigjähriger.

Einen Augenblick lang stand Hudson vor dem mannshohen Spiegel, der an einer der Wände zwischen echten Vargas-Nackten hing. Er musterte sich selbst auf diese Weise, wie er ein in Frage kommendes Girl musterte – kritisch und sorgfältig. Er sah immer noch gut aus, mit einem dichten stahlgrauen Haarschopf und einem glatten Gesicht, das rosawangige englische Gesundheit verriet.

Hudson erzielte diese Wirkung wie so viele andere Erfolge durch Illusion. Im Alter von fünfundsechzig Jahren, in dem die meisten Männer anfingen, gebrechlich und unscheinbar zu werden, hatte er sich von einem berühmten französischen Schönheitschirurgen rundum erneuern lassen.

Die Behandlung hatte Abklemmungen, Straffungen, Fettabsaugungen und Implantationen umfaßt. Die Erholungsphase dauerte drei Monate, aber das Ergebnis kam einem kleinen Wunder gleich. Das Photo, das seine Abteilung für Öffentlichkeitsarbeit in der Zeitschrift *People* veröffentlichte, zeigte einen Mann, um dessen Aussehen ihn die meisten Vierzigjährigen sicher beneideten.

Das war inzwischen fast acht Jahre her. Seitdem hatte Hudson sich noch mehrere Male straffen und liften lassen. Die schwarzen Augen und die unschönen Schwellungen klangen immer erst nach mehreren Wochen vollständig ab, aber danach wirkte sein Gesicht jung und straff.

Außerdem unterzog er sich noch anderen, weniger bekannten und wesentlich intimeren Behandlungen. Diese waren äußerst schmerzhaft, aber so effektiv, wie wenn man eine neue Tintenpatrone in einen oft benutzten, aber immer noch intakten Mont-Blanc-Füller schob.

Er hatte sich in eine teure Zeitkapsel gehüllt und blieb auf diese Weise unverändert frisch, während die anderen älter wurden und an Potenz verloren. Er genoß jeden Augenblick seiner chirurgischen Verjüngungskur, vor allem, wenn er mit Männern seiner eigenen Generation zusammentraf.

Wie jeden Tag zufrieden mit seiner Selbstinspektion, ging Hudson zu dem blankpolierten Kirschholzschreibtisch aus der Zeit des Bürgerkriegs. Lieber hätte er die beiden Frauen gerufen, die im Augenblick in der vorderen Kabine auf ihn warteten, aber zuerst ging es ums Geschäft.

Sosehr Hudson auch von seinem Sexhunger getrieben wurde, hatte er doch gelernt, daß die Verzögerung den Höhepunkt noch verschönerte.

Mit einem ungeduldigen Knurren griff Hudson nach dem schnurlosen Telephon. Er mochte es nicht, weil es leicht abzuhören war. Eine Verschlüsselung der Nachrichten machte das Abhören zwar schwieriger, aber unglücklicherweise bot auch das keine hundertprozentige Sicherheit. Eine codierte Unterhaltung konnte aufgenommen und anschließend beliebig oft abgehört werden, bis sie schließlich »übersetzt« war.

Während Hudson seine eigenen Gespräche regelmäßig aufnahm, hatte er panische Angst davor, daß vielleicht ein anderer dasselbe tat. Aber wenn er flog, blieb ihm nichts anderes als das Telephon oder, was noch schlimmer war, das öffentliche Funksprechnetz.

Der erste und wichtigste Anruf galt also seinem Büro in Los Angeles.

»Hudson-Museum«, sagte die Frau am anderen Ende der Leitung. »Was kann ich für Sie tun?«

»Hier ist Hudson. Ist Alexej in der Nähe?«

»Oh, Mr. Hudson, guten Tag.«

Die Stimme gehörte Hudsons persönlicher Sekretärin. Da sie sein Verhalten gegenüber seinen Angestellten kannte, erwartete sie keine Erwiderung ihres höflichen Grußes.

»Mr. Nowikow ist im Augenblick nicht da«, sagte sie.

Hudson knurrte abermals. »Wo ist er hin?«

»Das hat er nicht gesagt.«

»Wann kommt er zurück?«

»Das hat er auch nicht gesagt.«

»Was hat er denn überhaupt gesagt?« fragte Hudson voller Ungeduld.

»Nichts, Sir. Er war wegen irgendeiner Sache furchtbar aufgeregt, aber hat keine Erklärung abgegeben.«

Ein ungutes Gefühl beschlich Hudson. Er hatte eine Unsumme in das neue Gebäude des Hudson-Museums und fast ebenso viel in »Glanzstücke aus Rußland« investiert, die Gegenstand der ersten Ausstellung des Museums waren. In vier Tagen sollte die Eröffnung sein.

Wie beim *Hi-Flyer One* stammte auch das Geld für den Bau des Museums und die Bezahlung der Ausstellung aus dem Geschäftsvermögen von Hudson International. Hudson brauchte am Freitag eine erfolgreiche Museumseröffnung, um den Beschwerden der Aktionäre entgegenzuwirken, für die die Ausschüttung von Dividenden wichtiger war als der Bau von Museen für die ausgedehnten Kunstsammlungen ihres Direktors.

»Finden Sie den mickrigen Bastard, und zwar schnell«, schnauzte er.

»Ja, Sir.«

»Wir bezahlen seiner Regierung ein Heidengeld für diese Ausstellung, aber dieser Lustknabe führt sich auf, als wäre er der Chef im Ring.«

»Ja, Sir.«

Hudson hatte sich bei allen vom russischen Kultusminister bis hin zu seinen engsten Verbündeten im Präsidentenamt über Nowikow beschwert, aber seine Beschwerden waren mit ungewohnter Kälte abgewiesen worden. Überall hieß es: *Mr. Nowikow genießt unser volles Vertrauen, und Sie täten gut daran, seine ästhetischen Ratschläge zu befolgen.*

»Hoffentlich ist er rechtzeitig zur Pressekonferenz zurück.« Hudsons Stimme schwoll an. »Die Medien sind der wichtigste Teil der ganzen Ausstellung.«

»Ja, Sir.«

»Ich bin nicht irgendein blöder Zahnarzt aus Wichita. Ich habe die russische Kunst und Kultur schon unterstützt, als dieser kleine Sportsfreund noch in die Windeln geschissen hat.«

»Ja, Sir.«

»Sind alle Exponate an ihren Plätzen?« fragte er.

»Soll ich es überprüfen, Sir?«

»Nein. Holen Sie mir Nowikows Assistenten.«

»Ich glaube, Mr. Gapan ist ebenfalls nicht da.«

Ungeachtet der staatlichen Vorschriften bezüglich Gotteslästerung, Obszönität und der Ätherwellen setzte Hudson zu einer Reihe herzhafter Flüche an.

»Ich bezahle den Russen ein Vermögen für die Ausstellung, und der einzige Schwanzlutscher, dem die Russen erlauben, die wertvollen Gegenstände anzufassen, vertreibt sich die Zeit damit, daß er sich am Muscle Beach rumtreibt und irgendeine Silikonpuppe vögelt!«

»Hmm…«

»Rufen Sie mich sofort an, wenn er zurückkommt!«

»Ja, Sir.«

Hudson knallte den Hörer auf und starrte wütend auf die Nackte von Vargas. Er hatte einen unerklärlichen Haß auf Homosexuelle und nahm an, daß Nowikow das wußte und ihm deshalb auf der Nase herumtanzte. Ohne Nowikow gab es keine Austellung. Und ohne Ausstellung geriete Hudson in Schwierigkeiten.

In große Schwierigkeiten.

Mit einem leisen Fluch stand Hudson auf und begann seine Suite zu durchmessen. Er hatte den Kulturredakteuren der *Los Angeles Times* und der *Washington Post* bereits private Vorbesichtigungen der russischen Ausstellung versprochen und hatte sogar einen Privatjet losgeschickt, um den wichtigsten Kunstkritiker der *New York Times* zu einer Vorbesichtigung am Mittwoch, also zwei Tage vor der offiziellen Eröffnung, abzuholen.

Die positive Berichterstattung in diesen drei Zeitungen war unerläßlich, denn ansonsten wüßte die amerikanische Kunstgemeinde Hudsons kulturellen Coup vielleicht nicht richtig zu würdigen. Und dann würden die Aktionäre unruhig, denn sie trügen die enormen Kosten einer unbedeutenden Kunstausstellung, statt Ausrichter der Exposition des Jahrzehnts zu sein.

Zum Wohle der Menschheit zu arbeiten war ebenso politisch wie die Wahlkampagne eines Präsidenten. Man mußte wissen, welche Knöpfe es zu drücken galt. Aber Alexej Nowikow, nicht Damon Hudson, hatte seine Hand auf selbige Knöpfe gelegt.

»Zur Hölle mit allen Schwulen«, keifte Hudson. »Sie sind schlimmer als Frauen.«

Er ging immer noch auf und ab und dachte über seine Möglichkeiten nach. Zögernd kam er zu dem Schluß, daß er jetzt seinen wichtigsten Trumpf ausspielen müßte und das Interview geben, das er lieber vermieden hätte. Er griff zum Hörer der Gegensprechanlage.

»Schicken Sie mir Bill Cahill rein.«

Ohne eine Antwort abzuwarten, legte er auf. Er setzte sich auf einen Samtsessel, steckte die Beine aus und zählte die Sekunden, bis sein oberster Sicherheitschef klopfen würde.

Achtundzwanzig. Nicht schlecht, aber es könnte besser sein.

»Herein.«

Cahill öffnete die Tür und streckte den Kopf herein. Er war die Personifizierung des pensionierten FBI-Agenten – gutaussehend auf eine allgemeine, vierschrötige, amerikanisch-draufgängerische Art. Er hatte immer noch sein Kampfgewicht, war immer noch bullig genug, um eine Kugel abzufangen, aber sein wahres Talent lag nicht im Personenschutz. Der ehemalige FBI-Agent war Hudsons Verbindung zum Apparat der Exekutive und des Geheimdienstes der USA. Cahill erhielt durch zwei Telephonate mehr Informationen als die meisten Privatdetektive nach einer Woche größter Anstrengungen.

»Was gibt's, Boß?«

Cahill sprach immer noch in dem knurrig-jovialen Ton, den das FBI förderte. Hudson fand die Vertraulichkeit aufdringlich.

»Ich brauche Informationen über unseren Gast.«

»Welche? Die Rothaarige oder die Blonde?«

»Die Journalistin.«

»Ah. Die.«

Cahill schloß vorsichtig die Tür hinter sich und trat vor. In seinem anthrazitfarbenen Anzug, dem weißen Hemd und der burgunderroten Krawatte wirkte er durch und durch solide. Einziger optischer Fehler war die Beule unter seinem Arm.

Dies war kein Zufall. Cahill wußte, daß es Hudson gefiel, einen bewaffneten Mann in seinem Gefolge zu haben.

»Wollen Sie die lange Version oder die kurze?« fragte Cahill. »Es gibt eine Menge über sie zu berichten.«

»Sie ist nichts weiter als eine freiberufliche Reporterin.« Hudsons Stimme verriet Ungeduld. »Ich bin noch nicht mal sicher, warum ich mich überhaupt bereit erklärt habe, sie zu empfangen.«

»Vielleicht wegen ihrer Stimme?« fragte Cahill und zwinkerte vergnügt.

Hudson runzelte die Stirn, widersprach aber nicht. Claire Toth hatte eine Stimme, die einem Mann bewußtmachte, daß er einen Schwanz besaß.

»Die Kurzfassung«, sagte er. »Wenn ich dann noch etwas wissen will, gebe ich Bescheid.«

Cahill knöpfte seine Jacke auf und stopfte die Hände in die Hosentaschen.

»Nun, wie Sie schon sagten, arbeitet Claire Toth freiberuflich«, setzte er an. »Aber das tut sie, weil es ihr gefällt und nicht, weil niemand sie haben will.«

»Warum sagen Sie das?«

»Dem Finanzamt zufolge verdient sie mehr als dreihunderttausend Dollar im Jahr. Ein Mensch, der so viel verdient, fände bestimmt mit Leichtigkeit eine Zeitung, die ihn fest anstellt.«

Hudson knurrte. »Ich kaufe Menschen für weit weniger Geld.«

Das wußte Bill Cahill besser als jeder andere.

»Darüber wollte ich sowieso mit Ihnen sprechen, Mr. Hudson«, sagte er steif. »Die Preise steigen immer mehr. Mein alter Gruppenführer wurde vor kurzem als Sicherheitschef bei den American Airlines eingestellt. Er kriegt fast eine halbe Million plus Aktienbezugsrechte. Und anders als bei mir finden sich alle Aufgaben, die er zu erledigen hat, in der Arbeitsplatzbeschreibung.«

Hudson sah den ehemaligen Agenten an, bis dessen beim FBI antrainiertes Selbstbewußtsein einer gewissen Unsicherheit wich.

»Spielen Sie damit auf die Arbeit an, die Sie geleistet haben, als Sie die angeblich im öffentlichen Interesse handelnde Anwaltskanzlei sabotierten, die uns Scherereien machen wollte?« fragte Hudson.

»Das waren durchaus anständige junge Leute. Es hat mir ganz und gar nicht gefallen, sie mit der angeblichen FBI-Untersuchung fertigzumachen.«

»Aber Sie haben es getan.«

Cahill starrte seinen Boß finster an. Je länger er für Damon Hudson arbeitete, um so weniger mochte er diesen alten Haifisch.

»Und Sie werden auch weiterhin solche Dinge für mich tun«, sagte Hudson mit seidiger Stimme, »denn es würde Ihnen schwerfallen, einen Job bei den American Airlines oder sonstwo zu kriegen, fall das FBI jemals von Ihren falschen Anschuldigungen erfährt, die die Untersuchung ausgelöst haben.«

Cahill richtete sich zu seiner ganzen Größe auf, nahm die Hände aus den Taschen und erwiderte den kalten Blick seines Chefs.

»Ich tue, was ich tun muß«, sagte Cahill.

»Sie tun, was ich Ihnen sage.«

»Ich möchte nur sichergehen, daß Sie verstehen, was draußen auf dem Markt so vor sich geht«, fuhr Cahill in eigener Sache fort. »Ein ehemaliger FBI-Agent mit guten Beziehungen zu sämtlichen Behörden ist in der Geschäftswelt viel wert. Vor allem, wenn er bereit ist, diese Beziehungen zu nutzen.«

Hudson lächelte. »Natürlich. Machen Sie Ihren Job gut, und ich werde für ein angemessenes Honorar sorgen.«

Cahill entspannte sich leicht.

»Und jetzt«, fuhr Hudson fort, »erzählen Sie mir mehr über diese hochbezahlte Lieferantin journalistischer Wahrheiten.«

Cahill schob seine Hände in die Hosentaschen zurück.

»Claire Toth hat alles durchgemacht«, sagte er. »Journalistenschule in Columbia, London School of Economics, Referendariat bei einem Senator auf dem Capitol Hill und dann Ausbildung bei der *New York Times*.«

Hudson nickte. Dies war der typische Werdegang einer erfolgreichen Reporterin.

»Seit ungefähr zehn Jahren treibt sie sich in Washington und New York herum«, sagte Cahill. »Sie gehörte eine Zeitlang zum Nachforschungsteam der *Washington Post* und hat eine Reihe von Skandalen ans Licht gebracht, in die unter anderem auch diverse Botschafter verwickelt waren.«

Hudsons Augen verdunkelten sich, aber er sagte nichts.

»Der einzige wirkliche Tiefschlag für sie war, daß sie am Anfang ihrer Karriere einen Pulitzerpreis zurückgeben mußte«, schränkte Cahill ein.

»Ach? Warum?«

»Anscheinend hat sie eine Story über Edelnutten geschrieben, die es gar nicht gab. Und so etwas macht man den Wächtern der journalistischen Ethik zufolge nun einmal nicht.«

Hudson lachte kurz auf. »Es geht wohl eher darum, sich nicht dabei erwischen zu lassen. All das hehre Gerede über journalistische Ethik ist doch nichts als Augenwischerei für Leute, die noch an den Weihnachtsmann glauben.«

Cahills Grinsen brauchte den Vergleich mit Hudsons Bösartigkeit nicht zu scheuen.

»Toth war an einer Reihe von Dokumentationen über die Arbeit unserer Diplomaten beteiligt«, sagte er.

»Irgendein Spezialgebiet?«

»Alles, was die USA in einem schlechten Licht erscheinen läßt.«

»Beispiele.«

»Sie hat die Infiltration der lateinamerikanischen Flüchtlingsgruppen durch das FBI aufgedeckt. Sie hat ein Exposé über die Verbindungen zwischen dem Außenministerium und Drogenbanden in Panama und El Salvador verfaßt.«

»Vielleicht hat sie irgendwo links ihre Quellen.«

»Ja. Ganz links. Bis hin zum Ostblock«, murmelte Cahill.

»Beweise?«

»Nichts, womit man vor Gericht Erfolg hätte.«

»Gibt es irgend etwas, womit man sie in Verlegenheit bringen könnte?«

»Nein.«

»Interessant.«

Hudson richtete sich auf, nahm einen Apfel aus dem Obstkorb auf dem Tisch und rieb ihn am Ärmel seines Pullovers ab.

»Sie führt sich gern wie die Nachfolgerin von Bob Woodward auf«, schloß Cahill seinen Bericht.

Hudson biß mit den stärksten, weißesten Zähnen, die es für Geld zu kaufen gab, in den Apfel. Er kaute nachdenklich und schluckte, wobei er die Gewißheit genoß, daß nur wenige Männer in seinem Alter in der Lage waren, einen frischen Apfel genüßlich zu beißen, zu kauen und zu verdauen.

»Was will sie von mir?« fragte er.

»Ich schätze, das weiß sie selbst nicht so genau.«

»Warum denken Sie das?«

»Normalerweise müssen Freiberufler dem, der ein Interview bei ihnen bestellt, eine Liste der Fragen vorlegen«, sagte Cahill. »So was wie eine ungefähre Inhaltsangabe des zu erwartenden Artikels.«

»Und was für einen Fragebogen hat Miss Toth vorgelegt?«

»Nun, sie hat ein Empfehlungsschreiben des Redakteurs vom *New York Times Sunday Magazine*, das besagt, daß sie für ihn arbeitet. Aber meine Nachforschungen haben ergeben, daß sie weder eine Liste mit Fragebogen noch eine Inhaltsangabe noch sonst was vorgelegt hat.«

»Ist das Empfehlungsschreiben echt?«

»Ja. Sie hat den Redakteur angerufen und ihm erklärt, daß sie daran dächte, eine Kurzbiographie über Damon Hudson zu schreiben. Er hat den Artikel unbesehen bestellt.«

Hudson lehnte sich wieder in seinem Sessel zurück und überschlug seine Chance. In vielerlei Hinsicht wußte er besser als Cahill über die Arbeit von Journalisten Bescheid. Und dieses Wissen bereitete ihm Unbehagen.

»Sie müssen sehr vorsichtig sein, wenn Sie Reporter ausspionieren«, sagte er.

»Keine Angst. Ich war vollkommen diskret.«

Statt einer Erwiderung biß Hudson erneut in seinen Apfel.

»Ich habe die Abteilung für Öffentlichkeitsarbeit gebeten, Erkundigungen einzuziehen«, sagte Cahill. »Von dort hat man verlauten lassen, daß Sie vielleicht nicht gesprächsbereit wären, sollte der Artikel gegen Sie gerichtet sein.«

Hudson wußte, daß das die normale Reaktion war. Die meisten Menschen, die einen Zeitungsbericht wert waren, mieden die Presse, solange sie der Öffentlichkeit nichts verkaufen wollten.

»Und?« fragte er mit vollem Mund.

»Die *Times* hat ihnen erklärt, daß Claire Toth alles schreiben könne, ob mit oder ohne Ihre Genehmigung.«

Hudson zog die Brauen wie elegante Silberschwingen hoch. Wer auch immer diese Toth war, sie stand bei der *New York Times* hoch im Kurs. Was Hudson betraf, so gab es für ihn zwei Arten von Reportern, die Kriecher und die Schnüffler. Erstere benutzte er, während er letztere mied.

Unglücklicherweise wußte man nie genau, welcher Sorte ein Journalist angehörte, ehe das Stück, das er schrieb, erschienen war.

»Wie sieht sie aus?«

»Bißchen weiß, bißchen asiatisch, bißchen schwarz und zweihundertprozentig heiß.«

Hudson blickte auf. Cahills Miene glich der eines Raubtiers. Der Sicherheitsmann war ganz schön scharf auf Claire Toth.

»Bevor Sie anfangen zu geifern«, sagte Hudson kühl, »bringen Sie Miss Toth lieber rein.«

Weniger als eine Minute nachdem Cahill gegangen war, klopfte es laut.

»Herein.«

Die Tür öffnete sich und Hudsons erster Eindruck war, daß er trotz eines Lebens der Fleischeslust nur wenige Frauen gesehen hatte, die so schön gebaut waren wie Claire Toth. Nie zuvor war ihm ein Geschöpf begegnet, das eine derart sinnliche Selbstsicherheit besaß. Fast erwartete er den Teppich unter ihren elegant ausgreifenden Füßen Flämmchen entsenden zu sehen.

Zu spät bemerkte er, daß Claire Toth fast einen Meter achtzig groß, kräftig und geschmeidig war. Sie trug vollkommen mühelos eine schwere Ledertasche, in der sich mit Leichtigkeit eine Kamera, eine Uzi-Maschinenpistole oder sogar beides verbergen ließ. Stolze, volle Brüste schwollen unter einem dunklen Seidenhemd, das gerade weit genug aufgeknöpft war, daß man die Spalte über einem kleinen Dreieck des cremefarbenen Spitzenmieders sah. Straffe, üppig gerundete Pobacken wurden von einem Rock betont, der weit oberhalb der Knie endete. Der breite Ledergürtel, den sie trug, verstärkte noch ihre klassische Sanduhr-Figur.

Teils voller Genugtuung und teils bestürzt stellte Hudson fest, wie erregt er war. Diese Frau verströmte ihre sexuelle Ausstrahlung wie ein Moschusparfüm.

»Also schön«, murmelte er und stand langsam auf.

Das tat er nicht nur aus Höflichkeit, sondern vor allem, damit sie unter seiner locker fallenden Hose sein steifes Glied nicht sah. Die Eröffnungssalve eines sexuellen Kriegs hatte ihn überraschend getroffen, aber von nun an war er vor jedem weiteren Angriff auf der Hut.

Claire Toth sah sich in dem elegant möblierten Salon um. Ihr Blick fiel auf ein chinesisches Gemälde, das aussah, als hätte es einst die Wand eines kaiserlichen Freudenhauses verziert, und andeutungsweise lächelnd verglich sie das Motiv mit ihren eigenen Erfahrungen.

»Es ist besser, wenn man nicht *völlig* gefesselt ist«, sagte sie.

Ihre Stimme war rauchig, heiser und rührte an urzeitliche Empfindungen.

»In den meisten Situationen ist eine gewisse Gelassenheit von Vorteil«, stimmte Hudson ihr zu. »Nehmen Sie Platz, Miss Toth. Verzeihen Sie mir, wenn ich einen Augenblick brauche, um meine Gedanken zu ordnen. Meine Angestellten haben es leider versäumt, mich zu warnen.«

»Davor, daß ich schwarz bin?«

Hudson schüttelte den Kopf und musterte sie so unverhohlen, als wäre sie ein Kunstgegenstand, den er zu erwerben erwog.

»Sie sind schwarz«, sagte er. »Sie sind asiatisch. Sie sind kaukasisch. Sie sind das, was Eva gewesen sein muß. Sie sind eine der verblüffendsten sexuellen Erscheinungen, die ich je gesehen habe.«

»Wie schmeichelhaft.« Toths Lächeln hatte die Temperatur der Silberschnalle ihres Gürtels. »Die beiden, die vorne auf Sie warten, sind auch nicht von Pappe – mit Titten und Ärschen, die jedes Revuegirl vor Neid erblassen lassen würden.«

Während sie sprach, ließ sie ihren klaren Blick über Hudsons Körper gleiten, bis er auf seinem Glied zum Ruhen kam. Hudson erschien ihr wie ein potenter, sexuell aggressiver Mann.

Allerdings wußte sie nicht, daß er bereits hart geworden war, als sie sich ihm vom anderen Ende des Raums her näherte.

»Wir könnten das Interview auch ein wenig verschieben«, sagte sie. »Dann könnten sich die Huren erst einmal um Ihr kleines Problem kümmern. Obwohl es kaum besonders klein zu nennen ist, nicht wahr?«

Toths anerkennendes Lächeln machte es Hudson schwer, sich auf irgend etwas anderes als seinen Schwanz zu konzentrieren.

»Huren?« fragte er. »Meinen Sie meine momentanen Sekretärinnen?«

»Nun, auf jeden Fall arbeiten die beiden wohl für Sie.« Aus Toths Kehle drang ein heiseres Lachen. »Ihr beständiges sexuelles Verlangen ist allgemein bekannt. Es gibt einen medizinischen Namen dafür: Satyriasis.«

»Ein Wort, das von neidischen Männern geprägt wurde.«

»Ja. Das habe ich mir auch schon gedacht. Aber es muß ziemlich schwer für Sie gewesen sein, genug Ärsche zu kriegen, ehe Sie so reich waren wie jetzt.«

»Die Welt ist voll von willigen Frauen«, stellte Hudson richtig. »Aber nicht alle sind attraktiv genug, um ihnen beim Ficken ins Gesicht zu sehen.«

Claire bedachte ihn mit einem Lächeln, das halb nuttig und halb kokett zu nennen war.

»Vielleicht sind sie attraktiver, wenn sie weniger willig sind?« fragte sie leise.

»Das werden wir bald herausfinden, nicht wahr?« sagte Hudson verbindlich. »Möchten Sie etwas trinken?«

»Champagner wäre nett, wenn Sie so etwas haben.«

»Aber gern.«

Hudson öffnete eine kleine Tür in der Wandverkleidung, hinter der ein gut bestückter Kühlschrank sichtbar wurde. Er schob eine Flasche La Grande Dame beiseite, nahm eine Flasche Moët heraus, öffnete sie geschickt und füllte zwei Gläser, von denen er eins Toth anbot. Dann hob er sein eigenes Glas zu einem Toast.

Die Reporterin blickte auf sein Glas und zog eine ihrer perfekt geschwungenen Brauen hoch.

»Ich fühle mich geehrt«, sagte sie. »Man sagte mir, daß Sie nur selten Alkohol trinken. Wegen Ihres Alters oder Ihres Stoffwechsels oder Ihres Schwanzes.«

Hudson spürte, daß Toth ihre Krallen wetzte, und lächelte fast bei dem Gedanken an den vergnüglichen Schmerz, den sie einem damit sicher bereitete. Mit jedem Wort enthüllte sie ihm mehr von sich.

»Sie sind gut informiert«, sagte er.

»Sie haben gar keine Ahnung, wie gut ich informiert bin, Mr. Hudson«, erwiderte sie.

Etwas an ihrem Lächeln sandte einen Schauder über Hudsons Rücken, der alles andere als sinnlich war.

»Ich habe *höchst* detaillierte Unterlagen über Sie«, sagte sie.

Während sie sprach, stieß sie klirrend mit Hudson an, hängte sich bei ihm ein und trank aus seinem Glas. Dann sah sie ihm tief in die Augen, während sie ihren Unterleib langsam an seiner Männlichkeit rieb.

»Und ich habe die Absicht«, fuhr sie heiser fort, »jede schmutzige Einzelheit zu veröffentlichen, wenn Sie mir nicht einen *spektakulären* Grund liefern, darauf zu verzichten.«

4

Nachdem Nowikow widerwillig erklärt hatte, weshalb er zur Risk Ltd. gekommen war, zeigte Redpath Mitleid und begab sich mit ihrem Gast zu weiterführenden Gesprächen ins Haus. Sie, Cruz und Gillespie waren die brütende Mittagshitze in der Wüste gewohnt, aber der Russe wies inzwischen eine ungesunde Gesichtsfarbe auf. Gapan hatte kein einziges Wort gesagt, als hätte ihn die Unbarmherzigkeit der Sonne völlig betäubt.

Jetzt saßen sie zu fünft in dem kühlen unterirdischen Trakt des Gebäudes der Risk Ltd. Redpath hatte ihre Bürosuite in dem Teil des Hauses, der in einen hitzemildernden Hügel hineingebaut worden war.

Auf ein unsichtbares Signal von ihr hatte Gillespie Erfrischungen besorgt. Cruz ergötzte sich an dem Charme des ein Meter neunzig großen schwarzen Riesen in Armeeshorts und khakifarbenem, ärmellosem Unterhemd, der mit der Behutsamkeit einer jungfräulichen Tante Limonade servierte.

Obgleich ihm die dunklen Künste der Destruktion nicht fremd waren, hätte ihm Gillespie ein Jahr lang täglich eine neue Form des Tötens beizubringen vermocht. Dies war der Grund, weshalb Cruz nicht grinste, als Gillespie ihnen allen selbstgebackene Ingwerkekse anbot. Der hünenhafte Hauptfeldwebel war ein Phänomen: Als stolzer Schotte mit Zulu-Großeltern konnte er je nach Lust und Laune ein todbringender Kämpfer sein oder ein hervorragender Koch und die Intelligenz der meisten anderen in den Schatten stellen.

Allerdings nicht die von Redpath. Sie genoß es, abends mit

ihm Schach zu spielen oder kluge Gespräche zu führen. Genau wie er. Seine Tätigkeit als Redpathscher Leibwächter, Taktiker und Vertrauter hatte eine sanfte, nahezu süße Seite seines Wesens geweckt. Es gelang ihm sogar, den Hausdiener mit einer gewissen Grazie zu verkörpern, obgleich Cruz spürte, daß Gillespie Nowikow lieber Zyanid serviert hätte als Gebäck.

Nowikow, dessen Unbehagen nur dem lauernden Blick zu entnehmen war, leerte sein drittes Glas Limonade mit einer Begeisterung, die reine Höflichkeit weit überstieg. Obgleich er sich weniger als zehn Minuten draußen aufgehalten hatte, erzeugten die Eigenschaften der Wüste einen Durst in ihm, der nur teilweise körperlich war.

Nowikow ärgerte, daß Cruz es zu wissen schien.

»Noch etwas Limonade?« bot dieser an.

Abgesehen von einem bösen Seitenblick, ignorierte der Russe Cruz. Nowikow freute sich sowohl über die Kühle in Redpaths Büro als auch über die Möglichkeit, selbst zu beurteilen, ob die Gerüchte über eine sexuelle Beziehung zwischen ihr und Gillespie der Wahrheit entsprachen. Offensichtlich empfanden sie Respekt und wahrscheinlich auch Zuneigung füreinander. Was den Sex betraf, so war er bisher zu keinem Ergebnis gekommen.

»Ich möchte Sie gewiß nicht drängen, Alexej«, sagte Redpath, »aber wenn die Sache, von der Sie sprachen, so dringend ist, dann sollten wir umgehend die Karten auf den Tisch legen.«

Nowikow runzelte die Stirn.

Mißmutig stellte Cruz fest, daß die Falten auf der Stirn des Russen dessen gutes Aussehen noch erhöhten. Er fragte sich, ob Nowikow diese Mimik wohl vor dem Spiegel übte.

»Die Umstände zwingen mich, Ihnen mehrere bedeutende Staatsgeheimnisse anzuvertrauen«, begann Nowikow. »Aus diesem Grund zöge ich es vor, mit Ihnen allein zu sprechen.«

Cruz ließ ungeduldig die Eiswürfel in seinem Glas klappern.

»Ich bin hier, weil Cassandra es will, und das wissen Sie ganz genau«, blaffte er. »Also hören Sie mit diesem Unsinn auf, und schießen Sie endlich los.«

Einen Augenblick lang musterte Nowikow seinen ehemaligen Gegenspieler. Irgend etwas an Cruz war anders als früher, etwas, was Nowikow nicht zu deuten verstand. Cruz Rowan war ein Agent gewesen, der die Weltpolitik auf typisch amerikanische Art wie ein großes, aufregendes Spiel betrachtet hatte. Trotz dieser naiven Sichtweise hatte er Nowikow in die Falle laufen lassen wie ein Schachmeister seinen weniger begnadeten Gegner matt setzte.

Damals war Nowikow wütend gewesen. Und das war er immer noch. Aber er besaß genügend Einsicht, um anzuerkennen, daß er nur die letzte Runde gewonnen hatte und daß in den Runden davor Cruz der Sieg gebührte.

Cruz hatte das Spiel immer gnadenlos und effizient, aber zugleich auf eine jungenhafte Weise gespielt. Nun aber umgab ihn eine erschreckende Kälte. Eher europäisch als amerikanisch. Besorgt erkannte Nowikow, daß Cruz durch diese Veränderung noch gefährlicher geworden war.

»Als wir uns das letzte Mal begegnet sind«, sagte Nowikow, »dachten Sie, ich wäre ein alltäglicher Spion, der sich hinter Kunst und Kultur versteckt.«

Cruz winkte mit seinem Glas. »Das ist lange her.«

»Für Sie vielleicht«, erwiderte Nowikow. »Sie haben sich Ihre Arbeit schließlich selbst ausgesucht. Ich nicht. Ich wurde gezwungen, beim KGB mitzuarbeiten. Ich war von Beruf und Veranlagung her Kunsthistoriker und bin es noch.«

»Stimmt.«

»In der Tat«, sagte Nowikow unter Nichtbeachtung des sarkastischen Einwurfs, »bin ich der Chefkurator für die wichtigste Wanderausstellung russischer Kunst, die je zusammengestellt wurde. Vielleicht haben Sie schon von ›Glanzstücke aus Rußland‹ gehört?«

Ehe Cruz etwas erwidern konnte, beantwortete sich Nowikow die Frage selbst.

»Nein, natürlich haben Sie nichts davon gehört.« Nowikow wandte sich an Redpath. »Aber *Sie* bestimmt? Sie soll diesen Freitag im Damon-Hudson-Kunstmuseum in Los Angeles eröffnet werden.«

Redpaths neutraler Gesichtsausdruck machte einem unmerklichen Lächeln Platz.

»Ich habe gehört, daß Hudson die Absicht hat, sein neues Mausoleum mit einer Ausstellung über russische Kunst einzuweihen«, sagte sie.

»Die Ausstellung war zuletzt in Tokio zu sehen«, erklärte Nowikow. »Dort gab es Besucherrekorde.«

Cruz hielt Gillespie sein leeres Glas hin, und der Hauptfeldwebel füllte es, ohne eine Miene zu verziehen. Cruz bemerkte, daß der Hüne sich nie weiter als Armeslänge von Nowikow oder besser gesagt Gapan entfernte.

»Die Ausstellungsstücke wurden zusammengepackt und alle auf einmal verschifft.«

»Und das fehlende Ei...«, setzte Cruz an.

»Die Rubin-Überraschung«, unterbrach ihn Nowikow mit schmerzlichem Blick.

»Wie auch immer. War es noch da, als Sie in Tokio gepackt haben?«

»Ja. Wir haben ein kommerzielles Luftfrachtunternehmen beauftragt, das auf solche Ladungen spezialisiert ist. Absolut zuverlässig.«

»Und Sie sind sich sicher, daß das Ei, das Sie verschifft haben, das richtige war? Kein Imitat?«

»Ganz sicher«, sagte Nowikow. »Die gesamte Ausstellung kam gestern in Los Angeles an. Unmittelbar nach dem Zoll haben wir angefangen, die Ladung auf Frachtschäden hin zu untersuchen.«

»Und da fehlte das Ei.«

»Ja.«

»Wieviel ist es wert?«

Es schien Nowikow geradezu unglücklich zu machen, das Ei materiell taxieren zu müssen.

»Das Ei ist unbezahlbar, sowohl vom historischen als auch vom künstlerischen Wert her«, sagte er schlicht. »Das Haus Fabergé war der Hofjuwelier der russischen Zarenfamilie. Dort wurden alle möglichen außergewöhnlichen Kleinodien hergestellt, die kaum einen materiellen Wert besaßen.«

»Dinge, die man wohl eher der Phantasie zuschreibt als der Kunst«, sagte Redpath zu Cruz.

»Genau«, pflichtete Nowikow bei. »Obgleich viele Kunsthistoriker der Auffassung sind, daß das Haus Fabergé mit den kaiserlichen Eiern die Grenze des reinen Handwerks überschritten und zum ersten Mal echte Kunst geschaffen hat.«

»Was man in den letzten siebzig Jahren in Rußland nicht unbedingt begrüßte«, ließ Cruz sich vernehmen.

»Die Mode ändert sich mit der Politik«, sagte Nowikow. »Der Sturz des Zaren bedeutete das Ende für Fabergé. Die Rubin-Überraschung war das letzte Schmuckei, das in Auftrag gegeben worden war. In der Tat wußte niemand, ob es je fertiggestellt worden war, bis man kürzlich eine ausgedehnte Inventur der Staatsschätze vornahm.«

Redpath nickte. Es war ein offenes Geheimnis, daß die Russen jede mögliche Geldquelle anzapften, selbst wenn sie dazu Kunstgegenstände verkaufen mußten, die seit Generationen hinter Schloß und Riegel schlummerten.

»Irgendein Revolutionsheld muß seine proletarischen Vorurteile überwunden und die Rubin-Überraschung in seiner Betonvilla versteckt haben«, näselte Cruz. »Und dann hat ihm ein anderer Retter der Menschheit das Ei abgenommen, als das Volk abermals auf die Straßen ging.«

Nowikows Miene spannte sich an. »Ich weiß nicht, wie das Ei in den Staatsschatz gelangte. Es wurde im Verlauf einer Inventur der gesamten Schätze entdeckt.«

Mit halb geschlossenen Augen speicherte Cruz die Informationen in seinem Hirn. Als er die Hand nach seinem Limonadenglas ausstreckte, starrte Nowikow ihn überrascht an. Cruz wußte genau, was den Blick des Russen fesselte: ein linker Zeigefinger war etwa zweieinhalb Zentimeter über der Hand abgetrennt.

Nowikow und Cruz ertappten sich bei ihrem gegenseitigen Taxieren, und mit einem boshaften letzten Blick auf die Verstümmelung setzte ersterer zum Sprechen an.

»Die Ausstellung bildet einen Querschnitt durch Kunst und Kunstgegenstände der Vorsowjetzeit, aber das Herz des Ganzen bilden die Exponate von Fabergé. Kristall- und Lackblumen, exotische Kristalltiere, zwanzig prächtig lackierte Zigarettenkästen und vergoldete, diamantbesetzte Bilderrahmen.«

»Woher kommen denn all diese Schätze?« fragte Cruz beiläufig. »Gibt es Verkaufsbelege oder dergleichen?«

Redpath bedachte Cruz mit einem schrägen Blick.

»Die Bolschewiken haben den Aristokraten Hunderte solcher Gegenstände abgenommen«, sagte Nowikow.

»Genau wie Diamanten«, half Cruz nach. »Eimerweise.«

»Kriegsbeute«, Nowikow winkte elegant ab. »In den schwersten Jahren hat der Sowjetstaat große Teile dieses Schatzes gegen harte Währung verkauft.«

»Und der Rest wurde von korrupten kommunistischen Beamten und Kulturbürokraten beschlagnahmt, nicht wahr?« fragte Cruz.

»Vielleicht«, hieß die Antwort und beide lächelten eisig. »Meine Ausstellung umfaßt das Beste, was vom Staatsschatz noch übrig ist. Ein paar der Gegenstände sind wirklich außergewöhnlich. Wie die Rubin-Überraschung. Oder das Ei von St. Petersburg.«

»Ostereier«, faßte Cruz zusammen.

»Einzigartige Ostereier«, ergänzte Redpath milde. »Alexander der Dritte hat das erste Ei für seine Ehefrau bestellt – mit solchem Erfolg, daß es zur Tradition wurde.«

»Richtig«, sagte Nowikow. »Sein Sohn, der letzte Zar, bestellte jedes Jahr zwei, eines für seine Mutter und eines für seine Frau. Im Laufe der Jahre wurden ein paar Eier für russische Industrielle kreiert.«

»Warum heißt das Ei die Rubin-Überraschung?« mischte sich Gillespie ein.

Nowikow sah den großen Mann an, als wundere es ihn, daß er es wagte, den Mund zu öffnen. Ein einziger Blick in Gillespies Augenhintergrund genügte jedoch, seine Einschätzung zu ändern. Was für eine Hautfarbe der Mann auch immer hatte, er war mehr als Hausdiener oder Gigolo.

»Jedes Ei birgt ein Geheimnis,« sagte Nowikow.

»Ein Staatsgeheimnis?« fragte Gillespie.

»Nein«, sagte Redpath. »Eine Kuriosität.«

»Genau«, echote Nowikow. »Manchmal bestand die Überraschung aus einer Reihe diamantgerahmter Miniaturporträts, die in den juwelenbesetzten Fächern des Eis verborgen waren. Manchmal handelte es sich um eine winzige Landschaft, die sich aus der Mitte des Eis auf einem versteckten Uhrwerk erhob. Manchmal war es ein Tier mit einem Aufziehmechanismus, der es laufen ließ.«

Gillespie lüftete eine schwarze Braue. Ohne ein Wort zog er sich zurück, um den Limonadenkrug neu zu füllen.

»Wie viele Eier gibt es insgesamt?« fragte Cruz.

»Ende des neunzehnten, Anfang des zwanzigsten Jahrhunderts wurden einhundertfünfzig Eier hergestellt«, sagte Nowikow.

»Und wer hat sie gekauft?«

»Ein paar wurden von der britischen Königsfamilie gekauft. Andere verschwanden während der russischen Revolution. Die übrigen wurden zu märchenhaften Sammelobjekten überall auf der Welt.«

»Und wer außerhalb Rußlands besitzt sie?« fragte Cruz.

Obgleich er immer noch entspannt wirkte, war sein Blick jetzt auf Beute aus. Wer auch immer ein solches Fabergé-Ei besaß, wäre ein möglicher Käufer für ein weiteres Ei, egal, woher es kam.

»Damon Hudson, der Industriemagnat, hat mehrere«, sagte Nowikow. »Und Malcolm Forbes, der amerikanische Publizist, hat ein Dutzend von ihnen gekauft.«

»Was mußte er dafür bezahlen?« fragte Redpath.

»Für das zuletzt erhältliche Ei hat er mehr als anderthalb Millionen amerikanischer Dollar bezahlt«, sagte Nowikow. »Das war vor ein paar Jahren. Niemand weiß, welchen Preis ein solches Stück heute auf dem internationalen Kunstmarkt erzielen würde.«

»Und Sie haben es geschafft, eins davon zu verlieren«, sagte Cruz. »Kein Wunder, daß Sie nervös sind.«

»Meine persönliche Verantwortung belastet mich nicht halb so sehr wie der große kulturelle Schaden und die politischen Folgen dieses Verlusts.«

Cruz schwieg.

»Wie Sie bereits festgestellt haben», Nowikow rang um seine Souveränität, »arbeite ich für eine Regierung, die am Rande einer Katastrophe balanciert. Die Demokratie wird von allen Seiten unter Beschuß genommen. Die kommunistische Partei ist immer noch ein mächtiger Verein.«

Nowikow blickte von Cruz zu Redpath.

»Die Männer, die Sie Hardliner nennen«, sagte er, »würden sämtliche Fortschritte der letzten Jahre zunichte machen, nur um wieder an die Macht zu gelangen.«

»Vergessen Sie die Rechte nicht«, sagte Cruz und biß in einen Keks. »Schließlich haben sich das Militär und ehemalige KGBler zusammengetan.«

»Außerdem sind da noch die Lockungen des weißrussischen Nationalismus«, fügte Gillespie, der mit einem neuen Krug Limonade im Türrahmen erschien, hinzu. »Es gibt alte Familien, die ihr Geld beiseite geschafft haben, ehe die Revolution vorüber war. Sie wären nur allzu froh, wenn sie erneut in den trüben russischen Gewässern fischen könnten. Noch etwas Limonade?«

Nowikow blinzelte und beäugte Gillespie wie eine Frau einen überraschend interessanten Mann.

»Danke«, murmelte er und hielt sein Glas hin. »Sie haben recht. In meinem Land gibt es eine traurige Mischung verschiedenster Kräfte, die jeden Augenblick explodieren kann.«

Nowikow sah verächtlich auf Cruz und dann auf seine linke Hand.

»Vielleicht findet ein Cowboy wie Cruz Rowan eine solche Tatsache prickelnd«, sagte er, »aber urteilsfähige Männer – und Frauen – verstehen, wie ernst die Situation tatsächlich ist.«

Er sah Redpath an.

»Es sei denn, Botschafterin, Sie hätten das Interesse an der Weltstabilität verloren, seit Sie nicht mehr Ihrer Regierung verpflichtet sind.«

»Meine Kollegen und ich stehen nicht mehr im Dienst der nationalen Politik«, sagte Redpath. »Aber wir sind immer noch Menschen, und der Zustand der Welt interessiert uns ebenso wie jeden anderen.«

»Dann werden Sie Rußland also helfen?«

»Ich denke, die Zollbehörden oder die Polizei von Los Angeles könnten die Sache vielleicht schneller aufklären«, sagte Cruz zu niemand bestimmtem.

»Der Verlust wurde nicht gemeldet«, sagte Nowikow.

Cruz gab sich keine Mühe, überrascht zu tun. Er war es nicht.

»Aber es ist doch sicher auch anderen aufgefallen, daß das Ei verschwunden ist?« fragte Redpath.

»Ja, aber als ich es entdeckte«, sagte Nowikow, »nahm ich mir die Freiheit, als Entnehmer zu unterzeichnen.«

»Also sind Sie der einzige, der weiß, wie es um die Rubin-Überraschung steht?«

»Mr. Gapan, der für die Sicherheit verantwortlich war, weiß es ebenfalls, genau wie jetzt auch Sie drei.«

»Lassen Sie es sich ja nicht einfallen, uns die Schuld zuzuschieben, falls etwas von dem Verlust nach draußen dringt«, sagte Cruz. »Schließlich weiß mindestens eine weitere Person Bescheid.«

»Was? Wer?« fragte Nowikow.

»Der Dieb.« Cruz war gelangweilt.

»Oh. Natürlich. Aber er, oder sie, wird wohl kaum darüber sprechen wollen, nicht wahr?«

»Angenommen, er will das Ei verkaufen«, sagte Cruz. »Dann wird er darüber sprechen müssen. Und dann weiß innerhalb kürzester Zeit alle Welt Bescheid.«

»Das darf nicht passieren«, brauste Nowikow auf.

Cruz nahm einen Schluck Limo. »Das sagen Sie am besten dem Dieb.«

Nowikow wandte sich an Redpath. »Die Situation in Rußland ist äußerst ... delikat«, sagte er vorsichtig. »Es sind Leute an der Macht, die dagegen waren, daß der Schatz das Land verläßt.«

»Warum?«

»Sie sind das, was man Superpatrioten nennt. Sie haben das Gefühl, daß diese Kunstgegenstände die Seele Rußlands und als solche vor unreinen Blicken zu schützen sind.«

»Superpatrioten?« murmelte Cruz. »Wie wär's statt dessen einfach mit Vollidioten?«

Nowikow wandte den Blick nicht ein einziges Mal von Redpath ab, seine Augen feucht vor Erregung.

»Cassandra, bitte«, flehte er. »Sie müssen die Diebe finden, ehe der Verlust der Rubin-Überraschung bekannt wird.«

»Warum sind Sie damit überhaupt zu uns gekommen?« kam Cruz Redpath zuvor. »Wenn Ihnen der Gedanke, die Bullen in Los Angeles anzusprechen, nicht gefällt, gehen Sie doch zum FBI. Die werden Ihnen mit dem größten Vergnügen unter die Arme greifen.«

Nowikow starrte ihn entgeistert an. »Die Polizei? Das FBI? Das sind doch alles Funktionäre! Jede dieser Einrichtungen würde die Sache sofort an die Öffentlichkeit zerren.«

Cruz widersprach ihm nicht, denn was er sagte, war wahr.

»Außerdem«, fuhr Nowikow eilig fort, »erstatten Ihre Behörden immer sofort in Washington Bericht. Ihre Regierung würde versuchen den Diebstahl und die Untersuchung zu ihrem eigenen Vorteil zu nutzen. Das liegt in der Natur einer Regierung, nicht wahr? Sie haben keine Freunde. Sie haben nur Interessen, wie die Botschafterin einmal schrieb.«

Redpath blickte von Nowikows unter Hochspannung stehendem Gesicht zu dem Kristallglobus vor ihr auf dem Tisch. In die feste Kugel waren die Kontinente und die größten Inseln fein eingraviert, so daß eine überraschende Mischung zwischen Kristallkugel einer Wahrsagerin und einem geopolitischen Globus entstanden war.

»Das war ein Zitat von de Gaulle«, gestand sie. »Und zwar nicht, weil ich ihn bewundere. Wenn man den Dienst für die Regierung quittiert, kann man es sich wieder leisten, neben seinen Interessen auch Freunde zu haben.«

»Zweifellos.« Nowikow nickte zustimmend. »Ich leugne nicht, daß ich politische Motive habe. Schließlich vertrete ich meine Regierung und ihre Interessen, und ich wünsche mir nur zwei Dinge. Erstens, daß die Rubin-Überraschung so schnell und unauffällig wie möglich wiedergefunden wird, und zweitens, daß die Kosten für die russische Republik so gering wie möglich gehalten werden.«

»Wir sind nicht billig«, sagte Cruz. »Fragen Sie Peru, wieviel es gekostet hat, die zehn Millionen zurückzubekommen, die sein ehemaliger Präsident beiseite geschafft hatte.«

»Wie man mir sagte, fordern Sie zehn Prozent des Vermögens, das Sie ausfindig machen«, sagte Nowikow. »Ich bin bereit, persönlich dafür zu garantieren, daß wir das Ei, falls Sie es finden, einem von beiden Seiten akzeptierten Schätzer vorlegen und Ihnen zehn Prozent des von ihm ermittelten Werts bezahlen.«

Cruz sah Redpath an. Sie stellte ihr Diplomatengesicht zur Schau. Nowikow hätte ihr eine Handvoll Diamanten oder einen Teller mit kalter Spucke anbieten können, ihre Miene wäre immer die gleiche gewesen.

»Sie werden für Ihre Mühe reichlich belohnt werden«, betonte Nowikow erneut. »Das ist schließlich die einzige Art, in der Sie Ihre eigenen Interessen und diejenigen Ihrer Firma in dieser privatisierten Welt abwägen, nicht wahr?«

Gillespie und Cruz sahen Nowikow an und überlegten, ob er sie wohl zufällig oder absichtlich beleidigte.

Cruz entschied sich für Absicht und überlegte, weshalb der normalerweise so zugeknöpfte Russe plötzlich so verwegen wurde.

»Die Botschafterin hat nicht gesagt, daß wir Huren sind«, entgegnete er ruhig. »Sie hat lediglich gesagt, daß wir uns auf einem freien Markt die Freiheit nehmen, unsere Klienten selbst zu wählen.«

»Schon gut.« Redpath gab sich versöhnlich. »Alexej versucht lediglich, auf die ihm eigene Art an mein Eigeninteresse zu appellieren, weil er denkt, daß er auf diese Weise am ehesten sein Ziel erreicht. Er wollte mich gewiß nicht beleidigen, nicht wahr, mein Kleiner?«

Nowikow duckte sich: »Keineswegs, meine Liebe.«

Redpath sah erneut auf den Kristallglobus.

Cruz kannte diesen ausdruckslosen Blick. Er war ein Zeichen dafür, daß das außergewöhnliche Hirn hinter den leuchtend grünen Augen der Botschafterin auf Höchststufe geschaltet war.

Nach ein paar Sekunden schien sie auf den Erdboden zurückzukehren. Sie bedachte Nowikow mit einem abwesenden Blick, als wäre sie überrascht, ihn immer noch vor sich zu sehen.

»Wenn wir das Ei haben, werden wir es vom Auktionshaus Christie's schätzen lassen«, sagte sie.

»Einverstanden.«

»Aber die Gebühren betragen mindestens eine Million Dollar, egal, was die Schätzung ergibt«, fuhr Redpath fort. »Wir übernehmen sämtliche Kosten der Nachforschungen, dafür verlangen wir das letzte Wort.«

»Das letzte Wort?« fragte Nowikow. »Was soll das heißen?«

»Wenn wir die Suche für beendet erklären, ist sie vorbei«, erklärte sie. »Wenn wir die Polizei oder das FBI rufen, damit sie eine Verhaftung vornehmen, dann werden Sie keinen Einspruch erheben.«

Nowikow schluckte, doch dann nickte er.

»Meinetwegen. Wann können Sie anfangen?«

»Das haben wir bereits.«

»Ein Diebstahl wie dieser ist kaum das Werk von Amateuren«, gab Nowikow zu bedenken. »Demnach muß ich sicher sein, daß ich bei Ihnen mit meinem Anliegen in guten Händen bin.« Nowikow sah den verständnisinnigen Cruz an und fügte hinzu: »In *zwei* guten Händen.«

Cruz erhob sich mit bedrohlicher Gelassenheit, aber Gillespie war bereits da und beugte sich vor, um ein leeres Limonadenglas vom Tisch zu nehmen, wodurch er ihm den Weg zu Nowikow versperrte. Es sah wie ein Zufall aus.

»Sie sind bei uns in guten Händen«, sagte Redpath. »Hauptfeldwebel, haben Sie mit dem Piloten gesprochen, während Sie die Erfrischungen holten?«

»Ja. Wieder mal das alte Lied.«

»Zur Hölle mit dem Bordcomputer«, murmelte Redpath. »Sie werden Mr. Nowikow und Mr. Gapan nach Los Angeles zurückfahren müssen«, und zu Nowikow gewandt, »aber keine Angst, bei seinem Tempo sind Sie fast so schnell wie mit dem Flugzeug dort. Kann ich Sie über das Hudson-Museum kontaktieren?«

»Ja.«

»Ausgezeichnet. Ich nehme an, Sie haben ein Bild der Rubin-Überraschung und den Frachtbrief für die Gesamtladung bei sich?«

»Ein Photo, ja. Nach dem Frachtbrief muß ich erst fragen.«

Während er sprach, schob er die Hand in die Tasche und zog einen kleinen Umschlag heraus. Gillespie nahm ihn und reichte ihn Redpath.

»Danke.«

Dann stand sie auf, was bedeutete, daß sie die Diskussion als beendet ansah.

Nowikow erhob sich mechanisch und ergriff Redpaths ausgestreckte Hand. Ehe er jedoch wußte, wie ihm geschah, wurden er und Gapan von Gillespie aus der Bürosuite gescheucht.

Sobald die Tür hinter den dreien ins Schloß gefallen war, nahm Redpath wieder Platz und starrte auf ihre transparente Weltkugel.

Cruz knabberte an ein paar Eiswürfeln aus seinem Glas und wartete darauf, daß Redpath mit ihrer Analyse des Sachverhalts zu einem Ergebnis kam. Schließlich blickte sie verärgert auf.

»Sie werden sich Ihre Zähne ruinieren, wenn Sie weiter auf dem Eis rumbeißen.«

»Ja, Frau Mutter«, war seine sarkastische Erwiderung. »Aber es wird Sie bestimmt freuen zu erfahren, daß ich das nur tue, wenn ich wütend bin.«

»Wütend? Auf mich?«

»Ich bin wütend, weil dieser schleimige Bastard Sie beleidigt hat, als wäre die Risk Limited irgendein überbezahlter Privatbullenverleih.«

Redpath winkte ab.

»Sie dürfen Nowikow nicht trauen«, sagte Cruz ohne Umschweife.

»Gibt es dafür einen besonderen Grund?«

»Er hat Sie nach Strich und Faden angelogen. Wenn er nichts weiter als ein für Kultur zuständiger Beamter ist, wie kann der Schurke dann eine Million Dollar für die Wiedererlangung eines Eis bezahlen, das er noch nicht mal als gestohlen gemeldet hat?«

Redpath blickte auf. »Sie ziehen sich besser erst einmal anständig an. Schließlich sind Sie wieder im Dienst.«

»Bin ich das? Soviel ich hörte, hatten Sie Nowikow jemand mit *zwei* guten Händen versprochen.«

»Bitte keine Empfindlicheiten«, erwiderte Redpath energisch. »Reißen Sie sich zusammen, und fangen Sie endlich mit der Arbeit an. Das Flugzeug steht startbereit.«

»Dann funktioniert der Bordcomputer also wieder, was?«

»Praktische Sache, so ein Bordcomputer.«

»Sie trauen Nowikow genausowenig wie ich. Warum haben Sie den Auftrag überhaupt angenommen?«

»Es interessiert mich zu erfahren, was Nowikow uns verschwiegen hat.«

»Wie zum Beispiel?«

»Gerüchte. Hinweise. Geflüster.«

»Wie zum Beispiel?« wiederholte Cruz.

»Es könnte eine reine Fehlinformation sein.«

»Nennen Sie mir ein Gerücht, einen Hinweis, ein Geflüster. Vorher kann ich nicht entscheiden, was hinter der Sache steckt.«

»Sie haben einen ausgezeichneten Instinkt«, sagte Redpath. »Darauf vertraue ich. Das sollten Sie auch tun.«

Cruz verzog das Gesicht. »Mit anderen Worten, ich setze zu einem Blindflug an.«

»Aber nicht allein. Zumindest nicht lange. Fangen Sie an, Cruz. Ich fürchte, wir haben in dieser Sache reichlich häßliche Konkurrenz.«

Ohne ein Wort machte Cruz kehrt zur Tür.

»Cruz?«

»Ja?«

»Tragen Sie Schwarz.«

5

Um kurz nach vier an diesem Nachmittag fuhr eine Cadillac-Limousine an den obligatorischen Säufern und Haschischdealern auf dem Pershing Square vorbei die Hill Street hinab. Damon Hudson spähte durch die verdunkelten Scheiben des Fahrzeugs auf die Stadt, die sich zu beiden Seiten ausbreitete. Es war Jahre her, seit er zum letzten Mal im Juweliersbezirk der Downtown von Los Angeles gewesen war. Viele Dinge hatten sich seither verändert.

Der Juweliersbezirk war immer eine dunkle, ruhige Ecke in dem Viertel namens Downtown gewesen. Juden, Armenier und Syrer, alle Gold- oder Edelsteinhändler, hatten kleine Läden in Gebäuden gemietet, deren Eigentümer die Chandlers und die Shermans, die Strubs und die Gerkens gewesen waren. Inzwischen hatten die ehemaligen Mieter die Häuser übernommen und vermieteten nun ihrerseits die Läden an Einwanderer von den Philippinen, aus Mexiko und Vietnam.

Ein paar Leute waren der Ansicht, daß die Downtown von Los Angeles prächtig gedieh. Andere fanden, daß sie Metastasen bildete. Die Macht des Geldes und der Politik hatte ihre Fäden in alle Richtungen gesponnen – nach Century City, ins San Fernando Valley, nach Orange County hinein. Dem Juweliersbezirk schenkte man seit dem Auszug der Macht in die Vororte keine allzu große Beachtung mehr.

Ohne großes Aufheben war der Bezirks angewachsen und hatte schließlich den gesamten Kern der alten Innenstadt geschluckt. Zwölf Blöcke bildeten den lebhaften und manchmal etwas undurchsichtigen Knotenpunkt des Juwelenhandels am Rande des Pazifischen Ozeans. Der Bezirk war ein polyglotter, postmoderner Schmelztiegel geworden, ein Mikrokosmos des neuen Los Angeles.

Hudson mochte ihn nicht.

Die schwarze Limousine glitt um einige zweireihig geparkte gepanzerte Fahrzeuge vor dem Gebäude 550 South Hill Street herum. Dieses Gebäude bot ein perfektes Beispiel der Veränderung des Bezirks, ein moderner Turmbau zu Babel, errichtet aus den Handelsgewinnen mit Diamanten, Edelsteinen und Gold. Im Inneren des Gebäudes drängten sich israelische, holländische und indische Diamantenschneider neben japanischen Perlenhändlern, Saphir- und Rubinmaklern aus Südostasien und Goldhändlern aus Südafrika und Nahost.

Normalerweise hätte sich Hudson dem Geschrei und Gedränge im Juweliersbezirk nicht ausgesetzt. Es war unangebracht für einen Mann seiner Position, einen solchen Ort der unverhohlenen Habgier zu visitieren. Mit der unverfrorenen Geschäftemacherei hinter den Fassaden der gut bewachten Hochhäuser des Bezirks verband ihn schon lange nichts mehr.

Aber im Augenblick hatte Hudson keine andere Wahl, als sich unter die aufdringlichen jungen Leute in diesem Block zu mischen. Er wollte Armand Davinian überraschen, damit dieser nicht vorgewarnt war und vielleicht sogar untertauchte. Ein Überraschungsbesuch bot die einzige Möglichkeit, eine spontane Antwort von seinem einstigen Geschäftspartner und ehemaligen Freund zu bekommen.

Die Limousine zog weiter bis zur Kurve vor dem Gebäude 609 South Hill, einem der älteren Häuser des Bezirks. Ohne darauf zu warten, daß der Fahrer ihm die Tür öffnete, stieg Hudson aus und zog los. Der Fahrstuhl war alt, voller Leute, die sich in unverständlichen Sprachen unterhielten.

Hudson beschloß, die Treppe zu nehmen und kletterte eilig in den dritten Stock. Oben angekommen blieb er stehen, bis sein rasendes Herz wieder langsamer schlug. Davinian war alt und schwach, aber gefährlich. Hudson wußte, daß er jeden erdenklichen Vorsprung brauchen würde, einschließlich des gesteigerten Selbstbewußtseins, das mit der körperlichen Überlegenheit kam.

Der Korridor im dritten Stock erstreckte sich dunkel, ja geradezu geheimnisvoll vor ihm. Zu beiden Seiten gingen kleine Suiten ab, die dem Besucher jeweils ein großes Schaufenster präsentierten und die durch dicke Glastüren abgesichert waren, deren Schlösser man von innen betätigte.

Das zumindest hatte sich nicht verändert. Die Leute, die in ihre Gold- und Edelsteinläden eingeschlossen waren, kannten die menschliche Gier zur Genüge.

Hudson ging rasch den Gang hinab und blieb erst stehen, als er zu einer Tür mit der Aufschrift DAVINIAN UND SÖHNE, DIAMANTEN- UND METALLHANDEL kam. Ein kleineres Schild in einer Ecke des dunklen, fast leeren Schaufensters warnte: *Kein Zutritt für Publikum.*

Hudson beugte sich vor und starrte durch die Glastür in das düstere Geschäft. Der Großteil des Ausstellungsraums lag im Dunkeln, doch im Hinterzimmer brannte eine Lampe, unter der ein gebrechlich wirkender, kahlköpfiger Mann wie ein Aasgeier über eine Arbeitsbank gebeugt saß.

Hudson drehte den Knauf. Es war abgeschlossen.

Statt zu klopfen, klapperte er weiter mit dem Türgriff herum, und nach einer Weile blickte der alte Mann auf. Das gespenstisch weiße Licht der Arbeitslampe ließ seinen Schädel schimmern wie einen Totenkopf. Er trug eine Brille mit einem gewöhnlichen Metallgestell sowie spezielle Vergrößerungslinsen auf schwenkbaren Bügeln. Wie eine Eule blinzelte er, bis sich seine Augen an die veränderte Entfernung des Brennpunkts gewöhnt hatten.

Langsam richtete sich sein Blick auf Hudsons Gesicht. Einen langen Augenblick lang starrte er ihn ungläubig an.

Hudson zerrte weiter fordernd an der Tür. Schließlich berührte der Mann mit der Vogelgestalt einen Knopf an der Wand neben seiner Arbeitsbank.

Ein Summer ertönte, und auf einmal ließ sich der Knauf in Hudsons Hand drehen. Die Tür öffnete sich mit einem lauten Ächzen, und ehe es sich Davinian anders überlegen konnte, trat Hudson ein. Ohne auch nur einen einzigen Blick auf die erlesene Edelsteinsammlung zu werfen, durchquerte er den Raum. Alles, was ihn interessierte, war der alte Mann, der an der Arbeitsbank saß und ihn beobachtete.

Hinter Hudson fiel die Tür hörbar ins Schloß und isolierte die beiden Männer vom Rest der Welt. Ein Ausstellungstresen und eine verriegelte Pforte trennten ihn von dem Arbeitsbereich, in dem Davinian wartete.

»Armand, was für einem Wahnsinn sind deine Leute jetzt wieder verfallen?« fragte er.

Davinian blinzelte und schwieg.

»Ist ganz Rußland verrückt geworden, oder haben vielleicht nur ein paar seiner weniger intelligenten Vertreter diesen Unsinn verzapft?« fuhr Hudson ärgerlich fort.

Langsam richtete sich Davinian auf, erhob sich von seiner Arbeitsbank und schlurfte zum Ausstellungstresen, der Hudson in Schach hielt. Er baute sich seinem Gast gegenüber auf und sah ihn argwöhnisch an, als sei er auf einen faulen Trick gefaßt.

»Gerade du solltest nicht mit mir über Wahnsinn reden«, sagte Davinian. »Du bist derjenige, der während meiner normalen Geschäftszeiten kommt, so daß jeder ihn sehen kann. Warum, in aller Welt, tust du das? Wir haben nichts mehr miteinander zu tun. Wir haben abgemacht, daß wir uns nie wieder treffen.«

»Ich hätte auch nicht gedacht, daß es je wieder erforderlich wäre, dein Gesicht zu sehen«, schnauzte Hudson ihn an. »Aber dann landete gestern deine große schwarze Taube auf meiner Schulter, und da habe ich es mir anders überlegt.«

Davinian legte den Kopf schräg. Es war die Geste eines alten Mannes, dessen Gehör sich allmählich verschlechterte.

»Schwarze Taube?« fragte er leise. »Was redest du da?«

»Eine Frau von einsachtzig. Dunkel. Eine Journalistin mit einem gutgeölten Getriebe«, stieß Hudson hervor.

»Ich kenne keine …«

»Den Teufel tust du«, unterbrach Hudson ihn. »Die Fragen, die sie mir gestellt hat, können nur aus einer einzigen Quelle stammen. Von dir!«

»Ich wiederhole, daß ich diese Person nicht kenne.«

»Blödsinn. Nur eine Handvoll Menschen wissen gut genug Bescheid, um Fragen über Pakete mit Diamanten zu stellen, die neunzehnhundertsiebenunddreißig auf einer Auktion in Antwerpen verkauft worden sind.«

Davinian riß entsetzt die Augen auf.

»Oder über die Gemälde französischer Impressionisten, die Teil meiner Privatsammlung sind«, fügte Hudson zornig hinzu. »Sie wußte auch über andere Gemälde Bescheid, und zwar über die, die auf diversen Auktionen Ende der dreißiger bis Mitte der sechziger Jahre verkauft worden sind.«

»Bei meiner Seele, ich …«

»Sie hat mir sogar Fragen über Fabergé-Stücke gestellt, die in den Fünfzigern im Westen aufgetaucht sind«, unterbrach Hudson ihn.

Davinian stützte sich schwer auf den Tresen.

»Es gibt nur wenige Menschen, die mich gut genug kennen, um zu wissen, wie peinlich die Antworten auf diese Fragen für mich sind«, sagte Hudson. »Und nur einer dieser Menschen ist hier in Los Angeles. Du!«

Mit vor Altersschwäche zitternden Händen nahm Davinian seine Brille ab und rieb sich die Nasenwurzel.

»Warum hast du mich verraten?« bellte Hudson. »Hast du dir eingebildet, ich wäre zu alt, um einen Spion wie dich zu schlagen, bis er um Gnade winselt?«

Unbewußt fing Davinian an, seine Brille mit dem Ende seines dunkelblauen Halstuchs zu polieren. Der Seidenstoff war verblichen, als würde das Tuch schon lange für eben diesen Zweck mißbraucht.

»Ich bin Juwelenhändler«, sagte er mit fester Stimme. »Ich bin in Sowjetisch Armenien geboren. Ich habe immer noch ein paar Kontakte dorthin. Ich habe hin und wieder mit dir Geschäfte gemacht. *Aber ich bin kein Spion.*«

Hudson fuchtelte zornig mit der Hand vor seiner Nase herum. »Du bist ein nicht registrierter Agent einer fremden Regierung. Du hast im Auftrag der Sowjetunion agiert. Wir wissen beide, woher die Diamanten kamen, die Gemälde und all das andere Zeug, das du mit meiner Hilfe losgeworden bist.«

»Dafür habe ich dich auch immer gut bezahlt«, erwiderte Davinian unbewegt.

Hudson schlug mit der offenen Hand auf den Tresen, so daß das Glas gefährlich klirrte.

»Wir wissen beide, daß das Geld aus jedem Verkauf direkt zu deinen Oberen beim KGB zurückgeflossen ist«, sagte er. »Und jetzt erzähl mir noch einmal, du wärst kein Spion!«

Davinian spreizte die Finger seiner knochigen Hände über dem Glas aus, als wolle er es auf diese Weise vor dem Zerbersten bewahren.

»Beruhige dich«, sagte er mit seiner heiseren Stimme. »Im Gegensatz zu dir habe ich schon lange keinen Kontakt mehr nach Moskau. Meine Geschäftspartner sind nicht mehr an der Macht. Es hat sich vieles verändert.«

»Verändert?« fragte Hudson sarkastisch. »Die Dinge ändern sich nie. Zumindest nicht so, daß es von Bedeutung wäre. Es gibt immer mehr Schweine als Plätze an den Futtertrögen. Also hast du beschlossen, aus meinem Trog zu fressen, statt um einen Platz am russischen Trog zu kämpfen.«

Davinian schüttelte stumm den Kopf.

»Wieviel?« fragte Hudson. »Ich will wissen, wieviel es kostet, wenn man dich kaufen will.«

»Denk doch mal drüber nach«, sagte Davinian sanft. »Ich kann nicht die Ursache deiner Probleme sein. Ich habe genausoviel zu verlieren wie du, wenn die Vergangenheit herauskommt.«

Das papierne Flüstern seiner Stimme drang schließlich durch Hudsons Ärger hindurch und weckte die darunterliegende Angst. Hudson hatte sein Leben damit verbracht, dafür zu sorgen, daß er immun wurde gegen Armut, Snobismus und Krankheiten jeder Art. Seit Jahren hatte er sich unverwundbar gefühlt.

Doch damit war es jetzt vorbei.

Er drehte sich um, damit Davinian die Furcht seiner Augen nicht sah.

Ein Summer ertönte, die Pforte neben dem Tresen öffnete sich, und eine schwache Hand legte sich auf seinen Arm.

»Komm mit mir nach hinten«, sagte Davinian. »Setz dich, trink einen Tee, und dann erzähl mir genau, was passiert ist. Wir werden schon einen Weg finden, wie wir mit deinen Schwierigkeiten fertig werden. Das haben wir bisher noch jedesmal Mal geschafft.«

Einen Augenblick verharrte Hudson reglos, doch dann wandte er sich fluchend um.

Davinian stand abwartend da und beobachtete ihn aus dunklen Augen, die noch nicht einmal die Zeit hatte trüben können.

»Also gut«, sagte Hudson. »Himmel, was für ein Debakel.«

Während Davinian den Tee aufbrühte und einschenkte, setzte Hudson zu seiner Rede an. Ohne daß man es ihm ansah, hörte Davinian mit der stillen Aufmerksamkeit des Mörders zu, der er einst gewesen war. Währenddessen nippte er an dem belebenden Tee.

Je mehr er hörte, um so besser verstand er Hudsons Furcht. Claire Toth war erschreckend gut informiert.

»Das Weib muß seit Jahren meine Post gelesen haben – *unsere* Post«, stellte Hudson fest. »Du hättest sehen sollen, wie sie sich an meinem Schwanz gerieben und mir ihre Zunge ins Ohr gesteckt hat, während sie mir jedes einzelne Geschäft vorhielt, das ich je mit dir getätigt habe.«

»Jedes einzelne?«

»Jedes einzelne, von der Sache mit den Diamanten bis hin zu den Alten Meistern.«

»Diamanten sind nichts Ungewöhnliches und völlig anonym«, warf Davinian ein.

»Ein paar von ihnen waren es nicht.«

»Über die wußte sie auch Bescheid?«

»Ja. Über die blauen Romanows ebenso wie über die pinkfarbenen, die Harry Winston gekauft hat.«

»Wirklich?« Davinian seufzte. »Das ist nicht gut, Damon.«

»Es kommt noch schlimmer. Sie hat mir eine akkurate und detaillierte Aufzählung sämtlicher Gemälde gegeben. Sie kannte sie alle. Sie wußte sogar, wie wir die Gewinne aufgeteilt haben und wie mein Geld investiert ist.«

»Ah«, sagte Davinian. »Spätestens jetzt muß dir klar sein, daß ich mit der Sache nichts zu tun habe.«

»Warum?«

»Weil ich mich nie um die Einzelheiten deiner Geschäfte gekümmert habe, genau, wie du nie in mein Leben eingedrungen bist.«

Hudson dachte einen Augenblick nach und nickte dann zögernd.

»Aber was ist mit deinen russischen Freunden?« fragte er. »Sie vertrauen niemandem. Noch nicht einmal mir.«

Davinian hätte fast gelächelt, als er die Verärgerung in Hudsons Stimme wahrnahm.

»Trotz all der Freundschaft, die ich der Sowjetunion in den vergangenen fünfzig Jahren entgegengebracht habe«, fuhr Hudson fort, »trotz all der Handelsembargos, die ich bekämpft habe, trotz all der rechten Idioten, mit denen ich es mir hier verscherzt habe, haben mir die Russen nicht ein einziges Mal vertraut. Und jetzt das! Himmel! Ich habe etwas Besseres verdient von diesen Trampeln.«

Davinian schüttelte den Kopf.

»Du hättest einen guten Schauspieler abgegeben«, bescheinigte er dem Gast. »Man könnte glatt glauben, du wüßtest nicht, daß Verrat die Hauptregel zwischen den Menschen ist.«

»Aber ich hatte eine *Vision*«, entgegnete Hudson. »Mein Leben lang habe ich für den Weltfrieden und die freundschaftliche Kooperation gearbeitet. Ich hatte die besten Beziehungen zu jedem Sowjetführer von Stalin bis Gorbatschow. Wenn ich müßte, würde ich sogar mit diesem Trottel Jelzin Frieden schließen.«

Das Geräusch, das Davinian ausstieß, konnte alles bedeuten.

»Alles, was ich getan habe, zielte darauf ab, die Hürden zwischen den Völkern einzureißen«, fuhr Hudson ernsthaft fort.

»Und um Profit zu machen«, fügte Davinian hinzu.

»Sie haben mich benutzt!«

»Genau wie du sie benutzt hast.«

»Aber ...«

»Bitte«, sagte Davinian, »spiel mir nicht den internationalen Menschenfreund vor. Das paßt nicht zu dir. Du warst ein Freund der Sowjets, weil es dir Vorteile brachte.«

»Nein. Ich habe an etwas *geglaubt.*«

»Dann warst du ein Narr. Aber das glaube ich nicht, Damon Hudson.«

Einen Augenblick lang sahen die beiden Männer einander schweigend an. Obgleich sie gleichaltrig waren, hatte Davinian Hudson immer um seine Stärke und seine aggressive Manneskraft beneidet.

Doch jetzt sah er ihn in einem anderen Licht. Hudsons Körper war erstaunlich straff, aber sein Hirn schien aufzuweichen. Davinian überlegte, ob das eine Nebenwirkung der sexuellen Belebungsimpfungen war, die sich Hudson heimlich geben ließ.

Zumindest dachte Hudson, daß es ein Geheimnis war. Und das war es für die meisten Menschen auch. Nicht aber für Davinian. Die Orte in Osteuropa, an denen Hudson sich unter dem Deckmäntelchen wichtiger Geschäftsreisen die Spritzen geben ließ, waren dieselben Orte, an denen Davinian alte Freunde besaß.

Plötzlich verstand er, weshalb Hudson bei dem Gedanken, die Russen hätten ihn verraten, derart in Panik ausbrach. Er hatte Angst, die Quelle seiner sagenhaften Virilität zu verlieren.

Noch während er sich im Geiste eine Notiz zu dieser Erkenntnis machte, die ihm vielleicht einmal nützen würde, sprach er beruhigend auf Hudson ein.

»Ich glaube, du schenkst dieser Frau mehr Beachtung, als sie verdient«, sagte er leise. »Es haben schon andere über deine internationalen Geschäfte geschrieben, und nie ist etwas dabei herausgekommen.«

Hudson winkte ungeduldig ab. »Es hat mich Millionen gekostet, dafür zu sorgen, daß die Sache jedesmal im Sand verlief.«

»Das Geld war gut angelegt.«

»Aber nur, weil die meisten Journalisten faule Hunde sind«, entrüstete sich Hudson. »Keiner von ihnen hat sich meine persönliche Geschichte so genau angesehen wie Claire Toth.«

»Interessant«, murmelte Davinian.

»Wenn sie so viel über mich weiß, dann weiß sie fast sicher genausoviel über dich. Hast du daran schon gedacht?«

Davinian nickte. »Ja. Das ist dumm.«

Hudson wußte wahrscheinlich gar nicht, wie unglücklich Davinian über diese Erkenntnis war. Mehr als dreißig Jahre lang hatte er zu einem ausgedehnten und sorgsam versteckten Netzwerk politischer Agenten gehört. Er war Techniker, kein Ideologe, aber er hatte sich immer und ausschließlich in den Dienst Moskaus gestellt.

Seine oberste Aufgabe war die des Verbindungsmannes zu Hudson gewesen, aber Davinian hatte auch andere Dienste erfüllt. Er hatte bestimmte Individuen in der sowjetischen Emigrantengemeinde in Los Angeles überwacht und Informationen weitergeleitet, die er von einem kleinen, aber effizienten Agentenring in Südkaliforniens Verteidigungs- und Raumfahrtindustrie erhielt. Außerdem hatte er für das Verschwinden diverser Störenfriede gesorgt.

Obgleich Hudson nichts von diesen Aktivitäten wußte, war er doch erfahren genug, um zu spüren, daß Davinian Geheimnisse hatte, über die man besser kein Wort verlor.

Wenn er in einem Artikel über Damon Hudson als Sowjetagent genannt werden würde, käme es mit Sicherheit zu diesbezüglichen Nachforschungen. Und ein guter Spionageabwehrmann würde graben, bis das gesamte Netz ausgehoben war.

Die Männer, für die Davinian gearbeitet hatte, waren immer noch in Moskau, wenn auch nicht unbedingt an der Macht. Ihre Interessen stimmten mit denen Hudsons überein. Was hieß, daß Hudsons Interessen von nun an auch die Davinians waren.

Davinian seufzte und versuchte erneut, sein Gegenüber zu besänftigen.

»Von unserer Seite her droht dir keine Gefahr«, sagte er

und überlegte, ob diese Behauptung der Wahrheit entsprach. »Durch einen Verrat an dir würden die Russen nichts gewinnen, aber eine Menge verlieren.«

»Nicht so viel wie ich!«

»Ich verspreche dir, daß ich ein paar Nachforschungen über diese Toth anstellen werde.«

»Wir haben nicht genug Zeit für normale Nachforschungen«, warf Hudson ein. »Sie kommt morgen früh zu mir.«

»So schnell? Warum?«

»Um mir die Beweismittel zu zeigen, die sie in ihrem Artikel verwenden will.«

Davinian nahm Hudsons Hand. Ein Teil seines armenischen Gehirns registrierte den großen Unterschied zwischen ihrer beider Fleisch. Davinians Haut war lose, dünn und wies zahlreiche Leberflecken auf, während Hudsons Haut dick, fest und rein war wie die eines gesunden Vierzigjährigen.

Seltsamerweise wurde Davinian in diesem Augenblick klar, daß er Hudson gegenüber im Vorteil war. Er wußte, daß er sich dem Ende seines Lebens näherte. Was auch immer passierte, er hatte nicht viel zu verlieren. Aber Hudson litt unsäglich, da er glaubte, daß ihm viel zu nehmen war.

Davinian überlegte, ob Hudson wußte, daß eins dieser Dinge sein Leben sein könnte.

»Keine Angst«, sagte er. »Ich werde etwas für dich haben, ehe diese Reporterin auf deiner Schwelle steht.«

6

»Bist du sicher, Sammy?« fragte Laurel durch den Hörer ihres Telephons.

»Genauso sicher, wie wenn du mich fragen würdest, ob ich ohne Drogen fliegen kann«, war Samuel Archers Erwiderung.

»Aber ...«, setzte Laurel an.

»Mein liebes Kind«, unterbrach Archer ungeduldig. »Die reine, ungeschminkte Wahrheit ist, daß man ein kaiserliches Fabergé-Ei weder für einen noch für *zehn* Millionen amerikanische Dollar kaufen kann. Es gibt einfach keine Eier von dieser Qualität, die herumliegen und darauf warten, daß irgendwer sie kauft.«

»Ich verstehe.«

Aber genau vor Laurel lag auf dem Arbeitstisch ein solches rotgolden lackiertes Meisterwerk. Die Spätnachmittagssonne flutete durch die Glaswand ihres Ateliers und verlieh dem Ei einen überirdischen Schimmer.

Einen verrückten Augenblick lang fürchtete Laurel, daß sie laut loslachen würde. Samuel Archer war der Chefkurator für osteuropäische und zentralasiatische Kunst des New Yorker Metropolitan-Museums. Er war ein alter Freund der Familie, ein Protegé ihrer Mutter, die zu dem Schluß gekommen war, daß er mehr Talent zum Erwerb von Kunstgegenständen besaß als zu deren Erschaffung.

Meistens liebte Laurel Archer als die kleine fleischfressende Pflanze, die er war. Aber nicht, wenn er derart von oben herab zu ihr sprach.

»Wie kannst du nur so sicher sein?« fragte sie.

»Mein liebes kleines Mädchen«, seufzte Archer abgrundtief. »Hat dir jemals jemand etwas vom Leben eines Künstlers erzählt?«

»Du. Schon oft.«

»Dann hast du offenbar nicht zugehört«, erwiderte er. »Deine eigenen Arbeiten fangen langsam an, die Sammler zu interessieren. Also lernst du am besten, wie das Spiel des Kunsterwerbs läuft.«

Laurel unterdrückte ein Stöhnen, Archer hatte recht. Zu schade, daß er das besser wußte als jeder andere.

»Private Sammler und Kuratoren sind wie Spinnen«, dozierte Archer. »Jeder von ihnen baut sorgsam ein Netz, in dem er versucht gute Stücke einzufangen. Zufällig ist mein Netz das beste der Welt. Glaube mir, wenn ein gutes Stück von Fabergé irgendwo erhältlich wäre, wüßte ich es.«

»Ja, aber ...«

Archer fuhr unbeirrt fort. »In Osteuropa geht es im Augenblick heiß her. In der Tat wird in Kürze in deiner Gegend eine phantastische, wirklich *phantastische* russische Ausstellung eröffnet.«

»Wo denn?«

»In Damon Hudsons gräßlichem neuen Museum. Jeder, der etwas auf sich hielt, wollte die ›Glanzstücke aus Rußland‹. Wir haben eine Truhe voll Gold dafür geboten, aber Damon bot mehr.«

»Warum?«

»Wir hätten damit drei Truhen voll Gold verdient, darum. Die Leute haben seit der ermüdenden kleinen Revolution dort drüben keine gute russische Kunst mehr gesehen. Sie hätten um einen Platz in der Schlange an der Kasse gekämpft, auch wenn sie zwanzig Mäuse für den Eintritt hätten berappen müssen.«

Laurel intonierte einen gedehnten Zweifel.

»Baby«, sagte Archer gekränkt. »Du solltest wirklich mal den Kopf von deiner Werkbank heben und dir die *Geschäfte* ansehen, die in den Museen und auf dem Kunstmarkt ablaufen. Die Kronjuwelen von England sind vom künstlerischen Standpunkt her vollkommen unbedeutend, aber die Leute drängen sich den ganzen Tag lang vor den Schaukästen, um sie zu sehen. Täglich, und das seit Jahren. Dasselbe gilt für die Mona Lisa. Diese Dinge regen die Phantasie der Leute an, so daß die Bewunderer scharenweise herbeiströmen, auch aus Neugier. Der künstlerische Wert der Sachen an sich ist dabei unerheblich.«

»Regt auch Fabergé die Phantasie der Leute an?« fragte Laurel.

»Worauf du deinen neuesten maschinell geschliffenen Diamanten verwetten kannst.«

In der Leitung summte es leise, während Laurel eilig nachdachte. Sie versuchte, Archers schonungslose Wahrheit mit der ebenfalls unumstößlichen Realität des vor ihr liegenden Eis in Einklang zu bringen.

»Hallo?« fragte Archer nach einem Augenblick. »Bist du noch da?«

»Ja...«

Laurels Zerstreutheit weckte das Interesse des Kurators. Als er erneut sprach, war alle Überheblichkeit aus seinem Ton gewichen.

»Laurel, Süße, du verheimlichst deinem Onkel Sammy doch wohl nichts?« köderte er sie.

Laurel errötete. Sie war eine schlechte Lügnerin, vor allem, wenn sie mit Freunden oder Familienangehörigen sprach. Obgleich Archer kein Blutsverwandter war, hatte er doch einen Großteil ihrer Kindheit mit ihr verbracht. Er hatte Ariel Swann ebenso geliebt wie sie.

Aber Jamie Swann hatte er gehaßt. Das war der Grund, weshalb Laurel bezüglich des Eis Vorsicht walten ließ. Archer würde dem Mann, der Ariel zum Weinen gebracht hatte, mit Begeisterung an die Gurgel fahren.

Wie immer gewann Jamie Swann. Tief im Innern, tief unter der talentierten Schmuckdesignerin, war sie immer noch das kleine Mädchen, das glaubte, wenn sie nur lange genug brav wäre, würde sich ihr Daddy freuen und zurückkommen, um für immer bei ihr zu bleiben.

»Was soll ich schon über Fabergé wissen, was du nicht weißt?« fragte sie. »Ich wußte ja noch nicht einmal, daß diese Ausstellung vor der Tür steht. Ich hänge hier in der Einöde fest und versuche meinen Lebensunterhalt zu verdienen. Seit Wochen war ich nicht mehr in der Stadt.«

»Erspar dir dein Theater«, sagte Archer beißend. »Du hast schließlich ein Telephon, nicht wahr? Zum Beispiel das, dessen Hörer du im Augenblick in Händen hältst.«

»Am besten verzichten wir beide auf das Manöver.«

»Welches Manöver?«

»Es ist völlig unangebracht, mir gegenüber den Obersnob aus Manhattan zu markieren«, erwiderte sie.

Archer lachte fröhlich auf. Laurel war einer der wenigen Menschen auf der Welt, der es mit seinem Sarkasmus aufzunehmen verstand.

»Ach, Baby«, seufzte er. »Wie schade, daß du kein Junge geworden bist. Wir wären ein gutes Paar ...«

Lachend schüttelte Laurel den Kopf. Archers rasiermesserscharfer Verstand und seine ebenso berückende Offenheit waren zwei der Gründe, weshalb sie ihn liebte. Die anderen Gründe waren komplex, sie hingen mit ihrer Kindheit und ihrer Mutter zusammen, die sie und Archer vergöttert – und verloren – hatten.

»Also erzähl Onkel Sammy, was über ein verlorenes imperiales Ei an dein Ohr gedrungen ist«, drängte er.

»Ganz einfach. Nichts.«

»Denk nach. Vielleicht ist es etwas, was jemand von den

Hudson-Leuten aufgeschnappt hat. Als ich letztes Jahr in der Eremitage war, habe ich den Kurator kennengelernt, einen wahrhaft schönen Mann namens Nowikow. Ein *echtes* Kunstwerk, der Knabe. Aber wie ich hörte, auch ein ziemlicher Widerling.«

»Kenn ich nicht.«

»Auch gut. Er ist ein bißchen zu groß für dich. Aber es besteht immer die Möglichkeit, daß die Russen sich einfallen lassen, ein derartiges Kunstwerk unter den Hammer zu bringen.«

»Daß sie Nowikow verkaufen?« fragte Laurel ungläubig.

»Nein. Fabergé-Eier. Obwohl ich auf jeden Fall mitbieten würde, wenn sie den Mann versteigern würden.«

Laurel blinzelte und versuchte, dem Zickzackkurs von Archers Erzählung zu folgen.

»Jaaa«, überlegte er. »Es ist sogar möglich. Nicht nur möglich, sondern wahrscheinlich. Der gesamte Ostblock braucht verzweifelt Bargeld. Sie verkaufen einfach alles, was nicht niet- und nagelfest ist. Ich nehme an, sie würden sogar Sibirien verkaufen, wenn der Preis stimmt, obwohl ich nicht weiß, was man mit einem Kühlschrank soll, der fünfmal so groß ist wie Texas.«

Laurel machte ein Geräusch, das verriet, daß sie zuhörte. Sie spürte geradezu, wie Archers Hirn zur Hochform auflief, während er laut nachdachte.

»Vor ein paar Wochen gab es ein Gerücht, ein japanischer Sammler hätte was von Fabergé gekauft«, sagte er. »Natürlich war die Herkunft des Stücks äußerst dubios.«

»Ein kaiserliches Ei?«

»Wohl kaum. Wenn es eines gewesen wäre, hätte ich davon gehört. Obwohl... vielleicht war es eins von den kleineren. Von denen gibt es Hunderte...«

Laurel schnalzte hin und wieder mit der Zunge, aber sie ließ Archers eifrigen Gedankengängen freien Lauf. Sie war dankbar, daß er keine Informationen mehr von ihr wollte, die sie lieber vor ihm verbarg. So lange, bis sie wußte, welche Verbindung zwischen ihrem Vater und dem geheimnisvollen Auftauchen des Eis an ihrer Haustür bestand.

Während sie zuhörte, glitt sie von ihrem Arbeitshocker, streckte sich und versuchte die Anspannung zwischen ihren Schulterblättern zu lösen. Sie hob die lange Telephonschnur, damit sie keine der juwelenbesetzten, übergroßen Schachfiguren umstieß, die sie auf lose Steine hin überprüfte, ging ans Fenster und blickte zum glühenden Abendhimmel hinauf.

Aber als sie die Augen schloß, sah sie nicht die Sonne vor sich, sondern das mysteriöse scharlachrote Ei.

Archer war der erste gewesen, den sie angerufen hatte, aber zunächst hatte sie ihn nicht erreicht. Während des Wartens auf seinen Rückruf hatte sie mit verschiedenen Schmuck- und Kunsthändlern sowie einem Kunsthistoriker gesprochen. Das hieß, sie hatten gesprochen und Laurel hatte zugehört.

Und sie hatte nichts über das Kleinod verlauten lassen, das vor ihr lag.

Alle Experten stimmten überein: Kaiserliche Fabergé-Eier waren unerschwinglich, und darüber hinaus äußerst rar.

Der Kunsthistoriker von Laurels Alma Mater, dem Pratt Institute, hatte genauere Angaben gemacht, und beunruhigendere. Jetzt hatte sie seine Stimme im Ohr und nicht die von Archer.

Miss Swann, wenn jemand ein kaiserliches Fabergé-Ei zum Verkauf anbietet, dann ist es entweder nicht echt oder gestohlen. Auf jeden Fall würde ich nicht auf das Angebot eingehen. Die Kunst ist wie jedes andere menschliche Bestreben: Sie kann schön, aber auch sehr, sehr gefährlich sein.

Der Anruf bei Archer hatte die Warnung noch verstärkt. Bereits die Erwähnung eines solchen Kleinods hatte gespannte Wachsamkeit in ihm geweckt. Die Wahrheit – und das Ei auf dem Tisch – hätten das Raubtier in ihm zum Vorschein gebracht.

Trotzdem wünschte Laurel, sie könnte Archer davon erzählen. Aber falls diese Geschichte wirklich gefährlich war – und wenn ihr Vater etwas damit zu tun hatte, dann war sie das mit Sicherheit – dann wären alle besser dran, wenn sie Archer nicht einweihte. Swann hegte eine nicht weniger heftige Abneigung gegen Archer als dieser gegen ihn.

Auf jeden Fall hatte Laurel das Gefühl, ihrem Vater die Verschwiegenheit schuldig zu sein, die er immer von ihr erwartet und bekommen hatte.

»Zusammenfassend ist zu sagen, daß mögliche Gerüchte über Eier von ›Glanzstücke aus Rußland‹ herrühren müssen«, schloß Archer seine Überlegungen.

»Mmm.«

»Es hat also etwas mit der Hudson-Ausstellung zu tun?«

Laurel wandte sich vom Arbeitstisch ab, als erschwere ihr der Anblick des Eis das Lügen noch.

»Ich habe nicht den geringsten Kontakt zu Hudson-Leuten«, sagte sie wahrheitsgemäß. »Ich habe nur mit dem Gedanken an eine Lackierung gespielt, die einen juwelenartigen Effekt ohne Edelsteine erzielt. Alle Welt bemüht sich heutzutage, weniger protzig zu sein...«

»Billiger«, kam Archers trockene Verbesserung.

»... also versuche ich, einen Kosmetikkoffer zu entwerfen, der aussieht, als wäre er über und über mit Juwelen besetzt, ohne es zu sein.«

Das zumindest stimmte.

»Die chinesischen Lackierungen, die ich gesehen habe, waren nicht ganz das, was ich wollte«, fuhr sie fort. »Da fielen mir die Fabergé-Eier ein. Ich dachte, du wüßtest vielleicht, wo es eins gibt, damit ich es mir mal aus erster Hand ansehen kann. Aber wenn das Hudson-Museum eins hat, fahre ich mal kurz nach LA und schaue mich dort um.«

Archers Lachen klang schneidend.

»Baby, du warst schon immer eine schlechte Lügnerin«, sagte er. »Erinnerst du dich noch daran, wie du versucht hast, mich davon zu überzeugen, daß du mit dem Schauspieler nicht ins Bett wolltest? Ich wußte sofort, daß du lügst, vor allem, weil er einfach *phantastisch* war. Manchmal sind Bisexuelle tatsächlich besser als andere.«

Laurel verzog das Gesicht. »Du hattest schon immer eine Vorliebe fürs Persönliche und Giftige. Dies hier ist ein Arbeitsgespräch.«

Archer räusperte sich. »Tut mir leid. Ich habe Roy nur verführt, weil ich nicht wollte, daß du dir bei ihm etwas holst. Du warst noch viel zu unerfahren, um dich selbst zu schützen.«

»Inzwischen bin ich erfahren genug.«

»Das hoffe ich. Die Welt braucht mehr Menschen wie dich, Menschen mit Integrität. Die meisten von uns haben sie unterwegs verloren, genau wie viele andere Dinge.«

»Sammy ...«

Laurels Stimme erstarb. Sie wußte nicht, was sie sagen sollte. Die Traurigkeit in Archers Stimme schnürte ihr die Kehle zu.

»Ja«, sagte Archer. »Ich weiß. Das Leben ist scheiße, und dann bist du tot. Also ruf mich an, wenn du mit mir reden willst. Für ein kaiserliches Ei gäbe es bestimmt einen Riesenfinderlohn.«

»Paß auf dich auf«, sagte Laurel sanft.

»Zu spät, Baby. Aber für dich nicht.«

Lange Zeit nachdem Laurel eingehängt hatte, stand sie auf und beobachtete die Sonne, die in der karminroten Vergessenheit versank. Die Stille war so vollkommen, daß sie zwischen den Wellenschlägen das Kreischen der Seemöwen vernahm.

Dann hörte sie, wie ein Wagen in ihre Einfahrt einbog, stehenblieb und eine Tür zufiel. Ohne daß sie es bemerkte, hielt sie den Atem an.

In regelmäßigen Abständen klopfte jemand dreimal kräftig, und dann öffnete sich mit leisem Quietschen die Eingangstür. Eine bekannte Stimme rief nach ihr.

»Laurie?«

Das Geheimnis des Eis war gelöst, dachte Laurel mit leichter Verbitterung. Warum überrascht mich das nur nicht?

»Hier unten«, rief sie zurück.

Laurel setzte sich auf ihren Arbeitshocker, um das Ei erneut zu betrachten. Und um auf eine Erklärung zu warten, wie das herrliche Kunstwerk in Swanns Hände gefallen war.

Er hatte immer für alles etwas Passendes parat. Aber diese Erklärung hier müßte meisterhaft werden, selbst für die brillante Zunge ihres Vaters.

Jamie Swann kam die Treppe vom oberen Stockwerk mit einer Lässigkeit heruntergeschlendert, die suggerierte, man hätte es mit einem Jüngeren als einem Zweiundfünfzigjährigen zu tun. Er war ein attraktiver Mann, von seiner Konstitution her mit einem kräftigen Körper gesegnet, und er arbeitete regelmäßig daran, daß es auch so blieb. Zum Teil aus Eitelkeit.

Zum größten Teil jedoch, weil sein Leben daran hing.

Swann war einen Meter zweiundachtzig groß und wog zwei Kilo mehr als mit einundzwanzig. Er hatte immer noch einen vollen dunklen Haarschopf, der von nur wenigen silbrigen Fäden durchzogen war. Sein dichter, kurzgeschnittener Bart wies wesentlich mehr graue Strähnen auf. Der Bart, seine Sonnenbräune und das leichte Blinzeln eines Mannes, der sich häufig im Freien aufhielt, trugen dazu bei, daß er wirkte wie ein Pirat.

Laurel hatte noch nie einen Mann gesehen, dessen Haltung größeres Selbstvertrauen verriet als das Jamie Swanns. Er verfügte über einen aufrechten, bestimmten Gang, war ohne

Furcht und anscheinend völlig gedankenlos. Doch sie wußte, daß er in vielerlei Hinsicht gerissen war, wenn es ihm nicht gar gelang, andere nach Belieben zu manipulieren.

In den sieben Jahren, seit ihre Mutter tot war, hatte Laurel allmählich begriffen, daß der Grund für die Trennung ihrer Eltern weder fehlende noch übermäßige Leidenschaft gewesen war. Noch Jahre nach der Scheidung hatten sie sich nacheinander gesehnt, aber Swann hatten sein eigenes Leben und seine Freiheit noch mehr bedeutet als die Liebe zu seiner Frau.

Die vergangenen sieben Jahre hatten Laurel gezeigt, daß die sporadischen Besuche ihres Vaters seine häufigen Abwesenheiten noch verschlimmerten. Es war nicht so, als wäre er tot. Der Tod war etwas Endgültiges. Mit dem Tod konnte man sich auseinandersetzen und ihn schließlich akzeptieren. Das hatte Laurel nach dem Ableben ihrer Mutter gelernt.

Aber was Swann betraf, so hörte der Schmerz nie auf. Er lebte und kam immer dann, wenn Laurel gerade die Hoffnung aufgegeben hatte, ihn jemals wiederzusehen. Sein plötzliches, unerwartetes Auftauchen – und Verschwinden – brachten sie beständig aus dem Gleichgewicht. Sie konnte Swann weder vollständig vertrauen, noch gelang es ihr, sich seine Rückkehr einfach nicht mehr zu wünschen.

Es gab Zeiten, in denen sich Laurel fragte, ob die Beziehung zu ihrem Vater schuld daran war, daß es ihr nicht gelingen wollte, mit einem Mann eine feste Bindung einzugehen. Auf jeden Fall hatte sie noch keinen kennengelernt, der es in ihren Augen wert gewesen wäre.

Laurel liebte ihren Vater, aber je älter sie wurde, um so weniger wußte sie, ob sie ihn auch *mochte*.

Als Swann jetzt mit seinem lebhaften Grinsen auf sie zu spazierte, schmolz ihr Herz. Sie hatte viele unglückliche Erinnerungen daran, verlassen worden zu sein, aber ebenso viele glückliche Erinnerungen hatte sie an Zeiten der Heimkehr und Fröhlichkeit.

»Woher wußtest du, daß ich es bin, Kind?« fragte er.

»Ich wußte es eben. Wie immer. Wann hast du beschlossen, dir einen Bart wachsen zu lassen?«

»Deine Mutter hat mich auf eine Entfernung von einer Meile erkannt, aber ich wußte nicht, daß sich solche Fähigkeiten vererben.«

Laurel fragte nicht noch einmal nach dem Bart. Sie wußte, er ignorierte Fragen, wenn man zu neugierig war.

»Komm her und gib deinem alten Herrn einen Kuß«, sagte Swann und breitete die Arme aus.

Einen Augenblick saß Laurel reglos da.

Plötzlich wirkte ihr Vater verletzlich, wie ein kleiner Junge, der dafür gescholten wurde, daß er zuviel Energie besaß.

»Ein kleiner Kuß auf die Wange dürfte doch kein allzu großes Problem sein, oder?« fragte er leise.

»Natürlich nicht«, sagte Laurel und lächelte trotz aller Zweifel.

Sie eilte durch den Raum und legte die Arme um Swann, klammerte sich an seiner Stärke fest, verspürte für einen Moment in einem Winkel ihrer Seele Wärme und Geborgenheit.

Swann umarmte seine Tochter ebenso eifrig, aber noch eifriger dachte er nach. Als Laurel auf ihn zugekommen war, hatte er das Ei auf dem Arbeitstisch entdeckt. Er hatte gehofft, vor dem Päckchen einzutreffen, dann wäre alles so viel einfacher gewesen.

Laurel war wie ihre Mutter, eine durch und durch ehrliche Haut. Die Erklärung, die er sich für das Paket zurechtgelegt hatte, nähme sie ihm nun wohl kaum noch ab.

»Du bist größer, als ich dich in Erinnerung hatte«, begann er.

»Das sagst du jedesmal.«

»Wirklich?«

»Oje.«

Er lachte. »Wahrscheinlich sehe ich dich immer noch als Zwölf- bis Fünfzehnjährige. Und jedesmal, wenn ich dir dann gegenüberstehe, wird mir klar, wieviel Zeit seit dem letzten Mal vergangen ist.«

Wie der Bart war auch die Bitterkeit in Swanns Stimme neu. Laurel legte den Kopf in den Nacken und musterte ihn. Woher auch immer er kam, es mußte ein ferner Ort sein. Er war weit gereist, um sie zu sehen, und sah müder aus als je zuvor.

»Suchst du nach neuen Falten?« fragte er.

Laurel schüttelte den Kopf. »Ich ... gucke nur.«

Swann lächelte verloren. »Du erinnerst mich an deine Mutter, wenn du das tust.«

Er ließ seine Tochter los und wies zum Tisch.

»Wie ich sehe, hast du mein Päckchen bekommen.«

»Es kam vor ungefähr einer Stunde.«

Nur eine verdammte Stunde, dachte Swann. Verdammt. Fast...

Laurel sah seine Verstimmung und wußte, sie hätte das Päckchen nicht öffnen sollen.

»Es war an mich adressiert«, sagte sie. »Darum habe ich es ausgepackt.«

Schweigend ging Swann langsam hinüber und sah sich das Ei genauer an. Nur ein letzter Rest Sonnenlicht fiel durch das Fenster, aber es schimmerte nach wie vor.

»Schön, nicht wahr?« sagte er sanft.

»Ja. Aber was, genau, ist es?«

Swann ignorierte die Frage und trat noch näher an den Arbeitstisch heran. In Reichweite des Eis beugte er sich herab. Sein Blinzeln verstärkte sich. Mit einem unterdrückten Fluch richtete er sich wieder auf, zog eine Brille aus der Tasche und setzte sie auf.

»Ich weiß gar nicht, warum ich das verdammte Ding überhaupt trage«, knurrte er. »Eigentlich brauche ich die Brille nur in der Dämmerung.«

Laurel verspürte einen Stich. Ihr Vater war stärker und fitter als jeder andere Mann, den sie kannte, dennoch meinte er, sich für seine Weitsichtigkeit entschuldigen zu müssen.

Wie wird es wohl für ihn, wenn er wirklich alt ist? dachte sie. Wie, in aller Welt, wird er damit zurechtkommen, weniger stark zu sein?

Wie?

Swann rückte ungeduldig die Brille zurecht und beugte sich über das Ei, um es genauer unter die Lupe zu nehmen.

Er tastete unsanft an einer juwelenbesetzten Schwertlilie herum.

Nichts.

Er zupfte an den Golddrähten, die das Netz um das Ei bildeten.

Nichts.

Er begann, mit dem Daumennagel an dem Netz herumzuzerren.

»Dad, sei vorsichtig! Das Gold ist so verformbar, daß es leicht kaputtgeht.«

Einen Augenblick lang sah Swann Laurel über den Rand seiner Brille hinweg an. Dann drückte er erneut an dem edelsteingeschmückten Ei herum.

Alarmiert trat Laurel neben ihn.

»Suchst du was Bestimmtes?« fragte sie in mühsam beherrschtem Ton.

»Ich versuche nur herauszufinden, wie das Ding zusammengesetzt ist. Ich sehe nirgendwo eine Naht.«

»Laß mich nachsehen«, forderte sie ihn auf.

»Du sitzt schon seit einer Stunde davor und hast es nicht aufgekriegt.« Swann machte eine Pause und fügte dann hinzu: »Oder vielleicht doch?«

»Ich war viel zu sehr mit Staunen beschäftigt, um mir zu überlegen, ob es zu öffnen ist.«

Swann seufzte erleichtert auf.

»Du und deine Mutter«, er schüttelte den Kopf. »Ariel konnte sich eine Sache stundenlang ansehen, ohne daß ihr dabei langweilig geworden wäre.«

»Du hast dich immer schon nach drei Minuten gelangweilt. Und bist gegangen.«

Überrascht von der Bitterkeit ihres Tons, blickte Swann auf. Da er kurz abgelenkt war, schob sie sich zwischen ihn und das zarte Kunstwerk.

»Vermutlich soll das Goldnetz die Naht verstecken«, sagte sie.

Swann knurrte. »Dann mach den Flitter ab und sieh nach.«

»Den …« Laurel atmete tief ein: »Weißt du überhaupt, was das hier ist?«

»Weißt du es?« entgegnete er.

»Es sieht aus wie eins der kaiserlichen Eier von Fabergé.«

»Ja, so sieht es aus, nicht wahr?«

»Ist es echt?« fragte Laurel.

Swann wunderte sich über seine Tochter. Normalerweise reagierte sie auf sein Schweigen, indem sie ebenfalls schwieg.

»Meiner Meinung nach sieht es verdammt echt aus«, sagte er. »Was meinst du?«

Einen Augenblick lang hätte Laurel vor Verzweiflung am liebsten laut geschrien. Wenn Swann etwas über das Ei wußte, dann würde er es ihr bestimmt nicht verraten.

»Meiner Meinung nach sieht es verdammt echt aus«, äffte sie ihn nach. »Was meinst *du*?«

Swann zuckte die Schultern.

»Hast du eine Vorstellung davon, wieviel so etwas wert ist?« wollte Laurel wissen.

Ein kaltes, rätselhaftes Lächeln huschte über seine Miene.

»Millionen«, sagte er knapp. »Genug, um mich davon den Rest meines Lebens über Wasser zu halten. Genug, um dich zu ernähren und um dir Edelsteine aus all den beschissenen kleinen Drecklöchern der Welt zu schikken.«

»Ich will kein Geld. So nicht!«

»Zu spät. Es ist das gleiche Geld wie das, was du immer von mir bekommen hast.«

»Aber …«

»Nichts aber, Laurie«, schnitt Swann ihr das Wort ab. »Du mußt lernen, wie diese Welt tatsächlich funktioniert. Blutsverwandtschaft ist wichtiger als Gold, die Zeit geht immer nur in eine Richtung und Jamie Swann kümmert sich immer um die, die er als die Seinen anerkennt.«

7

Als Swann sah, wie alle Farbe aus dem Gesicht seiner Tochter wich, wußte er, daß es ein schwerer Fehler gewesen war, ihr das Paket zu schicken. Laurel hatte einfach mehr von Ariel als von ihm. Sie war anständiger, als ihr guttat.

Oder ihm.

Insgesamt gesehen betrachtete sich Swann als einen Ehrenmann, wenn auch nicht immer als einen ehrlichen Mann. Er hatte Gesetze auf mehr Arten und in mehr Ländern gebrochen, als die meisten Menschen aufzählen konnten. Aber er hatte es nicht zu seinem Vorteil getan, sondern zum Wohle eines höheren Gutes. Bereits vor langer Zeit hatte er sich damit abgefunden, daß er internationale Gesetze brechen mußte, um zur Sicherung der Rechtsstaatlichkeit beizutragen.

Aber Normalbürger sahen sich nicht tagtäglich diesem Zwiespalt ausgesetzt. Swann vergaß oft, wie ungereimt diese Wahrheit für Außenstehende klang. Vor allem für unschuldige Menschen wie sein eigenes Kind.

»Alles in Ordnung, Baby?« fragte er und streckte die Hand nach Laurel aus.

Seine Tochter schüttelte das Gefühl, als würden ihre Knochen zu Sand, ab.

»Ja«, flüsterte sie. »Ja.«

Swann umfaßte ihre Schultern und drehte sie zu sich um, so daß sie gezwungen war, ihm ins Gesicht zu schauen.

»Hör mir zu«, sagte er. »Hör mir gut zu. Das Paket ist niemals hier angekommen. Du hast es niemals aufgemacht. Es war niemals hier. Verstanden?«

Einen solchen Ton hatte Laurel nie zuvor von ihrem Vater gehört – kalt, wild, gnadenlos. Wie der Blick seiner gelben Augen.

Plötzlich wußte sie, weshalb Swann sie so oft verließ und so selten zurückkam. Er hatte nicht gewollt, daß seine Frau und seine Tochter erfuhren, wie gefährlich er war.

»*Laurel.*«

Mehr sagte Swann nicht, mehr war nicht erforderlich.

»Ich werde es versuchen«, sagte sie mit dünner Stimme. »Aber ich bin nicht besonders gut bei derartigen Machenschaften.«

Swann atmete auf und wurde vor Laurels Augen wieder zu dem Mann, den sie kannte. Er strich ihr mit überraschender Zärtlichkeit über die Wange.

»Ich weiß, Baby«, sagte er. »Das solltest du auch nie sein. Also vergiß einfach, was heute vorgefallen ist. Okay?«

»Okay«, flüsterte Laurel.

Swann ließ ihre Schultern los und wandte sich ab. Einen drückenden Augenblick lang starrte er auf den rastlosen Ozean hinaus, aber schließlich drehte er sich wieder zu seiner Tochter um.

»Laurie«, sagte er. »Ich denke, es wird Zeit, daß wir uns einmal miteinander unterhalten. Also setz dich lieber hin, ehe du umkippst.«

Während er sprach, zeigte er auf den Hocker. Ohne ein Wort des Protests nahm Laurel Platz. Sie war froh um den Halt, den der Sitz ihr gab. Ihre Wirkungsstätte war ihr vertraut, angenehm überschau- und berechenbar: all das, was ihr Vater niemals war.

Swann schob die Hände in die Taschen seiner Jeans und marschierte auf und ab.

»Du weißt nicht viel über mein Leben«, hob er an. »Genau wie deine Mutter nie viel darüber wußte. Es war besser so, sicherer. Aber das ist es nicht mehr.«

Er drehte sich abrupt um und sah Laurel mit den Augen eines Wolfes an, klar, lohfarben und ungezähmt. Vor allem letzteres.

Arme Mutter, dachte Laurel vage. Sie hat keine Chance gehabt. Keine wirkliche Chance. Jamie Swann ist im tiefsten Innern seiner Seele ein Geschöpf der Wildnis.

»Während der letzten dreißig Jahre«, sagte Swann, »war ich mehr oder weniger regelmäßig beim CIA angestellt.«

»Ich dachte, du wärst Berufssoldat.«

»Das habe ich deiner Mutter erzählt. Und das war ich auch von Zeit zu Zeit.« Swanns Gebiß blitzte gefräßig. »Aber nie dann, wenn die Leute dachten, daß ich es wäre. Selbst sie wußte nicht, wann ich es war.«

»Du warst – *bist* – ein Spion?«

»Nichts so Aufregendes. Ich bin das, was die Medienfritzen einen ›Schattenkrieger‹ nennen.«

»Und wie nennst du dich?« fragte sie.

»Es gab eine Zeit, in der wir uns Helden nannten.«

»Und jetzt?«

»Jetzt?« Swanns Unterkiefer fiel herab. »Jetzt wissen wir, was wir waren: verdammte Narren.«

Die Bitterkeit seines Tons ließ Laurel zusammenfahren.

»Weißt du«, fuhr er fort. »Kriege werden nicht mehr auf eine nette, ehrenwerte, aufrechte Art geführt wie vor Korea. Heutzutage werden Kriege in dunklen Gassen geführt, in denen der Müll die Ratten anzieht, in denen Geheimnisse gegen Gold verraten werden und in denen Männer oft genug ihren Freunden die Kehle durchschneiden. Ich muß es wissen, habe selbst genügend Hälse aufgeschlitzt.«

Laurel schloß für einen Moment die Augen, doch dann öffnete sie sie wieder. Ihr Leben lang hatte sie den wahren Jamie Swann kennenlernen wollen. Nun gab er ihr, was sie sich immer gewünscht hatte – die Wahrheit, auch wenn sie unglücklich war.

»Bei dem, was ich mein Leben lang getan habe, geht es darum, so lange falsch zu spielen, bis außer einem selbst niemand mehr übrig ist«, sagte er.

»Warum?« fragte Laurel steif. »Wenn es so schlimm war, warum hast du dann nicht früher aufgehört?«

»Ich dachte nicht, daß es so schlimm wird, bis es zu spät war, um damit aufzuhören. Ariel war tot.«

Ohne Übergang warf Swann ihr seine Beichte hin.

»Ach verdammt, ich bin einfach nicht für eine geregelte Arbeit geeignet«, sagte er. »Ich wäre verrückt geworden, wenn ich die ganze Zeit an einem Ort gelebt hätte mit nicht mehr zu tun als mich auf den Tod vorzubereiten.«

»Wenn Mutter noch leben würde ...?«

»Ein großes ›Wenn‹, Laurie. Zu groß für mich.« Swann zuckte die Achseln. »Tja, ich kann mich nicht beklagen. Ich habe mir dieses Leben ausgesucht und würde es wieder tun. Aber ich habe es einfach nicht im Griff gehabt. Ich habe mit meiner Arbeit viel Geld verdient und es mit vollen Händen wieder rausgeschmissen.«

Laurel dachte an den förmlichen Regen von Edelsteinen, mit dem ihr Vater sie im Laufe der Jahre überschüttet hatte, und fühlte sich schuldig.

»Ich weiß«, sagte sie. »Zuviel dieses Geldes war für mich.«

»Mach dir deswegen keine Gedanken. Die Steine, die ich dir geschickt habe, waren echte Schnäppchen. Viel, viel billiger als in jedem normalen Geschäft. Geradezu spottbillig. Wie das Leben.«

Swann sah Laurels schockierte Miene und unterdrückte nur mit Mühe einen Fluch.

»Hör zu«, sagte er ungeduldig. »Wenn ich vor dem Päckchen hier angekommen wäre, hättest du weiterhin süß und naiv und freundlich und liebevoll und all den anderen Müll sein können. Aber es gab einen Sturm in Kowloon und eine Verzögerung in Hongkong, und deshalb kam ich zu spät. Also mußt du jetzt erwachsen werden, und zwar schnell, wenn du nicht dem ersten Affen, der mit einem Lächeln und einem Polizeiausweis an deine Tür klopft, zum Opfer fallen willst – und ich mit dir.«

Laurel war wie betäubt. Sie sah ihren Vater an und hörte all die Antworten auf Fragen, die keine Bedeutung mehr hatten. Er näherte sich der Wahrheit. Sie spürte es. Und wußte, daß ihr diese Wahrheit nicht gefallen würde.

»Weißt du«, fuhr Swann fort, »dort im Untergrund, wo ich gearbeitet habe, sind die Geheimdienstleute keine netten, sauberen Kerle mit Bügelfalten in den Hosen und Computerauszügen von Langley. Die Jungs, mit denen ich zusammengearbeitet habe, waren Schmuggler oder Schwarzmarkthändler oder durch und durch Gangster, die Art von Männern, die einfach mit allem gehandelt haben, von Raketen bis hin zu kleinen Mädchen, und wenn es nur einen Gewinn von zwei Cent pro Dollar gab.«

Swann sah Laurel an, bemerkte, daß er ihre gebannte Aufmerksamkeit hatte, und sprach eilig weiter über die Dinge, die sie eigentlich nicht hören wollte. Aber sie mußte sie hören, sonst stünde er bis zum Hals in der Scheiße, sobald der erste käme und sich bei ihr nach einem leuchtendroten Ei und ihrem Daddy erkundigte.

»Nicht schön, aber so ist es nun mal im Grabenkrieg«, sagte er. »Die Behörde muß Gangster anheuern, weil Gangster die letzten Realisten auf der Erde sind. Sie sind diejenigen, die wissen, wie man mit der Macht umgeht, mit jeder Macht auf dieser Welt.«

Swann begann erneut auf und ab zu gehen, die Hände nach wie vor in die Taschen seiner Jeans gebohrt. Dann blieb er neben dem Arbeitstisch stehen und starrte auf den Ozean hinaus.

»An der dunklen Allianz zwischen den Schurken und den braven Jungs hat sich nichts geändert«, sagte er. »Sie wurde im Zweiten Weltkrieg begründet, als die OSS (= Office of Strategic Services) in Frankreich die Union Corse und in Italien die Mafia anheuerte. Als ich anfing, leitete ich zunächst einen Ring von chinesischen Spielern und Halsabschneidern in Kowloon und erledigte für die Regierung die Drecksarbeit in Saigon.«

Als sich Swann gegen das Fenster lehnte, entdeckte Laurel zu ihrem Entsetzen den Kolben einer Pistole unter seinem losen Baumwollhemd. Die Waffe war hinten in den Hosenbund gestopft. Bei ihm sah sie ganz natürlich aus, wie das Ausweismäppchen in der Tasche eines anderen.

Dies war das erste Mal, daß Swann in Gegenwart seiner Tochter eine Waffe trug. Laurel überlegte, weshalb er sie für nötig hielt.

Keine der Erklärungen, die er abgab, tröstete sie.

»Und das Geschäft läuft noch genauso ab wie zu jener Zeit«, sagte Swann ruhig. »Der letzte Job, den ich erledigt habe, hatte mit Geschäftsleuten baskischen Ursprungs in einer kleinen Stadt namens Medellin in Kolumbien zu tun. Die Basken sind brutaler als alle anderen, mit denen ich je zusammengearbeitet habe. So etwas wie das kolumbianische Äquivalent der Cosa Nostra. Nur zehnmal schlimmer. Richtige Arschlöcher, aber auf jeden Fall wußten sie, wie man den Leuten Waffen zukommen läßt, die wir in Südamerika an die Macht bringen wollten.«

Swann sah zu seiner Tochter hinüber und erkannte ihre Gefühle an den geweiteten Pupillen und der bleichen Haut.

»Himmel, Kind«, sagte er. »Ich war kein Krimineller, weder in meinen Augen noch in denen von Onkel Sam. Aber ich war auch nicht gerade ein Pfadfinder. Du kannst jeden Geheimagenten fragen, wie es ist. Während du rumsitzt und über perfekte Moral diskutierst, kommt ein anderer, der Moral nicht von Idiotie unterscheiden kann, und rammt dir ein Messer zwischen die Rippen.«

Swann machte kehrt und trottete abermals auf und ab wie ein gefangener Wolf, der die Abmessungen seines Gefängnisses in Erfahrung bringen will.

»Ich habe Dinge getan, bei denen es dir kalt den Rücken hinunterlaufen würde«, erklärte er schonungslos. »Darum habe ich noch nie zuvor mit dir darüber geredet. Aber ich habe nie einem Menschen etwas Schlimmes angetan, der nicht mir dasselbe oder noch Schlimmeres angetan hätte, hätte er die Möglichkeit dazu gehabt.«

Wieder blieb Swann vor dem Fenster stehen, angezogen von etwas, das nur er in dem dämmrigen Himmel sah.

»Wenn ich einen Fehler gemacht habe«, stellte er verbittert fest, »dann bestand dieser Fehler darin, zu spät erkannt zu haben, daß ich nichts weiter als ein Werkzeug war, ein Aktivposten wie jeder andere, von ein wenig Nutzen. Entbehrlich. Ich war keiner von ihnen, kein Geheimdienstoffizier, kein Spion mit einem teuren Schlips und einem Hochschulabschluß. Ich war ein Vertragsagent – billiger, anonymer Schutz, der vorübergehend Verwendung fand und dann fortgeworfen wurde. Wie ein Kondom.«

Bei Swanns Gelächter brannte Laurels Kehle von den Tränen, die sie nicht vergießen konnte.

»Ich habe nie beim Staat das große Geld gemacht«, sagte er. »Viele der Jungs haben ihre Zeit in den Schützengräben verbracht und sich anschließend mit einer großzügigen Pension in die Privatwirtschaft abgesetzt. Wirklich privat. Die meisten von ihnen wurden reich, indem sie Waffen oder Flugzeuge oder Nachrichtensysteme an befreundete Länder verkauften. Manchmal haben sie ihre Geschäfte sogar auf Feindländer ausgedehnt. Aber ich nicht. Dreißig Jahre Grabenkrieg und ich habe keine Pension gekriegt. Ich habe noch nicht mal eine Krankenversicherung. Genausowenig wie die anderen Leute in meiner Position, uns hat man nach Strich und Faden über den Tisch gezogen.«

Er drehte sich wieder abrupt um.

»Ich kriege frühestens in zehn Jahren Geld von der Sozialversicherung und sage dir eins, ich halte keine zehn Jahre mehr aus da draußen in Südamerika, dieser beschissenen Region voller Wichtigtuer.«

Am liebsten hätte Laurel die Augen vom wilden Blick ihres Vaters abgewandt, konnte es aber nicht. Nie zuvor hatte sie ihn so erlebt, mit einer so finsteren Vehemenz und einer noch finstereren Bitterkeit, in der er steckte wie in einem Käfig.

»Aber das ist jetzt alles vorbei«, sagte er leise. »Ich kehre zurück in eine Welt, der es Spaß macht, moralische Haarspaltereien zu betreiben. Ich habe selbst für meine Pension gesorgt. Und die habe ich mir, verdammt noch mal, sauer verdient.«

Ohne es zu wollen, blickte Laurel auf das rote Ei.

»Genau«, Swann nickte. »Ich brauche nicht in den nächsten zehn Jahren als Tankwart oder Hamburgerverkäufer oder Blutspender zu arbeiten, um mir ein paar Dosen Hundefutter zu kaufen, weil die das einzige Fleisch sind, das ich mir leisten kann. Genausowenig wie du.«

Laurel schluckte, denn ihre Gefühle schnürten ihr die Kehle zu.

»Das Ei?« fragte sie heiser. »Woher hast du es?«

»Je weniger du darüber weißt, um so besser wird es für dich sein. Ich hätte es dir gar nicht erst schicken sollen, aber du warst der einzige Mensch auf der Welt, dem ich vertrauen konnte, für den Fall, daß ich zu spät komme.«

Trotz seiner zusammengepreßten Lippen atmete er hörbar aus.

»Jetzt ist es nun mal geschehen«, murmelte er. »Da kann ich dich auch gleich darum bitten, den Mechanismus ausfindig zu machen.«

»Was?«

»Den Mechanismus zur Öffnung des Eis«, wiederholte

Swann voller Ungeduld. »Das Ei sollte einen Rubin mit dem Porträt Nikolaus des Zweiten enthalten. Aber dann war es aus und vorbei mit dem Spaß. Er wurde hingerichtet, ehe der Edelstein graviert werden konnte. Der Rest ist Geschichte.«

Laurel schloß die Augen und machte sie langsam wieder auf, sie hatte nicht geträumt. Ihr Vater sah sie immer noch erwartungsvoll an.

»Die Überraschung«, sagte sie.

»Ja. Ich nehme an, das Ganze ist eine ziemliche Überraschung für dich. Tut mir leid, Laurie. Aber das Leben ist voll von widerlichen kleinen Überraschungen.«

»Ich meine nicht das Ei. Der Edelstein mit der Gravur ist die Überraschung. In jedem kaiserlichen Ei war eine Überraschung versteckt.«

Ein hartes Lächeln verwandelte Swanns Gesicht.

»Eine Überraschung«, er blickte auf das Meisterstück. »Ja. Das ist es wohl. Aber wie in aller Welt mache ich das Ding auf? Falls nötig, schlitze ich es einfach auf, aber ich habe Angst, daß dabei etwas kaputtgeht, was sich nicht mehr reparieren läßt.«

Etwas wie Verdruß stieg in Laurel auf. Sie glitt von ihrem Hocker, durchpflügte den Raum und versuchte der Emotionen Herr zu werden, die an ihren Nerven zerrten. Vielleicht hatte ihr Vater sie beschützen wollen, aber sie hatte den Eindruck, als manipuliere er sie gleichzeitig.

Sie überlegte, ob er überhaupt wußte, was er tat, oder ob er so lange in einer Schattenwelt gelebt hatte, daß er sogar vor sich selbst Geheimnisse hatte.

Swann nahm das Ei in beide Hände und knöpfte sich die Unterseite vor.

»Ich sehe einfach nichts«, sagte er und musterte blinzelnd das goldene Netz. »Und du?«

Laurel antwortete nicht.

»Laurie?«

»Ich habe auch nichts gesehen«, knurrte sie. »Aber ich habe auch nicht gesucht.«

Doch obgleich sie immer wütender wurde, verspürte sie gleichzeitig ein gewisses Schuldgefühl. Sie hatte im Verlauf der Jahre so viele Geschenke von ihrem Vater angenommen und niemals gefragt, was er dafür geopfert hatte. Jetzt fühlte sie sich hinabgezogen in einen Strudel aus Loyalität und Verrat... sie wußte nicht mehr, wer loyal war und wer nicht, wer der Unschuldige war und wer der Betrogene.

Während du rumsitzt und über perfekte Moral diskutierst, kommt ein anderer, der Moral nicht von Idiotie unterscheiden kann, und rammt dir ein Messer zwischen die Rippen.

Laurel fröstelte und fragte sich, wie ihr Vater all die Jahre mit nichts als diesem Sog unter sich hatte leben können.

»Hast du wirklich nicht danach gesucht?« fragte er.

»Nach dem Öffnungsmechanismus?«

»Nein, nach dem König von Siam. Himmel, Laurie. Versteh doch endlich. Je eher ich an das Innere des Eis komme, um so eher verschwinde ich von hier und um so sicherer ist es für dich. Das ist es doch, was du willst, nicht wahr? Eine Rückkehr zu deiner netten Moral.«

Lauries Schuldgefühl verstärkte sich. Sie hatte sich in der Tat gewünscht, nichts von all dem wäre passiert und sie sähe Swann immer noch durch die rosafarbene Brille ihrer Kinderzeit, statt mit der düsteren Klarheit der Erwachsenen.

»Hast du das Ei gestohlen?« fragte sie geradeheraus.

»Vorher war es in der Hand von Schurken. Das zählt also nicht.«

»Woher weißt du, daß es Schurken waren?«

Ungeduldig stellte Swann das Ei wieder ab und wandte sich seiner Tochter zu. Das Ei stand nur kurz aufrecht, ehe es gefährlich zu schwanken begann, aber Laurel fing es auf.

»Sei vorsichtig«, sagte sie heftig. »Du könntest es zerbrechen.«

»Das tue ich so oder so.«

Swann deutete auf die Werkzeuge, die neben dem Arbeitstisch auf einem Regal lagen.

»Wie wär's mit einem Meißel?« fragte er. »Hast du einen geeigneten?«

Laurel war aufrichtig entsetzt. »Dad, das Ei ist ein Kunstwerk!«

»Genau wie ein Dollarschein. Du kannst jeden Fälscher fragen.«

Laurel schüttelte den Kopf. Plötzlich verstand sie, was ihren Vater in seinem Metier so gut machte. Er hatte eine eingeschränkte Sicht der Dinge und nahm nichts wahr außer seinem Ziel. Es war die konzentrierte Sichtweise, die ein Pilot brauchte, wenn es einen Feindposten in einer Kathedrale oder eine Radarstellung neben einem Krankenhaus zu treffen galt. Mitleid, Entsetzen, Trauer, Schuld – all diese Regungen kämen erst nach Erfüllung der Mission.

Wenn sie überhaupt kamen.

Als Swann erneut nach dem Ei griff, merkte Laurel, daß sie sich entschieden hatte.

Wie immer war ihr Vater Sieger des Gefechts.

»Stop!« sagte sie und trat zwischen ihn und das Ei. »Laß es mich versuchen.«

Trotz der Gefühle, die unter ihrer ruhigen Oberfläche brodelten, machte Laurel auf ihrem Arbeitstisch Platz, drehte die Lampe an und richtete den Lichtstrahl direkt auf das Objekt.

»Danke, Laurie, ich ...«

»Du brauchst mir nicht zu danken.«

»... wußte, daß ich mich auf dich verlassen kann.«

»Ich kann nicht erlauben, daß du dieses Kunstwerk wie einen Sonntagsbraten auseinandernimmst«, fiel sie ihm ins Wort.

Als Laurel sich umdrehte und zu dem verschlossenen Schrank an der Wand ging, sah sie, daß Swanns Augen zufrieden glitzerten. Er hatte gewußt, daß sie ihm helfen würde, um das herrliche Ei nicht zerstört zu sehen.

»Weißt du eigentlich immer so genau, welche Knöpfe du drücken mußt?« fragte sie kalt, während sie an dem Zahlenschloß drehte.

Swann antwortete nicht.

Die Tür des Schranks öffnete sich. Laurel schnappte sich eine Ledertasche und blickte über die Schulter ihren Vater an. Er beobachtete sie.

»Du sollst wenigstens wissen«, sagte er sanft, »daß ich das hier nicht nur für mich tue.«

»Ich habe dir schon gesagt, daß ich kein Geld will.«

»Das kannst du halten, wie es dir paßt. Aber ich habe ein paar Freunde, die das Geld genauso dringend brauchen wie ich. Auch sie hat das System verarscht.«

Die Tür des Schranks fiel krachend ins Schloß, und Laurel veränderte mit einem wütenden Handgriff die Zahlenkombination. Dann atmete sie tief ein und langsam wieder aus, bis sich ihr Herzschlag normalisierte.

»Laurie? Ist es so schrecklich, mir ein bißchen behilflich zu sein?«

»Laß mich nur für einen Augenblick in Ruhe«, kam die grimmige Erwiderung. »Ich brauche ruhige Hände für das, was ich vorhabe.«

»Tut mir leid«, sagte Swann. »Ich hätte nicht gedacht, daß du es dir so zu Herzen nimmst. Schätzungsweise habe ich mich einfach an den Gedanken gewöhnt, daß die ganze Welt so korrupt ist wie ich. Ich hätte nie zurückkommen sollen.«

Laurel wünschte sich, zornig zu sein, weil das sicherer für sie war, aber der Schmerz in der Stimme ihres Vaters machte Wut auf ihn unmöglich.

»Schon gut, Dad. Wenn ich dir helfen kann, geht das in Ordnung. Du hast, weiß Gott, genug für mich getan, vor allem nach Moms Tod.«

»Du und Ariel seid das Beste, was mir je passiert ist«, er schrumpfte ein wenig zusammen.

»Wir haben dich beide geliebt«, erwiderte Laurel. »Und das tue ich immer noch. Am Ende ist das doch das einzige, was zählt.«

»Liebe?«

»Ja.«

Obgleich ihr Swann nicht laut widersprach, war sein Lächeln so traurig, daß Laurel es nicht ertrug.

Sie ging zu ihrem Tisch, stellte die Ledertasche ab und öffnete das Schloß, mit dem die Lasche gesichert war. Im Innern der Tasche befanden sich mehrere lederbezogene Kästen und ein tragbarer Laptop. Sie nahm einen der Kästen heraus.

Er hatte zwei Fächer. Im ersten befanden sich zu rechteckigen Taschen gefaltete Papierblätter, in denen lose Edelsteine lagen, und die wie Karteikarten aufrecht nebeneinandergestellt waren. Die Briefchen, die halb so groß waren wie ihre Handfläche, wurden von Juwelieren als traditionelle Art der Verpackung kleiner Wertgegenstände wie ungefaßter Edelsteine benutzt.

Das zweite Fach des Kastens enthielt Werkzeuge aller Art. Das auffälligste waren wunderschön gespante Pickel, Feilen, Sonden und Bohrköpfe, alle sorgsam in ihren jeweiligen Lederetuis nebeneinander aufgereiht.

Swann kam näher, um Laurel über die Schulter zu sehen. Beim Anblick des herrlichen Werkzeugsets pfiff er anerkennend durch die Zähne.

»Vielleicht hast du ja doch etwas von mir geerbt«, sagte er. »Diese Sachen erinnern mich an das Zeug, das ich mit mir rumgeschleppt habe. Obwohl meine Utensilien lange nicht so edel waren.«

»Du hast Schmuck gemacht?« fragte Laurel überrascht.

»Nein. Bomben und Zeitzünder. Aber die Pickel und Sonden waren die gleichen.«

Swanns beiläufige Enthüllung ließ Laurel erschaudern. Sie unterdrückte jedoch das ungute Gefühl und wählte eine Zahnsonde aus, die mit einer dünnen Gummischicht überzogen war. Mit einem stummen Gebet, mit dem sie sich für jeden Schaden entschuldigte, den sie vielleicht versehentlich anrichtete, beugte sie sich über das juwelenbesetzte Ei.

Innerhalb weniger Augenblicke war Laurel ganz in die Aufgabe versunken, das versteckte Geheimnis des Eis zu lüften. Die Edelsteine selbst kamen nicht in Frage, aber sie untersuchte eingehend die Fassungen, hinter denen vielleicht ein Mechanismus verborgen lag.

Nichts.

Unverdrossen wandte sich Laurel der soliden, goldenen Filigranarbeit zu. Sie war wunderschön gewunden und so raffiniert gelötet, daß man keine einzige Bruchstelle sah, keine Abweichung, nichts, das den Weg wies, wie man das Ei ohne Beschädigung öffnete.

Mit gerunzelter Stirn richtete sie sich auf.

»Nichts, eh?« fragte Swann, der ihre Miene richtig deutete.

»Noch nicht«, gab sie zu.

»Nun, wir können es immer noch auf meine Art versuchen«, sagte er und streckte die Hand aus.

»Nein!«

Nachdrücklich schob Laurel die Hand ihres Vaters fort.

»Gib mir noch ein paar Minuten«, sagte sie. »Soviel Zeit hast du doch sicher übrig, um etwas so Schönes wie dieses Kunstwerk zu erhalten.«

»Okay. Aber nur ein paar Minuten, Laurie. Jede Sekunde, die dieses Ding in deiner Wohnung ist, erhöht die Gefahr, daß du mit in die Sache hineingezogen wirst.«

Ohne eine Erwiderung beugte sich Laurel erneut über das Ei.

Während Swann wartete, beobachtete er sein Kind. Er sah sich selbst in den winzigen Falten zwischen ihren schwarzen

Brauen und in ihrer gesammelten Konzentration. Nicht zum ersten Mal fragte er sich, wie sein Leben wohl ausgesehen hätte, wäre er beständiger gewesen und die Welt weniger kriegerisch.

Die Zeit geht immer nur in eine Richtung.

»Das Wichtigste an dem Ei ist die Überraschung, nicht wahr?« murmelte Laurel zu sich selbst.

»Kunst war noch nie meine besondere Stärke.«

»Das letzte, was Fabergé gewollt hätte, wäre Ärger für den Zaren«, sagte Laurel. »Aus diesem Grund muß ein möglicher Öffnungsmechanismus leicht zu handhaben sein. Versteckt, ja, aber trotzdem leicht zu finden.«

Laurel nahm das Ei in die rechte Hand, als wäre es ein Geschenk, das sie gerade erst ausgepackt hatte. Einer ihrer Finger glitt ganz von selbst über einen komplizierten Filigranknoten. Es gab noch andere solcher Knoten in dem Netz, aber keiner der anderen war an der Stelle plaziert, an der ein Rechtshänder das Ei als erstes berühren würde.

Einer der Filigranfäden hob sich unmerklich ab.

»Oh, du warst wirklich ein gerissener Höfling«, flüsterte sie einem schon lange verstorbenen Künstler zu. »Versteck es gerade genug, daß man ein Gefühl des Sieges verspürt, wenn man es entdeckt, aber versteck es nicht so gut, daß dein Herr und Meister die Geduld verliert.«

»Hast du den Mechanismus gefunden?« fragte Swann aufgeregt.

»Ich glaube, ja.«

Swann streckte die Hand nach dem Ei aus, aber Laurel trat mit ihrer Person dazwischen.

»Warte«, sagte sie. »Er ist sehr heikel.«

Vorsichtig drückte Laurel auf den abgehobenen Faden und versuchte, ihn erst in die eine Richtung zu bewegen und dann in die andere. Es gab ein leises metallisches Klicken, als sich plötzlich ein versteckter Hebel verschob.

Die juwelenbesetze Schale teilte sich, als hätte man ein weichgekochtes Ei geköpft. Als der Deckel aufsprang, schob ein versteckter innerer Mechanismus einen roten Edelstein in der Größe eines Vogeleis heraus.

»Mein Gott«, flüsterte Laurel, erschüttert von der Größe des Juwels.

Der Stein war tiefrot, mit großen, flachen Facetten. Trotzdem verströmte er eine magische, nahezu lebendige rubinfarbene Glut.

»Darum nennen sie das Ding die Rubin-Überraschung«, sagte Swann.

Laurel hörte ihren Vater kaum. Sie konzentrierte sich ganz auf den Stein. Die Farbe war zu dunkel, um als Taubenblut beschrieben zu werden, wie es sonst bei Rubinen üblich war. Aber der Edelstein wirkte absolut makellos.

»Einen solchen Stein habe ich noch nie gesehen«, sagte sie. »Das Licht strömt geradezu durch ihn hindurch. Ich denke, das Porträt des Zaren sollte auf eine der Facetten graviert werden.«

Swann knurrte.

»Aber die Farbe weicht selbst vom höchsten Standard ein wenig ab«, erklärte sie. »Der Rubin hätte kaum zu irgendwelchen anderen Steinen gepaßt. Er ist zu dunkel.«

»Wie Blut, das gerade trocknen will«, sagte Swann.

Bei dieser Assoziation verzog sie das Gesicht und wandte den Blick von dem hypnotisierenden Stein.

Die Innenseite des Unterteils wies ein kompliziertes, asymmetrisches Muster auf, ein geschwungenes Gitter aus Silber und Gold und Splittern, die aussahen wie klarer Kristall. Wenn es noch andere Juwelen in dem Ei gab, so waren sie auf den ersten Blick nicht zu sehen.

Ein rhythmisches Piepsen riß Laurel aus ihrem Gedankengang.

Swann zog das Ende seines losen Hemdes hoch und griff

nach dem Piepser, der an seinem Gürtel hing. Die Bewegung enthüllte abermals den Pistolenknauf. Schwarz, tödlich, aber eigenartig schön wie ein Stealth-Bomber: ein praktischer Kunstgegenstand für einen praktischen Mann.

Als Swann auf den Monitor des Piepsers sah, nickte er, als hätte er erwartet, genau die dort angezeigte Nummer zu sehen.

»Da drüben«, sagte Laurel und zeigte auf das Telephon am anderen Ende des Raums.

Swann ging hinüber, drückte ein paar Zahlen und wartete ab. Seine Miene verriet nicht, ob er erfreut, verärgert oder gleichgültig angesichts dieser Unterbrechung war.

»Ich bin's«, sagte er, als jemand abnahm. »Was gibt's?«

Er hörte kurz zu.

»Was hat er gesagt?« fragte er dann.

Während er weiter in die Leitung lauschte, spürte Laurel, wie sich der Graben zwischen ihr und ihrem Vater mit jeder Sekunde verbreiterte. Den zärtlichen Vater oder gar den Liebhaber, der immer noch um eine Frau trauerte, die vor sieben Jahren gestorben war, gab es nicht mehr.

Jetzt war Swann das, was das Leben aus ihm gemacht hatte, was er freiwillig geworden war – ein Vertragskrieger. Ein angemietetes Muskelpaket. Vielleicht sogar ein Mörder.

Ich selbst habe genügend Hälse aufgeschlitzt.

»Dann drück seine Eier ein bißchen fester zusammen«, sagte er entschieden. »Drück sie zusammen, bis sie rausquellen. Dann zeigt er sich schon kooperationsbereit.«

Swanns Augen verschwanden fast hinter einem kalten Grinsen.

»Drück fester«, wiederholte er knapp. »Ich mach mich auf nach Süden. In ein paar Stunden bin ich da.«

Nachdem er eingehängt hatte, starrte er das Telephon einen langen Moment an, als suche er dort nach einer Entscheidung. Schließlich blickte er sich um. Als er Laurel sah, riß er die Augen auf, als hätte er ganz vergessen, daß er nicht allein war.

»Brauchst du sonst noch was von mir?« fragte Laurel.

Ihre Kehle war so zugeschnürt, daß ihr die Stimme versagte.

Swann starrte sie reglos an, doch langsam wich sein finster entschlossener Gesichtsausdruck einer Art trüber, grauer Melancholie.

»Ich brauche ein paar Minuten für mich«, sagte er ruhig. »Ich – also, ich muß ein Telephongespräch führen. Danach nehme ich das Ei und verschwinde. Und du vergißt alles, was passiert ist. Alles. Verstanden?«

»Das Paket kam niemals hier an. Ich habe es niemals aufgemacht. Du warst niemals hier.«

Einen Augenblick sah Swann seine Tochter überrascht an. Dann blinzelte er, grinste und war wieder ganz der alte, fröhliche Pirat.

»Wenn du dich daran hältst, wird alles gut werden«, sagte er beifällig.

»Bist du in Gefahr?« fragte Laurel ausdruckslos.

»Lauf nach oben. Wenn du in zehn Minuten runterkommst, bin ich weg.«

»Du hast meine Frage nicht beantwortet.«

»Mach dir um mich keine Sorgen. Ich kann auf mich aufpassen.«

Sicher, dachte Laurel. Darum bist du auch in diesen Schwierigkeiten.

»Ich lasse dir die Nummer meines Piepsers da«, sagte Swann.

Er ging zu dem Notizbrett, auf dem Laurel mit verschiedenfarbigen Stiften ihre nächsten drei Projekte und mit Rot die Telephonnummern verschiedener amerikanischer Edelsteinlieferanten aufgeschrieben hatte. Der roten Liste fügte Swann eine 800er Nummer und einen Piepsercode hinzu.

»Aber ruf nicht an, um mich zu fragen, wie es mir geht«, sagte er.

»Habe ich das jemals getan?«

»Ich habe dir auch noch nie die Gelegenheit dazu gegeben.«

Dann wandte er sich ab. Laurel stand dicht neben ihm, das Gesicht vor Anspannung in tiefe Falten gelegt.

»Laß deinen Anrufbeantworter an, Baby«, sagte er und küßte sie auf die Stirn. »Ich melde mich.«

»Dad, was ...«

»Geh nach oben«, unterbrach er sie, aber seine Stimme klang sanft. »Es ist alles in Ordnung. Und du hast nichts mehr mit der Sache zu tun, du bist wieder in der Welt deiner netten Moral.«

Er legte die Hände auf ihre Schultern, drehte sie um und zeigte auf die Treppe. Widerstrebend ging sie ein paar Stufen hinauf, während sie verzweifelt nach Worten suchte, die alles ändern könnten.

Aber etwas anderes als die Worte, die auch in der Vergangenheit nie etwas geändert hatten, fiel ihr nicht ein.

Als Swann hörte, daß oben die Tür ins Schloß fiel, wartete er noch einen Moment ab. Dann glitt er lautlos wie ein Geist ebenfalls die Treppen hinauf. Er stellte sich dicht vor die Tür und lauschte angespannt.

Keine Atemgeräusche. Kein ungeduldiges Füßescharren. Kein Stoff, der sich an der Holztür rieb.

Laurel hatte genau das getan, um was er sie gebeten hatte.

Du bist einfach paranoid, sagte er sich. Aber das ist gut so. Verdammt wenige Paranoiker sterben mit einem Messer im Rücken.

Leise pfeifend nahm er diverse Werkzeuge aus Laurels Tasche, bis er fand, was er wollte. Dann beugte er sich, immer noch pfeifend, über das Ei.

Zehn Minuten später war Jamie Swann fort.

8

Cruz Rowan machte das trübe Zwielicht aus und blickte aus dem Fenster des Risk-Ltd.-Flugzeugs auf die dunkle, zerklüftete Wüstenlandschaft hinab. Der Start war später als erwartet erfolgt, da der Pilot stets pingelig genau seinen Flieger vorher durchcheckte.

Nicht, daß es Cruz wirklich etwas ausgemacht hätte. Besser ein penibler Pilot als eine Landung ohne Überlebenschancen!

Das Flugzeug hatte gerade von der Anza-Borrego-Landebahn der Risk Ltd. abgehoben, und der Firmenkomplex von Karroo wurde schnell kleiner, während die Maschine kraftvoll, ruhig und gleichmäßig höherstieg. Obgleich es inzwischen fast Nacht war, erkannte Cruz gerade noch den dunklen Cañon, in dem er vor wenigen Stunden gegraben hatte.

Einen Augenblick lang erlaubte er sich den Luxus echter Verärgerung. Er war verdammt nahe daran gewesen, das Geheimnis der neuen Spalte zu lüften. So etwas spürte er genauso wie Gefahr; sein Nervensystem war nun einmal sensibel angelegt.

Cruz nahm an, daß der isolierte Bruch das erste an der Oberfläche sichtbare Zeichen eines gänzlich unbekannten unterirdischen Gangsystems war. Es gab sogar verlockende Hinweise darauf, daß die Erde mit Hilfe dieser Verwerfung versuchte die Spannung abzuleiten, die sich über Jahrtausende hinweg entlang der berüchtigten Sankt-Andreas-Spalte aufgebaut hatte.

Für Cruz war der Gedanke an die Entdeckung eines solchen Spaltenlabyrinths genauso euphorisierend, als tränke er ein Glas besten Scotch. Dieses System wäre etwas Neues und Einzigartiges unter der Wüstensonne. Eine solche Ansammlung von Brüchen in der dicken Haut der Erde hatte womöglich große Bedeutung. Vielleicht wäre sie sogar der Beweis dafür, daß es sich beim Chaos um eine Gegebenheit handelte, die in der Lage war, sich selbst zu berichtigen.

Das war es, was Cruz faszinierte – Chaos und Ordnung und die elektrisierende Zone, die dazwischen lag.

Diese Zone war das einzige Umfeld auf der Welt, das Cruz Rowan wirklich liebte, sowohl beruflich als auch hinsichtlich seines Hobbys. Die Ungewißheit war immer präsent, nie greifbar, immer verführerisch und niemals gleich.

Cruz blickte noch ein paar Minuten auf das karge, vertraute Gesicht der Wüste, dann holte er tief Luft und wandte seine Gedanken dem momentan dringenderen Chaos zu.

Er zog ein handgroßes Photo der Rubin-Überraschung aus der Tasche und studierte es. Das Bild und der Name der Luftfrachtgesellschaft, die die russische Ausstellung transportiert hatte, waren alles, was Nowikow zu der Untersuchung hatte beitragen können.

Oder alles, was er dazu hatte beitragen *wollen*.

Als erste Hinweise waren das Photo und der Name wenig mehr als nichts.

Cruz' blaßblaue Augen nahmen jede Einzelheit des Photos auf. Soweit er sah, war das Fabergé-Ei ein sorgsam ausgeklügeltes, reich verziertes, teures Kunsthandwerk, das einzig den Zweck hatte, die Sinne zu erfreuen.

Was für ein seltsames und nutzloses Ding, dachte Cruz. Wie viele Frauen – dekorativ, aber ohne richtige Funktion. Aber vielleicht war Schönheit an sich bereits eine Funktion. Viele schöne Frauen schienen dieser Auffassung zu huldigen.

Es gab sogar Zeiten, in denen Cruz ebenfalls dieser Meinung war. Es gab kaum etwas Angenehmeres, als mit hartem

Schwanz zu erwachen und sich in eine weiche, warme Frau zu schieben.

Abrupt beendete Cruz diesen Gedankengang.

»Ich war wohl zu lange in der Wüste«, schüttelte er sich. »Wenn ich so weitermache, glaube ich noch irgendwann, daß der Fick, den ich am Anfang kriege, den Ärger wert ist, der am Ende folgt.«

Unter dem Steuerbordflügel schlängelte sich ein schwarz geteerter Highway in Richtung der mehrspurigen Autobahn, die nach Los Angeles führte. Cruz blickte auf den gewundenen Asphalt und lächelte dünn. Er hoffte, daß es Nowikow gefiel, von Gillespie chauffiert zu werden. Der Hauptfeldwebel hatte die Fahrt schon mal in ein paar Stunden geschafft. Einmal hatte er allerdings auch sieben gebraucht. Es kam darauf an, wie genervt er war. Je wütender er war, desto mehr wurde getrödelt.

Wenigstens war Nowikow im Augenblick aus dem Weg. Manchmal stellte ein Klient eher ein Ärgernis als eine Hilfe dar, vor allem, wenn er kein Vertrauen verdiente. Aber es gab immer noch ein paar offene Fragen. Nur wer wagte, gewann.

Cruz griff nach dem Telephon, das an der Bordwand vor ihm hing, und tippte ein paar Zahlen ein. Gillespie antwortete aus dem Mercedes irgendwo in der Wüste unter ihm.

»Gillie, frag doch mal deinen Fahrgast, ob er die Frachtbriefnummer des Pakets rauskriegen kann, das bei der Lieferung aus Tokio gefehlt hat.«

Der Hauptfeldwebel leitete die Frage weiter. Einen Augenblick lang war die Leitung hohl und still, doch dann antwortete Gillespie.

»Wir rufen in fünf Minuten wieder an.«

»In Ordnung.«

Fünf Minuten später meldete sich Gillespie im Flugzeug und nannte Cruz eine zehnstellige Zahl.

»Sonst noch was?«

»Im Augenblick nicht.«

Im Anschluß an dieses Gespräch rief Cruz die Auskunft in Los Angeles an, und zwei Minuten später sprach er mit dem für internationalen Verkehr zuständigen Manager des Luftfrachtunternehmens. Es dauerte ein paar weitere Minuten, bis er den Leiter der Abteilung für Luftfracht bekam.

»Sam Harmon«, sagte der Mann. »Machen Sie's kurz.«

Cruz lächelte. Die Redeweise seines Gesprächspartners erinnerte ihn ans Militär. Wahrscheinlich war er erst kürzlich in Pension gegangen und hatte sich noch nicht an die Tatsache gewöhnt, daß ungehorsame Mitbürger nicht mehr vorm Kriegsgericht landeten.

»Harmon? Ich kannte einen Harmon bei der Luftwaffe«, sagte Cruz. »Er war Frachtmeister bei Transportflugzeugen.«

»Ich war Marineoffizier«, sagte Harmon knapp. »Dreißig Jahre und vier Monate.«

»Bei einer Kampftruppe?«

»Logistik. Wie, in aller Welt, glauben Sie wohl, daß ich einen Job wie diesen hier bekommen habe?«

Cruz lächelte innerlich. Ein pensionierter Marineversorgungsoffizier. Falls irgendwer das System verstand, dann er.

»Ich habe ein logistisches Problem«, sagte Cruz. »Und Sie sind wahrscheinlich der einzige Mensch auf der Welt, der mir helfen kann.«

»Schießen Sie los.«

Jetzt hab ich dich, dachte Cruz triumphierend. Wollte man die ungeteilte Aufmerksamkeit eines Rentners, mußte man ihm nur das Gefühl geben, wichtig zu sein.

»Ich habe einen Klienten, der ein Paket verloren hat«, sagte Cruz in möglichst beiläufigem Ton. »Man sagte mir, Sie hätten ein Computerprogramm oder so, mit dessen Hilfe man so etwas zurückverfolgen kann.«

Cruz vermied es bewußt zu erwähnen, was in dem Paket

gewesen war. Er wollte Harmon nicht in Panik versetzen, solange es nicht unbedingt erforderlich war.

»Wir haben Computer, Strichcodescanner, Landekurssender und Monitore für die globale Positionierung«, sagte Harmon. »Ich kann also jedes Paket an jeder Stelle unseres Programms überall auf der Welt ausfindig machen. Wenn es sich in einem Lagerhaus oder einem Flugzeug befindet, kann ich Ihnen das sagen. Wenn es auf einem LKW ist, kann ich Sie mit dem für die Auslieferung zuständigen Fahrer verbinden. Wir sind hier vollständig vernetzt.«

Jeder Mensch glaubte an irgend etwas. Sam Harmon glaubte an sein Programm.

»Großartig«, rief Cruz begeistert. »Wo fangen wir an?«

»Haben Sie die Frachtbriefnummer?«

Cruz las die Nummer vor und hörte das hohle Klicken eines Computerkeyboards. Er hielt den Atem an und überlegte, wie viele Informationen es wohl über diese Lieferung gab.

»Nichts.«

»Was soll das heißen?«

»Fehlschuß. Die Nummer gibt es nicht in unserem System.«

Cruz dachte einen Augenblick nach. Nowikow würde ihn keinesfalls in einer Sache belügen, die sich so leicht überprüfen ließ.

»Es muß sie geben«, sagte er.

»Nicht bei uns. Es sei denn, sie wäre Bestandteil einer größeren Lieferung.«

»Das war sie.«

»Warum haben Sie das nicht gleich gesagt?«

Wieder drang das hohle Klicken der Computertasten durchs Telephon.

»Da haben wir sie ja«, sagte Harmon. »Sie gehörte zu dem Kunstkram, der gestern mit dem Sieben-Vier-Sieben-Flug aus Tokio kam.«

»Genau.«

»Leck – eh, *verdammt*, sagen Sie bloß nicht, daß wir eins von den Paketen verloren haben.«

»Das versuche ich ja gerade herauszufinden«, sagte Cruz. »Aber keine Angst. Selbst wenn es unerlaubt fehlt, ist es nicht gleich die Mona Lisa.«

Harmon stieß ein Geräusch aus, das wie Erleichterung klang, aber er hämmerte bereits erneut auf seinem Keyboard herum. Rasend schnell.

»Ich habe die Ladung auf dem Bildschirm«, sagte er. »Fünfundfünfzig Pakete.«

»Und wo sind sie jetzt?«

»Sie sind alle durch den Zoll gegangen und wurden dann eingescannt, ehe sie an den Zollmakler weitergingen. Von ihm aus wurden sie direkt per LKW zum Museum gebracht.«

Harmons Finger ratterten weiter über die Tasten, ehe er innehielt.

»Das ist seltsam«, sagte er.

Cruz verspürte einen kleinen Kitzel, der ihm verriet, daß er sich in die Zone begab, in der es weder Chaos noch Ordnung gab.

»Was?« fragte er leise.

»Ich habe gerade das Ladungsverzeichnis des gesamten Flugzeugs aufgerufen«, sagte Harmon. »Manchmal wird ein einzelnes Paket beim Zoll von einer Ladung getrennt und dort ein, zwei Tage für weitere Untersuchungen festgehalten. Aber bei diesem Flug ging alles durch.«

Cruz stieß ein ermunterndes Geräusch aus.

»Aber«, fuhr Harmon denn auch fort, »hier taucht eine komische Nummer auf.«

»Was für eine Nummer?«

»Mitten in den Überseefrachtbriefen erscheint plötzlich ein inländischer Frachtbrief. Nicht im Ladungsverzeichnis, sondern erst nach dem Zoll.«

»So als hätte sich jemand bei einer Nummer geirrt?« fragte Cruz.

»Nein, eher so, als hätte irgendwer beim Zoll einen Inlandsfrachtbrief über die internationalen Papiere geklebt.«

Cruz lehnte sich zurück und lachte innerlich. *Volltreffer!*

»Der Sortierungsprozeß läuft überwiegend mechanisch ab«, erklärte Harmon. »Es wäre also möglich, daß das Paket mit der Inlandsnummer versehentlich auf ein Inlandslieferband geschickt wurde.«

Oder absichtlich, dachte Cruz, wenn die Veränderung des Aufklebers das Werk eines cleveren Diebes war.

»Na schön, wir haben also eine inländische Frachtbriefnummer«, sagte Cruz. »Und was jetzt?«

»Warten Sie.«

Harmon hämmerte so eifrig auf die Tasten, daß es klang wie die Salve aus einem Maschinengewehr. Nach einer kurzen Pause ertönte eine zweite Salve und fünfzehn Sekunden später seufzte Harmon hörbar.

»Da haben wir's! Das Paket wurde heute nachmittag an der Küste ausgeliefert, an einem Ort namens Cambria. Warten Sie, ich nenne Ihnen die Nummer.«

Cruz prägte sich die Adresse genauestens ein.

»Haben Sie sie?« fragte Harmon.

»Ja. Wann wurde das Paket ausgeliefert?«

»Vier Uhr neunundvierzig.«

»Hat jemand den Empfang quittiert, oder wurde es einfach auf der Türschwelle abgelegt?« fragte Cruz möglichst neutral.

»Eine Laura – nein, Laurel – Cameron Swann hat die Lieferung entgegengenommen. Sierra, Whiskey, Alpha, November, November«, buchstabierte Harmon den Nachnamen der Empfängerin gemäß dem internationalen Funkalphabet.

»Und das erzählt Ihnen alles Ihre Maschine?« fragte Cruz. »Verdammt tolles Programm.«

Das Geräusch, das Harmon diesmal ausstieß, verriet Stolz und Dankbarkeit für dieses Kompliment.

»Ich werde sofort einen Suchauftrag erteilen«, sagte Harmon. »Irgendwer fährt morgen früh hin und holt es wieder ab. Spätestens mittags ist es dann in dem Museum in Malibu.«

»Mein Klient wird sich wahnsinnig freuen«, sagte Cruz. »Vielen Dank.«

Er hängte ein und drückte auf den Knopf der Gegensprechanlage, die ihn mit dem Piloten verband.

»Setzen Sie mich so nah wie möglich bei Cambria ab«, sagte er. »Egal, wieviel Sprit dabei durch die Leitungen geht.«

Dann griff er erneut nach dem Telephon und gab die Redpathsche Privatnummer ein.

»Ja?« fragte seine Chefin.

»Hier Cruz. Ich habe das Ei bis zu einer Adresse in Cambria, Kalifornien, zurückverfolgt. Sehen Sie doch mal nach, ob Sie etwas über eine Laurel Cameron Swann haben.«

9

Es war kurz nach neun und völlig dunkel gewesen, als die kleine Maschine auf dem Paso-Robles-Flughafen landete. Der Mietwagen hatte schon bereitgestanden, aber trotzdem war es fast halb elf, als Cruz endlich in dem ruhigen Dorf am Rande des Ozeans eintraf.

Er war alles andere als gut gelaunt. Das einzige, was der Computer der Risk Ltd. über Laurel Cameron Swann ausgespuckt hatte, war, daß sie neunundzwanzig Jahre zählte, unverheiratet, schuldenfrei, ohne Geschwister, Eltern geschieden, Mutter tot, Vater hochdekorierter Militärangehöriger, ebenfalls tot. Keine Großeltern. Irgendein Onkel oder sonst was lungerte im Hintergrund herum, vielleicht handelte es sich bei dem Kerl aber auch um den ehemaligen Liebhaber der Frau Mama.

Es gab keinen einzigen Hinweis auf eine Person, die die Fähigkeiten oder Kontakte hatte, um den Diebstahl der Rubin-Überraschung vorzunehmen.

Die Straße am südlichen Rand von Cambria, in die das Paket geliefert worden war, sah ebenso unschuldig aus wie Laurels Beschreibung. Ihr Haus zu finden war kein Problem. Das alte A-förmige Gebäude stand ganz allein auf einem steilen, kleinen Felsvorsprung.

Was Cruz sah, war ein gepflegtes Häuschen, in dessen offener Garage ein sauberer Ford Explorer stand. Wenn irgendwo im Innern des Gebäudes Licht brannte, so war es von der Straße aus nicht zu sehen. Die nächsten Nachbarn wohnten fünfzig Meter entfernt.

Wie Cambria selbst verriet auch das Haus nichts von der kalifornischen Schnellebigkeit. Es strahlte etwas derart Ernsthaftes aus, daß Cruz überlegte, ob Laurel Swann tatsächlich so unschuldig war, wie es schien.

Vielleicht hatte man das Paket irrtümlich an sie geschickt? Vielleicht war das Ganze nur ein falscher Alarm? Nun, wahrscheinlich nicht.

Wenn es um die Natur des Menschen und um Zufälle ging, war Cruz ein durch und durch mißtrauischer Mann. Deshalb machte er sich eilig an die Erkundung des verschlafenen Nests.

Fast alles war geschlossen, verlassen oder beides zugleich. Einzige Ausnahme bildete eine Kneipe in einer der Seitenstraßen mit einem windschiefen, in grellen Neonfarben blitzenden Schild über der Tür. Eine Handvoll Autos stand in der Nähe, doch es gab kein Anzeichen dafür, daß irgendwer in nächster Zeit nach Hause zu fahren beabsichtigte.

Ein Stückchen weiter, am Nordrand des Geschäftsbezirks, fand er eine Tankstelle, die so bescheiden im Hintergrund kauerte, als wolle sie sich geradezu entschuldigen für den Handel mit dem Stoff, der das moderne Zeitalter betrieb. Obgleich geöffnet war, gab es keine Kunden. Der Mann von der Nachtschicht war so alt, daß Cruz bezweifelte, ob er den Unterschied zwischen einem LKW und einem Auto erkannte.

Die Polizeistation neben dem Gebäude der freiwilligen Feuerwehr lag in völliger Dunkelheit. Cruz nahm an, daß irgendwo in der Nähe ein Streifenwagen Patrouille fuhr, doch dem mußte man keine Bedeutung beimessen. Cambria gehörte nicht zu den Städten, deren Polizisten den Ruf hatten, nachts besonders wachsam zu sein.

Nachdem er sich vergewissert hatte, daß er wohl kaum von gereizten Bullen, neugierigen Nachbarn oder zufälligen Passanten gestört werden würde, machte er kehrt und fuhr die

Straße am Strand entlang zurück. Eine Viertelmeile hinter Laurel Swanns Haus stellte er seinen Wagen in einer Sackgasse ab, löschte die Lichter und stieg aus wie ein Mann, der Gefallen fand am Geruch und an den Geräuschen des nächtlichen Ozeans.

Nirgends gingen Lampen an. Nirgends wurde eine Tür geöffnet. Nirgends führte jemand seinen Hund spazieren oder ließ die Katze hinaus oder schlich hinüber ins Haus und Bett der Nachbarin.

Cruz ging einfach unter der Straßenlaterne hindurch und verschwand in der Dunkelheit. Sehr schnell fand er einen Weg hinab an den schmalen, felsigen Strand, und bald blickte er zu dem bescheidenen Häuschen hinauf, in dem jemand, unschuldig oder nicht, ein Fabergé-Ei verbarg.

Das Rollen und Wogen der Brandung war laut und würde jedes Geräusch übertönen, das Cruz vielleicht unterlief, wenn er sich dem Haus näherte. Trotzdem trat er so leise wie möglich auf, als er die Holztreppe hochkletterte, die sich an den Felsvorsprung klammerte. Ein großer, verwitterter Findling gab ihm Deckung, während er sein Ziel in Augenschein nahm.

Keine Wasserschalen, kein Zwinger, kein Hinweis auf einen Hund. Keine Nachtlampen, die draußen brannten, keine Alarmanlage, keine vergitterten Fenster oder Riegel an den Türen. Dem äußeren Anschein nach hatte Laurel Swann nichts zu verbergen und fürchtete auch ihre Mitmenschen nicht.

Sie mußte ebenso naiv sein wie das gesamte Dorf, dachte Cruz.

Obwohl alles in Schlaf versunken und arglos wirkte, wartete Cruz, bis eine Wolke den Halbmond am westlichen Nachthimmel verbarg. Erst dann trat er aus seiner Deckung hervor und ging über den Felsvorsprung bis zum Haus.

Von drinnen drang keinerlei Geräusch heraus, und durch

keines der Fenster sah er das Flimmern eines Fernsehers. Laurel Swann schlief entweder oder sie hatte eine Verabredung. Nach allem, was er von der Stadt gesehen hatte, kam Cruz zu dem Ergebnis, daß sie wahrscheinlich schlief.

Er umrundete das Haus, prägte sich das Nummernschild des Explorers ein und blieb abwartend in der dunklen Garage stehen. Es würde etwas dauern, bis sich seine Augen nach der relativen Helligkeit der mondbeschienenen Landschaft an die Dunkelheit im Innern des Gebäudes gewöhnt hatten.

Die Garage war tadellos aufgeräumt, auch im übrigen vollkommen normal. Es gab eine Waschmaschine, einen Trockner, ein paar Vorratsschränke an den Wänden, aufgeschichtete Gegenstände an der Stelle, an der ein zweiter Wagen stehen könnte, den Ford-Kombi, der sich als allradgetriebenes Nutzfahrzeug ausgab, und direkt hinter der offenen Tür eine neue Mülltonne.

Nachdem sich seine Augen an die Finsternis gewöhnt hatten, sah sich Cruz den Stapel in der einen Garagenhälfte genauer an. Er entdeckte zwei große, wiederauffüllbare Butangasflaschen, eine alte, verkratzte Werkbank und ein paar Kästen.

Die Kästen interessierten ihn, und er zog eine winzige Taschenlampe heraus, um sie sich näher anzusehen. Auf jedem von ihnen stand in sauberer, leserlicher, wahrscheinlich weiblicher Handschrift: GUSSFORMEN. BRENNFORMEN. STEINHALTER. FASSUNGEN.

Begriffe, wie sie Juweliere verwendeten, dachte Cruz.

Er machte die Taschenlampe aus, stand in der Dunkelheit und versuchte, das, was er gesehen hatte, einzuordnen.

Eine Frau, eine Juwelierin oder Schmuckhändlerin, die allein zu leben schien. Ordentlich, ohne penibel zu sein, mit einem angemessenen Einkommen und ohne Angst.

Etwas stimmt nicht an dieser Szenerie, dachte Cruz. Dies ist nicht das Haus einer Diebin oder Hehlerin. Verbrecher sind paranoid. Verbrecher haben Wachhunde. Verbrecher schließen zumindest nachts ihre Garagentür.

Plötzlich fühlte sich Cruz ungemütlich, fehl am Platz, als wäre er selbst der Kriminelle. Die Umgebung war zu ruhig, zu seriös. Die Luft roch zu sauber. Das ganze Haus strahlte *Unschuld* aus.

Im Laufe der Jahre hatte Cruz mehr als einmal in fremden Häusern herumgeschnüffelt. Als FBI-Agent war er ohne Gewissensbisse in den Heimen Verdächtiger herumgekrochen. Nur selten bedachte er die Intimsphäre anderer.

Aber heute nacht kam er sich wie ein Eindringling vor. Das wußte er so sicher, wie er wußte, daß er nur neun Finger besaß.

Am liebsten hätte er sich zurückgezogen und Laurel Swann in Ruhe gelassen. Was für Geheimnisse sie auch haben mochte, er bezweifelte, daß sie wichtig genug waren, um einen derartigen Überfall zu rechtfertigen.

Von seiner ungewohnten Reaktion überrascht, kämpfte Cruz mit dem Gefühl des Unrechts. Bis zu diesem Moment hätte er geschworen, derartige Skrupel wären ihm unbekannt. Er hatte sein Leben in der Unterwelt verbracht, Bankräuber und Kidnapper verfolgt, internationale Terroristen und Drogenhändler aller Art. Infolge dieser Tätigkeit hielt er von der Menschheit als solcher nicht gerade viel.

Die Ausnahmen, denen er begegnet war – Cassandra Redpath und Ranulph Gillespie gehörten zur Handvoll der Auserwählten – hatten seine Gewißheit nur verstärkt, daß der Homo sapiens als Lebewesen nicht besser war als unbedingt erforderlich.

Trotz alledem konnte er das Gefühl einfach nicht abschütteln, daß dieses kleine Strandhaus hier in Cambria kein Teil seiner Welt war. Es war sauber und ordentlich und offen. Es roch nach der Brandung des Ozeans. Er hatte kein Recht, hier zu sein.

Langsam drehte er sich um und umfaßte die Garage mit einem letzten Blick.

Die glänzende neue Mülltonne. Er hatte in der Vergangenheit viele Dinge herausgefunden, indem er den Müll anderer Leute durchforstete. Die meisten Gauner waren dumm. Sie dachten, was in den Müll wanderte, wäre für alle Zeiten fort. Aus den Augen, aus dem Sinn.

Bullen wußten es besser. Aus den Augen in die Hände eines geduldigen Detektivs.

Cruz ging zu der Mülltonne und fluchte still vor sich hin, als er feststellte, daß sie tatsächlich aus Metall war und daß ein achtloser Müllmann sie bereits verbogen hatte. Die Erfahrung sagte ihm, daß er den Deckel bestimmt nicht lautlos aufbekam. Und diese trog ihn nicht. Mit grimmiger Miene versuchte Cruz den klemmenden Deckel anzuheben. Er saß fest, aber nach einigem Rütteln ging er mit unüberhörbarem Quietschen auf.

Wenigstens verfügte die Dame des Hauses offenbar über einen gesunden Schlaf, sagte er sich. Den Schlaf der Unschuldigen. Sie wird nie erfahren, daß ich hier eingedrungen bin.

Er legte den Deckel vorsichtig auf den Betonboden der Garage und sah in den Eimer hinein. Da, ganz oben, lag ein Knäuel Paketpapier mit einem Adreßaufkleber.

Zum ersten Mal in seinem Leben war Cruz nicht froh, sondern enttäuscht darüber, daß er sich abermals in der Gefahrenzone befand.

Ich verliere meinen Biß, stellte er unglücklich fest. Ich habe wirklich geglaubt, daß diese Swann sauber ist. Ich hätte Cassandra bitten sollen, Walker zu schicken, um meinerseits in aller Gemütsruhe mit der Grabung fortzufahren.

Vielleicht hatte Laurel Swann ja, nachdem der Müll zum letzten Mal abgeholt worden war, Geburtstag gehabt, dachte er. Das würde alles erklären. Ein vollkommen unschuldiges

Geschenk, das ihr von irgendwoher, nur nicht aus Tokio, geschickt worden war.

Doch noch während er versuchte eine Erklärung dafür zu finden, daß er mit seiner Vermutung über Laurels Unschuld vielleicht doch im Recht gewesen war, tastete er nach seiner Taschenlampe, um das Papier näher zu untersuchen.

Der stecknadelkopfgroße Strahl fiel hart auf die Plastikhülle auf dem Papier. Cruz verschob den Strahl, bis er diffus auf das Dokument fiel, das in die Hülle geschoben war. Es war ein inländischer Frachtbrief von einer internationalen Luftfrachtgesellschaft. Und auf dem Frachtbrief stand die Adresse von Laurel Swann.

Cruz löste eine Ecke des Plastikumschlags vom Papier, bis ein anderer Frachtbrief zum Vorschein kam, auf dem AUSSCHLIESSLICH FÜR INTERNATIONALE FRACHT zu lesen war.

Ohne weiterzulesen wußte Cruz, daß das Paket ursprünglich an das Damon-Hudson-Kunstmuseum in Los Angeles adressiert gewesen war.

Trotzdem las er weiter, da er sich absolut sicher sein wollte, daß Laurel Swann nicht so unschuldig wie ihr Häuschen war. Der internationale Frachtbrief war an das Damon-Hudson-Kunstmuseum adressiert.

In Cruz' Innerem rang Enttäuschung mit Triumph. Keines der beiden Gefühl gewann. Er verspürte nur eine unendliche Müdigkeit.

Plötzlich jedoch stieg sein Adrenalinspiegel deutlich an. Hinter sich vernahm er das vertraute metallische *Klick,* das das Entsichern einer Pistole verriet. Er erstarrte, dachte eilig nach und wußte, daß jede Bewegung den Tod bedeuten konnte.

Obgleich er die Pistole nicht sah, spürte er das schwarze Auge der Mündung in der Dunkelheit. Er verfluchte sich, weil er Laurel Swann derart falsch eingeschätzt hatte und machte sich auf einen Knall, einen Schlag oder eine Kugel gefaßt.

Nichts passierte.

Erleichterung wallte in ihm auf. Sehr langsam hob er die Hände in Schulterhöhe, um zu zeigen, daß er unbewaffnet war.

Niemand befahl ihm, still zu stehen. Niemand sagte auch nur ein einziges Wort. In der Garage war es totenstill.

Langsam drehte Cruz den Kopf, bis er eine weiße Gestalt in der Dunkelheit der Garage sah. Eine Frau.

Ihre Arme waren in der klassischen Zielschießhaltung nach vorne gestreckt, und aus dem Augenwinkel erkannte er dort, wo die Mündung der Waffe sein mußte, einen orangefarbenen Punkt. In Insiderkreisen hieß diese Pistole speed sight. Sie war kein modisches Spielzeug, das sich eine Frau in die Handtasche steckte. Sie war ein Gerät, mit dem man seinem Gegner die Birne wegblies.

Und jede angespannte Linie des Körpers dieser Frau verriet Cruz, daß sie wußte, wie man mit dieser Waffe umging.

10

»Sie sind dran, Laurel«, sagte Cruz galant.

Der Klang ihres Namens erschütterte sie. Er war das letzte, was sie aus dem Mund eines Typen erwartet hätte, der in ihrer Garage herumschnüffelte. Auch die Stimme überraschte sie. Tief, fast lässig, ruhig. Beruhigend. Besänftigend.

Plötzlich wußte Laurel, wie der Wolf Rotkäppchen umgarnt hatte. Er hatte es mit der dunklen, unwiderstehlichen Lockung seiner Stimme vollbracht.

»Werden Sie schießen?« fragte er.

»Ich weiß nicht«, antwortete Laurel wahrheitsgemäß.

Cruz sträubten sich die Nackenhaare, als er die heisere Unsicherheit ihrer Stimme vernahm.

»Aber wenn Sie sich entscheiden, lassen Sie es mich als ersten wissen, ja?« frotzelte er.

Laurel kämpfte gegen einen beängstigenden Impuls zu lachen an. Diese Samtstimme in Verbindung mit einem offensichtlichen Sinn für Humor ist sicher mein Untergang, dachte sie. Rotkäppchen hat auch keine Chance gehabt. Aber wenigstens habe ich eine Waffe. Das arme alte Rotkäppchen hatte nichts als Kuchen im Korb.

Laurel bewegte sich rückwärts durch die kleine Verbindungstür ins Haus, ohne die Mündung der Waffe jemals vom Rückgrat des Eindringlings zu nehmen.

»Gehen Sie rückwärts durch die Tür«, sagte sie, »und behalten Sie schön die Hände über dem Kopf.«

Als Cruz gehorchte, war Laurels Erleichterung so groß, daß die Waffe kurz ins Schwanken geriet.

Aber nur kurz. Der Anblick des Schnüfflers, der sich ihr rückwärts näherte, war alles andere als beruhigend. Ihr erster Eindruck war der eines Riesen, der eine geradezu überwältigende Finsternis ausstrahlte: dunkles Haar, dunkler Pullover, dunkle Jacke, dunkle Jeans, dunkle Schuhe.

Der zweite Eindruck war der katzenhafter Geschmeidigkeit. Doch er wirkte nicht wie ein zahmes Haustier, sondern wie eins aus der Wildnis. Die Sorte, die man hinter zwei Zentimeter dicken Stahlgittern hält.

Mein Gott, dachte Laurel entsetzt. Er ist so groß wie Dad. Nein, größer. Und schneller.

Dann wandte der Mann leicht den Kopf. Das blasse Blitzen seiner Augen war mindestens so beunruhigend wie seine Gestalt. Er beobachtete sie so scharf, daß ihr das Blut in den Adern gefror.

Er wartet darauf, daß ich einen Fehler mache, dachte sie. Genau das hat Dad mir für den Fall vorausgesagt, daß ich eine Waffe auf einen Profi richte.

Sie kontrollierte ihre Atmung, als ihr wieder einfiel, was Jamie Swann ihr beigebracht hatte. Sie hatte sich unter der Voraussetzung bereit erklärt, schießen zu lernen, daß Swann ihr gleichzeitig zeigte, wie man einen Schuß vermied. Er hatte sie gut unterrichtet, wie an ihrem Verhalten zu sehen war.

Laurel behielt die sichere Entfernung zu dem Mann bei, auf den sie ihre Pistole richtete. Sie ließ ihn nicht aus den Augen. Während sie sich rückwärts durch die Verbindungstür schob, schwankte die Waffe kein einziges Mal.

»Gehen Sie nach links in Richtung Fenster«, befahl sie nun. »Nein! Drehen Sie sich nicht um!«

Cruz tat wie ihm geheißen.

Während sie auf der nach oben führenden Treppe nach dem Lichtschalter tastete, richtete sie die Waffe weiterhin auf Cruz' Silhouette, die sich deutlich von dem Fenster, durch das das Mondlicht fiel, abhob.

Elektrisches Licht durchflutete den Raum, doch auch die bessere Sicht half nichts.

Sie bewies ihr lediglich, daß ihr erster Eindruck der richtige gewesen war. Von seinen breiten Schultern bis hin zu seinen muskulösen Schenkeln strahlte der Mann Stärke aus. Das Licht betonte nur noch die schlangenartige Geschmeidigkeit seiner Bewegungen.

Nie zuvor war Laurel der ungerechte Unterschied zwischen der körperlichen Kraft von Mann und Frau so zu Bewußtsein gekommen.

Jetzt sah sich der Eindringling in ihrem Arbeitszimmer um, wobei er die Einzelheiten wie ein Computerscanner einzusaugen schien. Dann machte er eine halbe Drehung und sah sie an.

Schimmernd eisblau, klar und fesselnd in ihrer Intensität hielten seine Augen sie ebenso fest wie ihre Waffe ihn. Dann wanderte sein Blick langsam ihren Körper hinab.

Die leichte Veränderung seines Gesichtsausdrucks war nicht zu übersehen.

Laurel erinnerte sich daran, daß sie nichts außer dem Seidennachthemd trug, das sie sich geschnappt hatte, als der Lärm aus der Garage an ihr Ohr gedrungen war. Statische Elektrizität führte dazu, daß der Stoff an ihrem Körper klebte, vor allem an den Brüsten und um die Hüften herum. Der Schnüffler maß jeden Körperteil, an dem die Seide klebte. Vor allem dort, wo ihre Schenkel endeten.

»Vielleicht sollten Sie sich mit dem Gesicht auf den Boden legen«, sagte sie, wütend über die unverhohlene Musterung.

Cruz hob den Kopf und wehrte sich heldenhaft gegen ein Lächeln.

»Das ist nicht nötig«, sagte er sanft.

»Davon bin ich nicht überzeugt.«

Er sah auf die Mündung der Waffe. »Sind Sie denn überzeugt zu wissen, wie man mit diesem Ding umgeht?«

»Die Pistole ist entsichert, der Hahn gespannt und die Kammer geladen«, sagte Laurel knapp. »Ich brauche nur noch daran zu denken, wie der Abzug betätigt wird.«

»Nicht wie«, verbesserte Cruz. »Wann und *ob.*«

Jetzt mußte Laurel ein Lächeln unterdrücken. Ihr Vater hatte ihr das gleiche gesagt, in der gleichen Art, mit der gleichen Betonung, mit dem gleichen Blick.

»Ihr Job ist da einfacher«, erwiderte sie. »Sie brauchen nur daran zu denken, daß Sie mir keinen Grund geben zu schießen.«

»Das werde ich schon schaffen.«

Laurel bezweifelte es nicht.

Da die Wahrscheinlichkeit, den Abzug betätigen zu müssen, mit jedem Augenblick geringer wurde, spürte Laurel das Gewicht der Pistole immer mehr. Die meisten Frauen besaßen nicht genug Schultermuskeln, um ein solches Gewicht dauerhaft auf Armeslänge nach vorne zu halten. Laurel bildete da kein Ausnahme.

Der Eindringling hingegen sah so aus, als könnte er in jeder Hand eine Waffe auf Armeslänge nach vorne halten, ohne es überhaupt zu bemerken. Und jetzt drehte er sich langsam zu ihr um, bis er mit dem Profil zu ihr stand.

»Das ist weit genug«, blaffte sie.

Er sieht verdammt gut aus, dachte sie vage, wenn man Augen mag, im Vergleich zu denen Eis eine wohlige Wärme ausstrahlt.

Cruz drehte sich langsam, sehr langsam, weiter zu ihr herum und beobachtete den Finger, den Laurel am Abzug hielt. Als dieser schlaffer wurde, blieb er stehen. Inzwischen stand er ihr dreiviertel zugewandt.

Auf einmal hatte Laurel das Gefühl, daß sie ihn kennen müßte.

»Wer sind Sie?« fragte sie kurz angebunden.

»Cruz Rowan.«

Der Name kam ihr ebenso verführerisch vertraut vor wie sein Profil.

»Was machen Sie hier in meiner Garage?«

»Ich suche Ostereier.«

Adrenalin schoß durch Laurels bereits überreiztes Nervensystem. Flüchtig malte sie sich die Annehmlichkeit aus, wenn Cruz Rowan auf derselben Seite stünde wie sie.

Aber das tat er nicht, und allein der Wunsch war eine große Gefahr.

Ein beifälliges Lächeln umspielte die harte Linie seines Mundes und machte die Furchen in seinem Gesicht weich.

Laurel merkte, daß er abermals die an ihrem Körper klebende Seide ihres Nachthemds musterte. Sie senkte den Lauf der Pistole, bis er ein kleines Stück unterhalb seiner Gürtelschnalle zum Ruhen kam.

»Beruhigen Sie sich, Laurel«, sagte er besänftigend. »Ich will nicht erschossen werden, und Sie wollen mich nicht erschießen.«

»Darauf wetten Sie lieber nicht.«

»Sie sind eine Amateurin«, sagte er leise. »Wenn Sie mich umbringen wollten, hätten Sie es längst getan. Und wenn Sie die Bullen rufen wollten, wäre das auch schon geschehen.«

»Diese Möglichkeiten habe ich immer noch. Außerdem kommen Sie mir igendwie... bekannt vor.«

Cruz wußte, daß es nur eine Möglichkeit gab, weshalb er Laurel Swann bekannt vorkommen konnte.

Für den Bruchteil einer Sekunde verriet seine Miene zugleich Abwehr und Müdigkeit, doch dann wurde sein Blick wieder neutral, eine Maske, die nichts von seinen Gefühlen verriet.

Laurel hatte den verrückten Drang, sich bei ihm zu entschuldigen und dann die harten Linien in seinem Gesicht zu glätten.

Gott, ich verliere, sagte sie zu sich. Warum hat mich Dad

denn nicht davor gewarnt, daß der erste Mann, den ich mit einer Waffe bedrohe, zugleich der Mann sein würde, der interessant genug ist, die Seiten zu wechseln?

Doch sie riß sich zusammen und setzte eine strenge Miene auf.

»Gehen Sie drei Schritte nach links«, kommandierte sie. »Und dann drehen Sie sich ganz zu mir herum.«

Cruz trat in den Lichtstrahl von der Treppe und wandte sich Laurel zu.

Sie musterte ihn und sagte sich, daß sie nur versuche, ihn zu identifizieren. Natürlich waren ihr die Linien, die von vergangenem Schmerz und der gegenwärtigen Anspannung herrührten, ebenso gleichgültig wie der geschwungene Mund, der sich auf ihren Lippen bestimmt angenehm ausnahm, und seine Augen, für deren diverse Blaus es bestimmt keine Namen gab.

»Nun?« fragte Cruz neutral.

»Sie sehen recht gut aus«, sagte Laurel, »aber das wissen Sie sowieso. Sie sind stark und körperlich fit, auch das wissen Sie. Sind wir uns schon mal irgendwo begegnet?«

Er setzte ein ironisches Lächeln auf. »Sollte ich das nicht fragen?«

»Das ist doch wohl egal. Nun, sind wir …?«

»Nein.«

»Wissen Sie das genau?«

»Ja.«

»Hundertprozentig?« fragte sie.

»Sie haben die bemerkenswertesten Augen, die ich je bei einer Frau gesehen habe. Auch der Rest von Ihnen wäre durchaus erinnerungswürdig. Vor allem in diesem Fähnchen.«

Nun, dachte Laurel, schließlich habe ich derartige Bemerkungen geradezu herausgefordert. Und er ist bestimmt die Sorte Mann, die sich eine solche Gelegenheit nicht entgehen läßt.

Ein verführerischer Gedanke.

»Schon recht«, knurrte sie. »Wir sind uns noch nie begegnet. Warum kommen Sie mir dann so bekannt vor?«

»Das müssen Sie besser wissen als ich.«

Laurel musterte ihn eingehender. Ihr Blick glitt langsam von seinem schwarzen Haar zu den breiten Schultern, schmalen Hüften und muskulösen Beinen hinab. Bei seinen schwarzen Joggingschuhen angekommen, musterte sie ihn ein zweites Mal. Wenn er sich unwohl fühlte, zeigte er es nicht.

Dann sah Laurel zum ersten Mal Cruz' Hände an. Sie waren wunderschön geformt, mit langen, schlanken Fingern – außer dem Zeigefinger seiner linken Hand, der nicht mehr war als ein kurzer Stumpen.

Cruz folgte Laurels Blick und unterdrückte nur mit Mühe den Impuls, die linke Hand zur Faust zu ballen.

Dann riß sie entsetzt die goldenen Augen auf, und er wußte, daß sie sich daran erinnerte, weshalb er ihr so bekannt vorkam. Er hatte diese plötzliche Veränderung der Menschen schon öfters bemerkt, wenn sie sich an sein Gesicht erinnerten, weil es oft genug im Fernsehen oder auf den Titelseiten geprangt hatte.

Eine derartige Berühmtheit war nur schwer zu ertragen. Sie hatte einen Keil zwischen Cruz und seine Freunde getrieben, zwischen Cruz und die kleine Familie, die er noch besaß, und auch zwischen Cruz und sich selbst.

Aber den Schock, die Überraschung und den Widerwillen auf dem Gesicht der interessantesten Frau, der er jemals begegnet war, zu sehen, versetzte ihn regelrecht in Wut.

Ja, Cassandra, dachte er erbost. Es ist an der Zeit, daß ich die Vergangenheit hinter mir lasse, nicht wahr? Aber was ist mit dem Rest der Welt? Wann werden sie meine Vergangenheit vergessen?

Cruz wartete darauf, daß Laurel sprach. Als sie es nicht tat, sprach er:

»Ich nehme an, Sie lesen regelmäßig Zeitung.«

Cruz' Ton ließ Laurel zusammenfahren. Statt samtig und besänftigend klang er nun kalt, brüchig, sarkastisch; er hätte die Sonne einfrieren können.

»Warum sagen Sie das?« fragte sie.

»Ich habe diesen Blick schon des öfteren gesehen.«

Die Kombination aus Verbitterung und Resignation in Cruz' Stimme erinnerte Laurel an ihre Mutter, wenn Swann seine Familie mal wieder auf der Jagd nach einem Abenteuer verlassen hatte.

Was auch immer dieser Mann je gewesen war und getan hatte, dachte sie, er ist tief in seiner Seele verletzt, wie Mutter. Aber anders als Mutter lebt er noch. Verspürt er den Schmerz immer noch.

Das Geräusch der einrastenden Pistolensicherung schockierte Cruz noch mehr als zuvor das Geräusch der Entsicherung. Ungläubig starrte er auf den Waffenlauf, der von ihm fort Richtung Boden glitt, und ließ die Hände sinken.

»Daß ich Sie richtig verstehe«, sagte er. »Sie stellen fest, daß ich der kaltblütige Bastard bin, der zwei Teenager vor den Augen Gottes und eines Photoreporters ermordet hat, *und Sie sichern Ihre Pistole?*«

Laurel blickte auf die Waffe, als wäre sie selbst überrascht, daß sie sie auf den Boden richtete.

»Das ist lange her«, sagte sie. »Und es waren keine Teenager.«

»Es ist fünf Jahre her. Und einer von ihnen war erst neunzehn Jahre alt.«

Laurel zermarterte sich das Hirn, weshalb sie instinktiv zu dem Schluß gekommen war, daß Cruz ihr nichts tun würde. Das einzige, was sie von dem Zwischenfall vor dem südafrikanischen Konsulat in Los Angeles noch wußte, war, daß zwei junge Schwarze von einem weißen FBI-Mann getötet worden waren.

Dann war die Stadt in Flammen aufgegangen. Aufruhr, Plünderungen, Schüsse und ellenlange Leitartikel darüber, wie ungerecht die Gesellschaft wieder einmal mit ihren schwarzen Bürgern umgegangen war.

Aber das einzige, an was sie sich deutlich erinnerte, war das Photo, das zum Symbol geworden war für alles Schlechte im letzten Viertel des zwanzigsten Jahrhunderts. In dem chaotischen Augenblick, nachdem die beiden Männer erschossen worden waren, hatte ein Zeitungsreporter ein erschreckendes Porträtphoto des FBI-Schützen gemacht, der die tödlichen Kugeln abgefeuert hatte. Die meisten Menschen hatten das Bild gesehen und einen Killer darauf ausgemacht, der vorsätzlich, kalt und brutal vorging. Unmenschlich.

Das Photo hatte einen Pulitzerpreis gekriegt. Es war wieder und wieder in den Zeitungen und Zeitschriften aufgetaucht. Politiker und Journalisten, Demagogen und Sozialkritiker hatten das Porträt des staatlichen Schützen verschieden interpretiert. In seiner schwarzen Lederweste und mit der schwarzen Strickmütze auf dem Haar stellte Cruz Rowan die Verkörperung des gedankenlosen, brutalen Roboters, des Regierungshenkers dar, der zwei weitere Kerben in den Kolben seiner Mordwaffe trieb.

Drei Untersuchungen seitens des Washington-Kongreß hatten dieses Bild nicht zu zerstören vermocht, obgleich nie ein Beweis zur Anklage gegen Cruz gefunden worden war.

Als Laurel jetzt fünf Jahre später das Gesicht des Schützen sah, wirkte es noch immer dunkel und kalt. Aber nicht unmenschlich. Er war ein harter Mann, wahrscheinlich gefährlich, aber alles andere als brutal.

»Es gibt immer mehr, als die Kamera uns zeigt«, sagte sie.

Cruz war so verblüfft, daß er schwieg. Dann sah er, daß sie erneut auf seine linke Hand blickte.

»Ist das vor dem Konsulat passiert?« fragte Laurel.

Einen Augenblick sah Cruz genau wie auf dem Photo aus.

»Tut mir leid«, wollte sie beschwichtigen. »Das geht mich wohl kaum etwas an, nicht wahr?«

Cruz' Miene entspannte sich.

»Ich dachte, ich hätte schon alle Fragen über die Affäre beim Konsulat gehört«, sagte er nach einem Augenblick. »Aber das hat mich noch nie jemand gefragt. Wenn wir mehr Zeit hätten, würde ich antworten. Aber das haben wir nicht.«

Laurel war ehrlich verwirrt. Cruz wirkte jetzt weniger auf dem Sprung, weniger wild, aber sein Bild war dennoch höchst beunruhigend.

Trotzig stellte Laurel ihre nächste Frage.

»Sind Sie immer noch FBI-Agent?«

»Ich nehme zurück, daß ich dachte, Sie würden vielleicht Zeitung lesen«, erwiderte Cruz beißend.

»Was soll das heißen?«

»Während der dritten Anhörung vor dem Kongreß habe ich meinen Rücktritt eingereicht. Das war die Anhörung, die vom Schwarzen Parteiausschuß ins Leben gerufen worden war, nachdem die Presse Wind bekommen hatte von meinen angeblichen ›Sympathien für die Regierung von Südafrika‹.«

Die letzten Worte sprach er wie eins, als bete er einen inhaltsleeren politischen Slogan nach. Aber trotz der Vertrautheit hinterließ er offensichtlich einen schlechten Geschmack in seinem Mund.

»Diesen Teil habe ich wohl nicht mitbekommen«, gab sie zu.

»Dann sind Sie einer der wenigen Menschen in Amerika, die über den weiteren Verlauf der Dinge in Unkenntnis geblieben sind. Ich habe mein Abzeichen auf den Zeugentisch geworfen und meine Waffe geladen dem Direktor überreicht.«

Wären da nicht die Linien des unvergessenen Schmerzes um Cruz' Mundwinkel gewesen, hätte Laurel gelächelt.

»Es kam damals auf allen Kanälen«, sagte er. »Natürlich

haben sie meine Worte durch einen Piepton ersetzt. Die Wahrheit ist zu hart für die zarten Öhrchen unserer Politiker.«

»Sie arbeiten also nicht mehr für die ... Regierung?«

»Nein. Wie gesagt, ich bin inzwischen Privatmann. Ich arbeite für eine Firma namens Risk Limited.«

Plötzlich wallte Hoffnung in Laurel auf. »Wenn Sie kein FBI-Agent sind, was suchen Sie dann hier?«

»Das sagte ich doch schon. Ostereier. Vielleicht sind Sie der Hase mit dem Millionen-Ei?«

»Ich weiß nicht, wovon Sie sprechen«, sagte sie abweisend.

Cruz setzte ein wölfisches Grinsen auf. »Süße, Sie sind einfach eine erbärmliche Lügnerin.«

»Glauben Sie mir, hier gibt es kein einziges lausiges Osterei.«

Sein Lächeln schwand.

»Sie haben heute nachmittag den Empfang des Päckchens quittiert«, er verbeugte sich knapp. »Der Frachtbrief liegt noch in Ihrer Mülltonne. Sie hätten ihn verbrennen sollen.«

»Vermutlich eigne ich mich einfach nicht zur Gaunerin«, sie machte einen Schritt beiseite.

»Ich kann weder lügen noch Sie erschießen, ja nicht einmal ein Beweismittel zerstören.«

Sie legte die Waffe auf den Arbeitstisch.

Ohne den Blick von Laurels goldenen Augen zu wenden, nahm Cruz die Pistole, öffnete sie und fing das geladene Magazin auf, als es aus dem Kolben fiel.

Laurel verzog das Gesicht und wartete auf das, was als nächstes geschehen würde. Sie hatte instinktiv beschlossen, Cruz zu vertrauen. Wenn dies ein Fehler gewesen war, sähe sie es schnell genug.

Cruz musterte die kupferfarbenen Patronen, ehe er sie beiseite legte. Mit geschickten, routinierten Bewegungen betätigte er den Schieber und fing eine einzelne Patrone auf, die sich aus der Mündung schob. Dann überprüfte er abermals die Kammer, um sicherzugehen, daß sie leer war, ehe er in den Lauf blickte.

»Nettes Ding«, sagte er. »Ein Neunzehn-elf-A-Colt. Der Abzug wurde extra gelockert, damit eine Frau ihn problemlos bedienen kann. Gute Arbeit. Das Magazin ist mit Mantelgeschossen geladen.«

Er legte die Waffe neben das Magazin auf den Tisch.

»Ein außergewöhnliches Schießeisen für eine Juwelierin, die noch nicht einmal lügen kann. Gehört die Waffe Ihrem Freund?«

Laurel ärgerte sich über seine Annahme, nur ein Mann könne mit einer Waffe umgehen.

»Ich habe keinen Freund.«

Im selben Augenblick wußte Laurel, daß diese Erklärung ein Fehler gewesen war. Swann hatte sie, weiß Gott, oft genug davor gewarnt, daß die Leute ihr indirekt Informationen über ihn entlocken könnten.

»Wem gehört sie dann?« fragte Cruz beiläufig. »Sie gehen recht gut damit um, aber sie wurde von einem Profi präpariert, der sich offenbar Sorgen um Sie macht.«

»Ich bin handwerklich ziemlich geschickt.« Sie hatte wieder Boden unter den Füßen.

Cruz musterte das teure Werkzeug, das auf ihrer Arbeitsbank lag.

»Das müssen Sie wohl sein«, sagte er. »Es gibt nicht viele Frauen, die sich solche Werkzeuge nur zum Spaß leisten können.«

»Ich bin so gut, daß ich nicht erst Ostereier suchen muß, wenn ich meine Rechnungen bezahlen will.«

»Haben Sie das gute Stück bereits eingeschmolzen?«

Laurel sah Cruz kalt an und schwieg.

»Das hätte ich auch nicht angenommen«, murmelte er, »das wäre nicht Ihr Stil.«

Mit der linken Hand zog Cruz das Photo der Rubin-Überraschung hervor.

»Das Ding ist wesentlich mehr wert als nur sein Gold, Silber und seine Edelsteine, nicht wahr?« gurrte er.

Laurel zuckte mit den Schultern.

»Sie gehören nicht zu der Art Menschen, die einen unbezahlbaren Kunstgegenstand zerstören würden, so daß nur eine Handvoll in Rußland geschliffener Diamanten und ein Klumpen Gold dabei herausspringen«, fuhr er voller Überzeugung fort.

Laurel erschauderte. Irgendwie wußte Cruz Rowan nach diesen paar Minuten mehr über sie als ihr eigener Vater, der sie schließlich seit ihrer Geburt kannte.

»Denken Sie, daß es echt ist?« fragte Cruz.

Seine Frage kam so überraschend, daß Laurel bereits zu einer Antwort ansetzte, ehe sie merkte, was sie tat. Wieder schauderte es sie.

Cruz machte seine Arbeit gut. Zu gut. Die Tatsache, daß sie ihm vertraute, machte die Aufgabe, ihren Vater zu schützen, doppelt schwer.

Cruz lächelte fast traurig, als er Laurels angespannte Miene sah.

»Sie sollten dieses Spiel wirklich nicht wagen«, sagte er. «Sie eignen sich nicht dafür. Erzählen Sie mir einfach, wo das Ei ist, und dann vergessen wir, daß Sie es jemals gesehen haben.«

»Das kann ich nicht.«

Cruz mochte diese Antwort nicht, aber er zweifelte nicht an ihrer Aufrichtigkeit.

»Warum nicht?« fragte er.

»Ich weiß nicht, wo es ist. Und selbst wenn ich es wüßte, würde ich es Ihnen nicht sagen.«

»Seltsam. Sie sehen nicht aus wie eine Frau, die versessen darauf ist, ein Gefängnis von innen zu sehen.«

Laurel rang nach Luft. Am liebsten hätte sie Cruz erklärt, daß er privat arbeitete, wohingegen ihr Vater Angestellter des Staates war. Sie käme bestimmt nicht ins Gefängnis, wenn sie zu ihm hielt.

Falls Swann dieses Mal für die Regierung tätig war. Und falls die Regierung es sich leisten konnte, diese Wahrheit einzugestehen.

Falls.

»Das wird nicht passieren«, sagte sie schroff.

»Das hoffen Sie.« Cruz arbeitete jetzt auf Verhandlungsbasis.

Sie wandte ihm den Rücken zu, um seinem durchdringenden Blick und seinem noch durchdringenderen Einfühlungsvermögen zu entgehen.

»Wenn die Frachtgesellschaft herausfindet, daß das Ei verschwunden ist, werden sie sich sofort an die Bullen wenden«, führte Cruz sachlich aus. »Dann werden die Suchanzeigen und die Haftbefehle nur so vom Himmel regnen. Diebstahl internationalen Frachtguts, Annahme gestohlenen Eigentums. Verschwörung. Und das ist nur der Anfang.«

Cruz trat hinter Laurel und starrte über ihre Schulter durch das Fenster auf den Ozean hinaus.

»Ich kann mir ein wenig Verständnis leisten«, sagte er. »Anders als die Frachtgesellschaft habe ich keinen Ruf zu verlieren, und anders als die Polizei bin ich nicht an der strafrechtlichen Verfolgung eines Übeltäters interessiert. Ich will nur das Ei.«

Laurel merkte, daß sie den Atem anhielt. Cruz stand so dicht hinter ihr, daß seine Wärme durch die Seide ihres Nachthemds drang. Der Schauder, der ihren Rücken hinunterrann, hatte nichts zu tun mit Angst.

Es war die Hölle, sich zu einem Mann hingezogen zu fühlen, dachte Laurel voller Bitterkeit. Vor allem, wenn dieser Mann ein Herzensbrecher war. War das ihrer Mutter widerfahren? Hatte sie so schnell den Kopf verloren, daß sie die Schwierigkeiten erst bemerkte, als es sich nicht mehr ändern ließ?

»Ich bin verrückt, aber mir liegt daran, Sie aus dem Schlamassel herauszuhalten«, beteuerte Cruz. »Erzählen Sie mir, was Sie wissen, meine Liebe. Lassen Sie mich Ihnen helfen.«

Ohne Vorwarnung wirbelte Laurel zu ihm herum. Im Dämmerlicht des Arbeitszimmers sah Cruz sie müde, aber auch aufmerksam an.

Er hatte so etwas schon oft getan. Allzuoft.

»Sie sind gut«, sagte Laurel mit vor Erregung heiserer Stimme. »Sie sind verdammt gut. Aber das reicht mir nicht.«

Cruz schwieg. Es überraschte ihn, daß er plötzlich das Bedürfnis verspürte, diese wunderbare Gaunerin mit den Honigaugen und der dazu passenden Stimme in die Arme zu nehmen.

»Sie sind diejenige, die gut ist«, sagte er. »Das reinste Dynamit. Wer ist der Glückliche?«

»Was?«

»Wer ist Ihr Partner? Darum geht es Ihnen doch? Sie wollen den Hurensohn schützen, der Sie da mit reingezogen hat.«

»Meinen Sie es ehrlich, wenn Sie sagen, daß Sie nur das Ei zurückhaben wollen?« fragte Laurel. »Wenn ich Ihnen dabei helfen würde, wären Sie zufrieden?«

Cruz nickte.

»Kein Anklage?« fuhr Laurel fort. »Keine Öffentlichkeit?«

»Ich werde alles tun, was in meiner Macht steht.« Cruz klang überzeugend. »Aber danach sind Sie allein. Das heißt, Ihr Partner ist allein. Und er hat es verdient. Ein Mann, der eine Frau derart in Bedrängnis bringt, ist es nicht wert, daß man ihn schützt.«

Laurel schloß die Augen. Was Cruz ihr versprach, war

nicht genug, aber mehr bekäme sie nicht. Das wußte sie ebensogut wie er.

»Wenigstens lügen Sie mich nicht an.« Sie schloß die Augen, öffnete sie wieder und ging an Cruz vorbei zum Telephon. Ohne auf das Notizbrett hinter sich zu sehen, gab sie die Nummer des Piepsers ihres Vaters ein. Als das Signal ertönte, tippte sie ihre eigene Nummer.

Anschließend legte sie auf und sah Cruz Rowan an, den Mann, dem sie instinktiv ihr Vertrauen schenkte.

Er sah selbstbewußt aus. Intelligent. Stark. Und so weit weg wie der Mond.

»Das muß sehr nützlich sein«, sagte sie.

»Was?«

»Die Menschen dazu bringen zu können, daß sie einem vertrauen, obwohl sie wissen, daß man sie manipuliert. Gott, müssen Sie uns alle für dämlich halten!«

Ohne Cruz noch eines Blickes zu würdigen, wandte sie sich der Treppe zu.

»Wohin gehen Sie?« fragte er.

»Ins Schlafzimmer, um mich anzuziehen«, sagte sie, ohne stehenzubleiben.

»Meinetwegen können Sie so bleiben wie Sie sind.«

»Fahren Sie zur Hölle, Cruz Rowan.«

»Da war ich schon, Süße.«

»Es muß Ihnen dort gefallen haben. Denn offenbar sind Sie nie ganz von dort auf die Erde zurückgekehrt.«

11

West Los Angeles steckte voller diskreter Hotels, in denen die weltweite Elite der Kunst- und Geschäftsszene zu Hause war. Jamie Swann gehörte keiner dieser beiden Welten an, aber das jahrelange Leben und Arbeiten in der internationalen Unterwelt hatte ihm gezeigt, wie nützlich die High-Society für Tarnzwecke war.

Er hatte sich im Century Plaza als internationaler Vertreter eines Schweizer Chemiekonzerns, als Handlungsreisender mit einem großen Spesenkonto einquartiert. Falls sich jemand die Mühe machen sollte, diese Angaben zu überprüfen, wäre seine Tarnung wasserdicht. Er hatte nämlich tatsächlich eine Zeitlang auf der Gehaltsliste dieser Firma gestanden und die Personalabteilung glaubte immer noch, daß er ihr Angestellter war.

Swann hatte eine Suite in der Nordhälfte des Gebäudes gemietet. Von seinem Zimmer aus konnte er durch das grelle Licht von Century City auf ein Grundstück entlang des Santa Monica Boulevards blicken, auf dem einst eine wohlhabende Synagoge gestanden hatte. Vor kurzem allerdings hatte Damon Hudson das Land gekauft, das Gotteshaus niederwalzen lassen und an seine Stelle ein Monument seiner eigenen Macht gesetzt.

Als Swanns Piepser zu summen begann, suchte er gerade mit einem Fernglas die Wände des Museumsgebäudes ab, um herauszufinden, wo die Drähte des Alarmsystems verliefen. Alarmanlagen waren sein Hobby. Er wollte sehen, was da auf dem Privatsektor als Bestes erhältlich war.

Swann zog den Piepser aus dem Gürtel und las blinzelnd die Rückrufnummer auf dem Sichtfenster. Das Licht im Raum war allerdings zu dämmrig, um etwas zu erkennen.

Mit einem ungeduldigen Fluch trat er in den Schein der Lampe, die auf dem Nachttisch stand. Laurels Nummer tauchte auf.

»Also bitte, Laurie«, murmelte er. »Du solltest wissen, daß ich für derart häufige Kontakte nicht zu haben bin.«

Trotz seiner Verärgerung ging er ans Telefon seines Zimmers, wählte ein externes Gespräch und gab die Nummer ein. Gleich beim ersten Klingeln ging jemand an den Apparat.

»Swann«, sagte Laurel.

»Worum geht's?« fragte er barsch.

»Unten ist ein Mann. Er ist auf der Suche nach Überraschungen.«

Swanns Magen zog sich zusammen, und sein Herz fing an zu rasen. Dies war das erste Mal seit langer Zeit, daß er so etwas wie Furcht empfand.

Aber die Angst galt nicht ihm selbst, sondern seinem Kind.

»Scheiße», zischte er, und dann: »Verdammt, Laurie. Das war nicht geplant.«

»Er sagt, daß er keine Anzeige erstatten wird. Er will nur das Ei.«

»Viele Leute wollen es«, sagte Swann. »Aber du kannst keinem von ihnen trauen. Hat er dir einen Namen genannt?«

»Cruz Rowan.«

»Den Namen kenne ich ...«

»Er war der FBI-Agent, der vor fünf Jahren die Terroristen vor dem südafrikanischen Konsulat erschossen hat.«

»Ist er immer noch beim FBI?«

»Nein.«

Swann dachte eilig nach. »Für wen arbeitet er jetzt?«

»Er arbeitet für eine Firma namens Risk Limited«, sagte Laurel.

Swanns Hirn arbeitete mit einer fieberhaften Geschwindigkeit, die ihm schon mehr als einmal das Leben gerettet hatte. Er erinnerte sich an Cruz Rowan. Er erinnerte sich auch an die Risk Ltd. Die Firma hatte in der engen, dunklen, kleinen Welt der internationalen Spione, Agentenjäger, Terroristen und Freiheitskämpfer einen beeindruckend schlagkräftigen Ruf.

»Das höre ich nicht gerade gern«, sagte er rundheraus. »Wie ist Rowan auf mich gekommen?«

»Er weiß nicht, daß du es warst. Er weiß nur über mich Bescheid. Er muß es von der Luftfrachtgesellschaft haben. Auf jeden Fall hat er sich für die Frachtbriefe in meinem Mülleimer interessiert.«

Swann pfiff durch die Zähne. Die besten Maschen waren immer die einfachsten; und er war so stolz gewesen auf seinen Plan. Fünfhundert Mäuse für einen der Angestellten beim Zoll, und schon klebte ein neuer inländischer Frachtbrief auf dem alten, internationalen Papier.

Aber Cruz Rowan hatte das Paket fast sofort ausfindig gemacht, was hieß, daß es ihm gelungen sein mußte, den Computer der Frachtgesellschaft direkt anzuzapfen.

Sein Plan war ihm narrensicher erschienen, aber jetzt war er nicht mehr allzuviel wert, wütete Swann vor sich hin.

Und Laurel wurde mehr in die Sache hineingezogen, als ihm lieb sein konnte.

Swann rieb sich die Stirn und dachte über einen Ausweg nach. Nur die brutalsten Methoden – Bestechung oder Mord – fielen ihm ein.

»Wo ist Rowan jetzt?« fragte er.

»Unten.«

»Hört er mit?«

»Nicht, wenn er keinen Trick gefunden hat, ohne an den anderen Apparat zu gehen. Die Geräuschqualität verändert sich auffällig, wenn hier mehr als eine Leitung offen ist.«

»Gut«, knurrte Swann. »Sieh zu, daß du ihn los wirst.«
»Wie? Soll ich die Polizei verständigen?« geriet sie in Rage. »Ohne das Ei verschwindet er nicht. Aber wir haben ein Abkommen getroffen. Er kriegt das Ei, und wir sind aus der Sache raus.«
»Nein.«
»Es ist das Beste, was du von ihm kriegen kannst«, ihr Zorn schwoll weiter. »Es ist wesentlich besser als das, was dir die Bullen bieten werden. Es sei denn, du arbeitest für sie und sie sind bereit, dir öffentlich den Rücken zu decken.«
Swann lachte, doch es hörte sich nicht freundlich an.
»Du mußt aufhören, wie eine brave kleine Bürgerin zu denken«, sagte er.
»Was soll das heißen?«
»Das Gesetz ist für alte Damen, die Angst vor Einbrechern haben, oder für Abteilungsleiter, deren blitzende neue Autos gestohlen wurden. Du befindest dich jetzt in einer anderen Welt, einer Welt, in der es um die Macht geht, und das Gesetz hat nicht das geringste damit zu tun.«
Laurel schwieg lang, doch durch die Stille hindurch hörte Swann ihre Mißbilligung.
»Hör zu, Laurie. Ich tue das alles für dich und mich, und für ein paar andere arme Halunken, die dachten, Loyalität sei etwas, das auf Gegenseitigkeit beruht.«
»Aber...«
»Also halt dich einfach raus, und laß mich tun, was ich am besten kann«, ging Swann über ihren Einwand hinweg. »Ich rufe dich später wieder an, wenn alles vorbei ist.«
»Warte! Was soll ich Cruz denn sagen?«
»Gar nichts. Die Spur endet bei dir. Er wird mich nicht finden, es sei denn, durch dich. Und das wird nicht passieren. Versprich es mir, Laurie.«
»Tu mir das nicht an«, sagte Laurel in vor Verzweiflung schrillem Ton. »Ich bin deine Welt nicht gewohnt. Ich mag

sie nicht. Ich kann dir nicht versprechen, daß ich das tue, was deiner Meinung nach das richtige ist.«

»Hör mir gut zu«, wurde auch Swann böse. »Vielleicht gefällt dir meine Welt nicht, aber du bist trotzdem ein Teil von ihr, und du kannst nicht einfach daraus verschwinden, indem du dreimal die Hacken aneinanderschlägst und dich nach Kansas wünschst. Du kannst mir helfen, oder du kannst so tun, als ob du über all diesen Dingen stehst und dadurch alles kaputtmachen. Wofür wirst du dich entscheiden?«

Wieder schwieg Laurel, doch schließlich sagte sie: »Ich werde mich in deiner Welt so gut zurechtfinden wie du dich in der meinen.«

Swann fuhr schmerzlich zusammen, als er die Gefühle in der Stimme seiner Tochter wahrnahm. Ariel hatte genauso geklungen, als er zum letzten Mal von ihr gegangen war: traurig, enttäuscht, liebevoll. Damals hatte er nicht gewußt, was das schmerzlichste von allem war, das Bedauern, die Enttäuschung oder die Liebe in ihrem Ton.

Er wußte es immer noch nicht.

»Auf Wiederhören, Baby«, flüsterte er und nachdem er aufgelegt hatte: »Falls es von Bedeutung ist: Ich liebe dich.«

Lange Zeit saß er in dem teuren Hotelzimmer und starrte durch den schmutzigen Dunst, der allabendlich vom Pazifik heraufgekrochen kam, auf die Lichter der Stadt. Schließlich stand er auf und schenkte sich einen Wodka aus der Minibar ein. Er leerte das Glas mit zwei Schlucken und war gerade bei der nächsten Portion, als er ein lautes Klopfen vernahm.

Er schüttelte sich wie nach einem Trancezustand und ging zur Tür.

»Wer ist da?« fragte er.

»Ich bin's, mein Schatz.«

Swann erkannte die Stimme und öffnete.

Auf der Schwelle stand Claire Toth und lächelte in der Gewißheit, willkommen zu sein.

»Komm rein«, sagte Swann und kehrte ins Zimmer zurück.

Die Hände in die Hüften gestemmt, rührte sich Claire nicht vom Fleck.

»Ist das das einzige, was du zu bieten hast, Schatz?« fragte sie herausfordernd.

»Wir haben Schwierigkeiten, *Schatz*«, gab Swann zurück.

Sein Ton verriet Toth, daß es eine Zeitlang keine Turnübungen geben würde. Sie schloß die Tür, schob die Sicherheitsriegel vor und wandte sich dann dem gutaussehenden Charmeur zu, der im Bett besser als jeder andere war.

Und sie mußte es wissen, denn während ihres Aufstiegs aus der brutalen Armut hatte Toth mehr Männer gefickt, als ihr in Erinnerung geblieben waren. Die Kerle hatten immer gedacht, sie fickten sie, aber sie hatte es besser gewußt. Immer war sie diejenige gewesen, die, das Geld in den Händen, gegangen war.

In dieser Welt zählte nichts, außer Geld. Nur der Mensch konnte anderer Ansicht sein, der noch nie so arm gewesen war, daß er Kakerlaken fraß.

»Was ist passiert?« fragte sie.

»Jemand ist hinter uns her. Sie haben das Ei bis zu meiner Tochter verfolgt.«

Toth sah überrascht und dann nachdenklich aus. Während sie beobachtete, wie Swann zur Bar hinüberging, wurde ihr schwerlidriger, sinnlicher Gesichtsausdruck zu nüchterner Berechnung.

»Aber Daddys kleines Mädchen hält doch bestimmt den Mund, nicht wahr?« fragte sie.

Die subtile Herausforderung, die in ihrer Stimme mitschwang, hätte ein weniger erfahrener Mann sicher überhört. Swann jedoch drehte sich zu ihr um und sah sie an.

»Worauf du wetten kannst«, knurrte er.

Swann war ein guter Lügner, denn schließlich hatte er genügend Erfahrung im Gepäck. Soviel, daß er nicht mehr bezeugen konnte, wo die Lügen aufhörten und die Wahrheit begann.

Falls das überhaupt jemals geschah.

»Gut.« Toths Stimme klang wieder weich und warm.

Zwei Atemzüge erwiderte sie reglos den Blick des Mannes, dessen klare Raubtieraugen sie bereits bei ihrer ersten Begegnung fasziniert hatten. Löwenaugen. So sexy wie gefährlich. Sie wußte nicht, was ihr besser gefiel, die Gefahr oder der Sex. Sie wußte nur, daß sie beides brauchte, da das eine ohne das andere nichts war. Und Swann gab ihr von beidem genug.

Ohne den Blick von ihm abzuwenden, schwenkte sie auf ihn zu und baute sich vor ihm auf, dicht genug, um ihn zu berühren, dicht genug, um berührt zu werden.

»Wo ist das Ei?« fragte sie, aber ihr Ton wollte wissen, ob er sich ebenso als Mann empfand wie sie sich als Frau.

»An einem sicheren Ort«, erwiderte er.

»Hat sie den Rubin für dich rausgeholt?«

»Ich habe sie nicht darum gebeten.« Swann lächelte dünn. »Je weniger Laurie weiß, um so besser ist es für alle Beteiligten.«

»Und wer ist ihr auf den Fersen?«

»Cruz Rowan.«

»Rowan? Der FBI-Agent, der diese unschuldigen Kinder ermordet hat?«

Swann bellte kurz auf. »Himmel, Claire. Wann hast du bloß angefangen, deinen eigenen Scheiß zu glauben? Wir wissen beide ganz genau, daß die unschuldigen Drecksäcke Terroristen waren.«

Er leerte abermals sein Glas.

»Du sprichst dem Zeug ganz schön zu«, sagte Toth.

»Keine Angst. Es saugt schon nicht die Tinte aus meinem Stift.«

Toths Lächeln wurde durch einen verführerischen Schmollmund ersetzt.

»Würde mich auch wundern«, machte sie ihn heiser an. »Das gelingt ja noch nicht einmal mir für länger.«

Swann setzte ein fast grausames Lächeln auf. Eilig beugte er sich hinab, umfaßte Toths Lippen mit seinem Mund und biß so hart zu, daß ihr Tränen in die Augen stiegen – und daß sich ihre Brustwarzen aufstellten.

»Du lügst wie die Hure, die du bist«, sagte er und leckte über den Abdruck, den seine Zähne auf ihrer Unterlippe hinterlassen hatten.

»Und du glaubst mir, wie jeder andere Lolly, der dafür bezahlt hat, es tut«, erwiderte sie.

Swann warf den Kopf zurück und brach in dröhnendes Gelächter aus. Toths wilder emotionaler Widerstand war das genaue Gegenteil der ununterbrochenen Verletztheit seiner Frau. Toth gegenüber brauchte er keine Hemmungen zu haben.

»Du bist wie eine Wildkatze, wenn man dich fickt«, sagte er. »Wenn du Blut riechst, wirst du erst richtig heiß.«

»Gut gesagt, weißer Junge. Aber wann wirst du deinen Worten Taten folgen lassen?«

»Wenn du mich so geil gemacht hast, daß ich einfach nicht mehr warten kann.«

Als Toth ihre Hand auf seinen Schwanz legte, sah er sie durch halb geschlossene Lider an.

»Zu schade, daß dein gefälschtes Exposé über Rowans Verbindungen nach Südafrika dazu geführt hat, daß er das FBI verließ«, sagte er.

»Warum?« fragte Toth, während sie mit den Fingernägeln über Swanns Männlichkeit strich und sie fast schmerzhaft darin vergrub.

Er atmete heftig ein, als er unter ihren Fingern wuchs.

»Rowan arbeitet für ein Privatunternehmen namens Risk Limited«, sagte er.

Toths Hand verharrte reglos auf seinem Glied.

»Das ist nicht gut, Schatz«, murmelte sie.

»Ich weiß. Sie hätten mich letztens um ein Haar erwischt.«

Toth nahm die Lasche von Swanns Reißverschluß zwischen zwei scharlachrote Nägel und spielte damit herum, während sie Swann beobachtete. Seine Pupillen waren größer geworden, und sein Herz schlug ihm bis zum Hals, aber er war noch lange nicht an seinen Grenzen angelangt.

Das war es, was Toth an Swann gefiel. Er war fast ebenso gefühlskalt wie sie. Fast ebenso beherrscht.

Fast.

Der Unterschied war die Garantie für ihre Sicherheit.

»Wie das?« fragte sie.

»Wir hatten einem ehemaligen Alliierten ein paar elektronische Geräte abgekauft, Zeug, das auf der Scheißliste des Handelsministeriums stand. Der Hersteller hatte Rowan angeheuert, um herauszufinden, wer mit einem Embargo belegte Waren von ihm bekam.«

»Und, hat er es herausgefunden?«

»Ja. Er hat das ganze Geschäft kaputtgemacht«, sagte Swann.

Man hörte nichts außer dem Reißverschluß, der aufgezogen wurde und die Stille durchsägte.

»Jeder hat mal Pech«, sagte Toth und schob ihre Hand in seinen Hosenschlitz.

»Ich hatte kein Pech«, sagte Swann knapp. »Rowan war einfach zu gut. Es wäre mir lieber, er wäre noch beim FBI.«

»Du würdest lieber vor dem FBI davonlaufen als vor einem Privatunternehmen?« fragte Toth.

»Die müssen sich wenigstens an die Regeln halten. Die Privaten halten sich an nichts.«

Eine Zeitlang war nur Swanns Atem zu hören, der tiefer wurde, während Toth ihn durch die Shorts hindurch knetete.

»Ist das Ei in der Nähe?« fragte sie und drückte mit beiden Händen zu.

»Nah genug.«

»Wo?«

Als sie keine Antwort bekam, ging sie in die Knie. Ihre Miene war so verschlossen und unergründlich wie an dem Tag, als sie Damon Hudson gegenübergetreten war, so, wie sie sich bisher gegenüber allen Männern außer Swann gezeigt hatte.

Bis jetzt.

»Hol es«, sagte sie.

Der Anblick und das Gefühl seines Schwanzes, der in ihrem rotgerandeten Mund verschwand, erregte ihn jedes Mal. Selbst wenn sie ihn mit ihren scharfen kleinen Zähnen biß. Vor allem dann.

Swann konnte kaum noch atmen ob des sexuellen Verlangens, das in ihm hämmerte, aber er würde es Toth nicht wissen lassen. Noch nicht. Nicht, ehe er es nicht mehr aushielt. Und selbst dann noch nicht.

»Ich lasse mir von dir nichts befehlen«, sagte er.

»Auch dann nicht, wenn dein Schwanz zwischen meinen Zähnen steckt?«

»Vor allem dann nicht, wenn du ihn lutschst«, schoß er zurück.

Toth lachte und leckte an Swann, als sei er ein Zuckerstück. Dann ließ sie ihn ihre Zähne spüren. Er atmete zischend aus und seine starken Finger schlossen sich zärtlich und zugleich warnend um ihren Hals.

Sie erschauderte und stieß einen Laut der Erregung aus.

Swanns Lächeln war so grausam wie sein Blick.

»Wenn ich jetzt meine Hand unter deinen Rock schieben würde«, sagte er bestimmt, »dann käme sie naß wieder raus.«

Toth leugnete es nicht. Swann war der einzige Mann, der sie wirklich zu erregen verstand, weil er der einzige Mann war, der sich nicht gänzlich von ihrer Sexualität beherrschen ließ. Selbst jetzt, da er ihr eigentlich ausgeliefert war, benutzte er seine Hände, um ihr gegebenenfalls die Kehle zuzuschnüren.

Was er auch tun würde, sähe er einen Grund dazu.

Trotzdem war Toth sicher, daß sie ihn stärker erregte als je eine andere Frau. Weil auch sie töten konnte. Weil auch sie töten würde, wenn es erforderlich war.

Selbst ihn.

»Wenn ich je erledigt werde«, sagte sie, »dann hoffe ich, daß du derjenige bist, der es tut.«

Swann kämpfte gegen die Hitze an, die aus seinen Lenden stieg.

»Warum?«

»Du würdest dafür sorgen, daß ich komme, während du es tust.«

»Nun, du würdest dasselbe für mich tun.«

»Mmm, ja.«

Swann lachte leise. Dies kam der Liebe so nahe, wie es ihm möglich war.

Seine Hände spannten sich an, während er den wilden Pulsschlag seiner Geliebten genoß. Dann legte er seine Hände unter Toths Arme und zog sie mit einer Leichtigkeit nach oben, die ihrer Körpergröße widersprach.

»Schon?« fragte Toth und lächelte über den schnellen Sieg.

»Wie steht's mit dir?« fragte Swann.

Ohne ihre Antwort abzuwarten, zog er ihren Minirock bis zu ihrem Tanga hinauf. Zwei Finger glitten in den feuchten Seidenstreifen und versanken in ihr, bis sie nicht weiterkamen.

Toth keuchte und zog sich um Swanns Finger zusammen, wodurch sich der Druck verdoppelte. Sie zuckte vor Leidenschaft.

»Ja, Baby«, sagte Swann und biß in ihre Lippe. »Es gefällt mir, wenn du naß wirst.«

Augenblicklich ließ er Toth los und trat einen Schritt

zurück. Überrascht beobachtete sie, wie er sich wieder in seine Hose schob.

»Ich bin in zehn Minuten zurück«, sagte er. »Mit dem Ei.«

Keuchend sah Toth Swann hinterher. Sie biß sich auf die Lippe, schmeckte Blut und biß noch einmal zu.

Dann ging sie ans Telephon, drückte eine Nummer, die sie direkt mit dem Funktelephon verband, und wartete.

Eine rauhe, gutturale Stimme am anderen Ende der Leitung antwortete mit einem einzigen Wort. Es klang wie »Ja«, hätte aber auch irgendeine andere Sprache sein können.

»Hat sie Besuch gehabt?« fragte Toth.

»Wahrscheinlich. Es war mehr los als sonst. Die Lichter sind angegangen und brennen immer noch.«

»Töte jeden, der bei ihr ist.«

»Wann?«

»Jetzt.«

Toth hängte ein, ging ans Fenster und starrte auf ihr Spiegelbild. Sie spürte die Hitze zwischen ihren Beinen und überlegte, wer wohl kommen und wer sterben würde.

Und wann es soweit wäre.

12

Laurel bewegte sich wie unter Wasser, während sie eine cremefarbene lose Baumwolltunika über ihren dunklen Rollkragenpullover und ihre Jeans zog. Vervollständigt wurde die Garderobe durch Socken und Turnschuhe.

Als sie die Schnürsenkel zuband, wurde ihr klar, daß die Schuhe dieselbe Marke und dieselbe Farbe hatten wie die von Cruz Rowan. Sie haßte die dämlichen Pastellfarben, die man Frauen aufzwang, weshalb sie zum Schuhkauf immer in die Männerabteilungen der Kaufhäuser ging. Sie lächelte dünn und überlegte, ob Cruz wohl ebenfalls ihr gleiches Schuhwerk auffallen würde.

Mit den unnatürlich langsamen Bewegungen, mit denen sie sich schon angezogen hatte, griff Laurel nach ihrer Bürste und strich damit unzählige Male durchs Haar. Sie versuchte Zeit zu schinden und wußte es, auch Cruz war sich bestimmt darüber im klaren.

Schließlich verließ Laurel ihr Schlafzimmer und ging die Treppe hinunter. Cruz sah sich ein paar Formen für Wachsarbeiten an, die sie auf den Regalen unter dem Fenster hatte liegen lassen. Die sorgsam gemeißelten Formen schienen ihn zu faszinieren, denn mit dem Mittelfinger seiner linken Hand strich er zart über eine geriffelte Blume. Falls er ihr Kommen bemerkt hatte, zeigte er es nicht.

»Vorsicht«, sagte Laurel steif. »Die Figuren sind noch nicht gegossen, und ich habe nächste Woche Liefertermin.«

Cruz stellte die Form vorsichtig ab.

»Das ist wohl kein Hobby, oder?« sagte er.

»Nein. Und ich sage die Wahrheit, denn im Gegensatz zu einigen anderen Leuten bin ich meistens ehrlich.«

Cruz sah Laurel kurz an und wandte sich dann wieder den Formen zu.

»Haben Sie die entworfen?« fragte er.

»Ja.«

»Und wer verkauft sie für Sie? Oder machen Sie das auch selbst?«

»Ich stelle meine Arbeiten in verschiedenen Galerien aus.«

»Unter dem Namen Laurel Swann?«

Laurel fragte sich, ob Cruz wirklich an ihrer Arbeit interessiert war oder ob er sie gewohnheitsmäßig löcherte. Aber eigentlich hatte es keine Bedeutung. Diese Fragen konnte sie wenigstens beantworten, ohne jedes Wort auf die Goldwaage legen zu müssen.

»Ich arbeite unter dem Namen Swann Cameron.«

»Haben Sie einen Vertrag?«

»Ich habe weder Lust noch Talent zu Auftragsarbeiten«, sagte sie. »Ich arbeite meistens freiberuflich.«

Cruz nickte und sah sich die zarten Rundungen der Form genauer an.

»Was hat Ihr Vater gesagt?« fragte er ebenso beiläufig wie zuvor.

Schockiert und erschüttert fuhr Laurel zu ihm herum.

»Sie Schwein! Sie haben mitgehört!«

»Ich habe es versucht, aber ich wollte nicht das Risiko eingehen, daß jemand merkt, wie ich den zweiten Hörer abhebe, also bin ich die Treppe raufgeschlichen. Ich habe Ihre Stimme gehört, aber nicht alles verstanden, was Sie gesprochen haben.«

»Woher wußten Sie dann, daß es mein Vater war?« fuhr sie anklagend fort.

»Sie sagten, Sie hätten keinen Freund ...«

»Habe ich auch nicht!«

»...aber Sie sprachen mit einem Menschen, der Ihnen sehr vertraut ist. Und Sie haben ihm auch nicht die Leviten gelesen dafür, daß Sie nun derart in Schwierigkeiten stecken.«

Laurel starrte ihn entgeistert an.

»Sie haben keine Geschwister, Cousins, Cousinen, Tanten oder Onkel, und für den Tod Ihrer Mutter gibt es Zeugen, aber Ihr Vater...«

Als sich Laurels Pupillen gefährlich vergrößerten und ihr Pulsschlag abrupt beschleunigte, wußte Cruz, daß er richtig geraten hatte.

»Ja«, sagte er. »Ich habe es mir einfach gedacht. Er gilt als vermißt, aber niemand hat je irgendwelche Überreste von ihm entdeckt. Ist er derjenige, der das Ei gestohlen hat?«

Laurel sagte kein Wort.

»Die Waffe war ein weiteres Indiz«, fuhr Cruz gelassen fort. »Wer auch immer sie präpariert und Ihnen damit das Schießen beigebracht hat, ist ein bißchen altmodisch. US-Armee, wahrscheinlich Vietnam-Ära. Jemand Moderneres hätte Ihnen eine kleine, leichte Neunmillimeter besorgt.«

Laurel zwang sich, dem Blick aus Cruz' Gletscheraugen standzuhalten.

»Aber der überzeugendste Beweis war Ihr eigenes Verhalten«, sagte Cruz. »Sie haben sich um die Person, die am anderen Ende der Leitung war, mehr gesorgt als um sich selbst. Und Sie sind es gewohnt, ihm zu gehorchen. Sonst hätten Sie ihm erklärt, daß er sich zum Teufel scheren soll, als er Sie bat, für ihn zu lügen.«

Laurel wandte sich erschüttert ab.

»Ich wünschte fast, Sie hätten *tatsächlich* mitgehört«, warf sie ihm dann hin. »Es gefällt mir nicht, wenn man meine Gedanken liest wie eine Tageszeitung.«

»Bei Ihnen ist es leichter als bei den meisten anderen. Sie verstellen sich nicht.« Cruz stemmte die Fäuste in die Seiten. »Was soll ich Ihnen sagen?«

»Versuchen Sie es doch mal mit *Auf Wiedersehen.*«

»Sie wollen also nicht mehr mit mir sprechen, he? Was ist?«

»Da Sie so verdammt clever sind«, knurrte Laurel zwischen zusammengebissenen Zähnen, »finden Sie das wohl am besten selbst heraus.«

»Unter normalen Umständen hätten Sie jedes Recht der Welt, Ihren Vater zu schützen«, sagte Cruz. »Aber wir sprechen hier von hochkarätigem internationalem Kunstraub. Die Polizei wird Sie so lange in die Mangel nehmen, bis man Ihren Vater erwischt.«

»Netter Versuch, aber so kriegen Sie mich nicht.«

»Sie denken, daß Ihr Daddy für das FBI arbeitet, ist es das?«

»Das FBI hat nichts damit zu tun. Deshalb sind Sie hier. Ihr Klient will keine Polizei.«

Cruz' Miene verriet Überraschung und widerwillige Anerkennung.

»Sie werden immer besser. Oder hat Ihr Daddy Sie aufgeklärt?«

»Ist das wichtig?«

»Ich weiß nicht. Alles, was ich weiß, ist, daß Sie nicht dauerhaft immun gegen mögliche Angriffe sind.«

»Wer ist das schon?« fragte Laurel.

»Niemand. Aber eine Menge Leute meinen es zu sein.«

Cruz sah sich abermals im Atelier um. Sein hartes Gesicht war unergründlich.

Laurel wartete ängstlich auf die nächste Runde des nicht erklärten Kriegs. Sie ahnte, daß sie nicht lange warten müßte.

»Unser Klient möchte keine Aufmerksamkeit erregen«, sagte Cruz und fixierte Laurel erneut mit seinem glitzernden Blick. »Aber er wird alles Erforderliche unternehmen, um das Ei zurückzubekommen.«

Laurel starrte Cruz schweigend an.

»Wenn er das Ei nur bekommt, indem er die unschuldige

Tochter des Diebes in die Mangel nimmt, wird er das tun«, sagte Cruz. Er zögerte kurz, ehe er liebenswürdig hinzufügte: »Das würde mir ganz und gar nicht gefallen.«

»Ja. Richtig. Sie würden über Ihrem Scheck von der Risk Limited sitzen und bittere Tränen vergießen.«

Cruz kniff die Augen zusammen.

»Dad hat mir alles über Sie erzählt«, sagte Laurel gepreßt. »Sie machen die gleiche Arbeit wie er, also erzählen Sie mir nicht, wie sehr Sie um die armen Lämmer trauern, die auf der Opferbank der Welt geschlachtet werden. Sie wie er nutzen die Menschen schamlos aus und belügen sie, weil es Ihr Job ist und Ihrem Wesen entspricht. Die Menschen bedeuten doch nichts weiter als Schachfiguren für Sie.«

Die Stille zwischen ihnen wurde so vollkommen, daß Cruz und Laurel sich atmen hören konnten.

»Weiß Ihr Vater, wie sehr Sie ihn hassen?« fragte Cruz sanft.

»Nein, denn ich hasse ihn nicht.«

»Sie könnten mich getäuscht haben.«

»Dann lassen Sie sich aber leicht täuschen«, sagte Laurel. »Ich liebe meinen Vater. Ich *mag* ihn nur nicht besonders, vor allem nicht seine Arbeit.«

Sie wandte sich von Cruz ab und starrte an ihm vorbei durch das Fenster in die Dunkelheit.

»Ich mag keine Schachfigur sein«, entschied sie. »Aber wenigstens weiß ich auf diese Weise, woran ich bin. Dad liebt mich so, wie er einen Menschen, sich selbst eingeschlossen, nur lieben kann.«

Der scharfe Klang ihrer Worte verriet, wie unglücklich sie war. Plötzlich verspürte Cruz den primitiven männlichen Drang, eine Frau zu trösten und zu verteidigen, die hilfloser – und begehrenswerter – war, als ihr bewußt zu sein schien.

Ehe er allerdings dem Drang nachgeben konnte, erhob eine alte Erinnerung ihre Fratze: *Eine Frau, die sich mit einem sanften Lächeln zu ihm umdrehte. Eine schwere, schwarze Waffe in der Hand. Ein stechender Schmerz in seiner linken Hand, als eine Kugel den Knöchel seines Zeigefingers zertrümmerte; dann das Geräusch der eigenen Waffe, die zweimal hintereinander schoß; das doppelte Klopfen des Todes.*

Mitgefühl war ein gefährlicher Fehler, wenn es um bestimmte Frauen ging. Laurel konnte eine von ihnen sein.

»Sie wollen Ihrem Vater helfen?« fragte er leise. »Gut. Dann sagen Sie mir, wo das Ei ist.«

Der Klang seiner Stimme ließ Laurel zusammenfahren. Sie blickte über ihre Schulter und sah dann sofort wieder in die Nacht hinaus. Nie zuvor hatte sie etwas so Finsteres wie Cruz' Augen gesehen. Im Vergleich zu ihnen war die Dunkelheit der Nacht regelrecht einladend.

»Ich weiß nicht, wo das Ei ist«, sagte sie.

»Hat Ihr Vater es mitgenommen?«

Sie zuckte mit den Schultern.

»Wohin ist er gegangen?«

»Keine Ahnung.«

»Wohin könnte er gegangen sein?«

»Ich kann Ihnen nicht helfen«, sagte sie.

»Sie können oder Sie wollen nicht?«

»Beides«, sagte Laurel. »Es liegt mir einfach nicht, ihn zu hintergehen.«

Einen Moment lang musterte Cruz die Frau, die es vorzog, in die Nacht hinauszustarren statt ihn anzusehen. Ihre gesamte Körperhaltung verstärkte ihre Worte noch – kerzengerader Rücken, leicht gespreizte Beine, hoch erhobener Kopf. Sie war bereit, sich der unbekannten Gefahr allein zu stellen.

Dann wurde Cruz klar, daß Laurel dies wahrscheinlich bereits seit langem tat. Daß sie es gewohnt war, sich dem gesamten Leben alleine zu stellen. Ein Vater wie Jamie Swann war bestimmt nicht oft zu Hause, und die künstlerisch veranlagte Mutter hatte die meiste Zeit in ihrer eigenen Welt verbracht. Und wer konnte es ihr verdenken, mit einem Ehemann wie Swann?

Durch Cruz' Schweigen verwirrt, drehte sich Laurel zu ihm um. Sie erwartete, all die harten Linien und Kanten männlicher Entschlossenheit in seinem Gesicht vorzufinden, doch was sie entdeckte, war ein Ausdruck von Teilnahme und Bewunderung, der allerdings verflog, ehe es ihr gelang, die Ursache dafür näher zu ergründen.

Dieses Mal war Cruz derjenige, der den Blick abwandte. Er drehte sich zu dem Arbeitstisch um, weil er die Frau nicht länger ansehen konnte, deren Willen er brechen mußte auf der Jagd nach seinem wahren Feind, der ihr Vater war.

Er nahm die schwere, schwarze Pistole, die dort lag. Obgleich er regelmäßig mit diversen Waffen trainierte, war es etwas ganz anderes, auf ein lebendes Ziel zu schießen. Cruz wußte, daß er sich niemals daran gewöhnen würde. In der Tat gab es Augenblicke, in denen er sich fragte, ob es ihm überhaupt noch einmal gelang.

Menschen zu erschießen war nicht so einfach, wie es im Fernsehen aussah. Und auf keinen Fall war es eine so klare Angelegenheit.

Cruz betätigte den Schieber der Waffe und arretierte ihn in geöffneter Position. Dann drehte er die Pistole um und starrte in die Mündung. Er wendete sie so lange, bis das Licht vom Arbeitstisch durch die Öffnung fiel.

»Schmutzig«, er blinzelte. »Hat Ihr Vater Ihnen nicht gezeigt, wie man eine Waffe reinigt?«

Laurel war hypnotisiert, wie Cruz die schwere Pistole drehte und wendete. In seinen Händen wirkte sie vollkommen harmlos, wie der Hobel eines Tischlers oder das Ziselierwerkzeug eines Juweliers.

»Die Waffe ist genauso sauber wie an dem Tag, als sie die Fabrik verlassen hat«, sagte sie. »Warum hat Ihr Klient Angst davor, die Polizei zu verständigen?«

Cruz senkte die Waffe, nahm das Magazin vom Tisch und schob es mit geübten Fingern hinein.

»Sie begreifen sehr schnell«, sagte er. »Aber Sie spielen ein Spiel, dessen Regeln und Strafen Sie noch nicht einmal erraten können.«

»Soll das eine Drohung sein?«

»Nein. Es ist die Wahrheit. Ich akzeptiere Ihren Entschluß, Ihren Vater nicht zu hintergehen«, sagte Cruz. »Ich bewundere ihn sogar, obwohl ich weiß, daß Sie im Unrecht sind. Und wenn Sie den von Ihnen eingeschlagenen Weg weitergehen, dann wird es Sie das Leben kosten. Das werde ich nicht dulden.«

Laurels Nackenhaare sträubten sich, als sie Cruz' Ton vernahm. Er sprach nicht mit seiner reichen, maskulinen Stimme, er verzichtete auf Rhythmus, Schattierungen, dramatische Pausen, sinnliche Dunkelheit und Locken. Seine Worte kamen sachlich und tonlos heraus.

»Sie können mich nicht aufhalten«, sagte Laurel.

Aber ihre Stimme wies im Gegensatz zu seinem Ton eine Spur von Unbehagen auf.

»Ich könnte Sie einfach mitnehmen«, sagte Cruz.

Sie blickte auf die Pistole in seiner Hand. Ihre Pistole.

»Mit vorgehaltener Waffe?« Sie wurde schneidend.

Cruz' Mund verzog sich zu einem eigenartigen Lächeln.

»Ich denke, es wäre einfacher, Sie über meine Schulter zu werfen und in mein Wüstenversteck zu schleppen«, sagte er. »Das wollte ich schon immer mal mit einer schönen Frau tun.«

»Sie sind abartig«, sagte Laurel, aber ihre Stimme verriet eine gewisse Belustigung.

»Danke.«

»Außerdem haben Privatdetektive keine Wüstenverstecke.«

»Nein?«

»Sie haben muffige Büros mit gebrauchten Schreibtischen und Telephonen, die man nur noch in Schwarzweißfilmen sieht.«

Cruz brach in lautes Gelächter aus. »Und Sie nennen *mich* abartig.«

Laurel bemerkte höchst zufrieden, daß das Eis und die Distanz aus Cruz' Blick gewichen waren.

»Ich bin eine andere Sorte von Privatdetektiv«, sagte er. »Wir haben nur Funktelephone – ein weltweites Funksprechsystem, um mit all unseren Leuten ständig in Kontakt zu sein.«

»Haben Sie auch Piepser?«

»Ja«, sagte Cruz. »Obwohl ich die verdammten Dinger am liebsten im Klo runterspülen würde.«

Wieder blickte er auf die schwere, altmodische, doch immer noch tödliche Pistole in seiner Hand.

»Vielleicht gefällt Ihnen die Wüste ja«, sagte er. »Auf jeden Fall würden Sie Cassandra mögen.«

Laurels Miene wurde argwöhnisch. »Frau, Freundin oder zahmer Leguan?«

»Nichts davon. Sie ist meine Chefin. Cassandra Redpath.«

»*Die* Cassandra Redpath? Botschafterin, Professorin, Historikerin?« fragte Laurel verblüfft.

»Sie haben Analytikerin beim CIA und Außenministerium vergessen.«

»Das wurde auf den Schutzumschlägen ihrer Bücher nicht erwähnt.«

Cruz sah Laurel mit unverhohlenem Interesse an.

»Bücher, he?« fragte er leise. »Sie haben die tatsächlich gelesen?«

»Ich habe sie verschlungen. Dr. Redpath ist die einzige Historikerin, die meiner Meinung nach tatsächlich ebensoviel von Kunst wie von Politik versteht. Das liegt wahrscheinlich daran, daß sie eine Frau ist.«

Cruz bedachte sie mit einem schmerzlichen Blick.

»Noch so eine weibliche Chauvinistin«, fauchte er. »Cassandra wird Sie lieben.«

Er ließ den Schieber der Pistole zurückgleiten, bis er einrastete. Dann sicherte er sie, legte sie auf den Arbeitstisch und sah Laurel erwartungsvoll an.

»Wir machen uns besser auf den Weg«, sagte er. »Schließlich haben wir nicht viel Zeit.«

»Was?«

»Gehen Sie los, und packen Sie ein paar Sachen ein. Oder wollen Sie ohne Gepäck verreisen?«

»Ich gehe nirgendwohin.«

»O doch«, korrigierte Cruz lächelnd.

Aber seine Augen verrieten wieder tödlichen Ernst.

»Nein«, sagte Laurel.

»Ich will nicht abartig sein, Süße, aber entweder begleiten Sie mich in die Wüste...«

»Das ist eine Entführung.«

»...oder ich rufe einen Kollegen, der Sie auf Schritt und Tritt verfolgt, bis die ganze Sache vorüber ist.«

Er musterte erneut ihre gelungenen Proportionen.

»Wenn ich es mir so überlege, sollte ich diese Aufgabe vielleicht selbst übernehmen«, sagte er.

»Abartig ist noch geschmeichelt«, stellte Laurel fest. »Und jetzt verschwinden Sie, ehe ich...«

»Ehe Sie die Polizei anrufen?« fiel Cruz ihr hilfsbereit ins Wort.

In Laurels Innerem rangen Angst, Zorn und Aussichtslosigkeit. Sie war geschlagen, Cruz wußte das ebensogut wie sie. Wenn er es nicht gar besser wußte. Schließlich war er der Sieger dieser Auseinandersetzung.

»Während Sie darüber nachdenken, was für ein hinterhältiger, gemeiner und brutaler Hurensohn ich bin«, fuhr er fort, »gehen Sie am besten packen.«

»Nein.«

»Wie Sie wollen.«

Laurel hätte nie gedacht, daß ein Mann von Cruz' Größe sich so schnell bewegen könnte. Ehe sie wußte, wie ihr geschah, hatte er sie gepackt und sie wie ein Kind hochgehoben.

»Verdammt«, sagte sie, während sie sich vergeblich in seinen Armen wand. »Lassen Sie mich runter!«

»Wenn Sie sich zur Wehr setzen oder schreien, schlage ich Sie k. o.«

Ein einziger Blick in Cruz' Augen verriet Laurel, daß er nicht bluffte.

Ehe sie entscheiden konnte, was zu tun sei, ertönte aus der Richtung der hinter Cruz liegenden Tür ein dumpfes, splitterndes Geräusch.

»Was ...« setzte Laurel an.

Cruz bewegte sich bereits. Er hatte ein derartiges Geräusch schon des öfteren gehört. Ohne sich umzudrehen wußte er, daß jemand ein mannsgroßes Loch in die Tür zwischen dem Arbeitsraum und der Garage gesprengt hatte.

Er stellte Laurel wieder ab, wirbelte herum und schnappte sich die Pistole vom Tisch.

»Runter!« brüllte er Laurel an, während er die Waffe entsicherte.

Laurel stand da wie betäubt und starrte die beiden dunklen Gestalten an, die durch das Loch gesprungen kamen. Beide hielten Pistolen in Händen, deren Mündungen auf der Suche nach einem Ziel durch den Raum wanderten.

Cruz trat Laurel die Beine weg, zog sie auf den Boden und warf sich über sie. Während sie fielen, riß er seine Pistole hoch und drehte sich zu den Männern um.

Laurel hätte geschrien, doch sie bekam keine Luft. Cruz' Unterarm lag schwer auf ihrem Rücken und preßte sie auf den Zementboden. Ihr Gesicht war den Eindringlingen zugewandt. Sie hörte zwei eigenartige, bellende Geräusche, gefolgt von zwei flachen, klatschenden Schlägen, als träfen Basebälle auf nacktes Fleisch.

Cruz fuhr ruckartig herum. Dann ertönte der ungedämpfte Donner zweier Schüsse, als er Laurels Pistole abfeuerte.

Eine Kugel blieb in der Schulter eines der Männer stecken, brachte ihn aus dem Gleichgewicht und schleuderte ihn gegen die Wand. Die Waffe des Kerls flog quer durch die Garage, als er vor Schmerzen zu schreien begann. Ehe sie auf den Boden traf, feuerte Cruz erneut. Zweimal.

Der zweite Eindringling umklammerte sein Handgelenk und schrie. Seine Pistole fiel ebenfalls zu Boden und rutschte ein Stückchen von ihm weg. Als er sich danach bückte, drückte Cruz noch zweimal ab. Die Kugeln prallten kreischend von der Betonwand ab und verschwanden in der Dunkelheit.

Die beiden Kerle zogen sich eilig zurück und stürzten ohne ihre Waffen in die Einfahrt hinaus.

Cruz kauerte sich neben Laurel und richtete die Pistole mit beiden Händen auf die leere Garagentür. Seine Augen richteten sich wie Punktleuchten in das Dunkel.

Draußen regte sich nichts. Außer den schnell entschwindenden Schritten der Flüchtenden drang kein Laut herein.

»S-sind S-sie …«, setzte Laurel an.

»Ruhe.«

Obwohl er leise sprach, brachte Cruz sie sofort zum Verstummen.

Die Stille dröhnte förmlich im Raum.

Cruz wartete fünf lange Atemzüge, doch nichts passierte, was den wiederhergestellten Frieden der Nacht erschütterte.

Ohne die Augen von der Tür abzuwenden, griff er mit der freien Hand hinter sich, bis er Laurels Arm ertastete. Er drückte ihn einmal fest und bedeutete ihr zu bleiben, wo sie war.

Ihre kalten Finger schlossen sich um seine Hand und drückten sie zum Zeichen, daß sie verstand.

Lautlos und mit der tödlichen Geschmeidigkeit einer Raubkatze auf der Jagd schob sich Cruz zur Tür. Eine Waffe der Eindringlinge lag deutlich sichtbar auf dem Boden. Ein kurzer Blick verriet ihm, daß es eine großkalibrige Halbautomatik mit einem würstchengroßen Schalldämpfer war.

Die Arbeit von Profis, das Werkzeug von Profis, dachte der kalte Teil seines Gehirns.

Er sah sich die Waffe genauer an. Dort, wo die Seriennummer sein müßte, waren frische Spuren einer Stahlfeile zu sehen.

Durch und durch sauber und professionell, stellte er grimmig fest. Auch die Schüsse waren gut gezielt gewesen. Die reinsten Schlachter.

Sie hatten zwei der vier Schüsse in den Raum zwischen Cruz' Gürtelschnalle und seinen Rippen plaziert. Sein Hirn wußte es, aber sein Körper war noch nicht soweit. Adrenalin war ein gutes Betäubungsmittel, bis die Krise vorüber war.

Er unterdrückte den stechenden Schmerz, der sich zu melden begann. Obgleich er sich sagte, daß er zur Tür gehen sollte, um die zweite Waffe aufzuheben, sank er langsam auf die Knie. Als er versuchte wieder aufzustehen, drang ein unterdrücktes Stöhnen durch seine zusammengepreßten Zähne, und er verlor den Kampf.

Plötzlich tauchte Laurel neben ihm auf und stützte ihn. Er sah sie an, leicht überrascht und ein bißchen verwirrt. Er sah, wie sich ihre goldenen Augen vor Entsetzen weiteten, als sie die beiden klaffenden Löcher im Stoff seines dunklen Pullovers sah.

»Kein Grund zur Sorge«, stieß er hervor.

»Wenn Sie das glauben, dann haben Sie den IQ einer Flasche Nagellack.«

Laurel beugte sich über Cruz, um seine Wunden zu untersuchen. Er vergrub seine Finger in ihrem Haar und zerrte ihren Kopf nach oben.

»Keine Zeit. Wenn Sie leben wollen«, sagte er.

»Ich? Und was ist mit Ihnen?«

»Sie sind hinter Ihnen her. So ist es nun mal.«

»Werden sie zurückkommen?«

»Ich an ihrer Stelle würde es.« Sein Blick ließ jegliches Entgegenkommen vermissen.

Undeutlich wußte sie, daß sie ihn fürchten sollte. Und das täte sie auch, hätte er nicht etwas für sie getan.

Er hatte die für sie bestimmten Kugeln abgefangen.

13

Laurel schüttelte heftig den Kopf in dem Versuch, das Klingeln in ihren Ohren loszuwerden.

Es nützte nichts.

Man hatte ihr die Welt, in der sie bisher gestanden hatte, unter den Füßen weggetreten. Pistolen, die orangefarbene Flammen spuckten, Geräusche, die sie wie Fausthiebe trafen, Männer, die schrien und gutturale Kehllaute ausstießen, zwei dunkle Gestalten, die in die Nacht hinaustaumelten, Cruz, der wie eine Raubkatze lauernd am Boden kauerte …

Die Gewalt war schneller über sie hereingebrochen, als sie denken konnte. Aber noch verwirrender war die Erkenntnis, daß jemand ihren Tod zu wünschen schien.

»Cruz?« flüsterte Laurel.

»Geh und pack deine Sachen. *Sofort.*«

Das dunkle, kantige Gesicht des Mannes, der ihr das Leben gerettet hatte, war schmerzverzerrt. Cruz preßte seinen linken Ellbogen an seinen Körper und stand auf. Er lehnte sich schwer an den Arbeitstisch. Die große, schwere Pistole hielt er immer noch wie ein Spielzeug in der Hand.

Aber sie war keines.

»Beweg dich«, knurrte er mit zusammengepreßten Zähnen.

»Du kannst nirgendwo hingehen. Du bist verletzt.«

»Getroffen ja, aber nicht verletzt«, erwiderte er.

»Ich habe gespürt, wie du zusammengezuckt bist, als die Kugeln trafen«, beharrte Laurel. »Ich habe es gespürt!«

»Ich auch. Glaub mir.«

Cruz lächelte grimmig, als er die Pistole sicherte und auf den Tisch legte. Dann versuchte er seinen Pullover und sein Hemd auszuziehen, ohne den linken Arm zu bewegen.

»Was machst du da?« fragte sie.

»Ich versuche einen Striptease. Willst du mir helfen oder willst du nur daneben stehen und mir ein paar Scheine in mein Suspensorium stecken?«

Laurel murmelte etwas, das wie *abartiger Macho und Hurensohn* klang, und streckte die Hand nach Cruz' Pullover aus.

»Himmel, sei vorsichtig!«

Laurels Hand erstarrte mitten in der Bewegung, mit der sie ihm den Pullover über den Kopf ziehen wollte. Sie sah seinen Bauch an, entdeckte allerdings kein Blut.

Gott sei Dank, dachte sie. Wenigstens hatten die Kugeln ihn anscheinend nicht getroffen.

»Cruz?« fragte sie atemlos.

»Hier bin ich. *Warte.* Beweg dich – nicht.«

Sie hörte, wie sein Atem durch die zusammengebissenen Zähne rasselte. Dann hörte sie ein leises Geräusch, das ein Stöhnen sein konnte, während er seinen rechten Arm bewegte, bis er fast aus dem Ärmel war.

»In Ordnung«, sagte er keuchend. »Zieh ihn aus. Aber vorsichtig.«

»Tut mir leid. Ich wollte dir nicht weh tun.«

»Ja. Zieh ihn zuerst über den rechten Arm.«

Zögernd begann Laurel, den Pullover über Cruz' rechten Arm und dann über seinen Kopf zu streifen. Als sie bei der linken Schulter angelangt war, atmete er scharf ein.

»Cruz ...«

»Zieh mir endlich das gottverdammte Ding aus«, knurrte er.

Laurel arbeitete weiter und warf den Pullover anschließend auf den Tisch. Ihre Hände zitterten. Der Anblick von

Cruz' geschlossenen Augen und seinem bleichen, schmerzverzerrten Gesicht trug nicht gerade zu ihrer Entlastung bei.

»Und jetzt das Hemd«, krächzte er.

»Ich will dir nicht noch mehr weh tun.«

Cruz machte die Augen auf. Er blickte Laurel an, sah, daß sie es ernst meinte und lächelte verzerrt.

»Schon gut«, sagte er und strich ihr mit der linken Hand über die Wange. »Wenn ich das nächste Mal auf mich schießen lasse, werde ich vorher meinen Pullover ausziehen.«

Laurel hätte Cruz am liebsten dafür gescholten, daß er seine Wunde als Spaß nahm, aber sie stand so dicht vor ihm, daß sie jedes Zeichen des Schmerzes in seinen Zügen sah. Wenn er lieber scherzte als stöhnte, stand es ihr wohl kaum zu, ihn zu schulmeistern.

»Also gut«, sagte sie. »Bisher ist nirgends Blut zu sehen. Wo tut es am meisten weh?«

»Links. Zieh das Hemd zuerst aus der Hose. Und dann knöpf es auf.«

Laurel wäre hinter ihn getreten und hätte das Hemd von hinten aus der Hose gezogen, aber Cruz lehnte mit der Hüfte an ihrem Arbeitstisch. Also griff sie vorsichtig und ohne seine linke Seite zu berühren in den Bund. Sie lehnte ihre Wange an die rechte Hälfte seiner Brust und griff nach einem Stück Stoff. Es war warm. Genau wie Cruz.

»Du riechst gut«, sagte er.

»Du nicht«, erwiderte sie. »Du riechst nach Schießpulver und Schweiß.«

Cruz fing an zu lachen, doch dann fluchte er.

»Bring mich nicht zum Lachen, Süße.«

Der mitternachtsblaue Samt war in seine Stimme zurückgekehrt. Während Laurel an seinem Hemd zu zerren begann, blickte sie ihn argwönisch an.

Was ein Fehler war. Seine Augen waren brasilianische Aquamarine, schimmernd, kristallen, klar. Nie zuvor hatte sie etwas so Schönes gesehen wie den Kontrast zwischen seinen silberblauen Augen und den dichten schwarzen Wimpern.

Sie senkte den Blick. »Es tut nur weh, wenn du lachst, richtig?«

»Falsch.« Er verzog das Gesicht. »Es tut die ganze Zeit weh.«

»Dieses Hemd scheint dir ja bis zu den Knöcheln zu gehen«, murmelte sie, während sie vorsichtig daran nestelte.

»Benutz beide Hände.«

»Was ist mit deiner linken Seite?«

»Halt dich nur von den Rippen fern.«

Laurel atmete tief ein, beugte sich vor, legte ihre Arme um Cruz' schlanke Hüfte und zog sanft an dem Hemd. Zu ihrer Erleichterung ging es mit beiden Händen viel schneller. Cruz' kühle Gürtelschnalle an ihrer Wange hatte eine beunruhigende Wirkung auf sie. Ganz zu schweigen von der vitalen, muskulösen Hitze, die er ausstrahlte, und die ihre Hände, Arme und ihr Gesicht einhüllte.

»Laurel?«

Als sie das Hemd endlich aus der Hose hatte, blickte sie auf. Was sie sah, machte sie sprachlos vor Verwunderung. Cruz' Miene verriet eine Mischung aus Schmerz, Belustigung und Intelligenz.

Und Verlangen. Verlangen, das sich nicht übersehen ließ.

Plötzlich wurde ihr bewußt, daß Cruz' Gürtelschnalle nicht das einzige war, das sie an ihrer Wange spürte.

Sie schnellte so abrupt hoch, daß sie fast hintenüber fiel.

»Vorsicht, Süße«, sagte Cruz besänftigend. »Das ist nur das Adrenalin, das beste Aphrodisiakum der Welt.«

Laurel hoffte nur, das Licht, das von der Treppe in den Arbeitsraum fiel, wäre zu schwach, um die scharlachroten Flecken auf ihren Wangen sichtbar zu machen.

»Keine Sorge«, nuschelte sie. »Ich falle schon nicht in Ohnmacht.«

»Gut. Es würde mir jetzt nicht leichtfallen, dich zu meinem Wagen zu schleppen.«

Statt einen Streit mit ihm anzufangen darüber, ob sie mit ihm ginge oder nicht, machte sich Laurel daran, sein Hemd aufzuknöpfen. Die Tatsache, daß er das Zittern ihrer Finger interessiert beobachtete, verstärkte es noch.

»Mach die Augen zu«, murmelte sie, während sie sich an dem letzten Knopf zu schaffen machte.

»Warum? Ich weiß, wie ich ohne Hemd aussehe.«

Laurel begann hilflos zu gackern, aber als sie einatmete, drohte das Gelächter in Schluchzen umzukippen. Sie schalt sich innerlich eine Närrin, zerrte den Knopf aus dem Loch und konzentrierte sich darauf, Cruz aus dem Hemd zu schälen, ohne ihm übermäßig weh zu tun.

Das dunkle Hemd über seine rechte Schulter zu streifen, war nicht schwer. Als sie es allerdings über die linke Schulter zog, biß sie sich dabei so heftig auf die Lippe, daß sie aufplatzte.

Auch für Cruz war es alles andere als leicht. Obwohl er die Zähne aufeinanderpreßte, stöhnte er dumpf, als er seinen linken Arm anheben mußte.

Nachdem Laurel diese Prozedur beendet hatte, stellte sie zu ihrem Entsetzen fest, daß er darunter noch etwas trug, ein Unterhemd aus dunklem Stoff. Es war fest, ohne aufzutragen.

»Darum sieht man kein Blut«, erklärte Cruz.

Mit gerunzelter Stirn betrachtete Laurel zwei tiefe Furchen dort, wo sich der Stoff über seine Rippen spannte. Sie beugte sich vor, um besser zu sehen, wobei sie immer noch Blut erwartete. Er hatte recht, es gab keins.

Sehr vorsichtig strich sie über die Stelle. Direkt unter der Oberfläche ertastete sie einen harten, murmelgroßen Gegenstand.

»Was, in aller Welt, ist denn das?« flüsterte sie.

Statt einer Antwort tastete Cruz selbst einen Augenblick auf dem Stoff herum und mit einem von Herzen kommenden Fluch zog er eine helle, glänzende Kugel heraus.

»Streck deine Hand aus«, sagte er.

Sie tat es, und das harte, glatte Geschoß fiel ihr hinein. Das Metall war unangenehm warm wie ein Stück gegossenen Goldes, das nicht lange genug abgekühlt war, nachdem sie die Form zerbrochen hatte.

Laurel starrte erst die Kugel und dann Cruz' Unterhemd an.

»Was bist du, eine Art Roboter?« Es war eine bange Frage.

»Nur ein durchschnittlicher Ritter der modernen Zeit, der seine erzene schwarze Rüstung trägt«, erwiderte er.

Mit schmerzverzerrtem Gesicht löste Cruz zwei Schlaufen auf einer Seite des Unterhemds. Die Vorderhälfte des Kleidungsstücks löste sich in einem Teil von seiner Brust. Darunter trug er nichts.

»Das ist eine kugelsichere Weste«, erklärte er. »Mit den besten Empfehlungen der britischen Luftwaffe.«

Laurel schüttelte den Kopf, unfähig zu glauben, daß Cruz nicht über und über mit Blut bedeckt war.

Als sie kein Blut gesehen hatte, hatte sie angenommen, daß er nur einen Streifschuß abbekommen hatte. Aber mindestens eine der Kugeln hatte ihn voll erwischt.

»Sie ist noch etwas besser als die Weste, die es von Kevlar gibt«, erklärte Cruz. »Einer von Hauptfeldwebel Gillespies komischen Freunden hat sie entwickelt und sie uns für praktische Versuche überlassen, ehe er versucht, sie der Regierung Ihrer Majestät anzudrehen.«

Mit der rechten Hand nahm Cruz Laurel die warme Kugel wieder ab und sah sie sich genauer an.

»Zumindest kann ich jetzt berichten, daß sie sehr gut vor Neunmillimeter-Geschossen schützt, die aus einer Entfernung von gut zwei Metern abgefeuert werden«, sagte er, warf die Kugel in die Luft und fing sie geschickt wieder auf. »Natürlich verlieren Geschosse einen Großteil ihrer Wucht, wenn sie durch einen Schalldämpfer fliegen.«

Laurel starrte die Kugel an, dann die Weste und schließlich das leicht zerstörbare menschliche Fleisch, das darunter gelegen hatte. Auf Cruz' Brustkorb, direkt unter seiner linken Brustwarze, bildeten sich bereits zwei dunkle Flecken.

Ohne die Weste hätte ihn eine der Kugeln umgebracht.

»Abartiger Macho, Hurensohn«, ihre Stimme zitterte.

»Sprich nur weiter, Süße. Ich liebe es, wenn du mich beschimpfst.«

»Es macht dir wirklich Spaß, Kugeln aufzufangen, nicht wahr?« warf sie ihm erregt vor. »Das Unterhaltsamste, was du dir vorstellen kannst, wenn du Kleider trägst, richtig?«

»Auf jeden Fall ist es unterhaltsamer als vieles andere«, war Cruz' Erwiderung.

Sehr vorsichtig betastete er die größere der beiden Prellungen. Obgleich er vor Schmerz zusammenfuhr, hörte er nicht auf.

»Wenn du so versessen auf Schmerzen bist«, fuhr Laurel fort, »warum rennst du dann nicht einfach mit dem Kopf gegen die Wand?«

»Das habe ich schon ausprobiert. Aber so toll ist es nicht.« Cruz atmete heftig ein. »Es wird dich sicher freuen zu erfahren, daß ich einen Muskelriß und vielleicht eine gebrochene Rippe habe.«

Als er sich ins Licht drehte, um die Quetschungen genauer anzusehen, fiel Laurel ein seltsames Muster auf der Haut um die Verletzungen herum auf.

»Was ist das?« fragte sie.

Cruz sah auf die Stelle, auf die ihr wackelnder Finger wies.

»Das? Das ist das Muster des kugelsicheren Stoffs. Die Schockwelle hat es in meine Haut gepreßt.«

Laurel wandte sich ab und versuchte ihre Hände zu beruhigen. Die Erkenntnis, daß Cruz getötet worden wäre, hätte er nicht eine hochtechnische kugelsichere Weste angehabt, war einfach zuviel für sie.

»Okay, hilf mir, meine Rüstung wieder anzuziehen«, sagte Cruz.

Laurel schlang ihre Arme um sich und schüttelte den Kopf.

»Das Rittergeschäft ist auch nicht mehr, was es einmal war, wenn das mein ganzer Dank ist«, beschwerte er sich.

»R-ritter l-laufen auch n-nicht h-herum und e-erschießen L-leute, n-nur, w-weil m-man s-sich anschließend b-bei i-ihnen d-dafür b-bedankt.«

Cruz sah Laurel von der Seite an. Er spürte, daß jeder mögliche Trost, den er ihr böte, Zorn in ihr wecken würde. Die Folge eines übermäßigen Adrenalinschubs war bei den meisten Menschen gleich – reine Wut.

Er hatte sich an diese Reaktion gewöhnt und hatte sie größtenteils unter Kontrolle. Aber Laurel war neu in diesem Spiel.

»Du hast recht«, sagte er obenhin. »Das Bild des professionellen Ritters hat in den letzten Minuten wahrscheinlich sehr gelitten.«

»Willst du damit etwa sagen, daß diese Geschöpfe, die auf dich geschossen haben, Ritter sind?«

»Nein. Aber dein Vater ist einer. Zumindest war er es.«

»Was soll das heißen?«

»Es ist eine verdammt höllische Welt, in der Ritter ihre Töchter den Drachen zum Fraße vorwerfen.«

Laurel drehte sich so schnell zu Cruz um, daß sie fast das Gleichgewicht verlor, ihre Knie waren wie Watte. Sie stützte sich auf den Tisch und ignorierte das Schwächegefühl.

»Mein Vater hat mich nicht den Drachen zum Fraß vorgeworfen«, widersprach sie böse.

»Ich bin sicher, er hat es nicht gewollt.«

»Er hat es nicht getan. Punkt. Aus.«

»Wer weiß sonst über dich und das Ei Bescheid?«

»Du!«

»Oh, ja«, sagte Cruz gedehnt. »Jetzt fällt es mir wieder ein. Ich will, daß man auf dich schießt, damit ich dir das Leben retten kann. Wie dumm von mir. Aber was erwartet man schon von einem abartigen Macho und Hurensohn?«

Am liebsten hätte Laurel geschrien. Sie befand sich hart am Rande ihrer Fassung, und es kostete sie unglaubliche Mühe nicht vollkommen durchzudrehen.

»Vielleicht hatten sie es ja auch auf dich abgesehen.« Sie schluckte.

Cruz hörte die Verzweiflung in ihrem Ton und war hin- und hergerissen zwischen dem Wunsch sie zu schütteln, damit sie Vernunft annahm, und dem noch größeren Bedürfnis, sie in die Arme zu nehmen, bis sie alle Angst und alles Adrenalin aus ihrem Körper herausgeweint hatte.

Aber dazu oder zumindest zu den Dingen, die mit Sicherheit folgen würden – erst einmal hielt er sie an sich gepreßt – hatte er keine Zeit. Muskelriß hin, Prellung her, Cruz begehrte Laurel mit einer Heftigkeit, die ihn fast von den Beinen riß.

Das liegt am Stoffwechsel, sagte er sich zornig, und geht vorbei. Sie ist keine Frau, die sich aus medizinischen Gründen mal eben vögeln läßt.

Und etwas anderes wäre es nicht. Cruz hatte auf sehr schmerzliche Weise gelernt, daß es leichter war, ganz ohne Frau zu leben als mit *irgendeiner*.

»Sie waren nicht hinter mir her«, ächzte er.

»Wie kannst du dir da so verdammt sicher sein? Du bist derjenige, der die Kugeln abgekriegt hat!«

»Mir kann niemand hierher gefolgt sein, denn ich wußte selbst nicht, wohin ich wollte, ehe ich in dem Flugzeug über Los Angeles saß.«

»Aber…«

»Denk doch mal nach, Laurel«, sagte er ungeduldig. »Benutz deinen Verstand, und schalte einmal deine Gefühle aus.«

Sie erschauderte.

»Nein«, sagte sie. »Er würde mich niemals erschießen lassen.«

»Wußtest du, daß das Ei kommen würde?« fragte Cruz.

»Nein.«

»Wußte er es?«

Laurel nickte zögernd.

Cruz legte sanft die Hand auf ihren Oberarm. Ihr Fleisch war fest, aber es zitterte.

»Laurel«, er rang um Gelassenheit. »Irgendwer – dein Vater oder einer seiner Partner – hat versucht, dich umzubringen.«

»Aber warum?«

Laurels gebrochene Stimme machte Cruz noch kränker als er bereits war. Er hoffte, daß er sie richtig einschätzte, daß Ehrlichkeit sie eher bei der Stange hielte als falscher Trost. Wenn er sich irrte, hätte er es in ungefähr dreißig Sekunden mit endgültiger Hysterie zu tun.

»Sie haben versucht, die Verbindung zwischen dir und deinem Vater zu unterbrechen«, sagte er ruhig.

»Warum?« flüsterte sie.

»Sie wollten nicht, daß jemand wie ich über dich die Spur zu dem Ei weiterverfolgt. Wenn du tot bist, endet die Spur bei dir.«

Laurel atmete tief ein. Was Cruz da sagte, ergab einen häßlich überzeugenden Sinn.

»Zweifellos werden noch mehr Mörder losgeschickt, wenn der Auftraggeber dahinterkommt, daß der Anschlag mißlungen ist«, fuhr Cruz fort. »Darum mußt du hier weg. Du hast keine Übung darin fortzulaufen, ohne Spuren für die Jäger zu hinterlassen.«

Cruz spürte unter seiner Handfläche, daß Laurel abermals

erschauderte. Außerdem spürte er die bereitwillige Hingabe, die unter ihrer Anspannung lag. Nicht Schwäche. Nicht in dieser Frau. Es war eher eine besondere Weichheit, ein sinnliches Verlangen des Fleisches, das ihm ihren weiblichen Zauber verriet.

Laurel blickte aus goldgerandeten Augen zu ihm auf.

»Vielleicht haben diese Kerle mir sogar einen Gefallen getan«, sagte sie. »Wenigstens siehst du mich nicht mehr so argwöhnisch und berechnend an, als wäre ich ein Fussel auf deinem Radar.«

Cruz zog die dunklen Brauen hoch. »Du siehst mich sehr klar.«

»Nein. Ich sehe nur deinen Schatten.«

»Etwas anderes gibt es nicht, Süße.«

Cruz strich sanft mit dem Daumen über den langen, festen Muskel in Laurels Arm. Die Berührung war besänftigend, nicht sinnlich gemeint.

Laurel wich einen Schritt zurück und sah Cruz an, als wäre er die Karte, die sie aus der höllischen Welt führen könnte, in die sie so unversehens geschlittert war.

»Geh und pack deine Sachen«, flüsterte er. »Ich bringe dich an einen sicheren Ort.«

Die Versuchung war groß, und Laurel wußte, daß sie lange brauchen würde, bis sie das schreckliche Blei und die Falten und den Schmerz in Cruz' Gesicht vergaß, genauso wie die Worte, mit denen ihr die Wahrheit enthüllt worden war.

Sie hatten es auf dich abgesehen. So ist es nun mal.

»Nein«, sagte sie gepreßt. »Es gehört bestimmt nicht zu deinem Job, für mich bestimmte Kugeln aufzufangen.«

Cruz war einerseits belustigt, andererseits gerührt von ihrem Unwillen, ihn weiter in Gefahr zu bringen.

»Seite vier, Abschnitt zwei, Absatz drei«, sagte er. »Hübsche Fräuleins sind von einem ritterlichen Helden zu retten, ungeachtet der Gefahr, in die er selbst sich dabei begibt.«

»Ich würde es nicht ertragen, wenn …« Sie schüttelte entschlossen den Kopf. »Nein. Ich kenne einen sicheren Ort, den niemand kennt außer …«

»Deinem Vater«, beendete Cruz den Satz.

Laurel erwiderte nichts. In ihrem Kopf hallten die Worte, die Cruz vorhin zu ihr gesagt hatte.

Sie haben versucht, die Verbindung zwischen dir und deinem Vater zu unterbrechen. Sie wollten nicht, daß jemand wie ich über dich die Spur zu dem Ei weiterverfolgt. Wenn du tot bist, endet die Spur bei dir.

»Ich kann dich nicht zu meinem Vater führen«, sagte sie zu Cruz. »Also ist es sinnlos, noch länger den edlen Ritter zu spielen. Es wird nicht funktionieren.«

Cruz lockerte den Griff um ihren Arm, aber sein Daumen ruhte immer noch in entwaffnender Vertraulichkeit auf ihrer Haut. Laurel wollte sich unmerklich zurückziehen, doch er folgte ihrer Bewegung gerade weit genug, um den sanften Kontakt nicht zu verlieren.

»Warum treffen wir nicht einfach ein Abkommen, das nichts mit deinem Vater zu tun hat?« fragte er.

»Können wir das denn?«

»Sicher«, log Cruz, da er wußte, daß es nicht anders ging. »Ich brauche jemanden, der mich über den Berg zurück zum Flughafen in Paso Robles fährt. Das machst du, und dann sind wir quitt.«

»Das ist alles? Ich soll dich nur dorthin fahren?«

Er nickte und fügte dann hämisch hinzu: »Nicht viel, wenn man bedenkt, daß ich gerade zwei für dich bestimmte Kugeln kassiert habe, nicht wahr?«

Der Teil von Laurel, der immer noch vernünftig denken konnte, wußte, daß sie von einem Mann manipuliert wurde, der fast ihre Gedanken las.

Und der unerbittlich war. Wenn der erste Zug nicht weiterführte, versuchte er es mit einem anderen, und dann einem anderen und wieder einem anderen, bis er einen Weg fand, ihre Verteidigung zu durchbrechen.

Unter normalen Umständen hätte sie es ihm gleichgetan und vielleicht sogar Spaß an der Schlacht gehabt. Aber heute abend war nichts normal.

Sanft und nicht im geringsten fordernd strich Cruz über den angespannten Muskel ihres Oberarms. Sie erschauderte und kämpfte verzweifelt gegen den Drang, sich in seine Arme zu schmiegen, damit er ihr Ruhe und Sicherheit gab.

Er winkelte den rechten Arm vorsichtig an und zog Laurel näher an seine Brust. Sie wollte sich dagegen wehren, aber ihre Kraft hatte sie in dem Augenblick verlassen, als die Gefahr vorüber gewesen war. Mit einem Seufzer lehnte sie die Stirn an die rechte Seite seiner Brust. Er strich ihr über das Haar, ohne zu versuchen, sie noch enger zu umschlingen.

Cruz' Zurückhaltung war unwiderstehlicher als jeder Versuch von Zärtlichkeit. Ohne daß ihr klar wurde, was sie tat, drehte Laurel den Kopf zur Seite und legte ihre Wange an seine Brust. Unter einem dichten Haarpelz verschob sich mit jeder tröstlichen Bewegung seines Arms hartes, festes Muskelfleisch. Sein Herz klopfte kraftvoll und gleichmäßig und bewies ihr damit unmißverständlich, daß er wirklich am Leben war.

Nach einem Moment hob Laurel den Kopf und blickte Cruz an. Er betrachtete sie mit einer Mischung aus Argwohn und Finsternis und Wärme, die ihr ganz schön einheizte.

Gott steh mir bei, falls Cruz jemals beschließt, mich zu verführen, dachte sie entsetzt.

»Danke«, sagte Cruz sanft.

Sie zuckte zusammen, als hätte er ihr einen Schlag versetzt. Die Schärfe, mit der er sie durchschaute, schockierte sie.

»Was ist los?« fragte er.

»Ich mag es nicht, wenn du meine Gedanken liest.«

»Habe ich das denn getan?«

»Ich habe nur gedacht, wie gut...« Plötzlich wurde Laurel bewußt, was sie sagte, so daß sie sich unterbrach. »Wofür hast du dich bei mir bedankt?»

»Dafür, daß du mich so siehst, wie ich bin, und nicht vor mir zurückschreckst. Ich habe selbst lange gebraucht, bis ich mit mir halbwegs im reinen war. Verdammt, eigentlich arbeite ich immer noch daran.«

»Himmel«, stöhnte Laurel. »Warum bist du nicht einfach dumm und abstoßend und häßlich und alt?«

»Drei von vier Punkten habe ich ja wohl bereits erfüllt«, erwiderte er. »Und was das Alter betrifft, so sorgt schon die Zeit dafür.«

Laurel lachte hilflos auf.

Er wußte, daß er es nicht sollte, aber er konnte nicht anders. Er beugte sich zu ihr hinab und strich mit den Lippen über ihre Schläfe.

»Und jetzt pack deine Sachen ein«, befahl er heiser. »Was auch immer du tun wirst, auf jeden Fall kannst du eine Zeitlang nicht hierher zurück.«

»Ich weiß.«

Sie wandte sich ab, blickte aber noch einmal über die Schulter zu dem Hünen, der an ihrem Arbeitstisch lehnte und die Hälfte einer modernen Ritterrüstung trug. Cruz Rowan war der letzte Mann auf Erden, der ihr gefallen sollte, aber er tat es, und sie war ehrlich genug, es sich einzugestehen.

»Im Kühlschrank ist noch ein Eisbeutel«, sagte sie heiser und wies mit der ausgestreckten Hand auf das Gerät.

»Meinst du, ein bißchen Abkühlung täte mir gut?«

»Deine Rippen würden es vielleicht zu schätzen wissen.«

Cruz lächelte. »Danke, Süße.«

Normalerweise haßte es Laurel, wenn ein Mann ihr einen Kosenamen gab. Aber wenn er sie lächelnd »Süße« nannte, gefiel es ihr. Sehr sogar.

Ich verliere allmählich den Verstand, sagte sie sich. Aber unter den gegebenen Umständen bin ich nicht sicher, ob Verstand mir überhaupt noch von Nutzen ist.

Während Cruz den Eisbeutel holte, suchte Laurel die Werkzeuge zusammen, die in ungewöhnlicher Unordnung auf dem Arbeitstisch verstreut waren. Sie erinnerte sich nicht daran, ein solches Durcheinander verursacht zu haben, aber wer sollte es sonst gewesen sein. Es herrschte ein mittleres Chaos.

Während sie die vertrauten Geräte an die vertrauten Stellen in dem lederbezogenen Kasten steckte, hatte sie langsam nicht mehr das Gefühl, durch einen Traum zu laufen. Der Kasten, in dem ihre losen Edelsteine lagen, saß nicht richtig. Sie rückte ihn zurecht, schob denjenigen mit dem Werkzeug daneben und schüttelte die Tasche vorsichtig.

Alles blieb an seinem Platz. Laurel verschloß sie sorgsam und warf sich den Tragegurt über die Schulter.

Als sie sich wieder zu Cruz umdrehte, stellte sie überrascht fest, daß es ihm gelungen war, sich ohne Hilfe anzuziehen.

»Wird es länger als eine Woche dauern?« fragte sie.

Cruz blickte von dem Knopf auf, den er gerade mit einer Hand zu schließen versuchte.

»Bis das Ei gefunden ist?« fragte er zurück.

»Ja.«

»Wenn ja, dann steckt unser Klient bis zum Hals in der Scheiße. Pack weiter. Wir müssen los.«

»Ich bin fertig.«

Cruz kniff die Augen zusammen. »Das ist alles? Und was ist mit Kleidern?«

»Ich brauche keine anderen Kleider, um über den Berg zu fahren.«

»Und was machst du dann?«

»Mir fällt schon etwas ein.«

Das bezweifelte Cruz nicht.

Was Laurel nicht wußte, war, daß ihm bereits etwas eingefallen war.

Und er war größer als sie.

14

Claire Toth schob die Steppdecke auf dem riesigen Bett zurück, türmte die Kissen auf und entkleidete sich. Der Zimmerservice käme in einer halben Stunde mit dem von ihr bestellten nächtlichen Snack. Swann müßte jeden Augenblick mit dem Ei zurück sein und sie wollte keine Zeit verlieren, wenn er kam. Sie brannte lichterloh.

Als Swann das Hotelzimmer endlich betrat, hatte er den Kasten mit der Rubin-Überraschung unter dem Arm. Toth lag gegen drei Kissen gelehnt und hatte das Laken kunstvoll um ihren Torso drapiert, so daß man eine Hüfte und den Großteil ihrer vollen Brüste sah. Vor dem leuchtenden Weiß der Bettwäsche nahm sich ihre Haut wie blank poliertes Ebenholz aus.

Swann drehte sich lächelnd um, schloß die Tür und schob den Sicherheitsriegel vor. Dann sah er Toth an. Ihre Brustwarzen verhärteten sich, als hätte er hineingekniffen, und er verspürte das heftige Bedürfnis, sich auf sie zu werfen, sie niederzudrücken und sie zu vögeln, bis sie schrie.

»Das hat aber nicht gerade lange gedauert«, sagte Toth.

»Ich wollte schließlich nicht, daß du ohne mich anfängst.«

Toths mandelförmige Katzenaugen waren so schwarz wie die Nacht, doch von einer gleißenden Intelligenz. Sie klopfte neben sich auf das Bett.

»Zeig es mir«, sagte sie.

Swann stellte den rechteckigen Holzkasten auf das Laken und setzte sich. Er öffnete die Haken, legte den Deckel beiseite und rückte das Ei auf seinem reichverzierten Sockel zurecht.

»Komm her«, sagte er.

Toth setzte sich auf und beugte sich zu ihm herüber. Das Laken, das ihren Busen bedeckt hatte, glitt bis zu ihren dunklen Brustwarzen herab, schien zu zögern und fiel dann langsam in ihren Schoß.

Swann legte seine Hand auf das glatte, kühle, spitze Ende des Eis, als wäre es eine Frauenbrust.

»Hübsch, nicht wahr?« fragte er leise.

»Hübsch? Vollkommen dämlich. Warum haben sie all die Arbeit in die Schale investiert? Nur das, was innen ist, zählt.«

Swann lachte und schob seinen Handrücken zwischen Toths Brüsten hinab über ihren Bauch bis hin zu ihrem Schritt.

»Dasselbe könnte man von Frauen sagen«, stellte er fest.

Auch Toth lachte und spreizte die Beine, bis genug Platz für ihn war. Mit einer Hand zog er an dem dichten, lockigen Haar, und in der anderen hielt er das wunderschöne Ei. Sie berührte es behutsam und fuhr dann mit der Fingerspitze über die juwelenbesetzte Oberfläche, wobei sie seinen Bewegungen zwischen ihren Beinen folgte.

Swann fragte sich, ob es seine Hand oder die Macht der Rubin-Überraschung war, die Toths Brustwarzen in schwarze Dolche verwandelte.

»Zeig es mir«, flüsterte sie. »Zeig mir, wie es funktioniert.«

Ihre Stimme war kehlig und drängend, vor Erregung schwer. Plötzlich war es Swann egal, ob seine Hand, das Ei oder beides der Grund für ihre Erregung war. Auf jeden Fall hätte er den Nutzen davon.

Dieser Gedanke machte ihn heiß. Er hatte Frauen aller Größen und Rassen gefickt, überall auf der Welt. Aber Toth war einzigartig. Das lag zum Teil an ihrem spektakulären Fahrgestell und zum Teil an ihrer Schläue, überwiegend jedoch an ihrer räuberischen, herausfordernden Sexualität. Die

Art, in der sie kam, war unglaublich. Er brauchte nur daran zu denken, und schon wurde er hart. Genau wie sie.

Leicht und verführerisch strich Swann mit einem Daumen über die kühle Oberfläche des Eis. Sein anderer Daumen suchte nach etwas wesentlich Wärmerem. Mit langsamen Bewegungen drückte er auf den besagten Goldknoten, der einem, wenn man ihn richtig berührte, den Reichtum im Inneren des Kunstwerks offenlegte.

Toth stöhnte leise auf, als Swann wiederholt mit seinem Daumen an ihr rieb.

»Verdammt, mach es auf«, flehte sie.

»Nur Geduld.«

»Zur Hölle mit der Geduld.«

Swann lachte und streichelte sowohl das Ei als auch die Frau, beobachtete beide, spürte Toths wachsende Hitze, bis sie kurz vor dem Höhepunkt war. Dann fuhr er mit einem Daumen über den harten Goldknoten und mit dem anderen über einen straffen Knoten weiblichen Fleischs.

Es klickte leise und die obere Hälfte des Eis schob sich langsam, geräuschlos, fast schleppend zur Seite, bis ein dunkler, facettenreicher Rubin sichtbar wurde.

Toth rang nach Luft und erschauderte. Der Geruch ihres Höhepunktes war kraftvoller, betörender, sinnlicher als alles, was je über den Verkaufstresen einer Parfümerie gegangen war.

Swann bewunderte sowohl den Rubin als auch die Frau.

»Du bist ein erfindungsreicher Bastard«, stellte Toth heiser fest. »Du bist der einzige Mann, der mich nicht nur mit seinem Schwanz, sondern auch mit seinem Hirn geil macht.«

»Und du bist die einzige Frau, die beides braucht.«

Toth rollte sich träge auf die Seite, wobei sie Swanns Hand zwischen ihren Schenkeln behielt. Sie konnte sehen, daß er so hart und heiß wie eine billige Pistole war. Sie leckte sich die Lippen und lächelte.

»Wieviel ist das Ding deiner Meinung nach wert?« fragte er. »Fünf Millionen? Zwanzig?«

Toth starrte lange angestrengt auf den Rubin, als versuche sie, eine Nachricht aus seinem Inneren zu entschlüsseln.

»Dieses Pferdchen wird uns überall hinbringen, wo wir hinwollen«, sagte sie. »Wir brauchen nur noch das Zaumzeug dazu. Wo ist es?«

»Immer mit der Ruhe. Es kommt.«

Das Geräusch, das Toth ausstieß, verriet eindeutig Ungeduld. Sie zog den Nagel ihres Zeigefingers über die kalte, polierte Oberfläche des Rubins.

»Wann?« fragte sie.

»Wenn ich es will.«

Mit einer fließenden Bewegung zog Toth Swanns Hand zwischen ihren Schenkeln hervor, richtete sich auf und zog das Laken über ihre Brüste, bis es wie der Fächer einer Tänzerin ihre harten Brustwarzen verbarg.

»Ich dachte, du hättest gesagt, daß du alles hast, was du brauchst, *Schatz*«, murmelte sie voller Zorn. »Tja, wenn du heute abend noch kommen willst, dann mußt du es dir wohl selber besorgen.«

Swann wußte ebenso gut wie Toth, was sie tat. Aber mit diesem Wissen war es wie mit der Kenntnis der Schwerkraft – es änderte nichts an der Tatsache, daß es tatsächlich funktionierte. Es galt immer noch das Prinzip der Barzahlung, und er war immer noch hart, und sie war bereit für mehr, und beide wußten es.

»Entspann dich, *Schatz*«, sagte er. »Ich laufe für gewöhnlich nicht mit individuell gefertigten Stromkabeln und Ostblock-Computerverbindungen in meinem Gepäck herum.«

Er streckte die Hand aus und fuhr auf dem kühlen Laken die Konturen von Toths Brustwarze nach. Seine Finger hinterließen feuchte Spuren auf dem Tuch.

»Aber ich kann innerhalb weniger Stunden dafür sorgen,

daß das verdammte Ding funktioniert... wenn ich es will. Alles, was wir brauchen, ist etwas schnelles, anonymes Geld von Hudson, und schon geht's los.«

Toth starrte Swann ein paar Herzschläge lang kalt an. Unter seinem Finger wurde ihre Brustwarze weich statt hart.

»Du hältst dich für ein ganz abgebrühtes Weib, nicht wahr?« fragte er.

Seine Lippen verzogen sich zu einem Raubtierlächeln, während er seinen Daumen und seinen Zeigefinger benutzte, um die schlaffe Brustwarze zu zwicken, damit sie sich erneut verhärtete.

Sie blieb jedoch so weich und leblos wie Silikongel in einem Plastikumschlag. Toth bedachte Swann mit einem ausdruckslosen Blick, während er ihre Brustwarze immer stärker zu drücken und zu kneifen begann. Was als Verlockung begonnen hatte, wurde zur Mißhandlung und schließlich zur Strafe, aber Toths Miene veränderte sich nicht.

Mit einem eigenartigen Lächeln lockerte Swann seinen Griff und wurde wieder zärtlicher.

»Heute abend bist du wohl nicht allzu scharf auf Schmerz, he?« fragte er.

Toth starrte ihn reglos an.

»Eines Tages wirst du einem Kerl begegnen, der dich vergewaltigt, nur um zu sehen, wie du blutest oder schreist«, sagte er.

»Solche Kerle kenne ich bereits«, stellte sie gleichmütig fest.

Das überraschte Swann nicht.

»Dort, wo ich herkomme, ging es regelmäßig so ab«, sagte sie. »Ich habe schon vor langer Zeit gelernt, mit meinen Gedanken abzuzwitschern.«

»Aber nicht, wenn du mit mir zusammen bist. Das Blut, das bei uns vergossen wird, saugen wir uns schließlich gegenseitig aus.«

»Ich weiß. Ich wollte dich nur ein bißchen arbeiten lassen. Wenn es zu leicht ist, verlierst du eines Tages das Interesse daran.«

Während Toth sprach, kehrte Leben in das Fleisch zwischen Swanns Fingern zurück. Die Brustwarze wuchs, füllte sich und wurde wie durch Zauberhand hart.

Swann atmete tief ein, als sein eigener Körper heftig darauf zu reagieren begann. Eine Frau, die sich völlig unter Kontrolle hatte, war eine echte Herausforderung. Sie hatte recht; wenn er sich ihres Verhaltens jedesmal sicher wäre, wäre es todlangweilig für ihn.

»Wie sollte ich jemals das Interesse hieran verlieren?« fragte Swann und preßte seine Hand abermals in Toths Schritt. »Solange du es dir nicht in den Kopf setzt, zu diesem kleinen Schwulen, Nowikow, zurückzugehen, kommen wir bestens miteinander klar.«

Lächelnd breitete sich Toth bequem in den Kissen aus und ließ Swann zwischen ihren Beinen tun, was er wollte, während sie ihren nächsten Schritt zu überdenken begann.

Allerdings stellte sie sehr schnell fest, daß es verdammt schwierig war, nicht noch einmal zu kommen. Nie zuvor war sie so heiß gewesen, so kurz davor, die Kontrolle zu verlieren. Die Erregung darüber, den Tod eines Menschen angeordnet zu haben, machte sie trunken.

»Alexej ist gar kein richtiger Schwuler«, sagte sie heiser. »Er mag kleine Jungs oder große Jungs oder Mädchen oder Astlöcher in einem Zaun. Aber vor allem mag er Macht.«

»Genau wie du«, sagte Swann. »Politische, sexuelle, körperliche Macht. Ganz egal. Solange es Macht ist, macht es dich an.«

Toth lachte tief in ihrem Hals und spreizte die Beine, reizte ihn sogar in dem Augenblick, in dem sie ihm zeigte, daß sie ihm vertraute, ihr nicht weh zu tun. Nicht wirklich. Nicht wie ihr in der Vergangenheit weh getan worden war.

»Bist du dir da ganz sicher, Schatz?« schnurrte sie.

»Todsicher, Baby. Das ist es, was mir an dir gefällt. Wann siehst du Hudson das nächste Mal?«

»Was bist du, mein Zuhälter?«

»Was immer ich sein muß.«

»Du mußt wesentlich mehr sein, als du dafür bekommst«, erwiderte sie.

Swann lachte und streichelte Toth weiter, ohne sich jemals dem Knoten zu nähern, der sie ebensoleicht öffnen würde wie das Ei.

Toth wußte, daß sie Swann bestrafen sollte, indem sie wieder kalt wurde. Sie wußte es, aber schaffte es nicht. Nicht heute abend. Es gäbe nie wieder eine Nacht wie diese mit Swann. Und sie würde sowohl die Nacht als auch ihn zur Gänze zu nutzen wissen.

»Morgen früh«, sagte sie.

»Wird er das Geld haben?«

»Das hoffe ich für ihn. Das Zeug, das Alexej bisher zu Papier gebracht hat, ist das reinste Dynamit. Alles über das erste Geschäft zwischen Hudsons Petrochemiefabrik und dem Sowjetstaat, in dem es um die Konzession für den Vertrieb von Düngemitteln ging.«

»Das ist doch ein alter Hut«, sagte Swann. Er zwickte genau an der richtigen Stelle in ihr Fleisch und wurde durch ein Keuchen belohnt. »Das interessiert doch niemanden mehr.«

Toth schloß die Augen und genoß die Fähigkeiten eines Mannes, der mit ihr spielte, wie es ihr am besten gefiel, der sie immer irgendwo zwischen Lust und Schmerz gefangenhielt und sie wissen ließ, daß es beide Möglichkeiten gab.

»Und ob es die Leute interessieren wird«, sagte sie heiser. »Außerdem gibt es eine detaillierte Beschreibung davon, wie Hudson International die entscheidende Technologie für eine Nervengasfabrik in Libyen geliefert hat. Hudson weiß noch nicht einmal, daß ihm die Russen auf die Schliche gekommen sind.«

»Dann sei besser vorsichtig, wenn du ihm diese Nachricht überbringst«, sagte Swann. »Er ist alt. Vielleicht ist der Schock zuviel für sein Herz.«

Toth öffnete die Augen wie zwei mitternächtliche Sicheln.

»Das halte ich für unwahrscheinlich«, sagte sie und fügte hinzu: »An Potenz mangelt es ihm nicht.«

»Hast du es ihm wenigstens anständig besorgt?«

»Das war gar nicht nötig. Er kam bereits in seinen Shorts, als ich ihm seine Akte vorlas.«

Swann lachte und spreizte Toths Fleisch mit seinem Daumen und Zeigefinger.

»Hudson tut mir beinah leid«, sagte er. »Es dauert bestimmt eine Woche, bis er ihn wieder hochkriegt.«

»Er war schon nach fünf Minuten wieder da«, erwiderte Toth und räkelte sich.

»Beeindruckend.«

»Er läßt sich seit zehn Jahren mit rumänischen Sexualhormonen versorgen.«

»Muß eine Roßkur sein, wenn es stimmt, was man sich darüber erzählt.«

»Ja. Und wie bei Heroin kann man nicht mehr aufhören, wenn man einmal angefangen hat. Je länger man die Hormone nimmt, um so mehr braucht man davon.«

»Wunderbar«, freute Swann sich.

»Ich versuche herauszufinden, wie ich dieses Wissen gegen ihn verwenden kann.«

»Du erpreßt die Leute richtig gerne, nicht wahr?« fragte Swann. »Das macht dich zu einer guten Reporterin.«

»Öffentliche Berichterstattung ist keine echte Macht. Die echte Macht liegt darin, irgendein armes Schwein wie Hudson glauben zu machen, daß man seine Geheimnisse veröffentlicht. Er wird durch zehn Reifen springen, nur damit das nicht passiert. Der Spaß besteht darin, die Reifen extra für ihn zu entwickeln.«

»Ist es das, was du mit dem Kerl gemacht hast, der meine Tochter nervt? Hast du ihm ein paar Reifen gebastelt und zugesehen, wie er sprang?«

Toth sah Swann aus zusammengekniffenen Augen an und überlegte zum ersten Mal, ob er vielleicht vermutete, was sie getan hatte.

Swann sah seine Finger an. Sein Blick verriet nichts anderes als Lust auf Sex.

Toth spannte sich lächelnd an, um ihn daran zu erinnern, wie es sein würde, wenn sie schließlich die gegenseitige Folter aufgaben. Sie wurde durch einen Schlag mit seinem Daumennagel belohnt, der sie sich begierig räkeln ließ.

»Cruz Rowan war ein selbstgerechter, halsstarriger Arsch«, sagte sie keuchend. »Er hätte nur mit Alexej zusammenarbeiten müssen, und ich hätte kein einziges Wort veröffentlicht. Die Sowjets wollten Rowan nicht zerstören, sie wollten ihn benutzen.«

»Clever. Ein gut plazierter FBI-Agent, ein Mann im Herzen der amerikanischen Antiterroreinheit. Ein echter Cop.«

»Richtig, Schatz. Rowans Arbeit für uns wäre wesentlich wertvoller gewesen als der momentane Propagandaerfolg meines Artikels.«

Swann beugte sich vor und legte das juwelenbesetzte Ei zwischen Toths Rubensbusen.

»Halt es gut fest«, sagte er. »Ich brauche beide Hände.«

»Wofür?«

»Das wirst du gleich sehen.«

Mit einer geschmeidigen Bewegung kniete sich Swann zwischen Toths Beine. Seine Hände fuhren unter sie, vergruben sich in ihren vollen Hüften und hielten sie in einem Schraubstock, dessen Abdrücke man noch lange sehen würde.

Es war ihr egal. Sie wußte, was kam. Sie war ganz wild darauf, wand sich und reckte sich ihm entgegen, nur, um von seinen kraftvollen Händen untengehalten zu werden.

»Noch nicht, Baby«, sagte Swann und blickte auf ihr leuchtendes, geschwollenes Fleisch. »Ich habe dich noch nie so heiß erlebt. Mal sehen, was du sonst noch vor mir zu verbergen hast.«

Langsam zog Swann eine von Bartstoppeln rauhe Wange über ihre beiden Schenkel, und als er endlich seinen Mund auf sie schob, wurde sie von einem unkontrollierbaren Zittern gepackt.

Es war das erste Mal, daß sie die Sorte sexuelle Erregung verspürte, die von ihrem Mordbefehl an dem einzigen Kind eines Mörders herrührte und davon, sich nur wenige Minuten später ebendiesem Mörder körperlich zu ergeben. Es war eine finstere, zwanghafte Erregung, und es gäbe sie nur ein einziges Mal.

Toth versuchte sich zurückzuhalten, aber es war zu spät. Swann hatte recht gehabt. Nie zuvor hatte sie eine derartige Hitze verspürt. Sie kam bei der ersten Berührung seiner Zähne sofort.

15

»Nein«, sagte Cruz und zog Laurel aus ihrer Garage. »Sie kennen bestimmt das Nummernschild und die Automarke. Mein Mietwagen ist sicherer.

Mit einem spontanen Wurf beförderte er die Schlüssel in Laurels Hände. Obwohl er kein Zeichen gegeben hatte, fing sie sie aus der Luft.

»Gute Reflexe«, erkannte Cruz an.

Es war das letzte, was er im folgenden mit ihr sprach. Während Laurel fuhr, verdrängte er sie aus seinen Gedanken. Seiner Meinung nach hatte sie bereits viel zuviel Zeit darin zugebracht.

Cruz griff ins Handschuhfach, zog ein winziges, batteriebetriebenes Funktelephon heraus und stellte es an. Sein erster Anruf galt einer Nummer der Risk Ltd.

Weil das Taschengerät weder einen Zerhacker noch einen Decoder aufwies, mußte Cruz aufpassen, was er sagte. Jedes Wort, das er sprach, war jedem Menschen zugänglich, der ebenfalls ein Funktelephon besaß, und der neugierig genug war, um die Kanäle nach interessanten Gesprächen abzugrasen.

Wenn dieser neugierige Mensch ein Profi war, würde ein Computer die Suche übernehmen und sämtliche Gespräche registrieren, in denen bestimmte Schlüsselwörter vorkamen. Zumindest war das die gängige Vorgehensweise von CIA und FBI.

Wenn Cruz' Nachricht komplexer oder der Zeitdruck geringer gewesen wäre, hätte er gewartet und seine Anrufe vom

Flugzeug aus erledigt. Das dort installierte Telephon besaß einen exzellenten Zerhacker. Aber jede Minute, die er wartete, war eine Minute mehr für Swann, was diesem ermöglichen würde, seine Tarnung zu vervollständigen.

»Hier ist John Smith der Zweite«, sagte er, als jemand den Hörer abnahm.

»Scheißwetter«, kam die Antwort.

»Vielleicht bei dir. Hier ist alles klar.«

»Was können wir für dich tun?«

»Ich habe dem Boß eine Adresse gegeben«, sagte Cruz. »Ich bräuchte jemanden, der dort Ordnung schafft.«

»Hilfst du uns dabei?«

»Nein.«

»Ist sonst noch jemand da?«

»Soweit ich weiß, nicht, aber es war die Arbeit von Profis«, sagte Cruz.

»Was muß denn alles aufgeräumt werden?«

»Ein paar Metallsachen. Und dann könntet ihr vielleicht noch ein bißchen dableiben, um zu sehen, ob noch jemand kommt, der vielleicht eure Hilfe braucht.«

»Irgendwelche Systemschäden?«

»Nichts von Bedeutung«, sagte Cruz.

»Sonst noch was?«

»Sag der Putzkolonne, daß sie Schwarz tragen soll. Es könnte plötzlich ein bißchen förmlich werden.«

»Schwarz. In Ordnung.«

Cruz hängte ein, drückte eine andere Nummer und begann zu sprechen, sobald am anderen Ende abgehoben wurde.

»Hier ist Rot Zwei, und ich renne barfuß herum, also renne ich schnell. Erstens: Juliet, Alpha, Mike, India, Echo. Zweitens: Sierra, Whiskey, Alpha, November, November. Seht, was die Agentur so alles hat. Und *grabt nach.* Er weiß, wie man sich versteckt. Wenn ihr persönlichen Kontakt aufzunehmen versucht, tragt Schwarz. Er erwartet jemanden.«

Cruz unterbrach die Leitung, drückte eine weitere Nummer, wiederholte die Nachricht und bat seinen Gesprächspartner darüber hinaus, Erkundigungen beim FBI einzuholen.

Drei weitere Anrufe galten den rechtmäßigen Regierungsbehörden, bei denen Jamie Swann möglicherweise beschäftigt gewesen war. Dann wurden die Nummern länger, da Cruz anfing, internationale Stützpunkte anzuwählen und bei Risk-Ltd.-Verbindungen auf der ganzen Welt Erkundigungen einzuholen.

Laurel fuhr wie betäubt, lauschte Gespräch um Gespräch in drei Sprachen, von denen eine vielleicht Russisch war. Den internationalen Funkcode hatte sie schnell geknackt; Juliet, Alpha, Mike, etc. waren die Buchstaben von Jamie Swanns Namen.

Das war Laurel egal, denn sie hatte gewußt, daß Cruz ihrem Vater nachjagen würde. Was ihr nicht egal war, war die schonungslose Einschätzung von Swanns Charakter, die den Abschluß jedes in Englisch geführten Gesprächs bildete.

Er erwartet jemanden. Tragt Schwarz.

Laurel überlegte, ob es moderne Rüstungen wohl auch in anderen Farben gab. Je mehr sie darüber nachdachte, desto stärker bezweifelte sie es.

Cruz hängte ein, rutschte auf seinem Sitz herum, verzog das Gesicht und wetzte erneut seinen Hintern. Dann griff er unter seinen Pullover, zog an einer der Westenschnüre und angelte das Eispäckchen heraus, das er aus Laurels Kühlschrank genommen hatte. Der dünne, bewegliche, immer noch größtenteils gefrorene Beutel enthielt offenbar etwas anderes als Wasser.

»Ich frage mich, ob Gillie eins von den Dingern hat«, murmelte Cruz. »Es funktioniert nämlich.«

Laurel blickte zu ihm hinüber. Cruz sprach nicht mit ihr. Er schien kaum zu bemerken, daß sie neben ihm saß.

Wie oft, dachte sie, hatte wohl jemand Cruz durch die Dunkelheit gefahren, nachdem er verwundet worden war – Verzeihung, *getroffen* – und hatte zugehört, wie er dreißig Anrufe bei dreißig Weltklasse-Spionen tätigte?

Laurel wußte, daß es mehr als einmal passiert sein mußte, denn sie hatte noch andere Narben auf Cruz' Oberkörper gesehen. Der Gedanke, daß Cruz derart weh getan worden war, schmerzte sie. Es war unvernünftig, seinen vergangenen Schmerz so deutlich nachzuempfinden, aber trotzdem tat sie es.

Bei dem Gedanken, daß Cruz auch in Zukunft weh getan werden könnte, wurde ihr eiskalt. Plötzlich ertrug sie die Tatsache nicht mehr, daß er verletzt worden war, weil er ihr das Leben gerettet hatte. Nur mit Mühe unterdrückte sie den Impuls, ihm mit dem Finger über die Wange, die Augenbrauen und die Lippen zu streichen, um die lebendige Wärme seines Atems zu spüren.

Dann dachte sie an Cruz' linke Hand, an die Verletzung, die von der Gefahr und dem Schmerz der Vergangenheit sprach.

Ob mein Vater auch derartige Narben hat? überlegte sie, während sie auf die dunkle, gewundene Straße sah. Hat sich Mutter deshalb von ihm scheiden lassen? War sie es leid, darauf zu warten, daß er eines Tages tot nach Hause käme?

Auf diese Fragen gab es keine Antworten, denn ihre Mutter hatte sich rundheraus geweigert, über Jamie Swann und ihre Eheprobleme auch nur ein einziges Wort zu verlieren. Ebensowenig hatte Swann von Ariel jemals anders als mit Wehmut in der Stimme erzählt.

Einen Augenblick lang sah Laurel den Mann an, der neben ihr auf dem Beifahrersitz saß. Im Dämmerlicht des Armaturenbretts bildete Cruz einen Schattenriß. Er saß leicht vornüber gebeugt, als wolle er seine verletzte Rippe schonen, aber die Falten in seinem Gesicht rührten von gesammelter Konzentration und nicht von Schmerzen her. Seine gesamte Intelligenz war im Einsatz.

Laurel konnte sich selber derartig konzentrieren, wenn sie von einem neuen Design träumte oder davon, eine komplizierte Metallform in dreidimensionales Leben zu verwandeln. Aber nie zuvor war sie einem anderen Mann begegnet, der diese Fähigkeit besaß zu existieren, im Mittelpunkt jeden Augenblicks, ohne Gedanken an Dauer außer dem direkten, lebendigen *Jetzt.*

Sie überlegte, wie Cruz wäre, wenn er seinen Argwohn ablegte und sich entspannte. Falls er das jemals tat. In so einem Job wachte ein Mann, der sich im Schlaf überraschen ließ, oft niemals wieder auf. Das Leben am Rande des Abgrundes führte zu instinktivem Argwohn gegen den Rest der Welt, der jeder Form der Entspannung im Wege stand.

Wie bei ihrem Vater, der trotz seines breiten Lächelns häufig plötzlich witternd die Augen zusammenkniff.

Als Cruz eine weitere Nummer eingab, drangen eigenartige Laute aus dem Telephon. Laurel verstand genug Spanisch, um zu verstehen, worum es ging.

Schwarz zu Schwarz.

Als sie sich den Außenbezirken von Paso Robles näherten, legte Cruz schließlich das Telephon weg und lehnte sich zurück. Das Geräusch, das er machte, als der Sitz das Gewicht seines Körpers auffing, klang wie ein Seufzer der Erleichterung oder aber einfach erschöpft. Laurel wußte es nicht.

»Wie geht es deinen Rippen?« fragte sie.

»Immer noch da.«

»Meinst du, daß vielleicht Aspirin hilft? Ich habe ein paar Tabletten in meiner Handtasche.«

Cruz wollte mit den Schultern zucken, fuhr zusammen und fluchte.

»Schaden wird's kaum«, sagte er. »Kannst du hinter den

Beifahrersitz greifen? Da muß irgendwo eine Flasche Wasser sein.«

Eine Hand am Lenkrad lehnte sich Laurel nach hinten, tastete ein bißchen herum und zog schließlich die Wasserflasche hervor. Trotz der unbequemen Haltung hielt sie den kleinen Mietwagen mitten auf der Straße, genau wie dort, wo sich die schmale Straße durch die Berge in das kalifornische Great Central Valley schlängelte.

Cruz bedankte sich.

Er nahm die Wasserflasche, fand die Aspirintabletten in Laurels Handtasche und schluckte ein paar davon. Dann lehnte er sich abermals zurück und ließ die Nacht vorbeigleiten.

»Besser?« fragte Laurel leise.

»Nicht so gut wie ein doppelter Scotch, aber akzeptabel.«

»Scotch, he? Ich trinke lieber Wein. Und Brandy, wenn es ein wirklich langer Tag am Arbeitstisch war.«

Cruz lächelte.

Dann drehte er den Kopf und betrachtete Laurels Gesicht, auf dem die Lichter des Armaturenbrettes tanzten. Ihre Augen waren katzengleich, fast reines Gold, und ihre Wimpern warfen verzerrte Schatten, die sich mit jeder Bewegung ihres Kopfes veränderten. Die Beleuchtung betonte ihre hohen Wangenknochen, die tiefen Höhlen, die darunter lagen, und die Dunkelheit ihrer Lippen. Die Hände wirkten fast zerbrechlich in dem eigenartigen Licht, aber sie hielt das Lenkrad kraftvoll umspannt.

Falls Laurel diese Musterung bemerkte, zeigte sie es nicht. Sie fuhr den Wagen sehr gut, holte soviel wie möglich aus ihm und der Straße heraus, ohne sich dabei zu verkrampfen. Ihr Blick wanderte unablässig umher, wirkte allerdings nicht im geringsten nervös. Sie überprüfte lediglich die Gänge, Spiegel und die Windungen der Straße, die aus der Dunkelheit auf sie zugerast kam.

»Du fährst sehr gut«, sagte Cruz.

Laurel lächelte leicht. »Überrascht es dich?«

»Die meisten Frauen hätten mich auf dem Weg durch die Berge pausenlos im Wagen herumgeschleudert.«

»Die meisten Männer wohl ebenfalls«, kam die trockene Erwiderung.

Cruz lachte, zuckte zusammen und sah dann wieder Laurel an. Das lenkte ihn von seinen Rippen ab.

»Hat dir dein Vater auch das Autofahren beigebracht?« fragte er.

»Auch?«

»Er hat dir gezeigt, wie man mit einer Pistole umgeht, nicht wahr?«

»Ja. Aber Fahren habe ich alleine gelernt. Ich habe ein paar Stunden genommen, aber das ist Jahre her.«

»Rennen?«

Laurel schüttelte den Kopf. »Ich wollte nur gut fahren können.«

»Warum?«

Sie sah ihn flüchtig an. Es war das erste Mal, daß sie den Blick von der Straße nahm, während sie mit ihm sprach. Eins der Dinge, die sie während der Fahrstunden gelernt hatte, war, daß man mit jemandem sprechen konnte, ohne ihn dabei anzusehen.

Aber Gesichtsausdrücke erkannte man dabei nicht.

Cruz sah wie immer aus: angespannt, hart, intelligent, konzentriert.

»Ich mag das Gefühl nicht, etwas aufs Geratewohl zu tun«, sagte sie und wandte den Blick wieder der Straße zu.

»Und was, wenn ich darauf bestehen würde, das Steuer zu übernehmen?«

»Es käme darauf an, wie gut du es machst. Ich mag es nicht, wenn jemand schneller fährt als er kann, auch ich selbst nicht. Darum habe ich einen Kurs belegt, um meine Reflexe zu trainieren und meine eigenen Grenzen, die Grenzen des Wagens oder der Straße abzuschätzen.«

»Ein durch und durch beherrschter Mensch, he?« sagte Cruz.

»So wie du?« entgegnete sie.

»Ich ziehe die Bezeichnung ›unabhängig‹ vor.«

»Das mögen die meisten lieber.«

Cruz wies wortlos auf eine Abbiegung, und Laurel folgte ihr, ohne zu fragen, wohin es ging.

»Du bist also gerne unabhängig«, sagte er. »Lebst du deshalb alleine?«

»Ist das eine Umschreibung der Frage, warum es keinen Mann in meinem Leben gibt?«

»Warum? Nein. Aber wenn es einen Mann gibt, ist er dann für das trainiert, was dir bevorsteht?«

»Was, wenn ich dafür trainiert bin?«

»Ein trainierter, kompetenter Mann ist immer besser im Einzelkampf als eine Frau, es sei denn, du sprichst von Falken und Tauben.«

»Je von der Möglichkeit der Mitte gehört?« fragte sie.

»Und was ist, wenn die bösen Jungs auch schon davon gehört haben?«

»Was, wenn nicht?«

»Willst du etwa dein Leben darauf verwetten?« schoß Cruz zurück. »Bist du etwa bereit, deine Körperkraft und dein Selbstverteidigungstraining mit meinen Fähigkeiten zu messen?«

»Mach dich nicht lächerlich.«

»Das tue ich nicht. Du bist diejenige, die sich lächerlich macht.«

»Ich passe auf mich selbst seit meinem sechzehnten Lebensjahr auf«, sagte Laurel steif.

»Aber nicht gegen Kerle wie die, mit denen du es jetzt zu tun hast.«

Cruz zeigte auf eine weitere Abbiegung. Direkt dahinter blinkten die Lichter eines kleinen Flughafens.

»Bieg direkt hinter dem Schild nach rechts«, sagte Cruz.

Die Straße führte durch ein offenes Tor auf die Taxispur des Flughafens. In einiger Entfernung sah Laurel die klaren Umrisse eines bereitstehenden Geschäftsflugzeugs. Es war ein beachtliches Gerät. Womit auch immer die Risk Ltd. handelte, offenbar machte sie einen beachtlichen Gewinn.

»Halt neben dem Flugzeug an«, sagte Cruz.

Laurel parkte neben dem linken Motor, der bereits lief.

Cruz stieg nicht aus.

»Ich will, daß du mitkommst«, sagte er.

»Was, wenn ich nicht will?«

Cruz' schwarze Wimpern senkten sich, so daß seine Augen nicht viel mehr waren als zwei blitzende Striche vor dem dunklen Hintergrund seines Gesichts.

»Dann«, sagte er, »würde ich denken, daß du zu verrückt bist, um dein Leben zu retten, und würde mich entsprechend verhalten.«

»Das heißt?«

»Du bist eine intelligente Frau. Also kannst du dir denken, was das heißt.«

Über dem Verdeck des Wagens rumorten die Motoren des Flugzeugs. Eine dunkelhaarige Frau in einer adretten Uniform wartete oberhalb der kurzen Treppe. Offensichtlich waren die vor jedem Flug erforderlichen Kontrollen bereits erfolgt. Jetzt mußten nur noch die Passagiere an Bord.

»Ein Jet komplett mit Stewardeß«, sagte Laurel.

»Und so etwas wie du will eine Frau von heute sein«, entgegnete Cruz. »Sie ist die Pilotin.«

»Eins zu null für dich. Was machen deine Rippen?«

»Unkraut verdirbt nicht.«

»Du bildest dir allen Ernstes ein, du könntest mich die Treppen hochschleifen, während ich trete und schreie?«

»Das werde ich nicht ausprobieren.«

»Ist auch besser so. Vor allem, wenn ich dir erzähle, daß ich sieben Jahre lang Taekwondo gemacht habe.«

Cruz zog die Brauen hoch. »Eine vielseitige Frau.«

»Und unabhängig.«

Mit diesen Worten betätigte Laurel die Handbremse, stellte den Motor ab und streckte die Hand nach der auf dem Rücksitz liegenden Ledertasche aus. Dann wandte sie sich Cruz zu, dessen Blick sie schier außer Gefecht setzte.

»Ich dachte, du hättest es eilig«, sagte Laurel.

»Habe ich auch. Aber nicht, wenn ich allein gehe.«

»Ich komme mit.«

»Danke.«

Während er sprach, hob er seine rechte Hand und strich mit dem Daumen über Laurels Unterlippe, berührte sie sanft wie ein Kuß. Als sie hörbar einatmete, übertraf die Schmerzlichkeit seines Verlangens noch den Schmerz seiner Rippen.

Er wußte, daß er es nicht sollte, aber er mußte über ihr fließendes Haar fahren und konnte nicht sagen, ob er sie näher zog oder sie freiwillig herüberkam. Alles, was jetzt zählte, war ihr warmes Gesicht und ihr Atem so rein wie diese Nacht. Er strich einmal mit seinen Lippen über ihren Mund, und dann noch einmal, ehe er sich gewaltsam zurückzog.

»Aber ich behalte mir das Recht vor, nach Hause zurückzukehren, wann ich will«, flüsterte sie.

»Das ist fair«, sagte Cruz und fügte lautlos hinzu: »Zumindest im Augenblick.«

Er stieg aus, nahm ihre Hand und drückte sie sanft.

»Ich werde auf dich aufpassen.«

»Ich weiß. Aber darum komme ich nicht mit.«

Mit zusammengekniffenen Augen sah Cruz in Laurels ihm zugewandtes Gesicht. Langsam, um ihr Zeit zu geben sich abzuwenden, beugte er sich über ihren Mund. Dieses Mal war der Kuß weniger sanft, vertrauter, voller Leidenschaft. Sie reckte sich ihm entgegen, mit demselben Vertrauen und derselben Leidenschaft, und kostete ihn ebenso wie er sie.

Es war, als stünde er direkt neben einem Blitz. In Cruz' Körper wallte harte Hitze auf. Stöhnend zog er sie an sich und ließ sie spüren, wie es um ihn stand. Sie gab ebenfalls einen Laut von sich, der Überraschung oder aber Zustimmung sein konnte. Er erwartete, daß sie sich ihm entwand, doch das geschah nicht. Sie wurde weich und schmiegte ihren geschmeidigen Körper an ihn in ihrerseitigem Verlangen.

Abrupt richtete er sich auf. Er führte Laurel zum Flugzeug und verfluchte sich den ganzen Weg die Treppe hinauf dafür, daß er jede Regel seines Berufs über den Haufen geworfen hatte. Sanfte Küsse waren auch gegen die Regeln seines Privatlebens. Herauszufinden, ob sie ihn ebenso begehrte wie er sie, war elender Dilettantismus.

Er tröstete sich mit dem Gedanken, daß ihn der Zwischenfall wenigstens von seinen Rippen abgelenkt hatte… da es nur noch um einen dreißig Zentimeter tiefer gelegenen Körperteil ging.

»Bringen Sie uns nach Hause«, sagte Cruz zu der Pilotin, als sie an Bord gingen. »Schnell.«

Hinter ihm und Laurel schloß sich geräuschlos die Tür. Sobald sie einander gegenüber Platz genommen hatten, ließ die Pilotin die Motoren für eine letzte Überprüfung an. Wenige Augenblicke später schob sich das Flugzeug behende vorwärts, wendete und glitt auf eine Abflugbahn hinaus. Der Start verlief ohne Störung.

Die ganze Zeit über sprach Cruz kein einziges Wort mit Laurel und sah sie auch nicht an.

»Sehr eindrucksvoll«, wiederholte sie.

»Leute zu schützen ist unser Geschäft.«

»Ich habe dich nicht angeheuert.«

»Das ist egal.«

»Was, wenn ich beschließe, alleine von dort zu verschwinden, wohin du mich bringst?«

»Diese Brücke werden wir niederreißen, wenn wir angekommen sind.«

Cruz lehnte sich vor und drehte einen Knopf, der das Licht in der Kabine dämpfte.

Nach ein paar Augenblicken wurde Laurel klar, daß er nicht versuchte, das geeignete Ambiente für eine Verführung zu schaffen. Er blickte auf die Erde hinab, auf die Landschaft, die das Mondlicht mit messerscharfen Schatten überzog. Seine Augen suchten den Boden unter ihnen ab.

Laurel starrte aus ihrem Fenster und überlegte, was Cruz in dem Gewirr aus Schatten und Silberlicht sah, das ihn derart zu fesseln schien.

»Wohin fliegen wir?« fragte sie nach einer Weile.

»Wenn du eine ebenso gute Geologin wie Gesteinsforscherin wärst, dann würdest du die zerklüftete Linie unter uns erkennen«, sagte Cruz.

»Wo?«

»Siehst du die Linie, die die Hügel dort drüben zerteilt?«

Laurel spähte in die Dunkelheit hinaus. Mondlicht war wesentlich trügerischer als Sonnenschein. Es dauerte einen Moment, ehe sie sah, was Cruz gemeint hatte.

»Die da?« Sie zeigte hinaus.

»Ja.«

»Was ist das?«

»Die Sankt-Andreas-Spalte. Das perfekteste Beispiel einer Verwerfung, das es in Westamerika gibt. Eines Tages werde ich einen ganzen Monat damit verbringen, an ihr entlangzuspazieren.«

»Es geht nichts über Urlaub und Bewegung in frischer Luft«, war Laurels trockener Kommentar.

Cruz lachte vergnügt auf trotz des Schmerzes, der in seine Rippen schnitt.

»Unsere Flugroute läuft entlang der Sankt-Andreas-Spalte nach Süden und dann in die Wüste hinaus«, sagte er. »Danach biegt eine Abzweigung der Spalte nach Westen, in Richtung eines Ortes namens Anza-Borega, westlich des Salton-Beckens.«

»Warst du früher mal Geologe?«

»Nein. Aber es gefällt mir, das Chaos aufzuspüren, das Mutter Erde uns vor die Füße wirft, um sicherzustellen, daß wir nicht vorzeitig einschlafen.«

Eine Weile schwiegen sie beide, während Laurel den riesigen Bruch unter ihnen beobachtete. Hin und wieder warf sie Cruz verstohlene Blicke zu, aber er sah nicht ein einziges Mal von der zerklüfteten Landschaft auf. Er konzentrierte sich genauso eisern darauf, wie er das Schießduell mit dem Mordgesindel ausgefochten hatte.

Auch Laurel war von der Erde fasziniert, allerdings auf eine andere Art. Sie liebte die winzigen Formationen der Schönheit und Farbe, die die Erde schuf, die Edelsteine und Achate und die Materialien, die sie in Schmuckstücke verwandelte.

Langsam lehnte sie sich in ihrem Sitz zurück. Im Augenblick war der Mann wichtiger, dessen Knie nur durch wenige Zentimeter von ihren Beinen getrennt waren. Er sah die Erde an und erblickte Chaos und Gewalt, die er gewohnt war. Der Großteil seines Lebens wurde von Gewalt dirigiert.

Dennoch war er nicht einfach ein Automat, ein aufziehbarer Mörder. Er war intelligent, skrupellos und beängstigend wachsam, außerdem fähig zu erstaunlicher Zärtlichkeit. Die Verbindung von Stärke, Intelligenz und Sanftmut erschien ihr so ungewöhnlich wie verführerisch.

Auf jeden Fall ist es um mich geschehen, gestand sich Laurel leise ein. Ich bin ebenso Cruz' wegen in diesem Flugzeug wie aus irgendeinem anderen Grund. Das spricht nicht gerade für meine Intelligenz, aber so ist es nun mal.

Als spüre er Laurels inneren Aufruhr, blickte Cruz plötzlich auf.

»Keine Angst«, sagte er. »Du hast dich richtig entschieden. Darauf kannst du wetten.«

»Das habe ich bereits getan.«

Sie hatte ihr Leben gesetzt.

16

Es war bereits nach Mitternacht, aber in den Galerien des Hudson Museums herrschte immer noch hektische Aktivität. Unter Flutlicht, Arbeitslampen und Spots flitzten Kuratoren und Arbeiter eilig hin und her, stellten Schaukästen zusammen und hängten Gemälde an weißen Wänden auf. Der einzig ruhige Punkt inmitten des Wirrwarrs war Damon Hudson selbst.

»Vielleicht ist es besser, die gesamte Ausstellung abzusagen«, meinte er barsch.

Alexej Nowikow machte sich noch nicht einmal die Mühe, von seiner Arbeit aufzusehen.

»Ein bißchen mehr nach rechts«, sagte er. »Nein. Das ist zuviel. Weiter nach oben. So ist es besser.«

Nowikow beugte sich weiter vor und richtete sein Augenmerk auf ein silbergoldenes Fabergé-Tischservice, das der Hilfskurator in einem hochbeinigen Schaukasten arrangierte.

»Bei diesem Durcheinander werden wir keinesfalls rechtzeitig fertig«, nörgelte Hudson.

Nowikow ignorierte ihn immer noch und legte seinen eleganten Kopf schräg, um die Wirkung des Arrangements zu studieren. Im Verlauf der Jahre hatte er des öfteren mit Hudson zu tun gehabt, sowohl in den Vereinigten Staaten als auch in Rußland. Nowikow verachtete den arroganten Industriellen, aber er ließ sich freilich nichts anmerken.

»Schwarzer Samt«, sagte er zu seinem Assistenten. »Es wäre doch sicher nicht allzuviel Mühe, hier in Los Angeles richtig *schwarzen* Samt aufzutreiben? Dieser Müll hat einen gelben Schimmer. Wir brauchen etwas, das der Farbe der Nacht in Moskau entspricht.«

»Heute ist Dienstag…«, setzte Hudson an.

»Seit ein paar Minuten erst«, unterbrach ihn Nowikow kühl.

»…was bedeutet, daß die Ausstellung meinen Erwartungen nicht entsprechen kann, selbst wenn Sie sie für die Vorbesichtigung morgen fertigbekommen. Ich will eine Weltklasseausstellung und kein drittklassiges Sammelsurium, das vom Standard her in die dritte Welt gehört.«

Endlich blickte Nowikow auf, wobei er die blassen Brauen in gespielter Überraschung nach oben zog.

»Regen Sie sich nicht auf, Mr. Hudson. Die Ausstellungsstücke werden wunderbar arrangiert. Wir haben noch unendlich viel Zeit.«

Hudson sah in Nowikows theatralisch perfektes Gesicht und auf sein seidiges, flachsblondes Haar. Er hatte eine echte Abneigung gegen Homosexuelle, aber nicht aus den üblichen Gründen. Er betrachtete Homosexuelle, genau wie heterosexuelle Männer, als Konkurrenz. Instinktiv war er der Überzeugung, daß sein eigener Schwanz der einzige sein sollte, der überhaupt zur Anwendung kam, egal, wann und egal, wo.

»Am liebsten würde ich Sie und Ihre Wanderausstellung rausschmeißen«, knurrte Hudson. »Allmählich glaube ich, daß alle Russen Lügner und Betrüger sind.«

»Ich darf also annehmen, daß das der Grund für Ihre plötzliche chauvinistische Verärgerung ist?«

Hudson starrte zornig auf einen Wandbehang aus rotem Samt, der einst die Zierde einer kleinen Kapelle in St. Petersburg gewesen war. Jetzt steckte das Prachtstück in einer Plastikhülle, die an einer Südwand der Galerie angebracht werden sollte.

»Ihre Landsleute haben jeden Sinn für Loyalität verloren«, sagte er in ätzendem Ton.

»Warum? Nur weil sich die neue russische Republik geweigert hat, Ihr erstes Angebot anzunehmen, als es um das Entgelt für die Ehre ging, unsere Ausstellung auszuleihen?«

Hudson starrte ihn wortlos an.

»Sie wissen doch sicher, wie teuer es geworden ist, internationale Ausstellungen zu arrangieren«, fuhr Nowikow durchaus vernünftig fort. »Sie haben in Ihrem unermüdlichen Bestreben, der einflußreichste Kunstmäzen in Los Angeles zu werden, doch sicher genügend solcher Ausstellungen finanziert.«

Plötzlich erschienen rote Flecken auf Hudsons bleichen Wangen.

»Verspotten Sie mich nicht«, sagte er. »Ich bin großzügig, wenn es um Kunst und Künstler geht, aber ich habe schon stärkere Männer in die Knie gezwungen, als Sie es sind!«

Nowikow konnte sich gerade noch beherrschen. Er hatte Hudsons Ärger und Arroganz seit einer Stunde ertragen und darauf gewartet, daß der Dollarfürst einen Fehler machte und den Verbleib der Rubin-Überraschung zur Sprache brachte.

Hudson hatte gemäß Nowikows Informationen den Sowjets jahrelang gute Dienste erwiesen, weil es seinen eigenen Interessen entsprach. Es war durchaus möglich, daß er den wahren Wert der Rubin-Überraschung herausgefunden und sie deshalb stehlen lassen hatte.

Aber Hudson hatte nichts gesagt, was darauf hinwies, daß er der Dieb des kaiserlichen Eis war.

»Ich würde niemals jemanden verspotten«, erwiderte Nowikow kühl. »Ich bin lediglich ein Patriot. Ich höre es nicht gern, wenn jemand Mütterchen Rußland attackiert, auch nicht, wenn dieser Jemand der Krösus Damon Hudson ist.«

Die Flecken auf Hudsons Wangen vertieften sich.

»Ich bin seit Jahren ein Freund des russischen Volkes«, sagte er. »Es gab Zeiten, in denen mich diese Freundschaft eine Menge gekostet hat, sowohl persönlich als auch von der professionellen Seite her. Ich habe Millionen Dollar aus meiner Privatschatulle für die Sache Rußlands ausgegeben, einschließlich der drei Millionen, die mich diese Ausstellung bisher gekostet hat!«

Nowikow musterte Hudson. Er wirkte tief verstimmt. Seine Augen blitzten, seine Wangen brannten, und seine dichten silbernen Augenbrauen waren zusammengezogen. Nowikow wartete ab und überlegte, ob er Hudson weiter ködern solle, in der Hoffnung, auf diese Weise etwas über die Rubin-Überraschung zu erfahren.

»Beispielhaft«, murmelte er. »Selbstverständlich weiß ich auch, daß Sie für Ihre Unterstützung des russischen Volks stets reich belohnt worden sind.«

»Diese Unterstützung hat mich mehr gekostet, als je mit Geld aufzuwiegen ist«, entfuhr es dem selbstlosen Stifter. »Und was bekomme ich für meine lebenslange Freundschaft und für all die Opfer, die es zu bringen galt?«

Ehe sich Nowikow eine passende Antwort überlegen konnte, machte Hudson auf dem Absatz kehrt und blickte mit angewidert in die Luft geworfenen Armen um sich.

»Nichts als eine schlampige Sammlung von Ikonen und Altargemälden, Tabaksdosen und Zigarettenkästen, ein paar unbedeutende Gemälde aus dem Sozialistischen Realismus und eine Handvoll Propagandaposter drittklassiger Stalinisten.«

Er wandte sich wieder Nowikow zu und schritt drohend näher.

»Wo ist das Fabergé-Zeug?« fragte er.

Nowikow versuchte ihn zu fixieren. Jeder normale Mensch hätte das Thema vermieden, wenn er am Verschwinden des Eis beteiligt gewesen wäre. Aber Hudson war kein normaler Mensch. Seine Frage bewies weder seine Unschuld noch seine Schuld.

»Es wird gerade ausgepackt und aufgestellt«, sagte Nowikow. »Schauen Sie es sich doch an.«

»Den Krempel da meine ich nicht. Wo sind die kaiserlichen Eier von Fabergé? Ich will sie hier haben, damit man sie sehen kann. Wo die Presse sie sehen kann!«

»Warum sind denn gerade die Eier von solcher Bedeutung?« fragte Nowikow nonchalant. »Die japanische Kulturpresse hat ihnen kaum Bedeutung geschenkt. Sie haben sie als grell und kulturell bedeutungslos abgetan.«

Hudson wischte die Frage mit einer Handbewegung fort.

»Die Japaner denken, daß ein Gegenstand tausend Jahre alt und irgendwie als Waffe zu gebrauchen sein muß, um wertvoll zu sein«, sagte er. »Aber wir Amerikaner haben mehr Geschmack. Wir erkennen Kunsthandwerk und Schönheit, egal, wie alt etwas ist.«

»Bemerkenswert«, Nowikows Stimme triefte.

»Hör mir gut zu, du rotznasiger Iwan. Ich habe den wichtigsten Kunstkritikern der *New York Times,* der *Los Angeles Times* und anderer bedeutender Medien für Mittwoch eine Vorbesichtigung versprochen.«

»Die amerikanische Kunstpresse wird willig an den Trog getrottet kommen«, biß Nowikow zurück. »Sie brauchen nicht so zu tun, als wenn diese smarten Pinsel von Bedeutung wären.«

Hudson richtete sich zu seiner ganzen Größe auf und ragte mit dem wütenden Blick eines alttestamentarischen Patriarchen über dem kürzer geratenen Kurator auf.

»Diese Ausstellung ist von großer Bedeutung für meinen Ruf«, bellte er. »Vor allem jetzt, da diese Journalistenziege Toth hinter mir herschnüffelt und mich in Verlegenheit bringen will mit alten Geschichten.«

Es gelang Nowikow kaum, ruhig zu bleiben.

»Fabergé soll mir die Titelseiten sichern«, sagte Hudson barsch. »Die kaiserlichen Eier werden meine Ausstellung – und mein Museum! – in die Schlagzeilen bringen. Also rück die Eier raus, Söhnchen, und zwar dalli.«

»Die Fabergé-Eier werden von Spezialisten untersucht, um festzustellen, wie sie den Transport überstanden haben.« Nowiko suchte den verstimmten Magnaten zu besänftigen, was ihm nicht gelang.

»Wo sind sie?« fragte der drohend.

»Sie werden gebracht, sobald der Rest der Ausstellung fertig ist. Bis dahin werden sie – wie sagen Sie so schön – sicher hinter Schloß und Riegel verwahrt.«

»Zeigen Sie mir diese gottverdammten Eier!«

Unter der Oberfläche des hochangesehenen Kurators fluchte Nowikow wie ein Kulak. Er hatte sich für diesen unangenehmen Moment eine Geschichte zurechtgelegt, aber gehofft, sie Hudson vielleicht nicht auftischen zu müssen.

»Heute nachmittag sind die Eier an ihrem Platz«, sagte er zuversichtlich.

Hudson knurrte. »Jedes einzelne?«

»Außer einem«, sagte Nowikow und winkte ab. »Es hat während des Transports einen kleinen Schaden erlitten.«

»Welches der Eier?«

»Einer der Hilfskuratoren ist mit ihm nach Moskau zurückgeflogen, wo es repariert wird. Innerhalb von achtundvierzig Stunden ist es wieder hier.«

»Die Vorbesichtigung durch die Presse findet bereits in dreißig Stunden statt. *Welches der Eier fehlt?*«

Nowikow seufzte. »Die Rubin-Überraschung.«

»Moskau?« brüllte Hudson. »Wollen Sie mir allen Ernstes erzählen, daß das gottverdammte Ei im Augenblick in Moskau ist?«

Ein paar der Russen drehten sich nach Hudson um. Seine eigenen Leute hingegen blieben völlig ungerührt, Hudsons Temperament war seinen Angestellten bestens bekannt. Das einzige, was sie interessierte, war, daß sein Zorn diesmal nicht ihnen galt.

»Himmel«, schnauzte er. »Warum hat man mir das nicht

eher gesagt? Ich habe diesen Zeitungen eine nationale Sensation versprochen – die erste Ausstellung eines lange verlorenen zaristischen Kunstschatzes in Amerika!«

»Natürlich wollten wir, daß das Ei für Ihre Ausstellung in perfektem Zustand ist«, warf Nowikow beschwörend ein.

»Also reparieren Sie das verdammte Ding in Los Angeles!« schrie Hudson. »Wir haben, weiß Gott, genügend Russen in der Hill Street, um ein neues Ei machen zu lassen, ganz zu schweigen davon, daß sie ein altes reparieren können!«

Plötzlich tauchte Gapan in der Nähe auf. Er sah aus wie ein proletarischer Gorilla auf einem dekadenten Künstlerfest.

Hudson starrte ihn finster an, angewidert von seinem zerfurchten Äußeren. Er hatte gehört, daß seine Arbeiter darüber spekulierten, ob Nowikow und der häßliche Russe ein Verhältnis miteinander hatten. Auf jeden Fall baute sich Gapan schützend neben dem geschmeidigen, eleganten Kurator auf.

Nowikow blickte Gapan an und wandte sich dann wieder Hudson zu.

»Moskau ist der einzige Ort, an dem es noch größtenteils intakte Fabergé-Werkzeuge und Werkstätten gibt«, sagte er geduldig. »Wenn es auf dem Ei irgendwelche Spuren von Bearbeitung gibt, dann werden sie von denen Fabergés nicht zu unterscheiden sein.«

»Das ist die Höhe«, zischte Hudson. »Ich werde den Kultusminister verständigen. Er wird Ihnen wegen dieser Sache in die Eier treten! Das heißt, wenn Sie überhaupt welche haben.«

»Eier?« Dann erinnerte sich Nowikow daran, was der vulgäre Ausdruck bedeutete, und lachte. »Oh, ja. Seien Sie versichert, daß ich welche habe und daß ich sie so häufig benutze wie Sie Ihre.«

Gapans Miene versteinerte.

»Ersparen Sie sich lieber die Peinlichkeit, den Minister zu

verständigen«, fügte er leise hinzu. »Er ist viel zu beschäftigt, um sich mit einer solchen Nebensächlichkeit wie der Reparatur von ein paar Goldfäden zu befassen.«

Hudson öffnete den Mund, doch Nowikow gestattete sich keine Pause.

»Diese Ausstellung umfaßt einhundertdreiundfünfzig Fabergé-Kunstwerke, von denen bisher kein einziges im Westen zu sehen war. Sie werden doch sicher nicht dadurch um die Bewunderung der nationalen Speichellecker gebracht, daß ein einziger dieser Gegenstände für ein paar Stunden fehlt?«

Hudson wollte widersprechen, aber der Alkohol-Adrenalinstoß legte sich, und er verspürte eine unendliche Leere in seinem Inneren. Er schloß kurz die Augen und fühlte sich erschöpfter als zu irgendeinem anderen Zeitpunkt, seit er die Behandlung in Rumänien begonnen hatte.

»Nutzen Sie doch die Zeit, um sich ein wenig auszuruhen und sich Ihre Rede noch einmal anzusehen«, lockte Nowikow. »Die Ausstellungsstücke werden alle rechtzeitig zur Vorbesichtigung am Mittwoch an ihren Plätzen sein.«

Hudson sah in des Russen seltsam helle Augen und hatte das Gefühl, als weiche der Rest der Welt von ihm. Die sanfte Tenorstimme war das reinste Streicheln. Einen Augenblick lang überlegte er, wie es wohl wäre, mit einem Mann zu schlafen.

Falls Nowikow ein Mann war. Instinktiv bezweifelte er es. Kein Mann war so schön, so ... verführerisch. Auf jeden Fall kein Mann, dem Hudson je begegnet war.

Mit einem Madonnenlächeln legte Nowikow die Hand auf Hudsons Arm.

»Wenn Sie wollen«, sagte er, »assistiere ich Ihnen, die Journalisten herumzuführen. Ich kann ihnen einige Stücke zeigen, die vom künstlerischen Standpunkt her das rote Ei weit übertreffen.«

Hudson atmete tief ein, wobei ihm Alexej Nowikows schwacher, exotischer Duft in die Nase stieg. Er schüttelte den Kopf und schwor sich stumm, nie wieder Wodka zu trinken, egal, wie gestreßt er war. Er vertrug ihn einfach nicht mehr. Der Alkohol unterminierte seinen Sinn für die Realität.

Genau wie Claire Toth.

Er fluchte lautlos und versuchte, den Rest seiner sich verflüchtigenden Konzentration zusammenzuhalten.

»Ich habe enorme Summen in diese Ausstellung investiert«, sagte er.

»Genau wie Rußland, mein Freund«, versicherte ihm Nowikow. »Die Ausstellung ist wichtig für den Wiederaufbau guter Beziehungen zwischen Völkern, die allzu lange durch eine beklagenswerte Ideologie getrennt waren. Stimmt's nicht, Gapan?«

Gapan blickte zwischen Nowikow und Hudson hin und her und erwiderte etwas auf russisch. Hudson wußte nicht, was die Worte bedeuteten, aber er bezweifelte, daß es sich um Schmeicheleien handelte. Gapan kam ihm wie ein Mann vor, der sich weder Gott noch Lenin jemals beugen würde, und noch viel weniger einem Kapitalisten wie ihm.

»Ah, Gapan«, sagte Nowikow und schüttelte den Kopf. »Das neue Rußland braucht Freunde, wenn es überleben will. Darum durftest du mit auf diese Goodwill-Tour. Freunde kann man nicht kaufen. Man muß sie gewinnen.«

Gapan sah ihn gelangweilt an.

»Ignorieren Sie ihn einfach«, Nowikow schüttelte sich wie eine Jungfrau. »Er ist ein – wie heißt es, ein Überrest – aus der alten Zeit.«

»Ein Überbleibsel«, sagte Hudson.

»Genau das meine ich.«

Nowikow drückte »gewinnend« Hudsons Arm.

»Sie sollten sich ausruhen, mein Freund«, murmelte er. »Wir brauchen Sie in Ihrer gewohnten Stärke. Diese Ausstellung ist Rußlands Geschenk an den Rest der Welt, ein Signal unseres Wunsches, mit allen anderen Völkern in Harmonie zu leben.«

»Und dabei Geld zu verdienen«, ergänzte Hudson säuerlich.

»Aber natürlich.« Nowikow lächelte. »Gerade Sie haben doch sicher Verständnis für unsere finanziellen Schwierigkeiten. Ein paar hunderttausend Dollar sind übrigens kein allzu großes Opfer für einen Mann, der so reich ist wie Sie, nicht wahr?«

»Ihre Regierung knöpft mir drei Millionen ab für das Privileg, diese Ausstellung auszurichten, und das wissen Sie ganz genau.«

»Trotzdem.« Nowikow zuckte elegant mit den Schultern. »Nicht übertrieben viel, nicht wahr? Schließlich sind Sie ein Multi.«

»Hat die russische Habgier eigentlich mit ihren sozialistischen Idealen ihre Grenzen über Bord geworfen?« wollte Hudson wissen.

Nowikow musterte Hudson mit leicht schräggelegtem Kopf.

»Wenn Sie das Gefühl haben, daß der Preis für die Ausstellung zu hoch war, wenden Sie sich am besten an den zuständigen Minister«, sagte er. »Ihre Freundschaft wird von ihm hoch geschätzt.«

»Nicht möglich!« Hudson starrte Nowikow wütend an. »Warum dann dieses falsche Spiel?«

»Bitte, was ist ein *falsches Spiel*?«

Schweigen erstreckte sich zwischen ihnen, bis das Murmeln der Arbeiter im Hintergrund dagegen laut erschien.

»Ich weiß nicht, ob Sie Teil dieses Erpressungsplanes sind oder nicht«, knirschte Hudson schließlich. »Wenn ich zu einer Entscheidung komme, werden Sie es als erster erfahren. Bis dahin *holen Sie mir dieses Ei zurück.*«

Mit diesen Worten ließ Hudson den Kurator stehen.

Nowikow sah ihm nach, wie er den blankpolierten Marmorkorridor hinunterstelzte und dann durch die bogenförmigen zehn Meter hohen Ebenholztüren in sein Allerheiligstes entschwand.

»Gapan«, sagte Nowikow zwischen den Zähnen.

»Ja.«

»Finden Sie dieses Aas von Toth. Ich will mit ihr reden. Auf der Stelle!«

17

Laurel erwachte in der Dunkelheit. Orientierungslos und noch im Halbschlaf, versuchte sie sich zurechtzufinden.

In dem kleinen Schlafzimmer war es ruhig und kühl. Sie trug ein leichtes Baumwollhemd und war mit einer weichen Decke zugedeckt. Wie lange sie geschlafen hatte, war nicht feststellbar, nirgends gab es eine Uhr. Einziges Zeitzeichen war der schmale Streifen blendend weißen Lichts, der die Umrisse eines mit schwerem Stoff verhangenen Fensters verriet.

Einen Augenblick lang betrachtete Laurel das Licht. Es war von einer brennenden Intensität, als wäre es durch ein Kristallprisma gezwängt und vergrößert worden.

Wüstenlicht.

Langsam erinnerte sich Laurel an Einzelheiten der vergangenen Nacht. Im kühlen weißen Mondlicht hatte sich eine karge Landschaft trockener Berge und welliger Dünen gezeigt. Sie lag unter ihnen ausgebreitet, als der Jet zum Landen ansetzte auf dem Privatflugplatz der Risk Ltd.

Risk Ltd.

Cruz Rowan.

Ihr Vater und die Rubin-Überraschung.

Die Bilder kamen mit solcher Vehemenz zurückgeflutet, daß sich Laurel abrupt aufsetzte. Mit klopfendem Herzen dachte sie an die wilde Schießerei. Wieder spürte sie die Kälte des Zementbodens unter ihrem Körper, während Cruz' Gewicht sie bedeckte, niederhielt und vor den Kugeln verbarg. Dann spürte sie den warmen, sanften Druck seines Daumens auf ihrem Mund und die heißen, nachdrängenden Lippen.

Energisch warf Laurel die Decke zurück und sprang aus dem Bett. Unter ihren nackten Füßen lag ein glatter, sauberer und kühler Kachelboden.

Besser als der Boden in meinem Arbeitsraum, dachte sie.

Aber ihr Herz klopfte immer noch zu heftig, zu schnell. Das lag zum Teil an ihrer Angst. Zum Teil aber auch an etwas anderem.

Ich frage mich, ob die Risk Ltd. ein Rezept weiß, eine verrückte Frau davor zu schützen, sich mit Männern wie Cruz Rowan einzulassen, überlegte sie. Wahrscheinlich nicht. Es gibt einfach nicht genug Männer wie ihn, um so ein Geschäft lukrativ zu machen.

Zu schade, denn ich werde jede Hilfe brauchen, die ich kriegen kann. Ein zerrissenes Land ist dem Untergang geweiht, wie eine zerrissene Frau der gedankenlosen Wollust. Oder dem Liebesleid.

Laurel war von ihren Gedanken überrascht.

»Nein«, sagte sie sich schnell. »Das nicht. Niemals. ›Wie die Mutter, so die Tochter‹ gilt nicht für mich.«

Rasch ging sie ans Fenster und zog die schweren Vorhänge auf. In einer blitzenden gelbweißen Flut stürzte das Sonnenlicht herein. Laurel blinzelte und wartete, bis sich ihre Augen daran gewöhnt hatten. Nach einer Weile tauchte eine trockene, felsige Landschaft aus der blendenden Helligkeit auf.

Es gab nicht viel zu sehen. Abgesehen von ein paar vereinzelten Gebäuden und der geteerten Landebahn, die sich wie eine tote, schwarze Schlange unter der Sonne wand, war die Wüste öde und leer. Laurel war isoliert, allein, eine Fremde in einem fremden Land.

Ihre Hände umklammerten die Vorhänge, als sie um Verständnis rang, warum sie Cruz Rowan so sehr vertraut hatte, ihm an diesen gottverlassenen Ort zu folgen.

»Ich war in Gefahr«, flüsterte sie.

»War ich das wirklich?« fragte sie sich gewissenhaft.

Wieder hörte sie in ihrem Innern die Schießerei, spürte das Zusammenzucken von Cruz' Körper, als er die Kugeln aufgefangen hatte, die ihr gegolten hatten.

»In Ordnung«, sagte sie. »Ich war in Gefahr und jetzt bin ich in Sicherheit. Jetzt muß ich nur noch einen Weg finden, um es Dad zu erzählen. Einen Weg, der Cruz nicht direkt zu ihm führt. Aber was für ein Weg könnte das sein?«

Diese Frage hatte Laurel sich hartnäckig gestellt, ehe sie endlich eingeschlafen war. Früher hätte sie gedacht, daß sich ein Funktelephon nicht verfolgen ließ.

Aber nach dem, was sie gestern erlebt hatte, bezweifelte sie es. Außerdem mußte sie davon ausgehen, daß jedes Telephon der Risk Ltd. direkt an ein Tonbandgerät angeschlossen war, wenn nicht gar an eine Mithöranlage.

Unglücklich starrte sie auf das Telephon, das auf ihrem Nachttisch stand.

»So nah und doch so weit entfernt«, flüsterte sie.

Plötzlich kam ihr eine Idee. Das passierte ihr oft. Ein Problem, das ihr vor dem Einschlafen Sorge bereitete, gab ihr während des Schlafs eine Lösung ein.

Sie sah auf den Nummernblock des Telephons und drückte, was sie brauchte. Drei, zwei, sechs, vier, drei, sieben.

Sie hob den Hörer ab, gab die Nummer des Piepsers ihres Vaters ein, wartete auf das Signal, wählte die sechs Zahlen der Rückrufnummer und hängte eilig auf. Insgesamt hatte sie weniger als dreißig Sekunden gebraucht.

Sie betete, das Richtige getan zu haben, und sah sich nach ihren Kleidern um. Sie waren nirgends zu sehen. Außer dem hauchdünnen grünen Nachthemd, das sie gestern abend auf der zurückgeschlagenen Bettdecke gefunden hatte, trug sie nichts am Leibe.

Sie ging zum Kleiderschrank und öffnete ihn. Abgesehen von einem dünnen Baumwollmorgenmantel, der zu dem

Nachthemd paßte, hing dort nichts. Sie nahm den Morgenmantel von seinem Bügel und zog ihn an. Noch während sie den Gürtel zuband, trat sie in den kühlen Flur hinaus, sah in beide Richtungen und wandte sich dann dem erhellten Raum zu, den sie an einem Ende sah.

Eine kräftig gebaute Frau mit schimmerndem schwarzem Haar und einer Haut in der Farbe deftigroter Backsteine deckte gerade einen Tisch. Der Raum war groß, mit Terrakotta-Kacheln versehen, und die Einrichtung wies den teuren und zugleich spartanischen Stil des Südwestens auf. Die Möbel entsprangen sicher keiner Massenproduktion. Die indianischen Teppiche waren mindestens neunzig Jahre alt und es waren weder pinkfarbene Pastelltöne noch knallige Türkisstellen eingewebt.

»Guten Morgen, Miss Swann«, sagte die Frau fröhlich. «Ich bin Grace Mendoza und arbeite für die Botschafterin. Haben Sie gut geschlafen?«

»Ja, danke. Wo sind meine Kleider?«

»Im Trockner. Sie müßten fertig sein, wenn Sie gefrühstückt haben – oder zu Mittag gegessen, wie Sie wollen.«

Laurel blinzelte. »Wieviel Uhr ist es?«

»Fast elf. Cruz sagte, wir sollten Sie so lange wie möglich schlafen lassen. Klang ganz so, als hätten Sie eine anstrengende Nacht gehabt.«

»Zum Teil.« Laurel blieb einsilbig. »Wo ist Mr. Rowan? Ich muß ihn sofort sprechen.«

Leicht belustigt musterte Mendoza Laurels Aufmachung, aber sie enthielt sich jeden Kommentars.

»Ich habe gesehen, wie er vor ein paar Minuten mit Hauptfeldwebel Gillespie in den Gymnastikraum ging«, sagte sie.

Laurel erinnerte sich daran, wie Cruz sie dazu überredet hatte, ihn zu begleiten. Er hatte gesagt, er wäre zu verletzt, um alleine zu fahren.

»In den Gymnastikraum?« fragte sie ungläubig.

»Wenn er hier ist, trainiert er mindestens einmal am Tag.«

»Selbst, wenn er eine gebrochene Rippe hat?«

»Cruz ist nie besonders lange verletzt.«

Das belustigte Blitzen in Mendozas dunklen Augen fand in Laurels Blick kein Echo.

»Nicht besonders lange?« fragte sie gedehnt. »Der Mann ist ein wandelndes medizinisches Wunder. Wo ist der Gymnastikraum? Ich kann es kaum erwarten, ein echtes, lebendiges Wunder zu sehen.«

»In dem Gebäude unter dem alten Pfefferbaum«, sagte Mendoza und wies mit der Hand über den Hof. »Aber möchten Sie nicht vielleicht erst ein Glas Orangensaft oder eine Tasse Kaffee? Cruz ist bestimmt gleich zurück.«

Laurel antwortete nicht. Sie eilte bereits durch die schweren Glastüren davon.

Hinter ihr griff Mendoza zum Telephonhörer und rief Cassandra Redpath an.

Obgleich der Weg, den Laurel über den Hof in Richtung Gymnastikraum nahm, schattig war, brannte die Hitze auf ihrer Haut. Genauso war es mit ihrem Zorn. Er brannte trotz des ruhigen Vertrauens, das sie Cruz Rowan gegenüber verspürt hatte.

Und trotz des Verlangens, das sie in seiner Nähe empfand, fügte sie selbstbezichtigend hinzu. Vergiß das nicht. Du hast dich kindisch leicht besiegen lassen.

Der Gymnastikraum befand sich in einem fensterlosen Betonwürfel. Er war so angelegt, daß er die Wüstensonne bestmöglich reflektierte. Laurel ging durch die schwere Tür. Drinnen blieb sie stehen, bis sich ihre Augen an die schummrige künstliche Beleuchtung gewöhnten.

Anfangs wirkte das Gebäude vollkommen ruhig, doch dann hörte Laurel gedämpftes Stöhnen und schweres Keuchen.

»Los, du Riesenochse. Zeig mir, woraus du gemacht bist.«

Laurel erkannte die Stimme von Cruz. Wenn er immer noch Schmerzen verspürte, hörte man es ihm zumindest nicht an.

Sie ging mit langen Schritten auf den Übungsraum zu, versessen darauf, ihn zur Rede zu stellen.

»Du bist langsam, weißer Junge. Zu langsam, zu langsam. Wo ist deine Schnelligkeit? Hast du sie vielleicht im Flugzeug gelassen? Sollte das ein Angriff sein, oder kratzt du dich gerade am Arsch?«

Die spöttische Stimme hatte einen Oxfordakzent, den eine schottische Satzmelodie und eine amerikanische Dehnung weicher werden ließ. Laurel folgte der Stimme zu einer Glaswand, durch die sie die Übenden erblickte.

Cruz trug einen schwarzen Judokittel und eine weite Hose. Er war barfuß. Während Laurel zusah, umkreiste er im Uhrzeigersinn eine dicke weiße Übungsmatte. Seine Arme hingen locker herab und seine Augen fixierten einen großen, muskulösen, sehr dunkelhäutigen Mann, der ihm gegenüber ebenfalls um die Matte schlich. Beide Männer suchten nach einer Lücke in der Deckung des Gegenübers, so wie ein Mungo nach einer Kobra Ausschau hält.

Erst später wurde Laurel klar, daß der Hauptfeldwebel nicht nur sonnengebräunt, sondern von Geburt an dunkelhäutig war. Und wie seine Hautfarbe zeigten auch seine Augen, Nase und Mund Züge zweier Rassen.

Gillespie war gut zwanzig Zentimeter größer als Cruz. Sein kahlgeschorener Kopf glänzte vor Schweiß. Der Hauptfeldwebel bewegte sich mit der Agilität und Kraft eines professionellen Athleten in bester Verfassung. Auch er war barfuß. Er hatte eine gebückte Stellung eingenommen, die unbeholfen wirkte, es ihm allerdings ermöglichte, die Richtung zu ändern, ohne seinen Schwerpunkt zu verlagern.

Die beiden Männer waren so miteinander beschäftigt, daß sie Laurels Gegenwart nicht spürten. Sie beobachtete sie mit einer Mischung aus Zorn und Faszination. Nie zuvor hatte sie zwei derart kraftvolle und zugleich geschmeidige Männer im unbewaffneten Kampf gesehen.

»Du kippst«, stichelte Gillespie. »Du verrätst dich.«

Unverhofft machte der Hauptfeldwebel kehrt und begann in die entgegengesetzte Richtung zu kreisen.

»Verdammt«, sagte Gillespie angewidert. »Warum trägst du nicht gleich ein Neonschild?«

Wie um das Gesagte zu unterstreichen, machte er einen Schritt vor, drehte sich auf einem Bein und holte zu einem blitzschnellen Schwingtritt auf Cruz' linke Brusthälfte aus.

Cruz hatte mit dem Angriff gerechnet und drehte sich bereits danach um. Er fing Gillespies Fuß mit beiden Händen und zog ihn ruckartig hoch. Der Hauptfeldwebel machte einen brillant koordinierten Salto durch die Luft und rollte in Standposition durch.

Aber Cruz war derjenige, den Laurel beobachtete. Cruz, der gerade mindestens neunzig Kilo Hauptfeldwebel herumgewirbelt hatte. Cruz, der sie geküßt hatte, als wäre sie die erste und zugleich letzte Frau auf der Welt.

Cruz, der sie systematisch belogen hatte. Sie hatte ihn zum Flughafen gefahren, weil er behauptet hatte, er wäre zu angeschlagen, um selbst zu chauffieren. Er hatte ihr sogar netterweise erklärt, daß er sie nicht an Bord schleppen würde.

Bei der Erinnerung zuckte Laurel zusammen. Trotz ihrer sieben Jahre Kampfsporterfahrung bliebe sie gegen Cruz keine sieben Sekunden im Ring. Darüber hinaus hatte er gewußt, daß er sie zwar ins Flugzeug zerren, aber ohne Handschellen und eine Gefängniszelle nicht hätte halten können.

Wieder umkreisten die beiden Männer einander, täuschten und testeten sich mit einem schweißtreibenden Vergnügen, das nur Männer verstanden.

Laurel öffnete die Glastür zum Übungsraum, ohne daß einer der beiden Notiz von ihr nahm.

»Was sagst du jetzt, alter Junge?« Cruz ahmte spöttisch Gillespies britischen Akzent nach. »Wieviel habe ich verloren?«

»Ich sage, daß du schnell kompensieren kannst«, Gillespie ließ sich nicht anfechten. »Laß mal sehen, wie lange du durchhältst, Bürschchen.«

»Solange ich muß.«

»Gut«, sagte Laurel von der Tür. »Jetzt brauche ich mich wenigstens nicht mehr schuldig zu fühlen wegen der Kugeln, die du bebekommen hast.«

Cruz fuhr herum und rechnete sich in Windeseile seine Chancen aus. Ein einziger Blick verriet ihm, daß nichts, was ihm einfiele, ausreichen würde, um ihr ihre Empörung über das Täuschungsmanöver zu nehmen.

»Nimm's nicht so schwer«, sagte er geschwind. »Du hast ja keine Ahnung, wie es ist…«

»Vergiß es«, sagte Laurel spitz. »Ich weiß, wann ich zum Narren gehalten werde, weil es in jemandes Pläne paßt. Zu schade, daß ich nicht…«

»Süße, wenn du bitte…«

»…soviel Spaß an derartigen Spielen habe wie du, aber es ist genau wie beim Solitär. Auch da hat nur einer den Spaß.«

»Laurel, ich habe…«

Sie sprach weiter, als hätte sie ihn nicht gehört.

»Ich werde diesen Ort verlassen, und zwar Sierra Betty Walter Mike«, sagte sie in eisigem Ton.

Cruz blinzelte, und Laurel wandte sich an Gillespie.

»Sie haben recht«, sagte sie. »Cruz ist ein bißchen langsam heute. ›So bald wie möglich‹ ist wohl nicht allzuschwer zu verstehen. Und das ist der Zeitpunkt, zu dem ich gehe. SBWM.«

»Nein«, erwiderte Cruz gepreßt.

Gillespie sah von Laurel zu Cruz.

»Doch«, erwiderte sie, ohne ihn auch nur eines Blickes zu würdigen.

»Du hast gesagt …«, begann Cruz, nur um abermals unterbrochen zu werden.

»Ich nehme an, deine Arbeit wäre leichter, wenn ich dumm, langsam und leicht zu gängeln wäre, aber manchmal kommt es eben anders als man denkt«, höhnte sie.

Gillespie unterdrückte nur mit Mühe ein Lächeln. »Und das ist im Augenblick der Fall, he?«

»Allerdings«, stimmte sie ihm zu. »Also ruf deine Pilotin oder deinen Chauffeur oder sonst wen an. Ich verschwinde.«

»Nein«, sagte Cruz.

Genau wie Gillespie, der allerdings ruhiger sprach: »Das wäre unvernünftig, Miss Swann.«

»Also hat Cruz mich auch in diesem Punkt angelogen«, stellte Laurel fest. »Ich bin eine Gefangene.«

»Sie sind ein hochgeschätzter Gast«, verbesserte der Hauptfeldwebel.

»Falsch. Niemand weiß einen Dummkopf zu schätzen. Vor allem, wenn es sich um einen so großen Dummkopf handelt, wie ich es war.« Sie wirbelte zu Cruz herum. »Du bildest dir ein, ich würde dir helfen, Dad zu finden.«

»Laurel, Süße, ich …«

»Halt die Luft an, bis du schwarz wirst, *Süßer*. Die Farbe steht dir am besten!«

Sie machte auf dem Absatz kehrt und verließ den Gymnastikraum.

Beide Männer hätten sich besser gefühlt, wenn sie die Glastür zugeworfen hätte. Aber das tat sie nicht.

Sie stürzten gleichzeitig zum Telephon, doch Cruz gewann.

Laurel bemerkte kaum das grelle Sonnenlicht, als sie zum Hauptgebäude zurückstürmte. Mendoza deckte immer noch den Tisch. Zorn und Erniedrigung röteten Laurels Wangen, als hätte sie sich zu lange in der Wüstensonne aufgehalten.

»Die Botschafterin möchte mit Ihnen sprechen«, sagte die Haushälterin. »Sie ist in ihrem Büro.«

»Es würde mir nicht im Traum einfallen, sie dort zu belästigen«, erwiderte Laurel kühl und wandte sich ab.

»Es wäre keine Belästigung«, widersprach Mendoza und fügte hinzu, als hätte Laurel sie danach gefragt: »Die nächste Stadt liegt in Richtung Osten.«

Laurel blieb stehen. »Wie weit?«

»Über fünfzig Meilen.«

Fünfzig Meilen.

»Falls Sie vorhaben zu laufen«, sagte sie, »warten Sie lieber, bis es dunkel wird.«

Laurel öffnete den Mund, doch kein Ton kam heraus.

»Ich bin Soboba-Indianerin«, fuhr Mendoza ruhig fort. »Mein Volk zieht seit fünfhundert Jahren sommers wie winters durch dieses Land. Keiner von uns würde versuchen, auch nur fünf Meilen unter der Sonne zu wandern, da kann von fünfzig erst recht nicht die Rede sein.«

Laurel atmete tief ein und versuchte ihre aufsteigende Panik zu unterdrücken. Man hatte sie in eine Falle gelockt.

»Sprechen Sie mit der Botschafterin«, sagte Mendoza. »Sie ist sehr gut, wenn es um solche Dinge geht.«

»Wo ist die Waschküche?« fragte Laurel grimmig.

»Den Flur hinunter, die dritte Tür links.«

Laurel ging los.

»Sie sollten wirklich mit der Botschafterin sprechen«, rief Mendoza ihr nach.

Laurel blieb nicht stehen. Durch das Tempo ihrer Schritte hob sich der zarte Morgenmantel und schleifte wie ein gebrochener Flügel hinter ihr her.

18

Der billige Lautsprecher ließ die Balalaikamusik angemessen blechern klingen. Der Sommersmog erinnerte Damon Hudson an den Moskauer Dunst. Auf den Bürgersteigen drängten sich unförmige Frauen in billigen Hauskleidern; auf den Bänken in den Parks saßen mürrische alte Männer, die rauchten und sich aus den Mundwinkeln heraus miteinander unterhielten, als hätten sie Angst, jemand würde ihre alltäglichen Gespräche belauschen. Highland Park in West Los Angeles war fast wie der Gorki Park an einem heißen Sommertag.

Hudson haßte es. Obgleich er einen zivilen Kreuzzug aus seiner Liebe zur Sowjetunion und der Sowjetbevölkerung gemacht hatte, sah die Wahrheit wesentlich komplizierter aus. Er liebte den Osten, verachtete jedoch die bärbeißigen Bewohner des Landes.

Selbst nach siebzig Jahren Sowjetreform und -herrschaft hielt Hudson die Russen für ein griesgrämiges, stinkendes, abergläubisches Volk. Millionen waren im Großen Vaterländischen Krieg gegen Hitler gestorben, und auf ihren Leichen hatte man die Millionen anderer Toten aufgehäuft, die in Gulags und Todeslagern von Weißrußland bis Sibirien gestorben waren.

Trotz all dieser Toten und der jüngsten politischen Umwälzungen hatten die Russen selbst sich kaum verändert. An diese unschöne Wahrheit wurde Hudson jedesmal erinnert, wenn er in die Emigrantengemeinde in West Los Angeles kam, und deshalb mied er die Gegend für gewöhnlich.

Heute machte er eine Ausnahme. Davinian fühlte sich in seiner heimischen Umgebung sicher wohler. Mit dem Alter war der Juwelier richtiggehend sentimental geworden. Er genoß die gewohnte Atmosphäre Mütterchen Rußlands wie andere alte Männer die Sommersonne.

Hudson wollte, daß Davinian sich bei ihrer letzten Begegnung so wohl wie möglich fühlte.

Der Juwelier saß ruhig unter einem verblühten Jacaranda-Baum. Mit seinem kahlen Schädel und den knochigen Gliedern sah er wie ein kümmerlicher Vogel aus. Er trug eine Sonnenbrille mit einem runden Metallgestell, aber sie vermochte nicht, das Altersblinzeln seiner Augen zu verhindern. Er blickte direkt an Hudson vorbei, ohne ihn zu erkennen.

»Davinian.«

»Ah, Damon.« Der alte Juwelier drehte sich nach der Stimme um. »Aus der Richtung hatte ich dich nicht erwartet. Ich habe deine Limousine gar nicht vorfahren sehen.«

»Ich bin gelaufen.«

»Gelaufen?« Davinian schüttelte den Kopf. »Als nächstes wirst du noch anfangen zu joggen, nur um wieder jung auszusehen.«

»Hier, ich habe dir Eistee aus dem Krimrestaurant mitgebracht.«

Während Hudson sprach, suchte er in der Papiertüte herum, die er mitgebracht hatte. Als seine Hand wieder zum Vorschein kam, hielt sie einen Plastikbecher, in dem Eiswürfel und Flüssigkeit herumschwappten. Nachdem er Davinian seinen Becher gegeben hatte, griff er abermals in die Tüte und holte sein eigenes Getränk heraus.

»Zitrone?« fragte Davinian mit schräggelegtem Kopf.

»Ein doppelter Schuß Zitrone wie immer«, erwiderte Hudson.

Er öffnete seinen Becher und nippte vorsichtig daran. Dann setzte er sich auf die Bank.

»Danke«, sagte Davinian und prostete ihm zu. »Es ist ziemlich warm heute.«

Er trank schweigend von dem dunklen, bitteren Tee und beobachtete die anderen alten Männer, die in der Nähe saßen, das Sonnenlicht genossen, das durch die zarten Blätter fiel, und dem leisen Jammern der Balalaika lauschten.

»Ich liebe diesen Ort«, sagte er schließlich. »Er ist genauso wie das Viertel, in dem ich aufgewachsen bin. Eines Tages muß ich noch einmal nach Moskau zurück, um zu sehen, wieviel sich dort verändert hat.«

»Ich war letzten Monat dort«, sagte Hudson. »Es hat sich viel weniger verändert, als du dir vielleicht wünschst.«

»Vielleicht in den gesellschaftlichen Kreisen, in denen du verkehrst. Der Futtertrog ist immer noch derselbe, und die fettesten Schweine fressen immer noch zuerst.« Davinian nippte abermals an seinem Tee und seufzte. »Aber dort unten, wo wir anderen leben, ist inzwischen alles ganz anders.«

»Bist du sicher?« fragte Hudson in neutralem Ton.

»Die Generäle sind an ihren Plätzen geblieben, aber die Leute, die meine Kollegen waren – die Obersten, Majore und Feldwebel – sind alle verschwunden. Alle.«

»Soll das heißen, daß du nichts herausgefunden hast?«

Davinian zuckte mit seinen dünnen, hängenden Schultern.

»Ich habe etwas herausgefunden, aber nicht viel«, sagte er. »Es gibt eine ganze Generation von Männern, guten Männern, fähigen Männern, die in gewissem Sinne meine Kameraden waren. Man hat ihnen die Macht genommen, als wären sie alle auf einen Schlag senil geworden.«

»Erspar mir diesen Jammerbericht«, sagte Hudson. »Im Gegensatz zu ihnen spiele ich immer noch mit. Und ich brauche alle Informationen, die ich nur kriegen kann.«

Davinian winkte mit seiner Greisenhand müde ab. Er trank noch etwas Tee und zog das Gespräch in die Länge, als hätte er für den Tag nichts anderes mehr geplant.

»Ich habe ein paar Dinge über die Frau in Erfahrung gebracht, über Toth«, sagte er. »Es ist genau, wie du vermutet hast. Sie hat mehrmals für Moskau gearbeitet, indem sie Geschichten verbreitete, deren Verbreitung für die Russen von Interesse war.«

»Was für Geschichten?«

»Es gab kein bestimmtes Muster. Ihre erste bemerkenswerte Arbeit fertigte sie an, als sie noch sehr jung war und aufs College ging. Das war während der Olympischen Spiele hier in Los Angeles.«

»Die Russen haben die Olympiade boykottiert.«

Davinian nickte.

»Die Zweite Delegiertenkammer schickte damals Drohbriefe an einige schwarzafrikanische Delegationen«, sagte er. »Man tat so, als kämen die Briefe vom Ku Klux Klan. Es war ein Versuch, die Organisatoren der Spiele in Verlegenheit zu bringen.«

»Ziemlich primitiv.«

»Mit simplen Methoden kommt man oft am weitesten. Nun denn, die Verantwortlichen der Spiele fingen die Briefe ab und lenkten sie um. Der gesamte Plan wäre gescheitert, wenn nicht irgendwer Kopien von den Briefen an deine Miss Toth geschickt hätte. Sie veröffentlichte sie in der Collegezeitung, so daß der Zwischenfall schließlich internationale Beachtung fand.«

Davinian sah Hudson erwartungsvoll an.

»Das hilft mir auch nicht weiter«, sagte Hudson kühl. »Das ist doch ein alter Hut.«

»In jüngerer Zeit«, fuhr Davinian fort, »war Toth ungewöhnlich hilfreich, als es darum ging, das schwere Fehlverhalten eines amerikanischen FBI-Agenten anzuprangern. Es war eine Riesengeschichte, die ihren Ruhm als Journalistin begründete.«

»An eine solche Geschichte erinnere ich mich nicht.«

»Bestimmt tust du das. Das FBI-Sondereinsatzteam erschoß zwei Terroristen, die den südafrikanischen Generalkonsul hier in Beverly Hills als Geisel genommen hatten. Die Schüsse fielen am Ende tagelanger Verhandlungen und Drohungen. Sogar das Fernsehen war dabei.«

Jetzt erinnerte sich Hudson, aber nur, weil er ein herzliches Verhältnis zu dem südafrikanischen Diplomaten unterhielt, der den Generalkonsul ersetzt hatte. Der Diplomat war Hudson International behilflich gewesen, als es um den Verkauf von Kohlevergasungstechnologie an sein Homeland gegangen war.

»Ich erinnere mich«, sagte Hudson. »Und was hat das Ganze mit Toth zu tun?«

»Sie war das Sprachrohr, mit dessen Hilfe unsere Leute den FBI-Agenten diskreditieren konnten, der tatsächlich geschossen hatte. Die Medien hatten ihn als eine Art Helden dargestellt, bis plötzlich behauptet wurde, die jungen Terroristen hätten vorgehabt, sich nach der Hinrichtung des südafrikanischen Generalkonsuls zu ergeben.«

Hudson sah ihn reglos an. »Sprich weiter.«

»Es gab einen Hinweis, nicht mehr, daß dieser Rowan vielleicht eine Art Selbstjustiz ausgeübt haben könnte, indem er härter mit den Terroristen umsprang, als die Gerichte es getan hätten. Diese Vermutung wurde noch durch ein Bild in der *Los Angeles Times* gestützt, auf dem der Agent bei einem Aufmarsch von Neonazis zu sehen war.«

Ohne Davinian aus den Augen zu lassen, trank Hudson von seinem Tee. Der alte Russe rutschte unruhig auf der Bank hin und her, als wären die Holzleisten plötzlich unbequem. Er nippte an seinem Tee und blickte auf den Becher, um herauszufinden, ob er noch trinken wollte oder nicht.

»Stimmt etwas nicht mit deinem Tee?« fragte Hudson. »Hier, möchtest du lieber meinen?«

»Nein, danke.«

Davinian trank noch ein wenig, aus reiner Höflichkeit.

»War das Bild eine Fälschung?« fragte Hudson.

»Natürlich. Sie hatte es von uns.«

»Aggressive Reporter machen sich selten Gedanken über die Quellen ihrer Informationen.«

Davinian winkte ab.

»Sie wußte, woher das Photo kam. Außerdem wußte sie, daß es nicht echt war. Es war sechs Monate zuvor aufgenommen worden, als der FBI-Agent verdeckt tätig gewesen war. Er führte Nachforschungen in der Neonazi-Szene durch und nahm ganz bestimmt nicht freiwillig an ihrer Demo teil.«

»Das wußte das FBI doch sicher auch.«

»Ihre Untersuchungen waren noch nicht abgeschlossen. Sie konnten unmöglich die Wahrheit sagen, ohne ihre Arbeit und diverse Informanten zu gefährden. Der Agent wurde öffentlich an den Pranger gestellt und schied schließlich unehrenhaft aus dem Dienst.«

»Und?«

»Und Toth gewann mehrere bedeutende Journalistenpreise für ihre Geschichte. Das Photo war ihr Sprungbrett zu landesweiter Bedeutung als Drachentöterin. Sie hat es nie bereut. Und wir haben nie aufgehört, sie zu benutzen.«

»Dann hatte ich also recht«, sagte Hudson barsch. »Deine alten Kollegen stecken hinter diesem Erpressungsversuch.«

Davinian schüttelte den Kopf.

»Das weiß ich nicht«, sagte er. »Die Leute, mit denen ich gesprochen habe, sind nicht mehr an der Macht. Es könnte irgendeine Operation in Gang sein, an der diese Frau beteiligt ist, aber meine Männer wären die letzten, die davon erführen.«

Hudson zischte etwas Unverständliches. »Ich muß es sicher wissen, alter Junge. Einer Tigerin wie Toth tritt man nicht mit einer nassen Nudel als Peitsche gegenüber. Ist das alles, was du herausgefunden hast?«

»Ich hatte Glück, daß ich überhaupt etwas herausgefunden habe. Die neue Regierung hat den Apparat übernommen. Meine alten Kontakte erzählen endlos, wie gelangweilt und verängstigt sie sind. Einer von ihnen würde immer noch an der Leitung hängen, wenn ich nicht schließlich aufgelegt hätte.«

»Du kannst einfach zum Telephonhörer greifen und diese Männer in Moskau anrufen?« fragte Hudson ehrlich verblüfft.

»Aber natürlich«, sagte Davinian. »Die amerikanischen Telephon- und Telegraphensatellitenverbindungen sind genauso effizient wie die, die die Sowjetunion errichtet hat.«

»Gefährlich. Man könnte euch belauschen.«

»Ich habe mit diesen Männern jahrzehntelang zusammengearbeitet. Wir brauchen nur wenig zu sagen, um uns zu verständigen. Auf jeden Fall haben meine Kameraden zu wenig Einfluß, um noch von der Geheimpolizei überwacht zu werden.«

»Das ist dann also alles, he?« fragte Hudson gehässig. »Vielleicht bezieht Toth ihre Informationen aus Moskau, vielleicht aber auch nicht.«

»Ja.«

»Sonst nichts?«

»Tut mir leid, mein Freund. Ich habe getan, was ich konnte. Ich bin dieses Spiel inzwischen leid.«

»Dann auf Wiedersehen. Ich werde dich nicht noch einmal belästigen.«

Hudson lächelte grimmig, als er seinen Plastikbecher zu einem stummen Toast hob, mit Davinian anstieß und einen großen Schluck nahm. Davinian tat es ihm gleich.

Über den Plastikrand hinweg sah Hudson den anderen Mann an. Der helle Sonnenschein betonte Davinians Blässe, seine Gebrechlichkeit noch. Er war so alt und erschöpft wie seine Kollegen auf dem Dserschinsky Platz.

Aber im Gegensatz zu ihnen war ihm das Spiel der Macht inzwischen egal. Was den Juwelier fast ebenso gefährlich für Hudson machte wie Claire Toth.

Davinian selbst schien die Bedeutung seiner Worte nicht klar zu sein. Er hob seine dunkle Brille und rieb sich die Augen. Sie waren rot und trüb, er glich einer verkaterten Eule.

»Du siehst furchtbar aus«, sagte Hudson. »Du paßt nicht sehr gut auf dich auf.«

»Ich fühle mich nicht wohl. Ich bin zu alt für dieses Spiel. Ich habe hier in der Sonne gesessen und gedöst, weil ich letzte Nacht wegen meiner Gespräche nach Rußland kaum geschlafen habe.«

Wieder vollführte er fahrige Bewegungen und wußte nicht, warum.

»Du scheinst dir keine Gedanken darüber zu machen, was Toth anstellen könnte«, sagte Hudson. »Dabei hast du ebensoviel zu verlieren wie ich.«

Davinian schüttelte den Kopf.

»Ich habe über die Sache nachgedacht, Damon. Das ist nicht das Ende der Welt. Ich habe nur noch ein paar Jahre zu leben, wenn überhaupt. Es ist mir egal, wer dahinterkommt, was ich in den letzten vierzig oder fünfzig Jahren getan habe. Selbst wenn man mich verhaftet, werde ich nicht mehr lange genug leben, um verurteilt zu werden zu Gefängnisstrafen.«

Mit einem seltsamen Lächeln wandte er sich Hudson zu.

»Weißt du«, seine Stimme klang wie Papier. »Alt zu werden hat mich frei gemacht. Bei dir ist es anders. Du bist fest entschlossen, noch viele, viele Jahre zu leben als ein junger Mann. Du hast sogar einen Brunnen relativer Jugendlichkeit aufgetan. Ich gratuliere dir.«

Hudson schwieg.

»Aber du kannst sicher verstehen«, fügte Davinian hinzu, »daß wir normal Sterblichen keinen Anteil haben an den Problemen der Unsterblichen oder Fast-Unsterblichen unter uns.«

Hudson lachte leise, doch ohne jede Belustigung.

»Deine Kollegen haben dir also von meinen Behandlungen erzählt«, sagte er.

Davinian zuckte achtlos die Schultern.

»Ich weiß es seit Jahren«, sagte er. »Es war schließlich kein Staatsgeheimnis, sondern nur eine Sache von Klatsch und Tratsch.«

Er sah Hudson an und versuchte herauszufinden, ob dieser beleidigt war. Sein alter Gesprächspartner schien sich jedoch nur für seinen Tee zu interessieren.

»Vielleicht solltest du dieser Frau, dieser Journalistin, einfach geben, was sie will«, schlug Davinian vor. »Du hast genug Geld, um selbst den habgierigsten Menschen auszubezahlen.«

»Ich weiß nicht, was sie will«, sagte Hudson geistesabwesend. »Ich bin mir noch nicht einmal sicher, daß *sie* weiß, was sie will. Zuerst klang es, als wolle sie Geld, aber dann wieder nicht. Es schien fast so, als erfinde sie die Regeln erst während des Spiels.«

»Das klingt aber nicht nach Moskau«, sagte Davinian. »Nicht einmal nach dem neuen Regime. Selbst diese neuen Jungs wissen immer, was sie wollen. Wenn Claire Toth unentschlossen ist, dann spielt sie wahrscheinlich allein. Wirf ihr einen Knochen hin und hoff einfach, daß sie sich eine Zeitlang damit zufriedengibt.«

Hudson schwieg einen Augenblick. Schließlich richtete er sich auf, als wolle er gehen.

»Wie steht's mit dir, Davinian?« fragte er beiläufig. »Was soll ich mit dir machen?«

Etwas an Hudsons Ton überraschte den alten Russen. Er ließ das Kinn sinken und spähte Hudson über den Rand seiner Brille an.

Hudson starrte zurück, als suche er nach etwas Neuem im Gesicht des Schmuckhändlers.

Davinian spürte, wie Eiseskälte in seinen Magen, seine knochigen Hüften, seine spindeldürren Beine zog.

»Was meinst du damit?« flüsterte er.

»Du bist alt geworden. Zu alt. Du hast den Spaß an unserem Spiel der Macht verloren. Das war es, was uns die ganzen Jahre angetrieben hat, der Spaß am Spiel. Die fast greifbare Erregung, die daher rührt, daß man Geheimnisse kennt und sie nutzt.«

Hudson nippte erneut an seinem Tee und blickte auf Davinians Becher, der halb leer zwischen ihnen stand.

»Keinen Tee mehr?« fragte er freundlich.

Sein Lächeln vertiefte noch die Kälte in Davinians Innerem. Schwäche erfaßte ihn, eine Vorahnung endloser Dunkelheit.

»Was hast du getan?« flüsterte er angespannt. »Ich bin krank. Hast du …«

Von einem plötzlichen Kälteanfall heimgesucht, brach er ab. Zitternd schlang er die Arme um sich in dem Versuch, die restliche Wärme daran zu hindern, aus seinem Körper zu fliehen.

»Ich?« fragte Hudson. »Ich habe nichts getan.«

Davinian hob so heftig den Kopf, daß seine Brille verrutschte.

»Es liegt an dir«, fuhr Hudson fort. »Du bist einfach zu alt für den Streß. Du solltest wirklich besser auf dich aufpassen. Ich könnte es arrangieren, daß man dir ein paar Behandlungen angedeihen läßt. Schließlich bist du mein alter Freund.«

Davinian erschauderte trotz des heißen Sommertags. Er sank gegen die Metallehne am Rand der Bank, dann beugte er sich vor, um der Kälte zu begegnen, die sich in ihm ausbreitete und die Wärme und das Leben aus seinem Körper trieb.

»Du bist ein M-monster«, flüsterte er mit klappernden Zähnen. »W-was h-hast d-du b-benutzt? Sag es mir! I-ich h-habe d-das R-recht zu erfahren, w-woran ich s-sterben w-werde!«

Hudson schüttelte traurig den Kopf.

»Wenn du weiter so wirres Zeug redest«, sagte er, »muß ich wohl gehen. Ich kann es mir nicht leisten, daß man mich mit senilen alten Armeniern und heimwehkranken russischen Juden sieht.«

Davinian versuchte auf Hudsons leisen Spott zu reagieren, aber er konnte es nicht mehr. Eine Kältewoge wie der russische Winter wallte in ihm auf. Sein schwacher, sterbender Leib wurde von Zuckungen erschüttert, die heftig, aber völlig schmerzlos waren.

Hudson sah sich unauffällig um. Niemand schien auf die beiden Männer unter dem Baum zu achten. Ihren bequemen Alltagskleidern nach zu urteilen hätten sie alte Freunde sein können, die gemeinsam in der Sonne saßen und sich wehmütig über die Vergangenheit unterhielten.

Er sah Davinian an, und einen Moment lang fühlte er so etwas wie Mitleid.

»Tut es weh, mein Freund?« fragte er sanft. »Man sagte mir, es täte nicht weh. Betrachte es als mein Abschiedsgeschenk an dich, einen schmerzlosen Tod. Das ist mehr, als die meisten alten Männer bekommen.«

Davinian kauerte auf seinem Ende der Bank. Die Zuckungen hatten ihm die Stimme geraubt. Er konnte nur noch mit den Zähnen klappern und die brechenden Augen auf den Mann richten, der sein Mörder war.

Hudson streckte die Hand aus und berührte den alten Juwelier an der Schulter wie ein Freund, der sich verabschiedet. Dann stand er auf und ging in die Richtung zurück, aus der er gekommen war.

Er drehte sich nicht um. Es gab keinen Grund. Davinian

war Teil der ohnmächtigen toten Vergangenheit. Hudson hingegen gehörte die kraftvolle, lebendige Zukunft.

Sobald er mit Claire Toth fertig war.

19

Endlich wieder in ihren eigenen Kleidern, ging Laurel zu der schweren Tür des Büros der Botschafterin, drehte prüfend den Knauf und stellte fest, daß nicht abgeschlossen war. Trotzdem zögerte sie noch. Vielleicht hätte sie doch frühstücken sollen. Sie fühlte sich hohl und leer.

»Hör auf, Zeit zu schinden«, ermahnte sie sich. »Was hast du schon zu verlieren? Wenigstens bist du inzwischen anständig angezogen.«

Die Erinnerung daran, daß sie Cruz in der Turnhalle mit nichts als zwei dünnen Baumwollfetzen bekleidet gegenübergetreten war, ließ sie erröten. Ohne anzuklopfen drehte sie den Knauf und öffnete die Tür.

Der Raum war groß, kühl, fensterlos und trotzdem taghell. An allen vier Wänden standen wunderschöne Schaukästen mit alten Manuskripten, bei denen es sich entweder um Originale oder aber um hervorragende Kopien handelte.

Des weiteren gab es zahlreiche freistehende Bücherregale. Laurel entdeckte englische, lateinische, französische, deutsche und russische Titel; ob es sich bei den ihr unbekannten fremdartigen Schriftzeichen um Chinesisch, Japanisch, Vietnamesisch, Koreanisch oder um alle vier Sprachen auf einmal handelte, wußte sie allerdings nicht. Auf jeden Fall gab es in diesem Büro genug Forschungsmaterial, um den Bibliothekar jedes Colleges vor Neid erblassen zu lassen.

Die indirekt beleuchtete Weltkarte im Mercator-Stil, die eine der Wände zierte, war zugleich eine computerisierte Weltzeituhr. Die hellsten Abschnitte der Karte zeigten die

Teile der Erde, an denen Tag war, und an den dunkleren Stellen herrschte im Augenblick Nacht.

An der gegenüberliegenden Wand hing über einem Kamin aus luftgetrockneten Ziegeln das alte, lebensgroße Porträt eines bärtigen schottischen Highland-Clanführers in einem grün-schwarzen Kilt. Der Highlander blickte mit den durchdringendsten grünen Augen in die Welt, die Laurel je gesehen hatte. Sie waren lebendig und voller Leidenschaft.

Botschafterin Cassandra Redpath erhob sich von ihrem Platz hinter dem Kirschholzschreibtisch, der ein Ende des Raumes einnahm. Auf seiner blankpolierten Oberfläche stand nichts außer drei Telephonen und dem großen ledergebundenen Buch, in dem Redpath gelesen hatte, ehe Laurel eingetreten war.

»Wie geht es Ihnen, Miss Swann?« fragte sie. »Wie ich von Cruz hörte, haben Sie einen recht anstrengenden Abend hinter sich.«

Als Laurel näher trat, entdeckte sie, daß Cassandra Redpaths Augen dasselbe Grün aufwiesen wie die des Highlanders – nur, daß ihr Blick noch durchdringender war.

»Einigermaßen«, erwiderte Laurel. »Aber ich fühle mich, als wäre ich in das Loch des Weißen Kaninchens gefallen.«

»Dann wäre ich also die Herzkönigin.« Redpath lächelte verbindlich.

»Ich hoffe nicht«, antwortete Laurel. »Mit ihr hatte Alice nicht allzuviel Glück.«

Jetzt lachte Redpath von Herzen.

»Ich glaube, wir werden sehr gut miteinander zurechtkommen«, sagte sie und setzte sich wieder. »Machen Sie es sich bequem, während ich Ihnen die Welt beschreibe, in die Sie plötzlich hereingestolpert sind.«

Die Botschafterin strahlte dieselbe wendige Intelligenz und denselben grundsätzlich guten Willen aus, der Laurel veranlaßt hatte, Cruz Rowan zu vertrauen. Unter den gegebenenen Umständen war das kein allzu beruhigender Gedanke. Auch Cruz hatte sie schließlich buchstäblich in die Wüste geführt.

Mit einem letzten Blick durch den Raum ging Laurel zu einem der Lederstühle, die vor Redpaths Schreibtisch standen. Als sie Platz nahm, blickte sie auf den riesigen Lederband, der offen auf dem Tisch lag. Die Sprache war kyrillisch und die Farbphotographien zeigten Fabergé-Kunstwerke.

»Sie haben eine bemerkenswerte Manuskriptsammlung«, sagte Laurel. »Originale, nehme ich an?«

»Soweit wie möglich. Eine Kopie enthält häufig Fehler, da kann der Schreiber auch noch so sorgfältig gearbeitet haben. Wenn nötig, lasse ich nicht erhältliche Bände abphotographieren. Aber den Bildern fehlt die gewisse Strahlkraft, die das Original besitzt.«

»Ich habe schon vorher alte Bücher und Manuskripte in Museumsqualität gesehen«, sagte Laurel, während sie sich erneut umsah. »Aber nie zuvor so viele in den Händen eines Privatsammlers.«

»Ich bin keine Sammlerin«, sagte Redpath. »Ich bin Forscherin.«

»Immer noch?«

»Allerdings.«

»Cruz sagte, Sie wären die Chefin der Risk Limited«, wunderte Laurel sich. »Woher nehmen Sie dann die Zeit für Ihre Forschungen?«

Redpath faltete die Hände, stützte ihr Kinn darauf und sah Laurel an. Diese Art der Musterung gab Laurel das Gefühl, als versuche die Botschafterin sie zu lesen wie ein Manuskript, dessen Sprache ihr nicht gänzlich unbekannt war.

»Ich leite die Risk Limited, aber die meiste Arbeit mache ich hier von meinem Schreibtisch aus«, sagte Redpath. »Cruz und die anderen führen fast die gesamte Feldarbeit selbständig durch. Sie rufen von Zeit zu Zeit an, damit ich mir keine allzu großen Sorgen mache, aber ich habe sie extra wegen ihrer Eigeninitiative, ihrer Fähigkeiten und ihrer Unabhängigkeit ausgewählt. Sie brauchen mich nicht.«

Laurel erinnerte sich an etwas, das ihr Vater einmal gesagt hatte, und lächelte. »Solche Männer für sich arbeiten zu lassen, ist dasselbe wie eine Herde Katzen zu hüten.«

Redpaths Lachen war so lebendig wie ihr Blick.

»Genau«, sagte sie. »Also versuche ich es gar nicht erst. Statt dessen widme ich mich lieber meiner ersten Liebe.«

»Ideen«, murmelte Laurel und sah sich abermals um. »Sie verändern sich, sie bleiben gleich, und nie vermitteln sie genug an unaussprechlicher Wahrheit, um uns zufriedenzustellen.«

In Redpaths grünen Augen blitzte es beifällig auf. Sie fing an zu verstehen, weshalb Cruz Laurel mitgebracht hatte, statt sie in irgendeinem namenlosen Hotel unter Bewachung zu stellen.

Oder sie als Köder zu benutzen.

»Wenn alle meine Männer wären wie Cruz«, sagte Redpath, »dann würde ich wahrscheinlich nie gestört. Er ist ein Einzelgänger. Das ist seine größte Schwäche. Und seine größte Stärke.«

»Ein Hoch auf Cruz Rowan«, murmelte Laurel. »Gottes Geschenk an die Gemeinde der Spione.«

Redpath zog die ingwerfarbenen Brauen hoch.

»Hat Cruz Sie schlecht behandelt?« fragte sie.

»Wollen Sie wissen, ob er mich verhauen oder Baby genannt oder in den Hintern gekniffen hat? Nein.«

»Das ist eine große Erleichterung für mich«, erwiderte die Botschafterin trocken. »Einen Augenblick lang dachte ich schon, ich müßte doch einmal versuchen, dem Kater Manieren beizubringen.«

Laurel lächelte widerwillig.

»Was hat Cruz Ihnen dann getan?« fragte Redpath.

»Er hat mir weisgemacht, er hätte sich, als er mir das Leben rettete, ernsthaft verletzt. Mit diesem Trick hat er mich dazu gebracht, ihn zum Flughafen zu fahren. Dann hat er gedroht...«

Ihre Stimme erstarb. Cruz hatte ihr nicht gedroht. Nicht ganz.

»Dann hat er gesagt«, verbesserte sie sich, »wenn ich nicht mit ihm käme, würde er daraus den Schluß ziehen, ich wäre zu dumm, um mich selbst zu schützen, und würde entsprechende Maßnahmen ergreifen. Aber natürlich stünde mir die Entscheidung frei.«

Laurels Wangen brannten, als sie sich an ihre törichte Überzeugung erinnerte, sie wäre dem verletzten Cruz eine mehr als würdige Gegnerin. Und noch erniedrigender war, daß er sie aus Barmherzigkeit in dem Glauben ließ, sie hätte die Situation im Griff.

Das war ein Witz, dachte Laurel. Natürlich auf meine Kosten. Ich hatte die Situation von dem Augenblick an nicht mehr im Griff, in dem Cruz in mein Haus spaziert kam. Ich habe ihn mit einer Waffe bedroht, und er hat mich angesehen, als begehre er mich wie sonst keine Frau auf dieser Welt.

Sie überlegte, ob Cruz letzte Nacht wohl ähnliche Träume heimgesucht hatten wie sie. Rastlose Träume. Sie dachte immer noch daran, wie durchsichtig er ausgesehen hatte, als er die schwarze Weste auszog und sein warmes Fleisch mit den brutalen Prellungen von den Kugeln zum Vorschein gekommen war. Doch zugleich sah sie die männliche Herausforderung vor sich, mit der er heute im Gymnastikraum gekämpft hatte, den schimmernden Schweiß, der seine Kraft noch zu betonen schien. Sie dachte daran, wie es wäre, von seinen Laseraugen durchleuchtet zu werden, zu spüren, wie seine großen Hände sie streichelten, dafür zu sorgen, daß Cruz das Gesicht vor Vergnügen und nicht vor Schmerz verzog...

Du bist eine Närrin, sagte sie sich ungeduldig. Er ist mehrere Nummern zu groß für dich. Er ist mehrere Nummern zu groß für jede Frau.

Aber die Bilder von Cruz brannten wie Kerzen in ihrem Gemüt.

»Als ich Cruz erklärte, ich hätte sieben Jahre lang Taekwondo trainiert, so daß es ihm schwerfallen würde, mich in das Flugzeug zu schleppen«, fuhr Laurel entschlossen fort, »widersprach er mir nicht. Aber das, was ich heute gesehen habe, hat mir gezeigt, daß Cruz weniger Schwierigkeiten gehabt hätte, mich zu überwältigen, als Grant mit Richmond seinerzeit hatte.«

Obgleich Redpath nicht lächelte, verrieten die Fältchen an ihren Augenrändern ihre Belustigung.

»Kurz und gut, Cruz hat mich angelogen«, rückte Laurel heraus. »Und es gefällt mir nicht, wenn man mich anlügt, als wäre ich ein Kind. Es ist erniedrigend.«

»Cruz hat Sie nicht belogen.«

»Na, auf jeden Fall hat er wohl kaum die Wahrheit gesagt. Vor allem nicht, was seine Rippen betraf.«

»Er wirkte heute morgen ziemlich angeschlagen«, warf Redpath ein.

»Oh, ja. Und darum springt er jetzt mit einem Vorführathleten aus Nubien im Gymnastikraum umher, der nichts unversucht läßt, ihm die Zähne auszutreten. Raten Sie mal, wem ich den Sieg wünsche?«

Die Wärme von Redpaths Lächeln überraschte Laurel.

»Finden Sie den Hauptfeldwebel gutaussehend?« fragte Redpath. »Das muß ich ihm erzählen. Es wird ihn freuen.«

»Dieser Mann hat doch sicher schon mal in einen Spiegel gesehen«, entfuhr es Laurel.

»Gillie sieht in den Augen der meisten zeitgenössischen Frauen ein wenig zu, sagen wir mal, gefährlich aus.«

»Manche Frauen haben eben eine Vorliebe für Schoßhündchen.«

»Aber Sie offenbar nicht. Darum sind Sie auch Cruz gefolgt.«

Dies war keine Frage, also antwortete Laurel auch nicht.

»Lassen Sie mich Ihnen etwas mehr über das Kaninchenloch erzählen, in das Sie gestolpert sind«, sagte die Botschafterin. »Auf diese Weise wird Ihre Entscheidung zu bleiben oder zu gehen nicht nur von Ihren Gefühlen beeinflußt.«

Redpath schob das schwere Buch beiseite und lehnte sich mitteilungsbereit zurück.

»Ich habe die Risk Limited in Anlehnung an meine Erfahrungen in der Regierungsarbeit gegründet«, sagte sie. »Aber auch aus der Überzeugung heraus, daß die menschliche Zivilisation eine neue Stufe erreicht hat. Die Welt ist ein globales Dorf geworden.«

Laurel sah auf die komplizierte Weltkarte, wo sich die Linie zwischen Licht und Dunkelheit langsam verschob.

Redpath folgte ihrem Blick. »Genau. Ohne von diesem Stuhl aufzustehen, kann ich gleichzeitig mit New York, London und Moskau sprechen, während im Nebenzimmer ein Fax aus Hongkong eintrifft.«

»Ihre Telephonrechnung muß so hoch sein wie der Schuldenberg der Vereinigten Staaten.«

»Das wäre sie, wenn uns die Telephongesellschaft nicht gehören würde. Unsere Kommunikationsabteilung hat ein System von Satellitenrelais zusammengestellt, das es mir erlaubt, in direkten Kontakt zu meinen Leuten zu treten, wo sie gerade sind. Sie müssen nur den Himmel sehen.«

»Das habe ich auf der Fahrt hierher festgestellt«, sagte Laurel. »Sehr effizient. Cruz hat wie ein Börsenspekulant herumtelephoniert.«

»Ah ja. ›Tragt Schwarz. Er erwartet euch.‹«

Laurels Augenlider zuckten. Sie konnte es nicht mit anhören, wie jemand ihren Vater anhand der Gewalttaten beschrieb, derer man ihn bezichtigte.

»Die Technologie hat sich in den letzten Jahrzehnten radikal verändert.« Jetzt kam die Forscherin zum Zuge. »Unglücklicherweise haben das die Menschen nicht getan. Menschen, die lieber aufbauen als zerstören, werden immer noch täglich mit derselben Bosheit, Trägheit und Unwissenheit konfrontiert, die die menschlichen Bemühungen seit Anfang der Geschichte plagen.«

»Es ist alles ganz eitel, es ist alles ganz eitel«, Laurel verstand das Gesagte.

»Prediger Salomo«, murmelte Redpath. »Mehr Weisheit und weniger Trost als jedes andere philosophische Traktat, das ich je gelesen habe.«

Einen Augenblick lang sah die Botschafterin auf ihre Hände. Dann hob sie wieder ihren souveränen Blick.

»Die Zivilisation braucht Männer wie Cruz Rowan, Männer, die fähig sind, Gewalt *und* Zurückhaltung auszuüben, zu handeln *und* zu denken. Cruz ist einer der scharfsichtigsten und hartnäckigsten Detektive, die ich je kennengelernt habe. Er ist ein exzellenter Leibwächter, neben seiner angeborenen Intelligenz verfügt er über ausgezeichnete Reflexe, Körperbeherrschung und Zähigkeit.«

Bilder von Cruz jagten durch Laurels Hirn, die ihre Erfahrungen mit ihm und ihre Phantasien miteinander verbanden. Der Stuhl ächzte unter ihrem Gewackel. Nie zuvor hatte sie sich zu einem Mann so hingezogen gefühlt wie zu ihm.

Sie hatte aber noch nicht entschieden, ob ihr seine Anziehungskraft auf sie gefiel.

»Kurz und gut«, faßte Redpath zusammen, »ich erwarte von all meinen Leuten ein Höchstmaß an körperlicher Belastbarkeit, seien es Männer oder Frauen. Sollte ich jemals versucht sein, mich in dieser Hinsicht von meinen Gefühlen leiten zu lassen statt von meinem Verstand, weist mich Hauptfeldwebel Gillespie mit dem größten Vergnügen umgehend darauf hin.«

Laurel dachte an das, was sie von Gillespie gesehen hatte, und zweifelte keine Sekunde daran. Der Mann hatte sie aufrichtig beeindruckt.

»Gillespie war einer der besten Männer in der Geschichte der Sonderluftwaffe der britischen Armee«, sagte Redpath. »Er hat ein paar der besten Antiterrorleute der jüngeren Geschichte trainiert. Hier bei der Risk Limited ist er der unbestechliche Richter über körperliche Tauglichkeit. Wenn er sich weigert, einem meiner Leute die Einsatzfähigkeit zu bescheinigen, dann ist derjenige aus der Sache raus, ungeachtet meiner eigenen Ansicht.«

Zu spät bemerkte Laurel die Falle, in die sie unmerklich gelockt wurde. Sie hatte die Absicht gehabt, Cruz' Lügen als Grund für ihre Abreise zu nennen, doch Redpath bewies ihr, daß ihre Reaktion unangemessen war.

»Cruz war und ist ernsthaft verletzt«, begann Redpath erneut. »Er hat einen Knorpelriß zwischen zwei Rippen. Im Augenblick trägt er ein Korsett, wie ich es seit den Zeiten meiner Großmutter nicht mehr gesehen habe. Jeder Atemzug tut weh, als würde ihm ein Messer in die Seite gerammt.«

»So sah er aber nicht aus«, widersprach Laurel.

»Vor Jahren hat Cruz einen Crashkurs darin gemacht, wie man seine Gefühle vor anderen verbirgt. Es war eine Lektion, die er recht tief verinnerlicht hat.«

»Nachdem er die Terroristen erschossen hatte?«

»Ja.«

»Das hat er mir erzählt.«

»Wirklich? Bemerkenswert.«

Redpath sah Laurel scharf an, doch dann fuhr sie fort.

»Mit einer solchen Verletzung könnte Cruz eigentlich nicht viel mehr tun als sich um die Kommunikation zu kümmern und andere leichte Tätigkeiten zu verrichten. Aber er wollte unbedingt an dem Fall dranbleiben. Und vor allem wollte er die Leitung der Nachforschungen behalten. Er scheint sich in gewisser Weise für Ihre Sicherheit verantwortlich zu fühlen ... *persönlich*.«

Laurel schwieg. Wenn sie leugnete, daß sie und Cruz sich zueinander hingezogen fühlten, würde dadurch erst recht das Augenmerk auf diese Tatsache gelenkt.

»Was also Cruz' körperliche Verfassung betrifft«, schloß Redpath ab, »so sind er und Gillespie gerade dabei, sie zu testen.«

Laurel zuckte zusammen, als sie daran dachte, was Cruz durchmachen mußte. Sie hatte ihn falsch verstanden, und das nicht zum ersten Mal. Er hatte sie nicht belogen. Er hatte ihr lediglich erlaubt, die Schlüsse zu ziehen, die sie trösteten. Wenn es die falschen Schlüsse gewesen waren, so trug sie allein die Schuld daran.

Grimmig erkannte sie, daß Cruz' Fähigkeit, ihre Gedanken zu lesen, ihr Verschwinden erheblich erschweren würde. Die Gründe, aus denen sie fliehen mußte, wurden systematisch widerlegt, so daß nur ein einziger übrigblieb, über den zu sprechen nicht in Frage kam.

Jamie Swann.

»Sie sollten Cruz' Interesse als Kompliment auffassen«, sagte Redpath. »Er ist nicht gerade als großer Galan bekannt. Wenn Sie sich natürlich mit einem anderen Detektiv sicherer fühlen würden, kommandiere ich gerne einen Ersatzmann ab.«

»Am liebsten möchte ich die Sache alleine durchstehen.«

»Sie sind viel zu intelligent, um ernsthaft zu glauben, das wäre sicherer.«

Laurel widersprach ihr nicht. Sie schloß die Augen, und wieder sah sie die Prellungen an Cruz' Brustkasten, wieder spürte sie, wie er gegen sie prallte, als die Kugel ihn traf. Ohne seinen Schutz wäre sie tot. Das wußte sie.

Sie gab es nur nicht gerne zu.

»Außerdem bin ich genau wie Cruz der Meinung, daß wir

Sie durch unsere Kontaktaufnahme in Gefahr gebracht haben«, ließ sich die Botschafterin vernehmen. »Wir werden Ihnen unsere Dienste also nicht berechnen.«

Ehe Laurel die Tatsache, daß sie sich in der Obhut der Risk Ltd. – und somit in der Obhut von Cruz Rowan – befand, in Frage stellen konnte, klopfte es.

Redpath blickte auf. »Herein.«

Gillespies Kahlkopf erschien in der Tür, er erhielt wohl ein unmerkliches Zeichen, denn er und Cruz kamen unverzüglich barfuß in die Bibliothek getrottet. Die beiden erinnerten Laurel an einen Panther und einen Puma, die in einem Museum herumstreunten: ein amüsanter Anblick, solange die Bestien satt und zufrieden waren.

Cruz starrte Laurel mit unverhohlenem Interesse an. Dann wandte er den Blick von ihr ab, als wäre sie gar nicht da.

Laurel spürte Cruz' Blick ebenso deutlich wie eine Berührung. Aus Angst, er könnte ihren inneren Aufruhr bemerken, erwiderte sie seinen Blick nicht. Statt dessen beobachtete sie Gillespie mit einem Argwohn, als wäre er tatsächlich ein personifizierter Panther.

»Miss Swann«, sagte Redpath. »Dies ist Hauptfeldwebel Ranulph Argyle Gillespie, zweiundzwanzigstes Luftwaffensonderregiment, im Ruhestand. Er ist der Leiter unserer Trainings- und Disziplinarabteilung.«

Laurel nickte und vermied es weiterhin, Cruz anzusehen.

»Außerdem ist Gillie unser Spezialist für die Zubereitung sämtlicher Speisen mit Chili«, sagte sie. »Davon abgesehen ist er recht untätig.«

Gillespie bedachte die Botschafterin mit einem Seitenblick, der durch und durch männlich war.

»Nun«, sagte Redpath mit blitzenden Augen »vielleicht nicht *vollkommen* untätig.«

Der Hauptfeldwebel richtete sich zu seiner ganzen Größe auf und legte die Hand zu einem steifen Salut an die Stirn, dessen Perfektion nur dadurch beeinträchtigt wurde, daß seine nackten Fersen nicht ordnungsgemäß knallten, als er sie aneinanderschlug.

»Mmm«, sagte er an Laurel gewandt. »Freut mich, Sie kennenzulernen, jetzt wenigstens etwas förmlicher.«

Laurel neigte ein wenig den Kopf und fühlte sich wie eine Prinzessin. Gillespie hätte nicht großartiger erscheinen können, trüge er eine Bärenfellmütze und die Uniform der königlichen Leibwache.

»Wie war das Training?« fragte die Botschafterin ruhig.

»Ich habe ihm den Arsch versohlt«, sagte Cruz und bedachte Gillespie mit einem Blick, der ihn zum Widerspruch herausfordern sollte.

»Solange ich halbe Kraft gefahren bin«, sagte Gillespie. »Was ihn natürlich, ein bißchen salopp ausgedrückt, immer noch wesentlich besser als neunundneunzig Prozent der durchschnittlichen Ärsche macht. Aber seine linke Seite ist verdammt angreifbar. Was ein guter Mann in weniger als einer Minute erkennen wird.«

»Das ist ohnehin meine schwache Seite«, schoß Cruz zurück. »Wenn du jetzt die Latte unbedingt überhöht auflegen mußt...«

Mit einer einzigen Geste brachte Redpath Cruz zum Verstummen.

»Hauptfeldwebel«, sagte sie, »ist Cruz einsatzfähig?«

Das Gesicht des schwarzen Hünen war einen Augenblick vollkommen reglos, als dächte er noch einmal gründlich über alles nach. Dann, nach einer langen Pause, die zeigte, daß er mit dem Ergebnis seiner Überlegungen nicht glücklich war, schüttelte er den Kopf.

»Er ist ausreichend fit... körperlich«, sagte er.

Dies war keine eindeutige Rückendeckung, und Cruz wußte es. Ehe er jedoch etwas erwidern konnte, ergriff Redpath das Wort.

»Wenn Sie einen Grund haben, zu einer anderen Entscheidung zu gelangen«, sagte sie an den Hauptfeldwebel gewandt, »werde ich Cruz woanders einsetzen. Bis dahin kann er auf jeden Fall weiterhin die Nachforschungen in dieser Angelegenheit leiten.«

Gillespie nickte, und die Chefin ließ es dabei bewenden.

Laurel war insgeheim amüsiert von der herablassenden Art, mit der Redpath die beiden Männer behandelte, obgleich jeder von ihnen sie wie ein Bambusrohr hätte knicken können. Doch noch während ihr dieser Gedanke kam, wurde ihr bewußt, welches der Schlüssel für den Umgang mit den beiden Männern war: Sie traten Redpath mit einer Ergebenheit gegenüber, die ehrlichem Respekt entsprang.

Und tiefer Zuneigung, zumindest, was Gillespie betraf. Der Blick, den er Redpath zugeworfen hatte, als sie ihn wegen seiner angeblichen Nutzlosigkeit verspottete, war der Blick eines Mannes gewesen, der sich seiner Wirkung auf eine bestimmte Frau völlig sicher war.

Redpath zog das große russische Buch über den Tisch.

»Es ist mir gelungen, dieses Buch von einem Freund auszuleihen, der Professor für russische Geschichte an meiner ehemaligen Universität ist. Es ist ein Katalog aus der Zarenzeit, in dem sämtliche Erzeugnisse der Fabergé-Werkstätten in St. Petersburg und Moskau aufgelistet sind. Meine Quelle versichert mir, daß es der vollständigste Katalog ist, den es zu diesem Thema gibt.«

Sie machte eine Pause und genoß das Vergnügen der Forscherin, die eine unbedeutende, aber herrlich reizvolle Tatsache enthüllt.

»Was steht darin über die Rubin-Überraschung?« fragte Cruz.

»Daß es sie niemals gab.«

»Was?« fragten Cruz und Laurel wie aus einem Munde.

»Es gibt kein Anzeichen dafür, daß je eine Fabergé-Werkstatt ein kaiserliches Ei mit einem großen, qualitativ hochwertigen Rubin als Überraschung gefertigt hat«, sagte Redpath. »Zwar war die Rede davon, und es gibt auch ein paar Stegreifskizzen, aber der Plan wurde beiseite gelegt, als kein passender Rubin aufzutreiben war.«

Einen Augenblick lang herrschte atemlose Stille im Raum.

»Reicht der Katalog bis in die Zeit vor der Revolution?« fragte Cruz.

»Ja.«

»Verdammt.«

»Eine interessante Situation, nicht wahr?« stellte Redpath fröhlich fest. »Voller Möglichkeiten. Warum treffen wir uns nicht in ein paar Minuten zum Mittagessen und diskutieren darüber?«

Es war weder eine Frage noch ein Befehl. Nicht ganz.

Cruz wandte sich um und verließ das Zimmer, ohne sich umzuschauen. Laurel verfolgte seinen Abgang, nahm jede Bewegung wahr, das Licht, das seinen Augen ein brennendes Blau verlieh, die Kraft in seinen Schritten und die unmerkliche Steifheit seiner linken Seite.

Als sie merkte, daß sie ihm unverhohlen nachstarrte, stand sie eilig auf und verließ ebenfalls den Raum.

Nachdem die Tür hinter ihr ins Schloß gefallen war, sah Redpath von ihrem Schreibtisch auf und musterte den Krieger, der in seiner gewohnt militärischen Haltung, die Hände hinter dem Rücken gefaltet, vor ihr stand. Langsam kam sie hinter dem Schreibtisch hervor und lehnte sich an die Platte, um in Gillespies klare schwarze Augen zu sehen.

»Erzähl mir den Rest«, forderte sie ihn auf.

Der Supermann ließ die Hände sinken und räkelte die Arme über dem Kopf. Dann lächelte er Redpath an und legte seine militärische Förmlichkeit ab, als hätte es sie nie gegeben. Redpath lächelte innerlich, als sie sich an Laurels Beschreibung erinnerte: ein Vorführathlet aus Nubien.

»Cruz ist hin und weg von ihr«, sagte Gillespie. »Er wäre fast vornübergekippt, als sie den Gymnastikraum betrat. Sie hat sein Hirn in Bohnenmus verwandelt. Das ist nicht gut für einen Mann mit seinem Beruf. Es ist tödlich.«

»Und ihr geht es nicht anders als ihm«, fügte Redpath hinzu.

»Allerdings. Sie hatte solche Angst, Cruz anzusehen, als er ins Zimmer kam, daß ich fast lachen mußte.«

»Aber als er ging, ist sie ihm mit ihrem Blick gefolgt.«

»Allerdings. Es gibt Männer, die würden einen Mord begehen, damit eine solche Frau sie auch nur ein einziges Mal eines solchen Blickes würdigt.«

»Ich hoffe nicht, daß Cruz an so etwas denkt«, war Redpaths trockene Erwiderung.

»Er wird sich um sie kümmern, statt sich um sich selbst oder unseren Klienten zu kümmern. Es kann einfach nicht funktionieren, Boß.«

»Normalerweise würde ich ihn in einem solchen Fall abziehen«, stimmte sie zu.

»Aber dieses Mal nicht. Warum?«

Redpath starrte gedankenvoll auf ihre Fingerspitzen, als erinnere sie sich an irgendein greifbares Gefühl, ehe sie erneut Gillespies hartem Blick begegnete.

»Oh, ich habe den Fall ein wenig verlagert«, sagte sie liebenswürdig. »Ich habe Laurel zu unserer Klientin gemacht.«

»Na toll. Und ich spiele den Leibwächter für sie.«

»Nein.«

»Cruz?« fragte Gillespie nun erbost.

»Ja. Er hat sein Leben lang die Kämpfe anderer ausgefochten. Wenn er endlich einmal etwas Eigenes hat...« Sie zuckte die Schultern.

»...besteht vielleicht die Möglichkeit, daß er sich ein wenig öffnet«, beendete Gillespie den Satz.

Redpath nickte.

»Himmel! Du bist eine unverbesserliche Romantikerin«, warf Gillespie ihr vor und zeigte auf das Gemälde des stolzen Highlanders. »Dein Großvater, der Kämpfer, wäre sicher schwer enttäuscht.«

»Wäre er das? Bist du es?«

Der Hauptfeldwebel lächelte. »Aber ich bitte dich, wenn du Interesse an Romantik hast, freut mich das.«

Redpaths Lächeln war so strahlend wie ihr Blick.

»Ah, Gillie, die besten Schotten sind Romantiker. Und die schwarzen Schotten noch mehr als die anderen.«

Gillespie hob die Botschafterin einfach hoch, bis sie auf Augenhöhe mit ihm war.

»Was wirst du tun, wenn Laurel Cruz Bescheid gibt, daß er zur Hölle fahren soll?« fragte er.

»Wird sie das?«

»Wenn er sie schützen will, muß Cruz sie benutzen. Anders erwischt er Swann niemals. Das weißt du. Das weiß Swann. Das weiß Cruz.«

Redpath nickte.

»Wenn Laurel dahinterkommt, in welcher Form sie von Cruz benutzt worden ist«, fuhr Gillespie fort, »wird sie ihm das Herz herausschneiden und es an die Krähen verfüttern.«

»Zumindest erfährt Cruz auf diesem Weg, daß er ein Herz besitzt.«

»Verdammt. Ich hoffe, bis dahin haben wir die Rubin-Überraschung, was auch immer sie ist.«

»Das hoffe ich ebenfalls. Hast du irgendwas über die Nummern in Erfahrung gebracht, die Laurel angerufen hat?«

»Die erste gehörte zu einem Funktelephon, das auf jemanden in Manhattan zugelassen ist; sein Name taucht in keiner unserer Akten auf.«

»Interessant. Und was ist mit der zweiten Nummer?«

»Das ist keine Nummer, sondern ein Code.«

Redpath zog die Brauen hoch. »Bist du sicher?«

»Ja.« Gillespie lächelte in widerwilliger Anerkennung. »Cruz hat sich da eine wirklich clevere Dame ausgesucht. Sie hat sich die Buchstaben über den Nummern auf dem Telephon angesehen, die Zahlen ausgewählt, die sie brauchte, um GEFAHR zu buchstabieren, und wieder eingehängt.«

»Wen wollte sie deiner Meinung nach warnen?«

»Jamie Swann.«

»Sie traut uns nicht, oder?«

Gillespie lachte mit zusammengebissenen Zähnen. »Wie gesagt, Cruz hat sich da kein Dummerchen ausgesucht. Was uns die Arbeit verdammt erschweren wird.«

20

»Glaubst du, sie versucht abzuhauen?« fragte Gillespie und sah an Cruz vorbei durch das dunkle Fenster in die Wüste hinaus.

»Ohne Hut oder Feldflasche?« erwiderte Cruz. »Sie ist doch nicht verrückt.«

»Zumindest hält sie selbst sich nicht dafür.«

»Scheiße«, war Cruz' einzige Antwort darauf.

Ein paar Atemzüge lang beobachteten die beiden Männer, wie Laurel durch die Wüstenlandschaft marschierte, die das Haus umgab. Sie verfolgte keinen bestimmten Weg. Ebensowenig sah sie über die Schulter zurück, um festzustellen, ob ihr Fortgehen bemerkt worden war. Das lockere Oberteil, das sie über ihren Jeans trug, flatterte im Wind, wodurch ihre Figur vorteilhaft zur Geltung kam.

»Sie marschiert geradewegs auf den Bergkamm zu«, sagte Gillespie.

»Wahrscheinlich muß sie sich einfach ein bißchen die Füße vertreten. Du und die Botschafterin habt sie beim Mittagessen ganz schön in die Zange genommen.«

»Wir haben keinen Ton über ihren Vater gesagt.«

»Laurel ist uns gegenüber auf der Hut«, Cruz klang niedergeschagen. »Aber sie traut auch ihrem Vater nicht ganz. Deshalb ist sie hier.«

»Schwachsinn. Sie ist hier wegen dir.«

Cruz sah Gillespie an.

»Ja, richtig«, sagte er, aber sein Ton besagte genau das Gegenteil.

»Wach auf, Junge. Sie sieht dich an, als wollte sie dich auf einen Keks schmieren und auch noch den letzten Krümel davon auflecken.

Trotz seiner schlechten Laune mußte Cruz grinsen. »Gute Idee.«

»Warum unternimmst du also nichts?«

»Wie zum Beispiel?«

»Krieg den Arsch hoch, lauf ihr mit einem Picknickkorb und einer Flasche Wein hinterher, und erschleich dir ihr Vertrauen auf die herkömmliche Weise.«

»Ich soll also die Augen schließen und an Gott und das Vaterland denken, he?«

»Mir egal, Hauptsache, du kommst in Fahrt«, fuhr Gillespie ihn ungeduldig an. »Aber mach endlich, daß du den Job auf die Reihe kriegst. Wir haben nicht mehr viel Zeit.«

»Weiß Cassandra Bescheid?«

»Sie ist diejenige, die dich zu Miss Swanns Leibwächter ernannt hat.«

Cruz sah ihn skeptisch an.

»Hör zu«, sagte Gillespie geradeheraus. »Entweder wir gewinnen Miss Swanns Vertrauen und kriegen die Chance, ihrem Alten eine Falle zu stellen, oder wir stehen weiter tatenlos herum und gucken zu, wie die Konkurrenz die Führung übernimmt. Bis wir dann endlich mal rausgefunden haben, worum es wirklich geht, wird es zu spät sein, um noch etwas anderes zu tun als für die Toten zu beten.«

Ohne etwas zu sagen, blickte Cruz aus dem Fenster. Noch hob sich Laurel deutlich von dem brennenden Himmel ab, doch mit jedem Atemzug entfernte sie sich mehr von ihm, wurde kleiner und undeutlicher. Bald hätte sie sich ganz in dem gelben Flimmern des Sonnenlichts aufgelöst.

»Verdammt«, schnauzte Gillespie. »Sie hat dein Hirn tatsächlich in Bohnenmus verwandelt. Wenn die Rubin-Überraschung nicht von Fabergé ist, von wem ist sie dann?

Warum wurde sie dann überhaupt geschaffen? Und wie viele Tote wird es geben, ehe wir dahintergekommen sind?«

»Das weiß nur die Hölle.«

»Dann lauf ihr nach und finde es heraus!«

Cruz wandte sich zu dem Hauptfeldwebel um.

»Wenn ich Laurel nachgehe«, sagte er, »dann gehe ich den ganzen Weg. Aber es wird mir um *sie* gehen, nicht um Cassandra oder dich. Ich werde auf *sie* achten, aber nur auf sie, und die Rubin-Überraschung kann mich mal... Willst du immer noch, daß ich gehe?«

Gillespie atmete tief ein und setzte zu einer Kollektion deftiger Flüche an.

»Cassandra hat mich davor gewarnt, daß du diesen Weg wählen würdest«, sagte er nach einem Moment.

»Heißt das ja oder nein?« fragte Cruz kühl.

»Grace packt gerade den Picknickkorb. Hol ihn. Und dann geh mir aus den Augen, bevor ich dir den Arsch versohle, bis du nicht mehr sitzen kannst.«

Cruz blickte verschwommen vor sich hin, ehe er nickte und sich zum Gehen wandte.

»Wohin willst du mit ihr?« fragte Gillespie.

»Wo ich immer hingehe.«

»Wann kommt ihr zurück?«

»Keine Angst. Ich lasse dir genug Zeit für einen Haufen ungestörter Telephongespräche, ohne daß Laurel über den Hausapparat mithört oder hinter der falschen Tür steht und horcht. *Oder ich.*«

Gillespie knurrte. Cruz besaß anscheinend doch noch einen Rest von Verstand.

»Nimm den Piepser mit«, sagte er über die Schulter.

»Scheiße«, murmelte Cruz. »Vielleicht sollte ich mir das verdammte Teil in mein Suspensorium einnähen lassen.«

»Klingt nicht sonderlich bequem, aber schließlich sind's ja deine Eier.«

»Gillie.«

Der große Schwarze blieb stehen und drehte sich noch einmal zu Cruz um.

»Sag Cassandra, daß ihr erst an mir vorbei müßt, falls ihr die Absicht habt, Laurel eine kleine Überraschung angedeihen zu lassen. Und ich passe garantiert auf sie auf.«

Gillespie dachte einen Augenblick lang nach, dann nickte er.

»Ich glaube, das weiß sie bereits.«

»Sag es ihr trotzdem.«

Als Cruz das Haus verließ, nahm er den Picknickkorb, ein Ersatzhemd, zwei Hüte und mehrere Liter Wasser mit. Er schnallte alles hinter dem Sitz des Geländefahrzeugs fest und ließ den Motor an. Sobald die unmittelbare Umgebung des Hauses hinter ihm lag, knatterte er hinter Laurel her.

Die Hitze stieg wie der Dampf aus einer heißen Quelle vom Boden der tiefliegenden Wüste auf, entnervend und erfrischend zugleich. Cruz liebte sie. Laurels beschwingtem Gang nach zu urteilen, liebte sie sie ebenfalls. Als er sie endlich einholte, war er fast eine halbe Meile vom Haus entfernt.

Beim Motorengeräusch blieb Laurel stehen und drehte sich um. Reglos wartete sie auf eine Einleitung.

»Willst du ein Stückchen mitfahren?« fragte er.

Sie blinzelte. Was auch immer sie erwartet hatte, das nicht.

»Ich laufe ganz gern«, sagte sie.

»Hast du es noch weit?«

Laurel blickte auf das trockene, steinige Flußbett, dem sie gefolgt war. Dann sah sie zurück zum Haus. Die Linie der Jacarandabäume hob sich dunkel und staubiggrün von den hundert verschiedenen Brauntönen der Wüste ab.

»Karroo«, sagte Cruz.

»Gesundheit«, murmelte Laurel.

Cruz lächelte. »Cassandra nennt den Firmensitz Karroo.«

»Karroo?«

»Das ist von Kipling, glaube ich.«

Laurel wandte sich wortlos ab und blickte in Richtung der Berge, die sich hinter dem ansteigenden Hügelkamm erhoben. Die flimmernde und blendende Sonne raubte den Santa Rosas jede Farbe. Sie türmten sich in graubrauner Masse übereinander, ihre steinernen Fassaden von der erbarmungslosen Hitze aufgerissen und vernarbt. In höhergelegenen Spalten waren dunkle Schatten, kleine Wasserläufe und sogar spärliche Vegetation auszumachen.

»Dort oben ist es fast kühl«, sagte Cruz. »Es gibt Ponderosa-Kiefern und versteckte Sickerstellen, an denen Dickhornschafe trinken.«

»Man kann sich kaum vorstellen, daß es hier irgendwo Wasser geben soll«, sagte Laurel.

»Das verdanken wir den Erdbeben. Ihre Schockwellen brechen das Untergestein, so daß das Grundwasser heraufsteigen kann.«

»Wir sehen das Land wirklich mit verschiedenen Augen«, stellte Laurel fest und blickte ihn an.

»Wie das?«

Seine hellblauen Augen schimmerten so klar unter dem Schatten seines Hutrandes hervor, daß sie den Atem anhielt. Aber dann zwang sie sich zu Gelassenheit.

»Wenn ich an die Erde denke, denke ich an Edelsteine und Kristalle, unabhängig von ihrer Rarität«, sagte sie. »All diese Funken und Splitter und Facetten der Schönheit dieser Erde, die nur darauf warten, daß man sie wahrnimmt.«

Cruz hörte ihr aufmerksam zu.

»Du hingegen«, sagte Laurel und spürte, wie ihr Hals angesichts seiner Aufmerksamkeit eng wurde, »bist von Erdbeben fasziniert, sozusagen von den Ausnahmesituationen, die das Land geformt haben und immer noch formen.«

Cruz nickte. »Schönheit und Kraft, zwei Seiten derselben Medaille.«

»Wohl kaum. Zwischen diesen beiden Kriterien liegen Welten.«

Doch noch während sie es leugnete, wußte Laurel, daß Cruz' Beobachtung mehr als nur ein Körnchen Wahrheit enthielt.

»Meinst du?« fragte er schlicht. »Die Edelsteine und Kristalle, die du so liebst, sind das Resultat der großartigsten Kräfte, die es auf der Erde gibt – sie entstehen durch tektonische Veränderungen, durch das Zermahlen riesiger Erdplatten.«

»So entstehen Gebirge, keine Edelsteine.«

»Gebirge sind nur eine Hälfte der Gleichung. Die andere Hälfte besteht darin, daß sich eine Platte über eine andere schiebt. Die schwächere Platte wird hinabgezogen, geschmolzen und erscheint dann als Magmasee oder als Vulkanreihe. Wenn sich der geschmolzene Fels abkühlt, entsteht die Vielfalt der Kristalle. Unglaubliche Kristalle. Aber keiner von ihnen ist so schön wie du.«

Laurel zuckte zusammen. In ihrem Inneren vereinten sich Hitze und Kälte aufs widersprüchlichste. Sie wollte den Blick von ihm abwenden, schaffte es aber nicht.

»Tut mir leid. Das hätte ich nicht sagen sollen«, murmelte er.

Er fuhr sich mit den Fingern durch die kurzen Haare und schnaubte.

»Ich soll dich bewachen«, er fixierte die Berge.»Statt dessen gebe ich dir das Gefühl, dich zu bedrohen. Jetzt bist du bestimmt zu nervös, um mitzukommen und dir meinen kleinen Cañon anzusehen.«

Einen Augenblick herrschte vollkommene Stille zwischen ihnen beiden. Dann räusperte sich Laurel. Trotzdem hatte ihre Stimme, als sie sprach, einen Sprung. Die Intensität, mit der Cruz sie angesehen hatte, raubte ihr die Fassung.

»Deinen Cañon?« fragte sie.

Cruz nickte.

»Nun, wenigstens ist es keine Briefmarkensammlung«, sagte sie mit erzwungener Leichtigkeit.

»Die könnte ich dir auch bieten«, sagte er und wandte sich ihr wieder zu. »Aber nur, wenn du willst.«

Wieder erschauderte sie.

»Das lohnt sich nicht«, sagte sie leise. »Sex ist nicht gerade meine Stärke.«

Cruz riß die Augen auf, ehe er sie zusammenkniff. »Du redest nicht lange drum herum, he?«

»Das erspart Mißverständnisse.«

Cruz griff hinter sich und zog eine zerknautschte Baseballmütze aus seinem Hosenbund. Ehe Laurel wußte, wie ihr geschah, hatte er sie ihr aufgesetzt. Die Kappe war wesentlich zu groß.

»Beug dich vor und halt den Kopf runter«, sagte er. »Ich muß sie enger machen.«

Laurel beugte sich gehorsam nach vorn. Cruz machte das Band enger, schob ihr Haar nach hinten und drückte die Mütze fest. Seine Daumen strichen über ihre Wangenknochen, berührten die Mulden darunter und glitten dann hinab zu ihrem Hals. Es blieb ihm nicht verborgen, daß ihr Puls zu rasen begann.

»So, jetzt bist du startbereit für die Besichtigungstour«, sagte er.

In dem Versuch, ihre Reaktion auf Cruz' lässige Berührung unter Kontrolle zu bringen, atmete Laurel tief ein. Der Duft von Seife und elementarer Männlichkeit, der ihr dabei in die Nase drang, erfüllte sie mit einem Verlangen, das sie erschreckte. Sie schloß die Augen.

»Warum du?« flüsterte sie mit brennendem Hals.

»Was?«

»Von allen Männern, die mich je begehrt haben, warum mußt ausgerechnet du es sein, den ich ebenfalls will?«

Cruz hob seine Hände, spannte leicht die Finger an und genoß die weiche Haut und die glatten Sehnen an ihrem Hals.

»Du spielst mit dem Feuer«, sagte er. »Deine Ehrlichkeit steigert mein Verlangen ins Unerträgliche. Ich begehre dich so sehr, daß ich bald durchdrehe.«

»Genauso geht es mir«, erwiderte sie.

Langsam ließ Cruz von Laurel ab, er schüttelte den Kopf, als versuche er, ihn frei zu bekommen.

»Das liegt bestimmt an der Hitze«, sagte er und klopfte auf den Fahrzeugsitz hinter sich. »Ich kenne eine großartige Stelle, an der man sich abkühlen kann.«

Laurel nahm zweifelnd den Sitz in Augenschein. Es wäre verdammt eng für zwei.

»Sieht nicht gerade aus, als wäre das die geeignete Position, mich abzukühlen«, murmelte sie.

Cruz lächelte trotz der Leidenschaft, die ihn so hart machte wie die Felsen, die man überall in der Wüste fand.

»Du sagst immer, was du denkst, nicht wahr?« fragte er.

»Die meisten Menschen lösen meine Zunge nicht so schnell.«

Plötzlich erinnerte sich Cruz daran, wie es gewesen war, Laurels Zunge zu spüren; wie sie über seine eigene geglitten und ihr Geschmack durch seine Kehle geronnen war wie ein Schluck feinsten Scotchs.

»Mir gefällt meine Wirkung auf deine Zunge«, sagte er leise, und dann: »*Verdammt*. Jetzt hast du mich schon wieder soweit gebracht. Steig auf, Süße. Es fällt mir nicht leicht zu fahren, wenn ich mir mit beiden Händen den Mund zuhalten muß.«

Laurel kletterte hinter ihm auf den Sitz, wobei sie sorgsam darauf achtete, ihn nicht zu berühren. Nur wenige Zentimeter vor ihren Augen klebte ein hellblaues, vom häufigen Tragen verblichenes Hemd an jeder Faser seiner Rückenmuskulatur. Mit grimmiger Entschlossenheit suchte sie nach den

Fußrasten, fand ihr Gleichgewicht und gab sich Mühe, die Breite der Männerschultern zu ignorieren, die ihr die Sicht versperrten.

»Fertig?« fragte Cruz.

Laurel sah an Cruz' Rücken hinab, bis ihr Blick auf seiner Taille, seinen Hüften und schließlich seinen Schenkeln haften blieb. Die Shorts verbargen nicht allzuviel, wenn er saß.

»Fertiger kann ich gar nicht sein«, murmelte sie.

»Halt dich gut fest«, befahl er ihr.

»Aber deine Rippen ...«

»Tiefer.«

»Und was ist mit höher?«

»Zu hoch«, erwiderte Cruz. »Dann verlierst du das Gleichgewicht.«

»Bist du sicher?«

»Willst du es etwa auf die Knall-auf-Fall-Art lernen?«

»Ich kann auf den Fußrasten balancieren«, sagte Laurel. »Fahr einfach vorsichtig.«

Cruz trat den kleinen Dünenbuggy an und bog im rechten Winkel von Laurels bisherigem Weg ab. Er fuhr behutsam, tastete sich an Felsklumpen in der Größe von Pkws vorbei und lenkte das Gefährt geschickt holprige Steilhänge hinauf.

Trotz der Fußrasten und des langsamen Tempos merkte Laurel, daß sie unbeholfen nach links oder rechts überhing in dem Versuch, an den breiten Schultern des Fahrers vorbeizusehen, um sich gegen den nächsten Ruck zu wappnen. Manchmal funktionierte es. Öfter allerdings ging sie um ein Haar über Bord.

»Verdammt«, knurrte Cruz.

Er hielt an und drehte sich streng zu Laurel um. Ihre Wangen glühten, und ihre Augen schimmerten katzengleich unter dem Schirm der Mütze hervor.

»Gleich wird's ein bißchen ungemütlich«, sagte er. »Wenn du dich nicht an mir festhalten willst, müssen wir umdrehen.«

Zögernd legte Laurel ihre Hände auf seine Schultern. Cruz murmelte etwas, trat den Feuerstuhl wieder an und lenkte ihn einen der zerklüfteten Schwemmgräben hinauf, die sich fächerförmig zu Füßen der Santa-Rosa-Berge ausbreiteten.

Bereits der erste kleine Anstieg hätte sie fast zum Absturz gebracht. Der Buggy neigte sich und kippte seitwärts, als sich der Schwerpunkt verlagerte. Als Cruz die Anhöhe erreicht hatte, ging er in den Leerlauf und zog Laurels Hände an eine Stelle seines Körpers, die knapp unter seiner Taille lag, wo er sie zusammenlegte.

»Wenn ich es aushalte«, knurrte er, »halte du es gefälligst auch aus!«

Laurel entfuhr ein überraschter Laut. Sie hatte gerade eine harte, unverkennbare Erhebung gespürt.

»Jetzt fall bloß nicht in Ohnmacht«, sagte er barsch. »Es bringt dich ja wohl kaum um, wenn ich scharf auf dich bin.«

Ehe Laurel etwas erwidern konnte, fuhr er wieder an. Instinktiv preßte sie sich enger an ihn. Sie spürte die plötzliche Anspannung in Cruz' Rücken, hörte, wie er zischend einatmete, und wollte ihre Hände gerade wieder lösen, doch sofort legte Cruz eine große Pranke darüber und hielt sie fest.

»Hör auf, so zu zappeln«, er sprach nach vorne. »Je mehr du dich bewegst, um so schwerer ist es für mich.«

»Wir brauchen nicht…«, begann Laurel.

»Halt dich einfach weiter an mir fest«, sagte Cruz, während er die Fahrt beschleunigte. »Und zwar vernünftig, sonst fliegst du beim ersten Huckel runter. Gut. Versuch jetzt, dich meinen Bewegungen anzupassen.«

Laurel gehorchte, weil ihr nichts anderes übrig blieb außer abzuspringen. Sie schloß die Augen und sagte sich, daß Cruz recht hatte. Was er schaffte, schaffte sie auch.

Außerdem erleichterte es die Fahrt. Dicht an ihn gepreßt, fand sie bald heraus, wie sie sich in Erwartung des nächsten Schlaglochs mit festem Halt in die richtige Richtung schob.

Nach ein paar Minuten empfand Laurel die angenehme Leichtigkeit guter Teamarbeit; das Geben und Nehmen und das stumme Teilen der Bewegungen: zwei Körper, die sich gemeinsam verschoben, drehten und das Gleichgewicht hielten in gegenseitigem Einvernehmen. Während eines besonders rauhen Streckenabschnitts, in dem sie und Cruz sich in enger Vereinigung hoben und senkten, kreischte sie vergnügt auf.

Cruz hörte es und lächelte. Trotz des Korsetts, das er trug, spürte er den veränderten Druck ihrer Brüste an seinem Rücken. Und noch stärker spürte er ihre Hände in seinem Schoß, was einen Schmerz verursachte, der nicht weniger heftig war als der in seiner Brust.

Immer noch lächelnd erhöhte er das Tempo abermals. Als sie voranhopsten, wurde er durch Laurels Lachen belohnt und dadurch, daß sie sich im selben Rhythmus bewegte wie er.

Als der Weg schließlich ebenmäßiger wurde, merkte Laurel, daß sie ihre Wange zwischen Cruz' Schulterblätter geschmiegt und ihre Brüste eng an ihn gepreßt hatte. Jede Richtungsänderung, die er beim Steuern vornahm, führte zu einer Anspannung seiner Rückenmuskeln, so daß sich ihre Wange an ihm rieb. Jedes Luftholen von ihm, jede Regung war ein zärtliches Streicheln.

Laurel versteifte sich. Hitze wallte in ihr auf und ihre Brustwarzen verhärteten sich, so daß sie sich abrupt zurücklehnte.

»Verlier bloß nicht die Nerven«, maulte Cruz. »Wir sind noch nicht da.«

Mit zusammengebissenen Zähnen klammerte sie sich erneut an ihn und überlegte, wie weit es bis »da« wohl noch war.

Und *was* sie »da« wohl erwartete.

21

Die letzten Mittagsgäste verließen gerade Jimmy's Restaurant am Santa Monica Boulevard. Börsenmakler und Anwälte kehrten nach Century City zurück. Talentsucher und Produzenten machten sich auf in die Studios, Touristen auf den Weg nach dem Rodeo Drive.

Und Männer aller Art bremsten scharf, als sie einen Blick von der statuengleichen Frau erhaschten, die an der Ecke stand. Mit ihrer aufreizenden Kleidung und ihrem arroganten Hüftschwung wirkte sie zunächst nuttenhaft, aber auf den zweiten Blick erkannten die Männer, daß sie sich niemals würden leisten können, was sie zum Verkauf anbot.

Claire Toths cremefarbene Seidenkleider stammten von Neiman-Marcus und wirkten, als hätte der Couturier sie direkt auf den Leib seiner Kundin geschneidert. Die scharlachroten Lederpumps und die Schultertasche hatten noch vor wenigen Stunden das Schaufenster einer italienischen Boutique in La Brea geziert. Ihre Kette war ebenfalls scharlachrot, eine verwegene postmoderne Mischung aus weiblichem Dekorationsstück und lüsternen Comicgesichtern, die einzig die Aufmerksamkeit des Betrachters auf die Spalte zwischen ihren Brüsten ziehen sollte.

Toth strich ihre enganliegende Hose glatt, spitzte die Lippen und erneuerte ihr karminrotes Rouge.

»Es macht dich wirklich an, wenn dir die Männer nachsehen, nicht wahr?« sagte Swann mit einem Seitenblick.

Toth lächelte. »Ja. Ich finde es einfach geil, daß ich den Körper eines Mannes besser beherrsche als er selbst.«

Swann lächelte säuerlich.

»Aber am besten«, fuhr sie fort, »ist das heimliche Spiel, das damit zusammenhängt. Das Spiel, das man spielt. Es ist, als würde man einen Mann vor den Augen seiner Frau vögeln, ohne daß sie überhaupt merkt, was da gerade vor sich geht.«

»Das ist sowieso alles bei der ganzen Sache. Ein bißchen Spaß und ein bißchen Spiel.«

Während er sprach, dachte er erneut über Laurels verschlüsselte Botschaft nach. Sechs Zahlen, die DANGER bedeuteten, GEFAHR.

Zumindest nahm er an, daß die Botschaft von Laurel kam. Jeder andere, der die Nummer seines Piepsers kannte, hätte einen verschlüsselteren Weg zu seiner Benachrichtigung gewählt als mit Hilfe des simplen Codes eines Telephonnummernblocks.

GEFAHR.

Was in aller Welt konnte schlimmer sein, als die Risk Ltd. auf den Fersen zu haben? überlegte er. Und warum war Laurel nicht zu Hause, um auf seinen Anruf zu warten? Oder wurde ihr Telephon etwa überwacht?

Das war der Grund, weshalb Swann keine Nachricht auf ihrer Automatik hinterlassen hatte.

Himmel. Wie, in aller Welt, soll ich das Ei ohne sie zum Funktionieren bringen?

Es gab keine Lösung für diese stummen Fragen. Er hatte das ungute Gefühl, daß das ganze Poker um ihn herum auseinanderfiel.

Es war an der Zeit, die Schuldscheine einzusammeln und es an einem anderen Tisch zu probieren, sagte er sich. Aber nicht, ehe Claire Toth dem alten Bastard soviel wie möglich abgeluchst hatte.

Das Weglaufen und Versteckspielen kostete Geld. Swann war pleite. Vollkommen blank, was ihn beunruhigte. Er versuchte, seine Unruhe zu verbergen, indem er lässig an einer Aluminiumlaterne lehnte und auf die Straße hinausdöste.

Hinter einer dunkeln Ray-Ban-Sonnenbrille sah man seine Augen nicht, und die Pistole, die hinter seinem Rücken im Hosenbund seiner Jeans steckte, kaschierte das lose Baumwollhemd. Er wirkte wie das, was er von Zeit zu Zeit gewesen war – ein bezahlter Bodyguard.

Durch ihre eigene Sonnenbrille hindurch beobachtete Toth Swann mit einem Argwohn, der sich kaum verbergen ließ. Das einzige, was sie von den gedungenen Mördern erfahren hatte, war, daß ihr erster Versuch fehlgeschlagen war. Wenn Swann von seiner Tochter über den Mordversuch informiert worden war, so hatte er Toth nichts davon erzählt.

Und wenn er darüber Bescheid wußte und sie nicht ins Bild gesetzt hatte, dann tanzte sie auf einem Vulkan, der jede Minute ausbrechen konnte. *Wenn* er darüber Bescheid wußte... Wenn nicht, war ihre Position so fest wie der Asphalt, auf dem sie mit ihren hochhackigen Schuhen stand.

Aber sie wußte es nicht.

Toth hatte sich noch nie auf dünnerem Eis bewegt, und sie wußte es. Wenn Swann mit Laurel gesprochen hatte und es ihr gegenüber nicht erwähnte, bedeutete das, daß er nur auf den richtigen Augenblick wartete.

Wenn er nichts von seiner Tochter gehört hatte, müßte das bald passieren. Und dann würde er versuchen, das Versprechen, das er ihr gegeben hatte, einzulösen, ehe sich ihr Versprechen ihm gegenüber einlösen ließ.

Wenn ich je getötet werde, dann hoffe ich, daß du derjenige bist. Du würdest dafür sorgen, daß ich komme, während du es tust.

Sie erschauderte. Furcht und Geilheit vereinigten sich zu einem fast übermächtigen Rausch. Sie wußte genau, eines Tages triebe sie die wilde Verbindung zu weit.

Doch dieses Wissen steigerte ihre Erregung noch.

Sie strich rastlos mit den Händen an ihrem Körper und ihren Schenkeln hinab, als wolle sie sich vergewissern, ob noch alles an Ort und Stelle sei.

Die Bewegung lenkte Swanns Aufmerksamkeit von der belebten Straße auf die Frau, die neben ihm stand. Er beobachtete, wie Toth die Bewegung wiederholte, wie sie mit ihren Händen über ihren Körper glitt, so wie einige Heckenschützen die von ihnen entsicherten Waffen strichen, während sie auf ihre Opfer warteten.

»Wirst du den alten Bock vögeln oder ihm eine Gutenachtgeschichte erzählen?« fragte Swann.

»Das macht keinen Unterschied«, erwiderte Toth. »Vertrau mir. Ich weiß, was ich tue.«

Swann schnaubte. »Du hast jahrelang immer nur im Hintergrund gespielt, Baby. Aber im Gegensatz zu dir war ich schon an der Front, als du noch in den Windeln lagst. Informanten, Agenten, Sündenböcke, Mitarbeiter – sie sind alle gleich. Sie wollen in die Zange genommen werden und keine netten Gespräche geliefert bekommen.«

»Hast du es je mit netten Gesprächen versucht?« fragte Toth und erinnerte sich daran, wie Swann ihr seinen Geschäftsvorschlag unterbreitet hatte. Hart, direkt, schwer.

»Einmal habe ich es versucht«, sagte Swann. »Und danach hätte ich den Kerl fast umbringen müssen, um seine echte Aufmerksamkeit zu gewinnen.«

Toth setzte zum Sprechen an, aber Swann kam ihr zuvor.

»Da ist er. Laß mich die Sache erledigen.«

Eine lange graue Limousine mit Rauchglasscheiben glitt wie ein Leichenwagen durch den Nachmittagsverkehr und kam neben ihnen zum Stehen. Die Hintertür öffnete sich. Damon Hudson saß reglos in einer Ecke des Rücksitzes, wie ein Pascha, der auf seinem magischen Stahlteppich einen Besichtigungsflug unternahm.

»Ah, Miss Toth, Sie haben einen Freund mitgebracht«,

sagte er. »Wie… dumm, denn unser Gespräch findet unter vier Augen oder überhaupt nicht statt.«

Swann beugte sich mit einer sprungbereiten Geschmeidigkeit vor, die Hudson zeigte, was seine Behandlungen alles *nicht* zuwege brachten.

»Sie irren sich, alter Mann«, sagte er kühl. »Ich komme mit oder die Informationen gehen an die Medien, ehe Sie dieses Riesenstück Scheiße auch nur auf der nächsten Autobahnauffahrt haben.«

Bill Cahill schob sich aus der Fahrertür und starrte finster über das Wagenverdeck. Seine Augen waren hinter einer genauso dunklen Sonnenbrille verborgen, wie die von Swann.

»Mr. Hudsons Wagen, Junge«, sagte Cahill. »Und Mr. Hudsons Regeln.«

»Dieses Mal nicht«, erwiderte Swann, ohne den Blick von Hudson zu nehmen.

Sie starrten einander an, und die Spannung ihres Schweigens wurde durch die Hintergrundgeräusche der Straße noch erhöht.

»Setz dich neben den Fahrer«, sagte Toth zu Swann. »Damit haben wir den Ausgleich.«

Sie wollte an Swann vorbei und sich neben Hudson setzen, doch Swanns stählerner Griff hielt sie fest, als wäre sie ein Kind und keine große, ungewöhnlich kräftige Frau.

Hudson sagte etwas Unverständliches, und Cahill schob sich wieder hinter das Lenkrad. Das elektrische Schloß der Beifahrerstür schnappte auf, als wäre es darauf trainiert.

Nach einem angespannten Augenblick ließ Swann Toth los. Er stieg vorne ein und knallte die Tür zu, ehe seine Partnerin im Wagen Platz genommen hatte. Er und Cahill saßen nebeneinander und blickten starr geradeaus, als sich die Limousine wieder in den Straßenverkehr einfädelte.

Hudson drückte auf einen in der Armlehne versteckten Knopf, und lautlos glitt eine dicke Rauchglasscheibe aus ihrem Versteck. Toth beobachtete mit einem amüsierten Lächeln, wie die Scheibe den Fond abriegelte.

Dann beugte sich Hudson vor und öffnete die Tür einer kleinen Autobar. Jemand hatte bereits die Folie und den Draht gelöst, der den Korken auf einer Flasche *Cristal* festhielt. Jetzt zog Hudson den schweren Korken heraus.

»Ich glaube, den werden Sie mögen«, sagte er, ganz der gewinnende Gastgeber. »Vielleicht möchte Ihr … *Freund* vorn ja auch etwas.«

»Er arbeitet. Genau wie *Ihr* Freund am Steuer.«

»Arbeitet er für Sie?«

»Natürlich«, sagte Toth.

Ihr Lächeln verriet nichts von dem Zweifel, der sie immer noch in unregelmäßigen Abständen befiel. Das Doppelspiel war Swanns Idee gewesen. Er hatte sie kurz nach den Russen angesprochen. Er meinte, sie sei das, was sie auch für die Russen immer gewesen war – ein Werkzeug, mit dem es sich hervorragend arbeiten ließ.

Aber dieses Mal verfolgte sie einen eigenen Plan. Sie brauchte nur dem löwenäugigen Kerl zu entkommen, der im Augenblick vor ihr saß.

Toth nahm eins der geschliffenen Tulpengläser entgegen, die Hudson gefüllt hatte. Statt jedoch sofort zu trinken, wartete sie auf ihn. Hudson nahm das zweite Glas, prostete ihr zu und führte es an seinen Mund. Toth erwiderte den Toast und ließ den kühlen, spritzigen Wein über ihre Oberlippe streichen. Dann senkte sie das Glas und kostete mit der Zungenspitze die Flüssigkeit, die an ihrem Mund klebengeblieben war.

»Vermutlich ist die Trennscheibe sowohl geräuschundurchlässig als auch kugelsicher?« fragte sie.

Hudsons dünne Lippen verzogen sich ein wenig. Er lehnte sich in seinem Sitz zurück und betrachtete das Glas, dessen Stiel er zwischen Daumen und Zeigefinger hielt.

»Ich habe genügend Feinde«, sagte er. »Wie jeder mächtige Mann. Und ich treffe so viele Sicherheitsvorkehrungen wie möglich.«

»Das tue ich ebenfalls.«

Hudson warf einen kurzen Blick auf Swanns Hinterkopf. »Haben Sie noch mehr derartige Vorkehrungen getroffen?«

Toth machte es sich bequem und streckte ihre langen Beine aus. Die scharlachroten Sandalen hoben sich glühend von der glatten, dunklen Haut ihrer Füße ab. Sie trug keine Strümpfe, da sie es nicht nötig hatte, ihre Haut zu übertünchen, die von Natur aus perfekt war.

»Einer von diesen Typen reicht für so einen Job«, sagte sie.

Sie rückte Hudson ein bißchen näher und legte ihren Ellbogen auf die Armlehne zwischen ihnen. Dann nippte sie lässig an ihrem Champagner und ließ die schäumende Flüssigkeit einen Augenblick auf ihrer Zunge ruhen, ehe sie durch ihre Kehle rann.

Mit jedem ihrer Atemzüge wurde Hudsons Blick auf die tiefe, verführerische Spalte zwischen ihren Brüsten gelenkt. Heute trug sie kein Spitzenhemd, nur einen dünnen BH, eine fast durchsichtige Bluse und eine Kette mit lüsternen karminroten Gesichtern, die jeden Moment Plastikzungen in ihren Ausschnitt zu schieben drohten.

»Jamie aus dem Spiel auszuschließen wird Ihnen auch nichts nützen«, sagte sie leichthin. »Und mich auszuschließen wird Ihnen verdammten Ärger mit den Russen bringen. Sie haben mehr Geld als der liebe Gott, warum transferieren Sie also nicht einfach sechs Millionen auf dieses Nummernkonto und verabschieden sich dann von uns?«

Toth reichte Hudson ein Stück Papier, auf dem eine Kontonummer stand. Er warf nur einen flüchtigen Blick darauf.

»Sechs?« fragte er. »Bisher war die Rede von drei.«

Wie Toth überrascht feststellte, klang seine Stimme eher amüsiert als ärgerlich.

»Bedenken Sie die Inflation«, sagte sie lässig. »Morgen werden es neun Millionen sein.«

»Um so viel Bargeld zu kriegen, braucht man Zeit.«

»Bargeld?« Toth lachte. »Wirke ich tatsächlich so dumm? Ich will eine telegraphische Überweisung, Baby. Von einer Ihrer hiesigen Firmen an eins Ihrer brasilianischen Unternehmen, und von dort auf eine Bank in Panama. Eine Routineangelegenheit. So etwas machen Sie doch am laufenden Band.«

Hudson schüttelte traurig den Kopf und pfiff durch die Zähne.

»Ihre sozialistischen Freunde wären von Ihnen enttäuscht, wenn sie wüßten, was Sie da treiben«, murmelte er.

»Vielleicht. Aber vielleicht würden sie auch versuchen, ein Stück von dem Kuchen abzubekommen.«

»Es kümmert Sie nicht, ob sie es herausfinden?«

»Baby, meinetwegen können Sie einen Bericht über die ganze Sache auf roten Stoff drucken und ihn dann von jedem Fahnenmast in Osteuropa wehen lassen. Ich weiß genug über meine sozialistischen Freunde, damit die die Mäuler selbst dann noch halten, wenn die Hölle zu Eis gefriert.«

Hudson wandte sich ab und betrachtete abermals Swanns Hinterkopf. Die wettergegerbte, straffe Haut seines Halses, das leichte Zucken der Sehnen, die kräftigen Nackenmuskeln und die deutlich sichtbaren Blutgefäße verrieten einen Mann, der bestimmt nicht gezwungen war, seine Seele zu verkaufen, nur um körperlich fit zu sein.

Sein eigener Körper litt unter diesem Vergleich, das konnte Hudson nicht bestreiten. Andererseits besaß er etwas, das Swann nicht besaß. Macht. Und er hatte in den letzten vierundzwanzig Stunden genug über Toth in Erfahrung gebracht, um zu wissen, was ihr wirklich gefiel und wie es ihr wirklich gefiel.

Wortlos drehte Hudson sich wieder zu der Frau um, deren

ursprüngliche Sinnlichkeit ihn jedes Mal überraschte, wenn er sie sah. Während er sie beobachtete, zog Toth zwei zusammengefaltete Blätter aus dem vorderen Fach ihrer Ledertasche. Sie hielt ihm die Papiere hin.

Hudsons Augen flackerten von der Frau zu den Papieren, kehrten dann jedoch zu ihr zurück.

»Ich brauche die Beweise nicht mehr, die Sie gegen mich in der Hand haben«, sagte er. »Ich glaube Ihnen.«

»Einfach so?«

Er lachte leise. Das trockene, rasselnde Geräusch klang wie die Bewegung einer Schlange, die sich durch tote Blätter schob.

»Wohl kaum«, sagte er. »Ich habe Erkundigungen eingezogen. Ich fragte mich, ob die Verleger, die Ihre Geschichten kaufen, vielleicht ein Interesse daran hätten zu erfahren, daß die Dokumente, die Sie benutzen, oft direkt von einem feindlichen Geheimdienst kommen.«

Toth verzog keine Miene. Als Journalistin arbeitslos zu werden, wäre ihr geringstes Problem, wenn sie Hudson dazu bekäme, das Geld auf ihr Konto in Panama zu transferieren.

»Ich sehe schon die Schlagzeile vor mir«, fuhr Hudson fort. *»Reporterin ruinierte Top-FBI-Agenten und gewann Pulitzerpreis mit gefälschten Dokumenten des KGB!«*

Zu seiner Überraschung lachte Toth.

»Journalisten schreiben nie übereinander, Baby«, klärte sie ihn auf. »Wenn man einen verurteilt, verurteilt man nämlich gleich alle anderen mit.«

»Vielleicht stellen Sie eine Ausnahme dar.«

»Das einzige, was Sie gegen mich in der Hand haben, ist das Geschwätz Ihrer russischen Freunde. Sie haben nicht die Sorte Beweis, die ein Reporter verlangen würde, ehe er eine Journalistin meines Rufs auseinandernimmt. Aber ich habe derartige Beweise gegen Sie in der Hand.«

Sie wedelte mit den Papieren, die sie hielt.

Widerwillig löste Hudson den Blick von ihren Brüsten und schaute auf die zusammengefalteten Blätter.

»Ich sollte sie mir wenigstens einmal ansehen«, sagte er. »Wenn auch nur aus dem Grund, daß ich gern wüßte, von welcher Qualität diese Dokumente sind.«

Er stellte das Tulpenglas in einen samtgefütterten Halter und durchblätterte den Packen.

»Wahrscheinlich haben Sie noch mehr davon«, sagte er.

Diese beiläufige Bemerkung war ein von einem Meister seines Fachs ausgeworfener Köder. Hudson bemerkte trotz Toths maskenhafter Miene einen unmerklichen Schatten. Zufrieden, eine Schwachstelle gefunden zu haben, lehnte er sich zurück, um sich die Papiere anzusehen.

Natürlich waren es Kopien, aber Hudson merkte sofort, daß die Originale, wo auch immer sie sich befanden, vollkommen echt waren. Die Landessiegel an den Rändern, der Briefkopf mit den endlosen Titeln und Initialen, der fast ebensoviel Platz brauchte wie der Text, die achtstellige Urkundennummer – alles entstammte der erdrückendsten Bürokratie, die es außerhalb von China je gegeben hatte.

Am überzeugendsten war der umständliche Prosastil des Textes selbst. Die sowjetischen Geheimdienstleute waren einst Meister der Abschwächung gewesen. Sie hatten es hervorragend verstanden, Analysen zu vermeiden, die sich als falsch erweisen könnten, und sie hatten niemals etwas geäußert, was zu einem späteren Zeitpunkt gegen sie verwendbar gewesen wäre. Das Verfassen von Berichten hatte einen wichtigen Teil der Ausbildung beim KGB dargestellt.

Das Dokument, das Hudson in Händen hielt, enthielt keine Analyse, keine Schlußfolgerung, nur Tatsachen. Es war eine chronologische Aufzählung einer Reihe internationaler telegraphischer Banküberweisungen, die von einem Schweizer Nummernkonto ausgingen und auf einem panamaischen Nummernkonto landeten.

Hudson wußte aus persönlicher Erfahrung, daß der Inhaber des Schweizer Kontos der Leiter des Geheimdienstes eines kleinen, äußerst ehrgeizigen Landes im Mittleren Osten war. Als jüngerer Bruder des Präsidenten dieses Landes war er gleichzeitig Blutsverwandter, Laufbursche und oberster Henker.

Der ältere Bruder galt in den zivilisierten Ländern als vogelfrei. Außer daß er zu politischen Erpressungen und Diebstählen neigte, hatte er noch Millionen Dollar in die Entwicklung einer chemischen und bakteriologischen Kriegsmaschinerie gesteckt, die größer war als jede andere des Planeten Erde.

Ein wichtiger Bestandteil dieser Maschinerie hatte ein Labor für die Bakterienzucht mitten in der Wüste werden sollen. Es war auf dem neuesten Stand gewesen, hatte die modernsten Technologien des Westens enthalten und einen Monat vor der Inbetriebnahme gestanden, als eines Mittags israelische F-16-Bomber am Himmel aufgetaucht waren und das Laboratorium in High-Tech-Müll verwandelt hatten.

Der Angriff hatte einen herben Rückschlag für die Ambitionen des Schurken bedeutet, da er für die Fabrik bereits bezahlt hatte, bar auf die Hand. In der Tat waren die wichtigsten Apparate über das Schweizer Nummernkonto finanziert worden, was der Bericht bestätigte, der Damon Hudson hier vorlag.

Auch das panamaische Nummernkonto kannte er, das, auf dem das Geld des Geächteten gelandet war. Das Konto gehörte Hudson International, dem Unternehmen, das mit Hilfe diverser internationaler Tochtergesellschaften die Einrichtung für das geheime Labor geliefert hatte.

Weder die Amerikaner noch ihre israelischen Freunde hatten je die geheimen Bankkonten und die Deckunternehmen zu enttarnen vermocht, die die Identität der am Aufbau der Fabrik beteiligten westlichen Firmen verschleierten.

Gelänge das Dokument in Hudsons Händen an die Öffentlichkeit, so wäre das das Ende dieser Verschleierung.

»Es gibt Tausende von Nummernkonten in der Schweiz und Abertausende in Panama«, sagte er bedächtig. »Und telegraphische Überweisungen sind genauso uneinsehbar wie das Innere eines Eis. Das ist ja wohl auch der Grund, weshalb Sie ebenfalls diese Methode wählen.«

Hudson faltete die Papiere achtlos zusammen und gab sie Toth zurück.

Sie lächelte wie eine Katze und winkte ab.

»Das zweite Blatt, Baby«, sagte sie. »Sieh dir mal das zweite Blatt an.«

Hudson faltete es auseinander und blickte darauf. Es war die Kopie der Unterschriftskarte des Schweizer Kontos. Die Unterschrift des jüngeren Bruders und obersten Henkers des Landes war deutlich zu erkennen.

»Nun, da die Vereinigten Staaten durch den Sturz des alten Ananasgesichts haufenweise alte Akten aus Panama haben«, sagte Toth, »wird es nicht besonders schwer sein herauszufinden, wem das Konto gehört, auf dem das Geld gelandet ist.«

Während sie sprach, suchte sie in Hudsons Gesicht nach Anzeichen von Streß. Es gab keine. Statt dessen verriet seine Miene eigenartigerweise etwas wie Zufriedenheit.

»Sicherlich gibt es noch mehr Dokumente dieser Art?« fragte Hudson.

»Alles, was die Russen über Sie hatten, haben auch wir.«

»Interessant. Ich nehme an, es gibt auch noch andere potentielle Opfer in diesem Stück?«

Toth zögerte, und ihre dunklen Augen wanderten zu Swann. Sie hatten nicht darüber geredet, was zu tun sei, falls jemand nach anderen Opfern fragen sollte.

»Das ist wohl kaum Ihr Problem«, sagte sie, wieder an Hudson gewandt. »So oder so stecken Sie bis zum Hals in der Scheiße.«

»Einen solchen Spruch hätte ich eher von ihm erwartet«, schalt Hudson mit einem Nicken in Swanns Richtung. »Ich hatte gehofft, Sie wären souverän genug, sich dem Problem auf andere Weise zu nähern.«

Drei tiefe Atemzüge lang starrte Toth Hudson an und versuchte, die Gedanken hinter seinen kalten, alterslosen Augen zu lesen.

»Welche Annäherungsweise hätte Ihnen denn vorgeschwebt?« fragte sie unbeteiligt.

Hudson nahm sein kristallenes Tulpenglas, das bisher unberührt in seinem Halter gestanden hatte.

»Ich war immer der Auffassung, daß man einen Feind neutralisieren und ihn schließlich zu einem Alliierten machen kann«, sagte er, »wenn es mir gelingt, ihm zu zeigen, daß seine Interessen mit den meinen deckungsgleich sind.«

»Ihm? Seine?« fragte Toth in sarkastischem Ton. »Sie sollten sich mal ein paar neue Vokabeln zulegen, Mann. In der heutigen Welt sind ein paar Ihrer Feinde Frauen.«

»Ich betrachte Sie nicht als meine Feindin. Noch nicht. Wie viele Akten gibt es außer dieser hier noch?«

»Keine Ahnung.«

Hudson wußte nicht, ob Toth die Wahrheit sagte, aber das war unwichtig.

Noch.

»Sind die anderen Akten so gut wie diese hier?« fragte er.

»Ja.«

»Holen Sie sie. Bringen Sie sie mir. Ich mache Sie zur mächtigsten Frau der Welt.«

»Ich werde auch so mehr Geld haben, als ich ...«

»Macht«, verbesserte Hudson eilig. »Nicht Geld. Der Unterschied ist Ihnen doch sicher klar? Ihnen, die Sie einen solchen Gefallen finden an Ihrer eigenen ... Macht?«

Toth senkte die Wimpern, damit Hudson ihre schwarzen Augen nicht sah.

»Sprechen Sie weiter«, forderte sie ihn auf. »Vielleicht kommt dann etwas Interessantes.«

Befriedigung wallte in Hudson auf, eine heiße Erregung, die beinahe sexuell zu nennen war. Er verstand Toth nur allzugut. Sie zu beobachten war als sähe er in einen Spiegel, der nur das Geschlecht veränderte.

»Ich kann Ihnen Macht geben«, sagte er knapp und winkte in Richtung Swanns. »Das kann Ihr Bodyguard sicher nicht.«

Toth blickte durch die Scheibe. Swanns Lippen bewegten sich, als spräche er aus dem Mundwinkel heraus auf Cahill ein. Beide Männer beobachteten in den Rückspiegeln den Verkehr hinter der Limousine.

»Lassen Sie sich von seinen Muskeln nicht täuschen«, winkte sie ab. »Er kann auch auf andere Art gefährlich sein.«

»Natürlich kann er das«, sagte Hudson amüsiert. »Warum sollten Sie sich sonst mit ihm abgeben? Überlassen Sie ihn einfach mir.«

Toth zögerte nicht. Sie hatte die ganze Zeit überlegt, was sie mit Swann anfangen sollte. Nun wußte sie es.

»Also gut.«

»Gut. Wissen Sie, wo die Akten aufbewahrt werden?«

Toth hätte beinahe laut gelacht. »Natürlich. Aber vielleicht brauche ich ein bißchen Hilfe, sie zu entschlüsseln.«

»Ist es schwer?«

»Sieht er aus wie ein Weltraumforscher?« fragte Toth und sah auf die Trennscheibe. »Wenn er es geschafft hat, werden Sie es ja wohl auch schaffen.«

Hudson rückte sich zufrieden zurecht.

»Holen Sie die Akten«, sagte er leise. »Anschließend machen wir uns Gedanken über ihre Entschlüsselung.«

Er hob das Kristallglas und beobachtete die winzigen Blasen, die immer noch aus dem Champagner aufperlten.

»Einverstanden?« Das Wort war gleichzeitig eine Frage und eine Aufforderung.

Toth hob ebenfalls ihr Glas, stieß klirrend mit ihm an und nickte.

»Einverstanden«, sagte sie.

Sie setzten ihre Gläser an, und dieses Mal leerte Hudson seines fast mit einem Zug ganz. Er schluckte immer noch, als die Gegensprechanlage zu summen begann, stellte das Glas ab und berührte einen Knopf in der Armlehne.

»Ja?«

»Wir werden verfolgt«, drang Cahills Stimme blechern durch den Lautsprecher, doch ehe er weitersprechen konnte, mischte Swann sich ein.

»Mietwagen. Ein großer Kerl mit Bart.«

»Er muß uns eingeholt haben, als wir anhielten, um unsere Fahrgäste aufzunehmen«, schloß Cahill die Durchsage ab.

Hudson sah hinüber zu Toth, doch sie schüttelte den Kopf.

Anscheinend hatte Cahill ihre Reaktion bemerkt, denn er sagte: »Ihr Partner hat ihn entdeckt. Also scheint es eine dritte Partei zu geben.«

»Hängen Sie ihn ab«, wies Hudson seinen Fahrer an.

»Mit dieser Limousine?« fragte Cahill. »Das wird nicht leicht sein.«

»Darum sind Sie ja bei mir angestellt. Sie schaffen so etwas.«

Hudson stellte die Gegensprechanlage ab, und die Limousine entwickelte im Handumdrehen eine wesentlich höhere Geschwindigkeit als zuvor.

22

Cruz brachte das Gefährt zum Stehen. In der Nähe steckte eine Schaufel aufrecht in einem Haufen Geröll, hinter dem die Öffnung des schmalen Cañons lag.

Als Laurel abstieg, fühlte sich der feste Boden unter ihren Füßen eigenartig schwankend an, so sehr hatte sich ihr Körper an die Bewegungen des Vehikels gewöhnt. Und an Cruz'. Was ein durchaus beunruhigender Gedanke war.

Sie stakste an den Rand des Geröllhaufens und spähte darüber hinweg; das dahinter liegende Loch war hüfttief und etwa zweimal so breit. Hier hatte Cruz die Erde von einem aufgeworfenen Felsbett hochgeschaufelt, bis ein scharfer Bruch zutage getreten war, der nach unten in die Erde verlief, wo Cruz noch nicht zum Graben gekommen war.

Cruz trat neben sie, und zwar näher, als es sich für einen Leibwächter geziemt hätte, blieb aber weiter weg, als es sein Verlangen diktierte.

»Das ist es?« fragte Laurel und wies auf das Loch.

»Das ist es.«

»Nicht gerade spektakulär.«

»Im Augenblick noch nicht. Zum Glück.«

Mit diesen Worten ließ sich Cruz in das Loch fallen, wo er neben dem Bruch in die Hocke ging.

»Soll das heißen, daß du ein Erdbeben erwartest?« fragte Laurel.

»Zu unseren Lebzeiten wahrscheinlich nicht mehr, aber man kann nie wissen. Dieses Baby könnte losgehen, bevor ich das nächste Mal Luft hole.«

»Du klingst einigermaßen zynisch«, murmelte Laurel.
»Ich könnte daraus, wenn ich überleben würde, eine Menge lernen. Sieh, dort hinten.«
Cruz zeigte in Richtung Südosten. In weiter Ferne entdeckte Laurel eine schwache blaue Linie, die Wasser oder aber eine von den Hitzewellen erzeugte Fata Morgana sein konnte.
»Schätzungsweise«, sagte Cruz, »ist dieser lächerliche Riß eine neue Verwerfung, die versucht, sich mit einer anderen Verwerfung zu vereinigen, die dort drüben am anderen Ende des Salton-Beckens verläuft.«
»Und das alles erkennst du an einem so schmalen Spalt?«
Cruz drehte sich um und sah an Laurel vorbei die Wände des Cañons hinauf.
»Es ist nicht nur dieser eine Spalt«, sagte er. »Da gibt es noch viele andere.«
Laurel drehte sich um und sah ein regelrechtes Zickzackmuster von Spalten und scharfen Kanten. An mehreren Stellen erkannte sie trotz ihrer ungeübten Augen Verschiebungen in den Gesteinsschichten. Wo einst solide, durchgängige Felsbetten wie ein gigantischer Schichtkuchen übereinander gelegen hatten, klafften nun bis zu dreißig Zentimeter breite Risse.
»Die paar Zentimeter hier sind aber etwas ganz anderes als die Spalten auf der anderen Seite des Salton-Beckens«, sagte sie.
Cruz sagte nichts.
»Was passiert, wenn du recht hast?« fragte sie nach einem Augenblick.
»Wenn das hier ein ganz neues Spaltensystem ist, dann wird vielleicht ein Teil des Drucks, der sich entlang der Sankt-Andreas-Spalte aufgebaut hat, nach hierher abgelenkt.«
»Soll das heißen, daß es doch noch Hoffnung für Los Angeles gibt?«

»Vielleicht«, sagte Cruz. »Andererseits könnten es schlechte Neuigkeiten für Las Vegas oder Laughlin, Nevada, sein. Du weißt, wie es heißt – das Glück des einen ist das Unglück des anderen.«

»Du hast keine besonders tröstliche Sicht der Welt.«

»An einigen Tagen frißt du den Bären, an anderen Tagen frißt er dich. Das ist der ganze Trost, den ich brauche, und mehr, als ich früher bekam.«

Laurel drehte sich zu Cruz um und betrachtete ihn wie einen bizarren Edelstein.

»Was soll das heißen?« fragte sie.

Doch gerade, als Laurel aufgab, eine Antwort zu erwarten, und sich wieder dem Riß zuwandte, setzte er zu einer Erklärung an.

»Es gab einmal eine Zeit«, sagte er verhalten, »in der ich die Welt wie ein typischer Bulle sah. In den Augen eines Bullen ist so ziemlich jedermann ein Arschloch. Das kommt daher, daß man es fast den ganzen Tag mit Ausschuß zu tun hat. Aber seit ich für Cassandra arbeite, habe ich gelernt, es langfristig zu betrachten. Und zwar ist langfristig fast jeder sowohl ein Arschloch als auch ein Heiliger.«

»Was für eine unfeine Sichtweise«, murmelte Laurel und blickte reglos auf den unscheinbaren Spalt. »Und ich dachte, du wärst eine männliche Erlesenheit.«

Cruz brach in lautes Gelächter aus, doch dann japste er und hielt sich die Seite. Trotz der Bandage taten seine Rippen höllisch weh.

»Tut mir leid«, sagte Laurel. »Daran habe ich nicht gedacht.«

»Meine eigene Schuld. Ich lasse mich zu leicht von dir überraschen.«

»Daran merkt man, daß man ins Kaninchenloch gefallen ist«, bestätigte Laurel. »Man erlebt eine lausige Überraschung nach der anderen.«

Sie überquerte den Riß, ging in die Hocke und sah sich alles aus einem anderen Winkel an.

Cruz' Augen folgten ihr wie ein blauer Radar. Ihre Bewegungen waren geschmeidig und grazil, so weiblich wie die Schwellungen ihrer Brüste unter dem losen Oberteil. Die Sonne schien ihr über die Schulter mit einer solchen Kraft, daß sich jede liebliche Einzelheit ihres Busens deutlich unter dem Stoff abzeichnete.

Cruz machte fleißig Atemübungen, um seine innere Anspannung zu lockern. Er hatte nicht mehr so gefühlsbetont auf eine Frau reagiert, seit er sechzehn Jahre alt gewesen war und aus erster Hand erfuhr, wo ein Mädchen am weichsten war. Damals war er aufgeregt gewesen; jetzt war er nur ärgerlich.

Ein Teil seines Aufruhrs war seiner Biochemie zuzuschreiben, das verstand er, und es ließ sich ignorieren. Was sich nicht ignorieren ließ, war der zunehmende Verdacht, daß er sich mit Laurel auf Messers Schneide zwischen Chaos und Struktur, Adrenalin und Langeweile, Finsternis und Licht befand. Nie zuvor hatte er eine derart freudige Erwartung gegenüber etwas anderem als seinem Job verspürt.

Bis jetzt.

Langsam wurde ihm klar, daß Laurel ihn genauso durchdringend prüfte wie er sie. Angespanntes Schweigen hing zwischen ihnen, während von unten aus der Wüste die Hitze heraufkroch. Eine heiße Brise wehte eine Strähne von Laurels Haar unter ihrer Mütze hervor. Sie fing sie auf und schob sie fort, ohne Cruz auch nur eine Sekunde aus den Augen zu lassen.

Er stemmte sich aus dem Loch heraus, das Aufbegehren seiner Rippen begrüßte er geradezu. Es erinnerte ihn daran, daß außerhalb dieses isolierten Cañons eine Welt existierte, in der Laurel gefährdet war, wo Verrat an der Tagesordnung war und der Tod die Strafe für fehlende Wachsamkeit.

Gillespie hat recht, sagte er sich beschämt. Wenn ich in Laurels Nähe bin, verwandelt sich mein Hirn in Bohnenmus.

»Lust auf einen Spaziergang?« fragte er.

Laurel nickte. Der Bann der Stille und des heftig unterdrückten männlichen Verlangens war gebrochen.

»Komm mit«, sagte Cruz und wies auf die schmale Öffnung des Cañons.

Während der ersten Viertelmeile war der Cañon vollkommen ausgetrocknet, und die zerklüfteten Steinwände strahlten eine sengende Hitze ab. Es war, als tappe man durch einen Kamin, so heiß, daß der Schweiß verdampfte, ehe er die Haut befeuchten konnte.

»Sollten wir vielleicht umdrehen und Wasser holen?« fragte Laurel in Gedanken an die Flaschen, die auf dem Gepäckträger ihres Transporters befestigt waren.

»Nur keine Bange! Laß dich zur Abwechslung einmal von jemand anderem umsorgen.«

»Das macht es bloß schlimmer für den Fall, daß dieser andere einen eines Tages wieder verläßt.«

Laurels deutliche Antwort verriet Cruz mehr als ihm lieb war über Jamie Swann, seine Tochter und das gegenseitige Vertrauen. Aber er sagte nichts. Der Zeitpunkt war noch nicht gekommen, um über Swann zu sprechen, solange Laurel es für ihre Pflicht hielt, ihren Vater zu schützen statt sich selbst.

Irgendwie mußte Cruz sie davon überzeugen, daß das falsch war, und zwar bald.

Mit jedem Schritt wurde der Cañon schmaler. Vor ihnen wuchs ein kleiner Baum aus dem Stein, zwei dunkle Vögel zwitscherten einander zu. Bis zu diesem Augenblick hatte Laurel nicht gemerkt, wie still die Wüste gewesen war.

»Ein Stückchen weiter gibt es Wasser«, sagte Cruz, als hätte Laurel ihn danach gefragt. »Darum sieht man hier Vögel.«

Wieder berührte es Laurel eigenartig, wie gut Cruz sie kannte. Er hatte ihre unausgesprochene Verwunderung über Vögel in diesem Backofen beobachtet.

Sie sah ihn eilig an, aber er marschierte vorwärts, als sei nichts vorgefallen.

Direkt hinter dem Baum wurde der Weg durch eine Geröllzunge versperrt. Cruz kletterte das Hindernis hinauf und reichte Laurel seine rechte Hand. Sie ignorierte sie und erstürmte den Haufen in einem Tempo, das sie nach Luft ringen und leicht die Balance verlieren ließ. Cruz' Hand schloß sich um ihren Ellbogen, bis sie das Gleichgewicht wiederfand.

»Ich bin keine Erlesenheit«, sagte er rauh. »Erinnerst du dich?«

Sein Mund wurde zu einer schmalen Linie, als er an Laurel und Swann dachte und an seine Aufgabe: Sie mußte ihm ihr Vertrauen schenken und es dem Vater entziehen.

»Manchmal läßt sich der Schmerz einfach nicht vermeiden«, äußerte er laut.

Laurel wußte, ohne zu fragen, daß Cruz in der Vergangenheit Wunden davongetragen hatte, nicht nur körperliche. Was sie überraschte, war der Schmerz in seinen Augen, einhergehend mit einer Resignation, als wäre kein Ende des Leids in Sicht.

Kurz darauf wandte sie den Blick von den Schatten in seinen Augen ab, unfähig, das, was sie sah, zu ertragen, ohne die Hand nach ihm auszustrecken und ihm den einzigen Trost zu spenden, den zu geben sie imstande war.

Als sie das Ende des Cañons vor sich sah, entfuhr ihr ein Pfiff, die Kochkiste hatte sich in eine Oase verwandelt. Im Schutz einer Steinwand lag ein Teich in der Größe eines kleinen Schwimmbeckens, und hier und da gediehen schattenspendende Büsche. Nach all dem abweisenden Fels war das Grün so überraschend, daß Laurels Augen feucht wurden.

»Die Oase ist noch zu neu, um auf irgendeiner Karte eingezeichnet zu sein«, sagte Cruz und beantwortete damit abermals eine von Laurels stummen Fragen. »Die Quelle, die den Teich speist, sprudelt erst seit ein paar Jahren.«

»Wasser aus dem Stein«, sagte sie leise. »Ein Wunder.«

»Und ein Erdbeben. Vergiß nicht die Erdbeben.«

Cruz kletterte die Geröllzunge hinab und kniete sich an den Rand des Felsenbads. Er schöpfte das Wasser mit der hohlen Hand und trank bereits, als Laurel neben ihn glitt.

»Wie klar das Wasser ist.«

»Es gibt noch nicht allzu viele Pflanzen, und hier hinten ist der Cañon zu schmal, als daß mit dem Wüstenwind Staub eindringen könnte. Ich habe noch nie andere Spuren als die von Raben entdeckt.«

Eine Seite des Teichs lag im Sonnenlicht. Die kleinen Wellen, die Cruz' Hände verursacht hatten, glitzerten hell. Er schöpfte abermals Wasser und spritzte es sich ins Gesicht. Große Tropfen trafen auf sein Hemd und breiteten sich dunkel aus. Kleinere Tropfen schimmerten in dem dunklen Haar, das im Ausschnitt des Hemds zu sehen war.

»Schmeckt es so gut, wie es aussieht?« fragte Laurel.

»Besser.«

Sie legte ihre Hände zusammen und hob das Wasser zum Mund. Nach dem ersten vorsichtigen Schluck trank sie begierig und ohne Luft zu holen, bis ihr das kühle Naß schließlich über Hals und Arme rann.

»Ahhh«, gurrte sie.

Der Schauder reiner, sinnlicher Lust, der Laurel durchfuhr, weckte abermals schmerzliches Verlangen in Cruz. Er beobachtete sehnsüchtig, wie kleine Bäche silbrigen Wassers über ihre Lippen, Hals und Bluse rannen. Sie trug keinen BH. Die Baumwolle ihres Oberteils klebte naß an ihrer Haut und betonte die Spitzen ihrer Brüste, als wäre sie in reine Seide gehüllt.

»Trink nur«, sagte er leise. »Und dann können wir reingehen und uns ein wenig abkühlen.«

Laurel bedachte ihn mit einem tadelnden Seitenblick.

»Du kannst ruhig in deinen Kleidern schwimmen«, er fuhr sich durchs Haar. »Das mache ich auf jeden Fall. Schon fünf Minuten, nachdem wir aus dem Wasser kommen, werden sie wieder trocken sein und wir schwitzen genauso wie jetzt.«

Während er sprach, zog er seine Schuhe, Socken und Oberhemd aus. Es klang, als zerreiße Stoff, als er die Verschlüsse des Korsetts öffnete, das seinen Brustkorb stützte. Er atmete erst zaghaft ein und aus. Es tat weh, wie vieles andere.

Laurel schaute zu, und ihre Miene verriet, daß ihr gefiel, was sie sah. Als sie die Prellungen an seinen Rippen entdeckte, entfuhr ihr ein Klagelaut.

»Genug getrunken?« fragte er, um sie abzulenken.

»Ja.«

Er watete in die Mitte des Teichs. Das Wasser war nur wenig kühler als sein Körper und ging ihm nicht höher als bis zum Bauch. Auf einem kniehohen, flachen Stein nahm er Platz und schloß vor Vergnügen die Augen, als ihn das Wasser schulterhoch umgab.

Leises Platschen verriet ihm, daß Laurel gleichfalls untertauchen wollte. Er blinzelte. Sie hatte ihre Jeans ausgezogen, und das Oberteil reichte kaum bis zu ihren Schenkeln hinab. Sie tastete sich in die Tiefe und keuchte leise.

»Es ist doch nicht kalt, oder?« fragte er.

»Nein. Nur überraschend. Wie lauwarme Milch.«

Mit zusammengekniffenen Augen beobachtete er, wie sie so weit hinauswatete, daß ihr das Wasser bis zu den Brüsten ging. Dann beugte sie die Knie, da war nur noch ihr Kopf zu sehen. Mit einem Schwung riß sie sich die Mütze vom Kopf und schleuderte sie an den Rand des Teichs. Ihr Haar fiel lose herab. Die Spitzen berührten das Wasser und ringelten sich dann feucht in ihrem Nacken.

Es gab keinen Felsen, der zum Draufsetzen hoch genug gewesen wäre. Also kniete sie im Wasser und sorgte durch leichte Handbewegungen für ihr Gleichgewicht. Dann warf sie den Kopf zurück und ließ sich von den seidigen Fluten massieren. Aus ihrer Kehle drang ein wohliger Laut. Sie ließ sich rücklings auf dem Wasser treiben, wobei sie langsam mit den Armen ruderte.

»Wenn du genug hast vom Schwimmen, kannst du dich hierher setzen«, rief Cruz nach einer Weile.

Seine Stimme war ungewöhnlich tief, wie dunkler Samt, so zärtlich wie eine Berührung. Laurel lächelte.

»Diese Stimme habe ich nicht mehr gehört, seit du versucht hast zu Hause mein Vertrauen zu gewinnen«, sagte sie.

»Tja, leider hat es nicht geklappt.«

»Bist du sicher?«

Laurel stand auf und watete langsam auf ihn zu. Ihr Oberteil hing als nasse zweite Haut an ihr. Wie Hände zeichneten seine silberblauen Augen die Rundungen ihres Leibes nach.

»Wenn ich es mir so überlege«, sagte Cruz, »ist es vielleicht besser, wenn du wieder schwimmen gehst, außerhalb meiner Reichweite.«

Seine Stimme kollerte vor Zärtlichkeit.

»Wahrscheinlich sollte ich das«, flüsterte Laurel. »Aber es fühlt sich jetzt... so richtig an.«

Ehe einer von ihnen es sich anders überlegen konnte, streckte Cruz die Arme aus und zog Laurel in seinen Schoß.

»Wieviel von mir willst du?« fragte er. »Sag es mir jetzt, solange ich dich noch hören kann.«

»Soviel du hast«, erwiderte sie.

Cruz versenkte sich in die goldenen Augen, die ihm vertrauensvoll und verlangend entgegenblickten.

»Bist du sicher?« fragte er.

»Ich bin sicher, daß ich noch nie etwas Ähnliches empfunden habe, ich möchte gerne alles...«

Der Schauder, der Cruz' Körper durchlief, rührte nicht nur von Leidenschaft. Er fing an, Laurels Oberteil aufzuknöpfen, doch dann hielt er inne und sah sie mit brennenden Augen an, um sich zu vergewissern, ob er wirklich das Richtige tat.

»Keine Angst«, sagte sie und legte die Fingerspitze auf seine Oberlippe. »Ich werde es mir nicht anders überlegen. Solche Scherze mache ich nicht.«

Langsam beugte Cruz sich vor und küßte Laurel auf den Mund. Er fuhr mit der Zunge ihr Lächeln nach, kostete sanft, bat um mehr ihrer Weichheit. Mit einem leisen Keuchen gab sie sie ihm.

Cruz' Geschmack breitete sich wie ein Flächenbrand in Laurels Körper aus. Die Hitze und gleichzeitige Zartheit seines Kusses nahmen ihr die Luft. Er hielt sie so behutsam, daß ihre Leidenschaft noch gesteigert wurde und sie nach einem stürmischeren Kuß verlangte.

Ihre Hände kneteten die harten Muskeln seiner Schultern und seines Rückens, wie um seine Stärke zu tasten. Er brummte wie ein Honigbär und zog sie dichter an sich.

Erst in diesem Augenblick wurde Laurel bewußt, daß ihr Oberteil zur Gänze aufgeknöpft war. Bei der Berührung männlichen Haars und maskuliner Muskeln wurden die Spitzen ihrer Brüste hart. Sie schob sich langsam enger an ihn und erhöhte so den sinnlichen Druck.

Schlagartig veränderte sich Cruz' Kuß, wurde hart und tief und drängend, mehr fordernd. Laurel folgte ihm den ganzen Weg, gab und nahm wie er, so daß seine Erregung weiterwuchs.

Schließlich gelang es Cruz, den Kuß zu beenden. Er rang so sehr um Beherrschung, daß er sich an den Felsen klammern mußte.

»Fehlt dir etwas?« fragte Laurel besorgt.

Er schüttelte den Kopf, ohne dabei den Blick von ihren Augen und dem leicht geöffneten Mund zu wenden.

»Du«, sagte er leidenschaftlich. »Ich wollte mir den ganzen Tag für dich Zeit nehmen. Ich wollte dir die Kleider ausziehen und dich ansehen, ehe ich dich koste, dir Vergnügen bereite…«

Der Schauder, der Laurel bei diesen Worten durchlief, sprang auf ihn über wie ein Funke.

»Ich habe mich dir schließlich nicht widersetzt«, sagte sie.

»Vielleicht hättest du das tun sollen«, er strich wehmütig über ihre Wange. »Du bist so verdammt empfänglich für alles, daß es mir schwerfällt, nicht über dich herzufallen.«

»Empfänglich? « lachte sie.

Dann merkte sie, was Cruz gemeint hatte.

»Du wirkst schockiert?« fragte er.

»Das bin ich auch. Im allgemeinen beschuldigen die Männer mich, das Gegenteil zu sein.«

Nun war die Reihe an Cruz, zurückzufahren. Laurel legte ihr Gesicht in seine Hand und küßte sie.

»Aber schließlich«, sagte sie, »haben sie mich auch noch nie dadurch heiß gemacht, daß sie einfach in mein Haus spaziert sind.«

Sie strich mit der Zungenspitze über seinen Zeigefinger. Cruz wartete, daß sie vor der Verstümmelung zurückschrecken würde. Statt dessen küßte sie sie sanft, ehe sie den Mittelfinger und die zarte Haut dazwischen kostete.

»Bisher«, flüsterte sie, »hat es noch keiner geschafft, mich mit den Augen zum Schmelzen zu bringen.«

»Laurel«, Cruz ächzte.

Mehr konnte er nicht sagen. Die Finger seiner rechten Hand streichelten die nassen Spitzen ihrer Haare, ehe er mit dem Handrücken über ihren Hals, ihr Schlüsselbein und die Rundungen ihrer Brüste fuhr.

»Diese Männer…« Laurel hielt inne, als Cruz' Fingerspitzen den dunklen Kreis einer Brustwarze umfuhren. »Sie haben nicht dieselben Gefühle in mir geweckt wie du.«

»Was für Gefühle wecke ich denn in dir?« fragte Cruz.

»Ich fühle mich wie eine Frau. Schön... und begehrenswert.«

Er lächelte. »Das bist du ja.«

Laurel schüttelte den Kopf, doch als Cruz die Spitze ihrer Brust zwischen zwei Finger nahm und rhythmisch zu zupfen begann, reckte sie sich ihm zitternd entgegen. Tief aus ihrer Kehle drang ein Laut des Verlangens, der ihn verleiten wollte, ihr die Kleider vom Leib zu reißen und sich mit einem wilden Stoß in sie hineinzubohren.

»Und du gibst mir das Gefühl, ein potenter Verführer zu sein...«

»Das bist du ja.«

Cruz setzte ein eigenartiges Lächeln auf. »Aber nicht lange. Und nie zuvor so wie jetzt. Ich dachte schon, ich hätte es ganz verlernt.«

Zögernd ließ er von Laurels fester und zugleich cremiger Brust ab und schob sie von seinem Schoß.

»Steh auf, Süße«, sagte er. »Wenn ich jetzt nicht anhalte, gelingt es mir nicht mehr.«

Verwirrt gehorchte sie ihm. Er stand auf und schob eine Hand in die Tasche seiner Shorts. Die Bewegung zog den nassen Stoff noch enger über sein erregtes Fleisch. Er sah, daß Laurel entgeistert die Augen aufriß.

»Keine Angst«, sagte er sanft. »Ich werde dir nicht weh tun. Ich werde dafür sorgen, daß du so bereit bist wie ich, ehe ich zu dir komme.«

»Ich glaube nicht, daß ich jemals bereiter war«, sagte Laurel, und ihre Stimme verriet neben einer gewissen Ängstlichkeit unmißverständliche Zustimmung.

Cruz lachte trotz der Schmerzen in seinen Rippen und dem noch glühenderen Schmerz in seinem Glied. Er zog die Hand aus der Tasche.

»Halt das mal«, sagte er.

Ein kleines Päckchen fiel in Laurels Hand.

»Du bist ein besserer Pfadfinder als ich«, sagte sie. »Ich war auf so etwas nicht vorbereitet.

»Schließlich bin ich dein Leibwächter«, sagte Cruz, während er den Reißverschluß seiner Shorts öffnete. »Mein Job ist es, dich nach allen Regeln der Kunst zu schützen.«

»Gehört es zu deinem Job, die Klientin zu verführen?«

Cruz' Hände zögerten, als er sich an Gillespies Befehl erinnerte. »Glaubst du das?«

»Ich glaube, du wolltest mich schon, als du mir zum ersten Mal begegnet bist. Und ich weiß, daß ich dich wollte. So etwas ist mir noch nie passiert. Und es ... wundert mich immer noch.«

Einen Augenblick lang schloß Cruz die Augen. Er rang um Beherrschung, doch ihre Ehrlichkeit erregte ihn ebenso wie ihr Kuß.

»In dieser Weise ist es auch für mich neu«, sagte er knapp. »Gillespie hat es bemerkt. Er wollte mir den Fall abnehmen.«

»Aber er hat es nicht getan.«

»Nein. Statt dessen beschloß er, unsere Leidenschaft füreinander zu nutzen.«

»Und was hast *du* beschlossen?«

Cruz umwickelte Laurel mit seinem Blick.

»Ich habe beschlossen, dich besser zu schützen als je zuvor einen Menschen – vor der Hölle, vor Hochwasser und auch vor Hauptfeldwebel Ranulph Gillespie.«

Die Heftigkeit seines Tons erschütterte Laurel ebenso wie sein nacktes Verlangen. »Warum?«

»Du gibst mir das Gefühl, lebendig zu sein«, sagte er mit rauher Stimme. »Davor kann ich mich nicht verschließen. Und so lange bin ich dein, wie lange das auch sein mag. Wenn du mich behalten willst.«

Laurels Hand schloß sich um das leuchtende Päckchen. Der Beweis, daß sie ihm genug bedeutete, um von ihm geschützt zu werden, wenn sie alle Vorsicht in den Wind blies, war bewegend. Sie schloß die Augen. Cruz brachte sie allein dadurch zum Erzittern, daß er sie ansah, sie anlächelte und ihr ein Verlangen zeigte, das körperlich und zugleich etwas anderes war, etwas, von dem sie angezogen wurde wie die Motte vom Licht.

»Ich will dich ja«, flüsterte sie. »Mehr als je zuvor.«

Wasser spritzte ihr ins Gesicht. Als sie die Augen öffnete, sah sie, daß Cruz nackt vor ihr stand. Nackt und abwartend.

Ungeübt machte sie sich daran, ihr Oberteil auszuziehen, doch ehe sie fertig war, hatte Cruz sie erreicht, küßte sie und nahm ihr die Arbeit ab. Seine langen Finger glitten über ihre Brüste, ins Wasser und ihren Bauch hinab bis in die Bikinihose, die das einzige Kleidungsstück war, das sie noch trug. Sein Mund folgte seiner Hand, leckend und beißend und küssend, bis die Hose ebenfalls auf dem Wasser trieb und er vor ihr in die Knie ging.

»Stütz dich auf meine Schultern.«

Laurel lächelte, als sie den dunklen Samt seiner Stimme vernahm, der sie vor Erwartung zerfließen ließ.

Das Wasser bildete einen Strudel, in dem Cruz verschwand. Laurel spürte den süßen Biß seiner Zähne an ihrem Bauch und dann die wilde Hitze seines Mundes an ihrem Schoß. Sie stöhnte heiser, und ihre Knie gaben nach, aber er hielt sie mit seinen Händen und seinem begierigen Mund, der trotz des Wassers zu brennen schien.

Dann kochte das Wasser sprudelnd auf, und die Welt begann sich um Laurel zu drehen. Als sie wieder zum Stehen kam, saß Cruz auf dem Felsen und sie rittlings auf seinem Schoß. Sie wollte seinen Namen rufen, aber das einzige, was aus ihren Lippen drang, war ein heiserer Schrei. Sein Mund fand ihre Lippen, und seine Zunge schob sich tief in sie hinein. In wildem Schweigen reckten sich einander entgegen in dem Bedürfnis, mit dem anderen zu verschmelzen.

Cruz' linker Arm legte sich um ihre Hüften, und seine rechte Hand glitt ihren Körper hinab und hielt sie fest. Er rieb sich langsam an ihr und genoß die seidige Textur ihrer Lust. Langsam schob er einen Finger tief in sie hinein.

Laurel verharrte vollkommen reglos, doch dann preßte sie sich zitternd an ihn, wobei sie auf und ab wippte und ihre Nägel in seinen Schultern vergrub. Er küßte sie hart und wurde von ihr noch härter geküßt, bis die Spirale ihrer Leidenschaft auf der Höhe angelangt war.

Rasch verdoppelte er die Anzahl der Finger in ihrem Leib, ertastete sie, streichelte sie, weitete sie, bereitete sie auf ihren gemeinsamen Höhepunkt vor. Sie stöhnte und schüttelte sich, als wäre ihr plötzlich kalt. Ihr Mund saugte in demselben Rhythmus an ihm, in dem er sie streichelte. Die Hitze in ihrem Inneren war größer als die des Wassers, das ihn umgab.

Mit dem letzten Rest Selbstbeherrschung löste er seinen Mund von ihr. Sie sah ihn an mit verhangenem Blick. Seine Hand bewegte sich erneut in ihr, und wieder spürte er ihre heiße Gier.

»Du«, sagte er und rang nach Luft, »du verbrennst mich bei lebendigem Leib.«

Laurel begann eine Erwiderung, aber seine Hand streichelte erneut, und erneut wurde sie von solcher Lust erfaßt, daß sie sich zitternd an ihn klammerte.

»Jetzt oder nie«, sagte Cruz. »Zieh es mir an, Süße.«

»Dann mußt du aufhören …«

Die Worte brachen ab, als Cruz sie abermals ertastete.

»Ich will nicht aufhören«, sagte er. »Ich liebe die Geräusche, die du machst, die Art, wie du dich anfühlst. Gott, du bist so weich. Wie aus Seide und Sahne.«

Laurel fummelte an dem dünnen, glitschigen Päckchen herum. Ihre zitternden Hände verhaspelten sich, doch schließlich hatte sie Erfolg. Endlich konnte sie sich an Cruz rächen, indem sie ihn ebenfalls einer süßen Folter unterzog, sich unnötig Zeit ließ und zog und zupfte, bis das Kondom richtig saß.

»Das hat dir gefallen, nicht wahr?« fragte Cruz und lächelte.

»Ja«, sagte Laurel und biß ihm in die Unterlippe. »Jede Sekunde.«

»Und wie ist's damit?«

Sie ließ die Antwort Antwort sein. Er schob sich in sie, füllte sie aus, verschmolz mit ihr, bis sie einander so nahe waren, daß sie nicht mehr wußten, wessen Mund küßte, wessen Hände streichelten, wessen Arme hielten und wessen Stimme schrie; es gab nur noch einen Körper, einen Rhythmus, einen Ton.

Und dann schlug die Hitze über ihnen zusammen, schnell und heftig, die Ekstase verschlang sie mit ihren Flammen.

23

Die Lobby des Beverly Wilshire Hotels war ein Treffpunkt für Menschen aus aller Welt. Drei japanische Geschäftsleute, die in der Stadt waren, um ihren jüngsten Studiokauf zu überprüfen, wurden von einem Dutzend ihrer neuen Angestellten begrüßt, die lautstark in ihrer bei Berlitz erlernten Zweitsprache plapperten und sich bei jeder dritten Silbe verbeugten. Zwei offensichtlich verfeindete arabische Parteien, die nebeneinander an der Anmeldung standen, tauschten böse Blicke aus. Das Gefolge eines pensionierten britischen Premierministers – Pressesprecher, persönliche Assistenten und in Zivil gekleidete Polizeibeamte aus London, Washington und Los Angeles – liefen wie eine Herde nervöser Kälber herum, überprüften ihr eigenes Gepäck und schnüffelten in dem Gepäck der anderen, um sich zu überzeugen, daß nirgendwo ein Sprengsatz eingebaut war.

Alexej Nowikow freute sich. In diesem Gedränge fiel ein Spion in einem teuren Zweireiher bestimmt nicht auf. Georgi Gapan wartete in einer dunklen Ecke der Bar auf ihn. Obwohl die Happy-hour noch lange nicht in Sicht war, herrschte dort reger Betrieb.

Gapan rollte nervös ein leeres Glas zwischen seinen Händen hin und her. Das Glas war so verschmiert, als hätte der Russe seit geraumer Zeit damit herumgespielt.

»Wo waren Sie?« fragte er leise auf russisch, als Nowikow sich ihm näherte. »Ich habe schon vor einer Stunde angerufen.«

»Wenn du schon seit einer Stunde mit dem Glas rumspielst,

bestellst du dir lieber noch einen Drink«, erwiderte der Spion. »Auf jeden Fall hast du durch dein Verhalten dafür gesorgt, daß sich der Barkeeper an dich erinnern wird.«

»Ich – eh, hatte keine Dollars mehr«, gab Gapan zu. »Los Angeles ist ein teures Pflaster. Ich habe allein fünfzig Dollar für Taxis ausgegeben, nur zum Autoverleih hin und zurück.«

Nowikow verdrehte die Augen.

»Armseliges Schaf«, sagte er und griff in seine Tasche. »Du hättest bei den Kulaken daheim bleiben sollen.«

Gapan kniff seine dunklen Augen zusammen, erwiderte jedoch nichts auf diese Beleidigung.

Während Nowikow Hundertdollarscheine von einer Rolle wickelte, winkte er dem Barkeeper und bestellte zwei Gläser dessen, was er zuvor getrunken hatte. Nowikow bezahlte die Drinks mit einem Schein und gab drei weitere an Gapan.

»Wo ist sie?« fragte er, sobald der Boy die Getränke gebracht und sich einem anderen Gast zugewandt hatte.

»Oben. Raum sechshundertzwölf. Ich glaube, sie ist allein. Der Mann, der sie begleitet hat, kam vor ungefähr zehn Minuten aus dem Fahrstuhl und verließ sofort das Hotel.«

Nowikow nippte an seinem Glas. Es enthielt einen dünnen, säuerlichen amerikanischen Wodka, pur.

»Hast du den Mann identifiziert?« fragte er.

»Er ist als J. C. Johnson eingetragen«, sagte Gapan, »mehr weiß ich nicht; scheint um die Vierzig zu sein und trägt legere Kleidung mit einer Waffe unterm Hemd.«

»Und wie steht's mit der geheimnisvollen Limousine? Weißt du, wer drin saß?«

Gapan schüttelte den Kopf. »Es war ein Cadillac, aber ich habe nicht reingesehen. Die Fenster waren sehr dunkel.«

»Das Übliche«, stellte Nowikow trocken fest.

»Der Fahrer oder Toths Begleiter muß mich gesehen haben. Sie fuhren direkt in die Parkgarage eines dieser infernalischen Einkaufszentren.«

»Wo du sie verloren hast«, riet Nowikow.

»Tut mir leid.« Gapan rieb sich unglücklich das zerklüftete Kinn. »Ich habe alles versucht. Ich bin es nicht gewohnt, so zu fahren. Der Verkehr hier... ein Alptraum!«

Mit einem unterdrückten Fluch kippte Nowikow den Rest seines Wodkas hinunter und bedeutete dem Barkeeper, ein weiteres Glas zu bringen. Gapan leerte seine Portion, verzog das Gesicht und schluckte.

»So, mein kleiner Polizist«, murmelte Nowikow. »Du hast die Verdächtige, eine verführerische amerikanische Journalistin, ausfindig gemacht. Sehr gut. Du hast sie verloren. Nicht so gut. Du hast es nicht geschafft, die geheimnisvolle Person oder die geheimnisvollen Personen zu identifizieren, die sie getroffen hat. Noch schlimmer. Aber jetzt hast du sie wiedergefunden. Gut. Wie hast du das nur geschafft?«

»Ich dachte, sie würden vielleicht das Hotel wechseln, nachdem sie bemerkt hatten, daß ich ihnen auf den Fersen war. Also bin ich zum Century Plaza zurückgekehrt und habe auf einen Pagen gewartet, der mit ihrem Gepäck auftauchen müßte.«

»Bravo«, sagte Nowikow mit einem überraschten Seitenblick auf seinen Kulaken. »Wie bist du denn darauf gekommen?«

»Ich bin immer derjenige, der zurückbleibt und sich um das Gepäck kümmert, wenn wir auf Reisen sind«, lautete Gapans schlichte Erwiderung.

»Ah, natürlich«, sagte Nowikow. Bauernschläue. »Und wie hast du die Zimmernummer herausgefunden?«

Gapan hob sein Glas an die Lippen. Bei einem anderen Mann hätte Nowikow angenommen, daß er dadurch Zeit gewinnen wollte, aber Gapan war zu schwerfällig für solche Mätzchen.

Gapan rülpste, wischte sich den Mund ab und lächelte verstohlen, als er Nowikows angewiderte Miene sah.

»Der Page ist erst vor kurzem aus Rußland emigriert«, sagte er. »Ich habe ihm gedroht, seine Geschwister verhaften zu lassen, wenn er mir nicht die Zimmernummer verrät.«

»Wozu wir unglücklicherweise nicht mehr in der Lage wären«, warf Nowikow ein. »Das verdammte neue Regime macht sich in die Hosen vor Angst, ›internationale Aufmerksamkeit‹ zu erregen.«

»Das wußte der Page nicht. Er hat mir die Zimmernummer gesagt.«

»Die Kunde von den Veränderungen in unserem Land spricht sich anscheinend nur sehr langsam bei unseren im Ausland lebenden Landsleuten herum.«

»Sie hören davon.« Gapan schob das Kinn vor. »Aber sie glauben einfach nicht, daß eine solche Veränderung möglich ist.«

Nowikow nippte an seinem Wodka und sah sich die Leute an, die sich an der Bar einfanden. Bunte, farbenfrohe Menschen, reich und kraftvoll und selbstbewußt. Sie waren so anders als die Bewohner Moskaus, die die trüben Mienen von Menschen zur Schau trugen, deren Los so unweigerlich in Unterdrückung mündet wie ein Fluß in den Ozean.

Bauern, dachte Nowikow voller Bitterkeit. Bauern, die nicht wußten, wann ein gutes Leben für sie begonnen hatte, so daß sie das Leben aller anderen gleich mit ruinierten.

Er schob den Wodka zur Seite und wandte sich Gapan zu.

»Ich werde die Leine, an der unsere Freundin in sechshundertzwölf hängt, ein wenig kürzen«, sagte er. »Weißt du, wo es hier ein Haustelephon gibt?«

»In der Lobby.«

»Tu so, als ob du es benutzt, und beobachte währenddessen die Eingangstür. Wenn der Kerl, der sich J. C. Johnson nennt, zurückkommt, ruf oben an. Laß einmal klingeln und leg dann wieder auf.«

Gapan nickte. »Werden Sie sie töten?«

»Ich glaube nicht. Aber ... die Möglichkeit besteht, nicht wahr?«

Nowikow verließ die Bar, selbstbewußt schritt er durch die Lobby zum Lift, als wäre er einer der gutsituierten Gäste des Hotels. Als er im fünften Stock aus dem Fahrstuhl stieg, filterten Vorhänge aus sehr teurem Stoff die Spätnachmittagssonne, die in den Korridor fiel. Der Afghan-Teppich auf dem Boden hatte die Farbe von Preiselbeeren.

Was für ein Land, dachte er, das es sich leisten konnte, soviel Luxus in einem Hotel zur Schau zu stellen, das lediglich gut, aber nicht großartig zu nennen war.

Der Treppenaufgang am Ende des Flurs erwies sich vergleichsweise kahler und geschäftsmäßiger. Die meisten Gäste des Beverly Wilshire bekamen ihn nie zu sehen, denn die Fahrstühle waren immer in Betrieb.

Nowikow erklomm die Stufen und öffnete vorsichtig die Tür zum sechsten Stock. Der Korridor war menschenleer. Er fand Zimmer Nummer 612 und klopfte leise an, überrascht, daß ein so teures Hotel auf die grundlegendsten Sicherheitsvorkehrungen wie Spione auf Augenhöhe der Türen verzichtete.

»Wer ist da?«

Die wunderbare Claire, Claire de Noir.

»Der Hausdiener«, erwiderte er und ließ seine Stimme heller klingen.

Die Tür öffnete sich bis zum Ende der Sicherheitskette.

Nowikow holte aus und trat einmal gezielt zu. Holz splitterte, als ein Ende der Kette aus dem Rahmen sprang. In der nächsten Sekunde stand Nowikow im Raum. Mit einer Hand packte er Toth am Hals, was ihr die Möglichkeit zum Schreien nahm, mit der anderen schlug er auf ihr Handgelenk. Ihre plötzlich tauben Finger ließen die Waffe los, die auf ihn gerichtet war.

Mit dem Fuß schob er leise die Tür hinter sich zu.

»Hallo, Süße«, sagte er. »Lange nicht mehr gesehen.«

Toths Augen waren so dunkel und kalt wie die Pistole am Boden.

»Ich werde dich nicht töten, solange du mich nicht dazu zwingst«, sagte er ruhig. *»Wo ist das Ei?«*

Trotz der Hand, die um ihre Kehle lag, dachte Toth lange über die Antwort nach. Sie mußte sich hüten, Nowikow mehr zu verraten, als er bereits zu wissen schien.

»Ich kann… nicht atmen«, krächzte sie.

»Das bezweifle ich, mein wunderschöner schwarzer Engel.«

Trotzdem lockerte er seinen Griff. Toth atmete geräuschvoll ein, als wäre sie soeben beinahe erstickt.

»Nun sprich schon«, forderte Nowikow sie auf.

»Ich weiß nicht, wo das Ei ist«, sagte sie heiser. »Ich bin nur der Köder, wie für euch. Ich wollte ihm bei dem Diebstahl nicht behilflich sein, Alexej. Er hat mich dazu gezwungen. Und jetzt muß ich ihm helfen, das Ding zu verkaufen. Irgendwoher hat er Dokumente, die beweisen, daß ich für die Sowjets gearbeitet habe, und wenn das rauskommt, kriege ich nirgends mehr einen Job und…«

»Halt's Maul«, murmelte Nowikow und verstärkte den Griff an ihrem Hals.

Ob freiwillig oder gezwungenermaßen, Toth hielt den Mund.

Nowikow überflog seine Möglichkeiten, während er ihr in die dunklen Augen sah, ungerührt von ihrer Angst, ihrer Schönheit, ihrer berechnenden Art.

»Du versuchst nur das Ei zu verkaufen?« fragte er nach einem Augenblick.

Toth nickte eifrig.

»Und wer ist der glückliche Käufer?«

»Damon Hudson«, quetschte Toth heraus wegen des stählernen Griffs, der um ihre Kehle lag.

»Wieviel?«

»Sechs.«

»Millionen?«

Sie nickte.

Nowikows Griff lockerte sich. Fast hätte er laut gelacht. Offenbar wußte Toth nichts vom wahren Wert des Eis, sonst hätte sie sechzig Millionen gefordert. Er bezweifelte allerdings, ob ihr Partner ebenso dämlich war.

Mit tödlicher Geschmeidigkeit ließ er von Toth ab, griff nach ihrer Waffe und sicherte sie. Erst danach wandte er sich ihr wieder zu. Sie hatte eine Hand an ihren Hals gelegt und zitterte leicht. Der willkürliche Schauder war unter der Seide ihrer Bluse deutlich zu sehen.

Nowikow unterzog Toth einer eingehenden Musterung, und ihre Brustwarzen strafften sich, als hätte er sie berührt.

»Du bist eine von nur zwei Frauen, die ich jemals sexuell anziehend fand.«

»Ich weiß«, erwiderte Toth mit heiserer Stimme. »Und wer ist die andere?«

»Eine Frau, die zweimal so alt ist wie du, die nur ein Viertel deines Aussehens, aber dafür eins der besten politischen Hirne dieses oder jedes anderen Jahrhunderts hat.«

»Ihr Hirn kannst du wohl kaum vögeln.«

Nowikow lächelte, wobei der Schwung seiner Lippen zugleich hart und täuschend verletzlich wirkte, wie der eines kürzlich gefallenen Engels, der immer noch erlöst werden könnte.

Toth leckte sich die Lippen und strich über ihre Hosenbeine. Die Geste mochte unbewußt sein, aber Nowikow bezweifelte es.

»Armes Mischlingsgeschöpf«, sagte er leise. »Du hast ein pathologisches Bedürfnis, Männer sexuell anzuziehen. Du fühlst dich nur dann sicher, wenn du den Schwanz eines Mannes beherrschst. Darum hat man mich ausgesucht, um dich als Agentin zu führen. Sie wußten, daß mir der Sinn eher nach kleinen Jungen steht.«

»Und nach kleinen Mädchen«, sagte Toth und setzte ein boshaftes Lächeln auf. »Vergiß die kleinen Mädchen nicht.«

»Manchmal«, pflichtete er ihr bei. »Aber du bist kein kleines Mädchen mehr. Hast du Angst bekommen, als du Brüste bekamst und dein Vater anfing, die Nächte mit deiner kleinen Schwester zu verbringen?«

Toths Augen blitzten zornig auf, aber sie beherrschte sich. Nowikow war ein Mann mit einem treffsicheren Gewaltpotential.

»Und wer spielt jetzt deinen Vater?« fragte Nowikow.

»Jamie Swann.«

Nowikow runzelte die Stirn. »Der Name sagt mir nichts.«

»Er ist auch keiner von uns.«

»Und wie ist er auf dich gekommen?«

»Keine Ahnung. Er tauchte einfach mit einer Handvoll Beweisen dafür auf, daß ich für euch gearbeitet habe.«

Nowikow verzog keine Miene, doch mehr sagte sie nicht.

»Was solltest du für ihn tun?« fragte er.

»Wie gesagt. Ich sollte den Köder spielen. Ich schleiche mich an sämtlichen Drachen vorbei und flüstere das Wort Fabergé in ein paar sehr reiche Ohren. Wir haben bereits mehrere lukrative Angebote bekommen.«

»Dieser Swann … kennt er sich mit Computern aus?«

Toth lachte. »Jamie? Baby, er weiß wahrscheinlich kaum, wie man einen Stecker in die Steckdose drückt. Er ist eher der Typ des besttrainierten Leibwächters.«

»Aber ganz dumm kann er nicht sein, wenn er mir das Ei unter der Nase wegklaut.«

»Ich wette, er hatte Hilfe aus dem guten alten Rußland«, sagte Toth hinterhältig. »Nicht jeder vertraut darauf, daß die neue Regierung am Ruder bleibt. Die Leute sehen zu, daß sie ihre Schäfchen ins trockene bringen.«

»Warum schreibst du nicht einen Leitartikel über die russische Unsicherheit für die *Los Angeles Times*?« fragte Nowikow freundlich. »Eintausend Wörter der Weisheit von einer als Journalistin getarnten Verräterin.«

»Ist das ein Vorschlag oder ein Befehl?« fragte Toth.

Nowikow lächelte.

Äußerlich ruhig wandte sich Toth ab und nahm auf der Bettkante Platz. Sie stützte die Hände hinter ihren Hüften auf das Laken, spreizte die Beine und lehnte sich zurück. Die Pose führte dazu, daß ihre Brüste sich hoben, bis sie sich deutlich unter der straff gespannten Seide ihrer Bluse abzeichneten.

Frauenbrüste waren sexuell uninteressant für Nowikow, aber Toths große Brustwarzen hatten etwas unleugbar Stimulierendes. Wie der Penis eines kleinen Jungen schienen sie ein Eigenleben zu führen. Er beobachtete, wie sie sich sanft pochend verhärteten. Es war ein wirksamer kleiner Trick, ähnlich denen, die Nackttänzerinnen in Sexshows auf der ganzen Welt zu bieten hatten.

Er ging zum Bett und baute sich zwischen Toths Schenkeln auf. Ihre Knie schlossen sich um seine Beine und streichelten sie.

»Ich bin ehrlich enttäuscht von dir«, sagte er sanft, während er weiter ihre Brustwarzen betrachtete. »Du hättest zu mir kommen sollen, als Swann anfing dich zu erpressen.«

»Ich bin ebenso loyal wie du.«

»Ich trauere nicht um deine Loyalität, sondern um deinen Mangel an Weitsicht. Wenn du zu mir gekommen wärst, hättest du beim Wiederaufbau einer Macht mitwirken können, die einst die Hälfte der Welt beherrschte.«

»Einst«, echote Toth heiser, während ihre Knie weiter rhythmisch Nowikows Beine streichelten. »Aber das reicht nicht, Baby. Wir leben in der Welt, die ist, nicht in der, die einmal war.«

»Das, was einmal war, wird wieder sein. Bald.«

»Für mich zu spät«, sagte Toth. »Du wirst mir niemals vertrauen, und das nur, weil irgendwer in Rußland Swann meine Akten gegeben hat.«

»Du irrst dich, mein dunkler Engel. Ich werde dir vertrauen. Du brauchst mir nur das Ei zu bringen.«

»Ich habe es nicht!«

Der Ärger und die Frustration in Toths Stimme waren echt. Nowikow hätte fast gelacht.

»Dann sieh zu, daß du es bekommst.« Er war ganz Beschützer. »Bring es mir und alles wird gut. Ich kümmere mich immer sehr, sehr intensiv um meine Freunde.«

Um die Aufrichtigkeit seiner Worte zu unterstreichen fuhr Nowikow mit einem langen, eleganten Finger Toths Brustwarze nach. Sie atmete keuchend ein, und es scherte Nowikow wenig, ob ihre Erregung künstlich war oder echt.

Er mußte Toth glauben machen, daß er sich von ihr vielleicht verführen ließe. Dann würde sie denken, daß er sexuell zu beherrschen war, und sexuelle Macht war die einzige Macht, der sie zu vertrauen schien.

»Mach dir keine Gedanken über meine Loyalität«, sagte er. »Ich mache mir schließlich auch keine Gedanken über deine. Vertrauen wird wie die Liebe deutlich überschätzt. Der gegenseitige Nutzen, den Menschen voneinander haben, ist das, was sie zusammenhält. Wenn einem das klar wird, wird das Leben viel einfacher. Du kannst dein Vergnügen suchen und anderen Vergnügen bereiten, ohne je die Kontrolle zu verlieren.«

Er ließ seine Hände über ihre Schenkel gleiten.

»Zum Beispiel«, fuhr er leise fort, »könnten wir uns in diesem Augenblick gegenseitig Vergnügen bereiten, ohne auch nur das kleinste bißchen unserer Kontrolle zu verlieren. Zumindest behielte sie einer von uns beiden. Und wer, mein dunkler Engel, wäre das wohl?«

Toth leckte sich lächelnd die Unterlippe, umfing sie mit ihren Zähnen und biß sanft darauf, als genieße sie Wollust nur in Verbindung mit Schmerz.

»Was wäre, wenn ich immer noch die Waffe hätte?« fragte sie heiser. «Was wäre, wenn ich dir den Lauf zwischen die Zähne schieben würde?«

Nowikow lächelte. »Dann würde ich daran saugen.«

Sie schloß halb die Augen, warf den Kopf zurück und rollte ihn langsam hin und her, um die Spannung in ihrem Nacken zu lösen. Die Bewegung führte dazu, daß sich ihre Brüste einladend an der Seide ihrer Bluse rieben.

»Armes, kleines Mädchen«, sagte Nowikow. »So viele Feinde. So viele Möglichkeiten. Wähle mich, dunkler Engel. Ich werde dir zeigen, wie es ist, wenn man fliegt.«

»Ich kann es bereits.«

»Das denken alle kleinen Vögel. Sie denken, ihre unbeholfenen Hüpfer wären schon Flug. Doch eines Tages treten sie aus dem Nest und wissen, warum sie geboren sind.«

Toth sah in Nowikows rauchige und zugleich schimmernde Augen und überlegte, wie sich der sexuelle Machtkampf mit ihm wohl gestaltete. Der Gedanke war gleichermaßen erregend wie beängstigend.

»Nach mir hättest du keinen Gefallen mehr an kleinen Jungs«, sagte sie.

»Du bist nicht die erste Frau, die so etwas sagt«, meinte Nowikow und setzte ein sowohl verführerisches als auch verächtliches Lächeln auf.

Sie atmete beinahe kläglich ein und biß sich fester auf die Unterlippe.

»Ich werde die letzte sein, Alexej. Darauf kannst du deine Eier verwetten.«

»Abgemacht. Wir werden sehen, wer der Herr und wer der Sklave ist... *nachdem du mir das Ei gebracht hast.*«

Wie zur Untermauerung dieses Versprechens und gleichzeitig als Bestrafung vergrub er seine Fingernägel in ihrer weichen Haut.

In diesem Augenblick klingelte das Telephon.

Nowikow erstarrte und wartete.

Ein zweites Mal klingelte es nicht.

24

Die Vorhänge dämpften die mörderische Wüstensonne und ließen das Schlafzimmer in dem Gebäude in Karroo sanft erglühen. Doch Laurel erwachte nicht vom Licht, sondern von einem warmem Atem an ihrem Hals und weichen Lippen auf ihrer Haut.

Der Vortag kehrte mit einer Sturzflut von Bildern und greifbaren Erinnerungen zurück. Hitze wallte in ihr auf, noch ehe sie sich auf den Rücken rollte und die Augen öffnete. Finger strichen über ihre Brüste und eine warme Zunge fuhr über eine straffe Brustwarze.

»Mmm«, murmelte eine tiefe Stimme. »Du schmeckst einfach so gut, Süße. Und ich habe mich so angestrengt, eine männliche Erlesenheit zu bleiben und dich bis Mittag schlafen zu lassen.«

»Eins von zwei ist nicht schlecht«, Laurel räkelte sich wollüstig.

»Welches?«

»Du bist keine Erlesenheit. Aber das Männliche bist du schon.«

Cruz lachte, küßte die dunkle Spitze, die er zuvor geleckt hatte und ließ sie dann widerwillig los.

»Hör nicht auf«, murmelte sie. »Du kamst gerade an die interessante Stelle.«

»Ich dachte, nach dem gestrigen Tag hättest du wegen deines guten Betragens ein wenig Ruhe verdient.«

Laurel sah Cruz an. Er lächelte, im übrigen blieb seine Miene ernst.

»Warum?« fragte sie.

»Bist du nicht wund?«

Sie schüttelte den Kopf.

»Bestimmt nicht?« fragte er. »Ich wollte dich gar nicht so unsanft erstürmen, zumindest nicht beim ersten Mal. Außerdem hätte ich dich überhaupt nicht nehmen sollen.«

»Warum nicht?«

»Du bist es nicht gewohnt.«

Laurel errötete. »War mein Mangel an Erfahrung so offensichtlich?«

Zunächst verstand Cruz die Frage nicht, doch dann lachte er und vergrub seine Finger in der Wärme ihrer Weiblichkeit. Eine Fingerspitze suchte und fand die Hitze, die ihn bis in seine Träume verfolgt hatte.

»Ich habe nicht die Technik gemeint«, sagte er und schob sich ein Stückchen in Laurels Weichheit hinein. »Ich habe das hier gemeint. Meine Liebe, du bist ganz eng.«

Abermals wallte die Hitze in Laurel auf und einen Augenblick später hüllte sie sie beide ein. Cruz fluchte leise, jedoch war dieser Fluch eher ehrfürchtig als böse gemeint.

»Das war der einzige Nachteil des Teichs«, sagte er einschmeichelnd. »Ich konnte deine Reaktion nicht so deutlich spüren.«

»Aber ich habe deine gespürt. Und sie hat mir recht gutgefallen.«

Laurel erschauderte, als die Hitze und die Erinnerungen über ihr zusammenschlugen. Sie rutschte unruhig hin und her.

»Cruz. Ich bin nicht wund. Ehrlich nicht.«

Er zögerte, doch dann griff er an Laurel vorbei in die Nachttischschublade. Wenige Momente später schob er sich zwischen ihren Beinen zurecht.

»Wir werden ganz langsam und behutsam vorgehen«, versprach er.

»Beim nächsten Mal.«

Trotz ihrer verführerischen Bewegungen nahm Cruz sie so langsam, daß sie das Gefühl hatte, vor Verlangen zu vergehen... und als die gemeinsame Leidenschaft vollkommen war, glaubte sie, diese Lust nicht mehr ertragen zu können. Die Ekstase dehnte sich in ihr aus, bis sich ihr Leib auflöste in Zärtlichkeit.

Cruz erging es genauso. Die Ekstase blendete ihn, riß ihn mit, gab ihn ihr so vollständig, daß er schließlich zu erschöpft war, um auch nur den Kopf zu heben. Stöhnend zwang er sich, neben sie zu rollen. Dann zog er sie an sich und hielt sie fest, bis sie beide wieder atmen konnten, ohne daß jeder Atemzug ein leidenschaftliches Keuchen war.

Laurel küßte Cruz' unrasiertes Kinn, seufzte und rieb ihre Wange an dem dunklen, drahtigen Haar auf seiner Brust. Langsam strich sie ihm mit den Fingerspitzen über Wangen und Schultern, Lippen und Brust, Hände und Bauch. Fast jede Stelle, die sie berührte, wies eine alte Narbe oder eine leichte Unregelmäßigkeit eines Knochens auf, der nach einer Prellung oder einem Bruch nicht ganz einwandfrei zusammengewachsen war.

Hinzu kamen die frischen Narben von den beiden Kugeln. Laurel küßte Cruz und legte die Fingerspitzen sanft auf die Stellen unter den Prellungen.

»So viele Narben«, flüsterte sie.

»Du solltest einmal Gillies Körper sehen. Oder vielleicht doch nicht. Danach würdest du mich keines Blickes mehr würdigen. Wie hast du ihn bezeichnet? Als Vorführathleten aus Nubien? Gott, er platzt vor Stolz.«

Laurel schmiegte sich lächelnd an die haarige Brust. »Du bist mindestens so schön wie er.«

Cruz schnaubte. »Mach die Augen auf, Süße. Ich sehe aus wie das südliche Ende eines nach Norden marschierenden Erdferkels.«

»Das also ist es.«

»Was?«

»Das ist also der Grund dafür, daß die weiblichen Erdferkel immer zwei Schritte hinter ihren Männern gehen.«

Entzückt blickte Cruz in die bernsteinfarbenen Augen, die ihn wohlgefällig betrachteten.

»Ich erinnere mich nicht daran, je soviel gelacht zu haben«, sagte er.

»Bei deinem Job wundert mich das nicht. Du verausgabst dich einfach zu sehr.«

»Wenn ich diesen Job nicht machen würde, würde ich etwas anderes tun, was mich körperlich fordert«, sagte Cruz, während er Laurels dunklen, zerzausten Schopf streichelte. »So bin ich nun einmal, Himmel, ein Profiathlet hat sogar eine noch kürzere Karriere als ich.«

»Was fangen Leute wie du an, wenn ihre Karriere zu Ende geht?«

»Ist es das, was deinem Vater passiert ist?«

Laurel erstarrte. Es war die erste direkte Erwähnung von Jamie Swann, seit sie in die Firma Risk Ltd. hineingestolpert war.

Cruz' Hände streichelten sie unablässig weiter, wie um sie daran zu erinnern, daß es noch einen anderen Partner gab. Sie hatte unmerklich die Luft angehalten, doch jetzt entspannte sie sich.

Aber nicht ganz. Sie wußte, daß die Erholungsphase vorüber war. Die Realität hatte sie eingeholt, und die Entscheidung, die ihr bevorstand, war grausamer als je zuvor: Sie mußte wählen zwischen ihrem Vater und ihrem Liebhaber.

»Ich glaube, ja«, sagte sie. »Ich sehe, daß er alt wird und Angst davor hat. Er entschuldigt sich sogar, daß er inzwischen eine Lesebrille braucht.«

»Das geht jedem so, der nicht vorher stirbt.«

Laurel zuckte zusammen. »Ein schwacher Trost.«

»Er ist ein erwachsener Mensch. Was erwartet er? Eine Titte voller Wodka und Kokain, an der er nur saugen muß, um ewigdauernde Erregung zu verspüren?«

»Was soll Dad deiner Meinung nach denn tun?« fragte sie heftig. »Soll er sich lächelnd ins Altersheim zurückziehen und sich dafür entschuldigen, daß er überhaupt geboren ist?«

»Er könnte es mit Yoga und Bowling versuchen oder mit Vogelbeobachtungen, mit Angeln oder Orchideenzüchten oder Wandern oder Hundehaltung oder Seniorentriathlon oder Bridge oder Billard«, erwiderte Cruz etwas ungeduldig. »Himmel, er könnte sogar noch mal die Schulbank drücken oder sich verlieben, oder...«

»Er könnte wieder anfangen zu leben, meinst du das?« unterbrach Laurel ihn.

»Das oder sterben.«

»Du magst meinen Vater nicht, he? Warum? Weil du denkst, daß er für sich selbst arbeitet statt für sein Land?«

»Der Hurensohn hat dich benutzt«, Cruz war erbittert. »Er hat dir dieses gottverdammte Ei geschickt, sich dann aus dem Staub gemacht und dich mit den beiden Mördern allein gelassen.«

»Er wußte nicht, daß sie...«

»Scheiße, Süße«, unterbrach Cruz aufgebracht. »Er ist ein Profi. Er mußte wissen, was wo schieflaufen könnte und wer den Preis dafür bezahlen würde: du.«

»Das glaube ich nicht.«

»Du *willst* es nicht glauben.«

»Weißt du, was du da von mir verlangst?«

»Ich verlange, daß du mir vertraust«, sagte Cruz.

»Nein«, begehrte sie auf und entwand sich seinen Armen. »Du verlangst von mir, daß ich meinen Vater verrate.«

»Benutz dein Hirn und nicht dein Herz. Du bist in Gefahr.«

»Dad ist keine Gefahr für mich.«

»Er vielleicht nicht, aber seine bösen Spielkameraden«, entgegnete Cruz.

»Jetzt nicht mehr«, korrigierte Laurel. »Ich bin raus aus dem Spiel. Er hat das Ei. Es ist vorbei.«

»Falsch, Süße. Es fängt gerade erst an.«

»Was soll das heißen?« Laurel zögerte. »Weißt du etwas, was du mir nicht erzählst?«

»Du willst doch gar nicht wissen, was ich weiß.«

»Ich bin kein Kind mehr.«

»In meinen Armen bist du ganz Frau, aber in deinem Kopf bist du immer noch Daddys kleines Mädchen. Nun, kleines Mädchen, laß mich dir von deinem lieben alten Daddy erzählen.«

Laurel erstarrte, doch dann machte sie Anstalten, aus dem Bett zu klettern. Cruz hielt sie jedoch mit einer Leichtigkeit fest, die sie daran erinnerte, wie stark er war.

»In den Archiven von CIA und FBI gibt es dicke Akten über Jamie Swann«, fing Cruz an.

»Ich weiß.«

»Hast du sie gesehen?« fragte Cruz.

Laurel schüttelte den Kopf.

»Aber ich«, fuhr Cruz unbewegt fort. »Dein Daddy ist eine Legende unter den Agenten des CIA. Er war an den gefährlichsten Undercover-Aktionen der letzten fünfundzwanzig Jahre beteiligt. Er wurde dreimal wegen Tapferkeit und zweimal wegen beispielhafter Eigeninitiative ausgezeichnet.«

»Klingt wie eine Karriere, auf die man durchaus stolz sein kann.«

Cruz setzte sein beunruhigendes Lächeln auf.

»Um so gut zu sein«, sagte er, «mußte dein Vater die Fähigkeiten eines professionellen Killers, den Einfallsreichtum eines talentierten Kartenspielers und die Witterung eines Stinktiers entwickeln. Schließlich wurde Jamie Swann ein mutiger, harter, smarter Mensch, der jede Autorität außer seiner eigenen mit Verachtung strafte.«

»Ist das der Grund, weshalb du dir Sorgen machst?«

»Nein. Ich mache mir Sorgen, weil dein Vater irgendwann in den letzten Jahren die Flinte ins Korn geworfen hat.«

Laurel wurde ganz ruhig, nur ihr Herzschlag verdoppelte sich. Das war es, was sie befürchtet hatte. Das war es, was sie nicht hatte hören wollen.

»Weißt du, die Welt verändert sich, aber er konnte es nicht«, sagte Cruz. »Vielleicht wurde er einfach alt und mußte mit seinem Temperament eines Tages den Zaun überspringen, der den talentierten Agenten vom talentierten Kriminellen trennt.«

»Nein!«

»Doch.« Cruz war im Bilde. »Ich kenne eine ganze Reihe von Männern wie dein Vater. Selbst das FBI hat seine Cowboys, seine draufgängerischen Krieger, seine hinterhältigen Halunken, seine Experten für schmutzige Tricks. Sie sind wertvoll, wenn es an der Zeit ist für ein doppeltes Spiel. Aber allzuoft sind ihre Tugenden gleichzeitig ihre Laster.«

»Dad würde nie…«

»Doch«, unterbrach Cruz nüchtern. »In den letzten paar Jahren war er an mindestens drei illegalen Geschichten beteiligt, bei denen es um das Verschieben von schweren Waffen oder Kampfflugzeugen in Dritte-Welt-Länder ging. Feindländer, Laurel. Wir haben gegen eins dieser Länder Krieg geführt und dabei fast den Golf abgebrannt.«

»Aber…«

»Nein.« Er schonte sie nicht. »Du hast nach deinem Vater gefragt. Und jetzt erzähle ich dir von ihm. Zudem habe ich Dokumente, mit denen alles belegbar ist.«

Die Kälte, die Laurel verspürte, nahm zu, als sie Cruz in die Augen sah. Seine Worte waren so unerbittlich wie sein blasser, kristallblauer Blick.

»Swann steht unter dem Verdacht, Sprengstoff an südamerikanische Terroristen zu liefern«, sagte Cruz. »Es ist bekannt, daß er chemische Bestandteile von Nervengas an die Regierung eines kleinen asiatischen Landes geliefert hat.«

Laurel stöhnte.

Cruz' Lider flatterten mitfühlend, doch sie merkte es nicht, denn sie hatte die Augen geschlossen, um ihn nicht mehr zu sehen.

»Die Lieferung des Nervengases war kein direkter Gesetzesbruch«, sagte Cruz. »Und außerdem hat er selbst teilweise Wiedergutmachung geleistet, indem er das Gaslager zerstörte.«

«Warum?« flüsterte sie.

Cruz wußte nicht, ob Laurel ihn nur nach den Motiven ihres Vaters für die Zerstörung des Gasdepots fragte oder danach, weshalb Swann überhaupt in die Illegalität abgedriftet war.

»Swann zerstörte das Gasdepot, als er erfuhr, daß es Ureinwohner vertreiben sollte, die der Nutzung von Hartholzwäldern im Wege standen. Aber für eine Sippe kam seine Hilfe zu spät. Das jüngste Opfer war vier Jahre alt. Swann hat den Mann, der das Gas eingesetzt hatte, umgebracht, aber die Toten sind damit nicht wieder auferstanden.«

Laurel versuchte zu atmen, Luft durch ihre zugeschnürte Kehle zu zwängen.

»Versteh mich nicht falsch«, sagte Cruz, als er Laurels Blässe sah. »Dein Dad wollte nicht, daß Unschuldige ums Leben kamen. Er hat einfach die Käufer nicht genau genug überprüft. Das ist ein häufiges Problem, wenn man nebulöse Geschäfte macht. Man hat es mit den größten Stücken in den globalen Jauchegruben zu tun. Hast du genug gehört, oder soll ich noch mehr erzählen?«

Laurel schüttelte wie betäubt den Kopf.

Cruz kniff die Augen zusammen und ließ sie los. Am liebsten hätte er Laurel an sich gezogen, aber er hatte Angst vor ihrem Widerstand. Das wollte er nicht. Er wollte nichts von alledem, trotzdem mußte er zu Ende sprechen.

»Irgend etwas ging schief in einer dieser Jauchegruben«, er bemühte sich um Milde. »Und jetzt ist dein Dad auf der Flucht, und sämtliche Höllenhunde hetzen ihn.«

Langsam machte Laurel die Augen auf. Sie zeigten Entsetzen und Tränen, die zu sehr schmerzten, um vergossen zu werden.

Mit zorniger Verbitterung tat Cruz, was er schon viel zu lange vermieden hatte; er drängte Laurel in eine Ecke, aus der es kein Entrinnen für sie gab.

»Dein Dad braucht unsere Hilfe genau wie du«, sagte er. »Wenn sie ihn erwischen, ist er ein toter Mann.«

»Ich ...« Ihre Stimme brach. »Ich habe ihn gewarnt.«

»Ja. Drei, zwei, sechs, vier, drei, sieben. DANGER. GEFAHR.«

»Du wußtest es?« fragte sie überrascht.

»Verdammt, ja, natürlich wußte ich es. Aber Swann weiß schon viel länger, daß er auf der Abschußliste steht. Darum hat er das Ei an dich geschickt.«

»Ich bin seine Tochter. Da hat er ja wohl das Recht, mich um Hilfe zu bitten.«

Cruz unterdrückte einen Fluch. Seine Beherrschung wollte mit ihm durchgehen, und nie zuvor hatte er sie so dringend benötigt.

»Man fordert Unschuldige nicht auf, in ein Spiel einzusteigen, bei dem die anderen Teilnehmer ausschließlich Mörder sind«, sagte Cruz nachdrücklich.

»Fein.« Laurel verzog die Mundwinkel. »Ich bin also aus dem Spiel raus. Ohne jeden Schaden, wie man so schön sagt.«

»O nein, du bist nicht raus. Auf deinem Anrufbeantworter ist eine Nachricht von deinem Vater.«

»Woher ...«, setzte sie an.

»Himmel«, schnauzte Cruz. »Wir haben Hacker, die selbst die Computer des Verteidigungsministeriums knacken. Dein Anrufbeantworter hat sie ein paar Sekunden Arbeit gekostet. Und nachdem wir ihn abgehört hatten, haben wir alles gelöscht, damit nicht noch ein Unbefugter die Nachricht abhören kann.«

»Und was hat er gesagt?« Laurel klang unnatürlich ruhig.

»Hi, Baby. Triff mich an unserem Lieblingsplatz. Bis bald. Oh, und bring deine Ausrüstung mit. Vielleicht machen wir eine kleine Reise.«

Die Worte schnitten wie Rasierklingen in Laurels Herz, ließen es bluten und erstarren. Ihr Vater hatte sie noch nie gebeten, ihn zu begleiten. Noch nie.

Nicht ein einziges Mal.

»Verstehst du immer noch nicht?« fragte Cruz. »Dein Vater benutzt dich.«

»Und du, du benutzt mich nicht?« fragte Laurel dünn.

Noch während Cruz sich anschickte, es zu leugnen, fiel ihm Gillespies zweite Anweisung ein. *Erschleich dir ihr Vertrauen auf die herkömmliche Weise.*

Nun war es um seine Beherrschung endgültig geschehen.

»Bei mir jedenfalls hast du aus Leidenschaft geschrien«, fuhr er sie an. »Bei ihm tust du es aus Angst.«

Mit diesen Worten warf Cruz die Decke zurück und stürzte fluchend ins Bad. Er warf die Tür hinter sich zu und drehte die Dusche auf vollen Strahl.

Laurel blieb liegen und lauschte dem Trommeln des Wassers auf den Fliesen, bis sie wieder atmen konnte, ohne den Brandherd in ihrem Hals.

Ich kann nicht zwischen ihnen wählen, sagte sie sich. Ich kann es einfach nicht. Wenn ich Cruz wähle, glaube ich, daß mein Vater so egoistisch – oder so verzweifelt – ist, daß er sogar mein Leben aufs Spiel setzt gegen eine angemessene Rente. Aber wenn ich Dad wähle, müßte ich ja glauben, daß

Cruz mich kaltblütig verführt hat, nur um meinen Vater zu erwischen.

Ihr Dad mochte so verzweifelt sein, gestand sie sich zögernd ein. Aber Cruz war niemals so berechnend.

Waren dies die Worte eines Mannes, der eine Frau nur benutzte, um jemand anderen zu bekommen? überlegte sie. *Es ist mein Job, dich auf jede erdenkliche Weise zu beschützen.*

Laurel erschauderte, als ihr klar wurde, daß es auch zu Cruz' Aufgaben gehörte, sie vor ihrem Vater zu schützen.

Nein, leugnete sie sofort. Dad würde mich nicht in Gefahr bringen. Deshalb hat er das Ei mitgenommen. Aber warum hat er mir dann gesagt, ich solle meine »Ausrüstung« mitnehmen ... und meinen Anrufbeantworter abhören?

»Er hat sich Sorgen um mich gemacht«, beschwichtigte sie sich, als würden die Worte dadurch wahr, daß sie sie aussprach. »Er wollte in Kontakt bleiben.«

Das Trommeln des Wassers verstummte. Laurel spannte sich an, sie erwartete gleich Cruz' Rückkehr. Da sie ausblieb, mußte er durch die andere Badezimmertür in sein Zimmer gegangen sein, um sich anzuziehen.

Langsam stand sie auf und tappte zum Schrank. Sie nahm ihre Ledertasche, öffnete sie und hob den Kasten heraus, der die »Ausrüstung« enthielt. In fliegender Hast sah sie die Päckchen durch.

Zwei Zentimeter vom Ende der zweiten Reihe entfernt entdeckte sie das, was sie nicht hatte finden wollen. Lange Zeit stand sie einfach da und starrte auf den Beweis. Er verdammte ihren Vater mehr als jedes Regierungsdokument.

Schließlich zwang sie sich, zu duschen und sich anzuziehen, wobei sie die Gedanken an die Verzweiflung Jamies verdrängte, ebenso wie die Kränkung, weil er sie mißbraucht zu haben schien. Weil er sie immer noch mißbrauchen wollte.

Sie schnappte sich die Ledertasche und trottete barfuß aus dem Raum.

Wie erwartet fand sie Cruz in der großen Halle im Innern von Karroo. Das dünne Baumwollhemd, das er trug, war bis zur Hüfte geöffnet, so daß man die bandagierten Rippen sah und seine dünne Stoffhose saß wie angegossen.

Das Fenster stand offen, so daß der leichte Wüstenwind durch die Stille rauschte. Er klang entfernt und schwermütig. Laurel hatte Angst davor, allzu lange zuzuhören. Sie fürchtete sich vor der bitteren Übereinstimmung, die sie mit seinem Klagen empfand.

Falls Cruz bemerkt hatte, daß Laurel hereingekommen war, ließ er es sich nicht anmerken. Er lehnte reglos auf einer Ledercouch, lauschte dem Wind und beobachtete die in lupenreines Licht getauchte Wüste. Sein Gesicht war hart und entrückt. Neben ihm auf dem Tisch lagen seine Pistole und ein Reinigungsset. Die Waffe war sauber, dunkel, tödlich, genau wie er.

Cruz drehte den Kopf und sah Laurel mit unergründlichen Augen an. Sein Blick umfaßte sie geradezu körperlich. Bei der Tasche angelangt, kniff er die Augen gefährlich zusammen.

»Willst du etwa gehen, ohne dich von mir zu verabschieden?« fragte er.

Laurel kannte ihn inzwischen zu gut, um sich von der Sanftheit seines Tones täuschen zu lassen. Er kochte.

Lieber als ihn schaute sie sich die starren, unversöhnlichen Formationen durchs Fenster an. Sein Schmerz und seine Wut und seine Distanz entsprachen genau dem, was sie selbst empfand.

»Wir sind erwachsen«, sagte sie. »Wir sollten die Sache nicht aufbauschen.«

»Findest du das wirklich?« fragte er barsch.

»Es gibt im Augenblick wichtigere Dinge als das, was ich *wirklich* empfinde.«

Sie blickte auf seine Waffe: »Du hast deinen Job zu erfüllen, und ich habe mein Leben zu leben. Laß uns einfach damit weitermachen.«

Mit einem Satz war Cruz auf den Füßen. Laurel wich nicht vor ihm zurück, aber es war ihr unmöglich, ihm in die Augen zu sehen. Als er so dicht vor ihr stand, daß sie die Hitze seines Körpers spürte, blieb er stehen. Langsam streckte er die Hand nach ihrer Wange aus.

Im letzten Augenblick zwang Laurel sich, den Kopf zurückzuziehen.

»Laurel«, sagte Cruz heiser. »Liebling, es tut mir leid.«

Sie schüttelte wortlos den Kopf, unfähig, ihrer Stimme zu trauen.

»Störe ich?« fragte in diesem Augenblick Cassandra Redpath.

Die Botschafterin stand in der Tür, sie merkte schlagartig, was zwischen den beiden vor sich ging.

»Ja«, erwiderte Cruz.

»Nein«, antwortete Laurel ebenso schnell, ihre Stimme verriet ihren inneren Aufruhr.

»Scheiße«, fluchte Cruz.

Sie sah ihn immer noch nicht an.

»Wir waren lediglich dabei, verschiedene Tricks zu vergleichen«, sagte Laurel und zwang ein schiefes Lächeln auf ihre Lippen. »Cruz hat ein paar ganz nette Sachen auf Lager. Ich bin da weniger einfallsreich. Alles, was mir zur Verfügung steht, ist eine Handvoll hübscher Steine.«

Mit diesen Worten machte sie kehrt und setzte sich auf einen Sessel. Sie vermied die Couch aus Angst, Cruz nähme dann vielleicht neben ihr Platz.

Zu dicht neben ihr. Und zwänge sie, zwischen ihrem Vater und ihrem Geliebten zu wählen, obgleich die Wahl unmöglich war.

Sie würde keinem von ihnen trauen, keinen lieben und keinen wählen.

»Kommen Sie herein, Botschafterin«, sagte Cruz kühl. »Nehmen Sie doch an unserer kleinen Teegesellschaft teil. Und vergessen Sie nicht das Strychnin.«

Dann drehte er sich um, und sah Redpath zum ersten Mal an, was eine Adrenalinausschüttung hervorrief und im Nu war er in Habachtstellung.

»Was ist passiert?« fragte er.

»Walker hat oben in Cambria ein wenig Gesellschaft bekommen.«

Die Erwähnung ihrer Heimatstadt ließ Laurel zusammenfahren.

»Wer ist Walker?« fragte sie.

»Einer unserer besten Detektive«, erklärte Redpath. »Cruz hat ihn in San Francisco angerufen und ihn gebeten, Ihr Haus zu überwachen, nachdem er und Sie es verlassen hatten.«

Laurel wirkte schockiert. »Warum?«

»Ich dachte mir, daß sie zurückkommen würden«, sagte Cruz. »Wie viele?«

»Mindestens drei«, sagte Redpath.

Die Ledertasche fiel mit einem Krachen auf den Tisch, als wäre Laurel zu müde, sie noch länger festzuhalten.

»Und zwar Profis«, fuhr Redpath fort. »Walker hat sie erst nach zwei Stunden entdeckt.«

»Was...«, Laurel räusperte sich. »Was haben sie dort gemacht?«

»Sie lagen im Gebüsch und haben darauf gewartet, daß Sie zurückkommen«, erklärte Redpath.

Laurel öffnete den Mund, doch über ihre bleichen Lippen kam kein Wort.

»Heute morgen«, fuhr Redpath fort, »als klar war, daß Sie nicht zurückkommen würden, sind sie eingebrochen und haben das Haus durchsucht.«

Cruz spannte die Finger an, als sehne er sich danach, etwas zu zerquetschen. Zum Beispiel Jamie Swanns Hals.

»Sie haben ein heilloses Durcheinander angerichtet«, sagte Redpath. »Aber offensichtlich haben sie nichts gefunden.«

»Woher wissen Sie das?« fragte Cruz.

»Jeder Raum war auf den Kopf gestellt, jeder Schrank, jede Schublade von vorn bis hinten und von oben bis unten durchwühlt. Wenn sie gefunden hätten, was sie wollten, hätten sie zumindest einen Teil des Hauses unberührt gelassen.«

Laurel schnaufte unglücklich. Sie wußte beklagenswerterweise, was die Männer gesucht hatten.

»Und was hat Walker gemacht?« fragte Cruz wütend, weil Laurels Heim zerstört worden war.

»Nichts.«

»Warum nicht?«

»Das war nicht sein Auftrag. Im Augenblick folgt er ihnen diskret, um sie oder ihre Kontaktpersonen zu identifizieren.«

»Und?« fragte Cruz.

Redpath winkte ab.

»Bisher hat er nicht mehr Informationen als Sie. Es sind Männer, und sie schrecken vor nichts zurück. Durch und durch professionell. Der Hauptfeldwebel sieht sich gerade zur Kontrolle auf Karroo um, ob wir keine ungebetenen Gäste beherbergen.«

»Ein Wort, und ich eliminiere die Kerle selbst«, sagte Cruz, in seiner Stimme lag das Versprechen von Gewalt.

Laurel vergrub die Nägel in der Ledertasche, bis ihre Finger weiß waren.

»Ich werde es mir merken«, war Redpaths trockene Erwiderung.

»Wer sind die Typen?« fragte Cruz. »Weiß Walker wenigstens das?«

»Vielleicht Polizei.«

Cruz knurrte.

»Ranulph ist anderer Ansicht«, sagte Redpath. »Es ist möglich, daß sie privat tätig sind, genau wie wir. Aber genau wie Walker denke ich, daß es sich eher um Swanns Komplizen handelt.«

«Dann haben sie immer noch nicht aufgegeben«, ließ Laurel sich vernehmen.

»Dachtest du ernsthaft, daß das geschähe?« fragte Cruz ungläubig. »Immerhin hatten sie es noch vor kurzem darauf abgesehen, dich umzubringen!«

»Wie kann das Ei derartige Risiken wert sein?« wollte Laurel wissen. »Nach allem, was die Botschafterin erzählt hat, ist es unter Umständen eine Fälschung.«

»Laurel«, knurrte Cruz mit zusammengebissenen Zähnen. »Menschen morden für einen Sack Scheiße oder einfach aus Spaß. Geld benutzen sie nur als Entschuldigung.«

Tränenblind nestelte Laurel an ihrer Tasche.

»Es besteht immerhin die Möglichkeit«, sagte Redpath ruhig, »daß der wahre Wert des Eis höher ist als der, den man sieht.«

»Hat Nowikow das gesagt?« fragte Cruz.

»Alexej hat kaum etwas von Belang gesagt. Er ruft zwar pünktlich alle zwei Stunden an, spielt aber immer noch das unschuldige Opfer.«

»Ich könnte ein bißchen an seinen kurzen Haaren ziehen, vorausgesetzt, er rasiert sich dort unten nicht.«

»Sie und der Hauptfeldwebel sind unverbesserlich«, sagte Redpath. »Sie beide haben einfach zuviel Spaß am Raufen.«

»Wir haben keinen Spaß daran«, schoß Cruz zurück. »Wir benutzen Gewalt nur, weil sie besser funktioniert als ein braves bitte, bitte!«

Laurel sog scharf die Luft ein, eine der Schnallen schnitt soeben in ihre Hand.

Cruz wirbelte zu der Frau herum, die letzte Nacht die Geliebte seiner Träume gewesen war, zu der Frau, die ihn und seinen Job heute morgen so sehr verachtete, daß sie ihm noch nicht einmal in die Augen sah.

»Stört dich Gewalt so sehr, selbst wenn sie die größere Überlebenschance zu bieten hat?« fragte er barsch. »Ich hätte gedacht, daß eine Frau, die schnell Auto fährt und eine tödliche Waffe trägt, den Wert von angewandter Verteidigung zu schätzen weiß.«

»Das ist…«, setzte Laurel an.

»Ob es dir gefällt oder nicht, wir leben nun einmal nicht in einer heilen Welt.« Cruz beachtete ihren Einwand nicht. »Und ich bin es verdammt leid, von Leuten mit Heiligenschein kritisiert zu werden, nur weil sie nicht den Mut haben, sich vor dem Ergebnis ihrer eigenen Fehleinschätzung zu schützen!«

Schweigen erstreckte sich zwischen ihnen, während Laurel auf die offene Tasche und ihre geballten Fäuste starrte. Erst erbleichte und dann errötete sie.

»Cruz«, sagte Redpath. »Sie besitzen das einzigartige männliche Talent, das Falsche zur falschen Zeit zu sagen.«

»Nein«, widersprach Laurel mit rauher Stimme. »Lassen Sie ihn nur. Er hat wirklich genug Zeit damit verbracht, Jobs zu machen, für die andere Leute zu zimperlich oder zu ängstlich waren. Gott allein weiß, welchen Preis er dafür zu zahlen hatte. Und welchen Preis mein Vater dafür bezahlt.«

Lange Zeit hörte man nur den Wüstenwind, der um die Mauern von Karroo heulte.

Schließlich drehte Laurel sich um und sah Cruz ins Gesicht. Die Schwärze in ihren Augen erinnerte ihn an die Zeit, ehe sie aufgetaucht war und ihm gezeigt hatte, wie man lachte.

Und alles, was er ihr jetzt zeigte, war Schmerz.

»Laurel«, flüsterte er und ging zu ihr. »Liebling, ich wollte dir nicht weh tun.«

Sie stand auf und sah ihn an.

»Es ist Zeit, sich eine härtere Schale zuzulegen«, sagte sie.

Er hob eine Hand und strich sanft über ihre Wange.

»Nein.« Sie zuckte zurück. »Nicht, während ich ihn verrate.«

Ehe er sich rühren konnte, wandte Laurel sich an Redpath.

»Ich weiß, wo mein Vater mich treffen will«, sagte sie. »Ich bringe Sie dorthin.«

»Nein«, widersprach Cruz. »Das ist zu gefährlich. Sag mir nur, wo, und warte hier auf mich.«

»Nein«, erwiderte Laurel bestimmt.

Sie sah Cruz an, ohne noch etwas hinzuzufügen. Das brauchte sie auch nicht. Jeder, der Augen hatte, sah, daß sie sich nicht umstimmen ließ.

»Cassandra«, drängte Cruz. »Sagen Sie ihr, wie gefährlich es werden wird.«

»Geben Sie sich keine Mühe«, sagte Laurel, ohne Cruz aus den Augen zu lassen. »Ich war schließlich auch in Cambria dabei, nicht wahr?«

»Und dabei wärst du fast umgekommen, oder?« brüllte er.

»Ich erinnere mich daran. Du hast mir das Leben gerettet.«

»Aber trotzdem willst du wieder den Kopf hinhalten.«

»Ja.«

»Warum?«

»Um ihn wiederzusehen. Ich muß wissen, ob er verzweifelt ist oder einfach... korrupt.«

»Du kannst noch nicht einmal sicher sein, ob er überhaupt dort ist. Himmel, es könnte sich um eine Falle handeln.«

»Er wird dort sein.«

»Warum bist du dir so sicher?« fragte Cruz erbost. »Er weiß ebenfalls, daß es eine Falle sein könnte. Weshalb glaubst du also, daß er über die Straße spazieren wird, nur um dich zu sehen? Schließlich bringt er sich dadurch in Gefahr.«

»Ich habe etwas, das er haben will... unbedingt.«

Laurel streckte ihm ihre Hand entgegen. Sie hielt einen riesigen roten Kristall, der schimmerte, als würde er aus irgendeiner kosmischen Stromquelle gespeist.

»Was ist das?« fragte Redpath ruhig.

»Der Stein aus der Rubin-Überraschung«, erklärte Laurel ebenso ruhig. »Ich habe ihn gerade zwischen meinen anderen Edelsteinen in der Ledertasche entdeckt.«

25

Zu dem leuchtenden Orange der Nachmittagssonne gesellte sich der Smog der Straßen und der Salzluft, die aus dem Meer aufstieg. Krachender, rhythmischer Donner empfing Claire Toth, als sie aus dem Fond von Hudsons Limousine stieg. Sie räkelte sich, um ihr Unbehagen zu verbergen, und blickte auf den kalten, blauen Pazifik hinaus.

Riesige, durch einen Sturm in Tausenden von Kilometern Entfernung verursachten Brecher überschlugen sich und krachten an den menschenleeren Strand. Die Sturzwellen bewegten sich mit einer unaufhaltsamen Kraft, die Toth gleichzeitig faszinierte und vor Kälte erstarren ließ. Anders als Männer ließe sich der Ozean niemals beherrschen, auch nicht von einer so unwiderstehlichen Frau.

»Netter Strand«, sagte sie zum Fahrer. »Aber wo sind all die Touristen hin?«

»Mr. Hudson läßt sie nicht rein«, erklärte Bill Cahill knapp. »Sie machen seinen Sand kaputt.«

Cahill war im Augenblick kein allzu glücklicher Angestellter. Er war Sicherheitsexperte und Leibwächter, kein Chauffeur oder Laufbursche. In den letzten zwei Tagen hatte Hudson ihn herumkommandiert wie einen mäßig bezahlten Volltrottel.

»Wieviel Sand gehört ihm denn?« fragte Toth.

»Eine Viertelmeile in jeder Richtung.«

»Eine halbe Meile Malibu-Strand«, sagte Toth leise. »Das Land hier ist so wertvoll, daß es zentimeterweise verkauft wird. Wie oft kommt er her?«

»Oft genug. Er hält hier seine Frauen«, sagte Cahill, wie um Toth zu ködern. »Aber dies hier ist nur eines seiner Liebesnester.«

Toth lachte und leckte sich die Lippen. »Er ist wirklich ein geiler alter Bock, nicht wahr?«

»Allerdings. Er hält sich einen Stall gut trainierter Huren wie andere reiche Männer Polopferde.«

Schwarze Augen bedachten Cahill mit einem prüfenden Seitenblick. Sie schätzte ihn auf ungefähr fünfzig, relativ fit, aber sich des kalten Atems des nahenden Alters im Nacken durchaus bewußt.

»Eifersüchtig?« fragte sie mit kehliger Stimme.

Cahill sah sie von oben nach unten und dann von unten nach oben an.

»Nicht, seit ich gesehen habe, was er durchmacht, um derart in Form zu bleiben«, sagte er. »Hier entlang, Miss Toth.«

Das Strandhaus wirkte kalt, kantig und streng. Durch einen geometrisch angeordneten japanischen Felsengarten trat man vor die messinggerahmte, hölzerne Eingangstür.

Holz, Fliesen, Stein, gefiltertes Licht... Toth hatte das Gefühl, als betrete sie eine Kathedrale weltlicher Macht. Die massive Tür glitt lautlos hinter ihr ins Schloß und trennte sie von der ungebändigten Kraft der See. Die Luft im Inneren des Hauses war reglos und kühl.

»Dort entlang«, sagte Cahill und wies ans andere Ende der Eingangshalle. »Folgen Sie dem Lärm. Er erwartet Sie.«

Der »Lärm« war irgendeine New Age Musik, die aus einem Raum am Ende des gefliesten Korridors drang. Ohne Cahill eines weiteren Blickes zu würdigen, machte Toth sich auf den Weg.

Schließlich gelangte sie zu einem Solarium, in dem Hudson nackt mit dem Gesicht nach unten auf einem Massagetisch aus Chrom und butterweichem Leder lag. Eine kräftige Frau mit glattem, schwarzem, zu einem Knoten aufgestecktem

Haar bearbeitete methodisch die knotigen Muskeln an Hudsons Hals.

Ein Chromständer auf Rollen, der gut in ein Krankenhaus gepaßt hätte, stand wie ein Wachposten neben dem Tisch. Am Arm des Ständers hing ein Behälter mit einer klaren, gelben Flüssigkeit, und ein durchsichtiger Plastikschlauch führte direkt von dem Behälter zu einem Katheter in Hudsons rechtem Bein.

»Kommen Sie«, sagte Hudson, ohne aufzusehen. »Verzeihen Sie mir den formlosen Empfang, aber die letzten Tage waren ziemlich anstrengend für mich. Und die nächsten versprechen noch stressiger zu werden. Also schien mir eine kleine Wiederbelebung angebracht.«

Toth fühlte sich nicht ganz wohl, trotzdem trat sie ein. Die Spätnachmittagssonne wärmte die feuchte Strandluft im Inneren des Solariums auf eine angenehme Art. Toth sah angewidert auf die Tüte mit der Flüssigkeit und auf den Schlauch, durch den das Zeug in die Nadel in Hudsons Oberschenkel floß. Nadeln erinnerten sie immer an Armut, Drogen und Vergewaltigung.

»Machen Sie das … oft?« fragte sie mit einem Blick auf den Katheter, der in eine von Hudsons Venen schnitt.

»Einmal im Monat«, erwiderte er mit einer durch seine Lage gedämpften Stimme. »Man kann sich noch öfter behandeln lassen, aber durch zu häufige Anwendungen verliert das Zeug an Wirksamkeit. Ich halte mich streng an den Behandlungsplan.«

»Was ist in dem Behälter?« fragte Toth. »Sieht wie Pisse aus.«

Hudson hob den Kopf und sah sie mit väterlicher Nachsicht an.

»Der rumänische Name ist unaussprechlich«, sagte er. »Und es gibt keine englische Bezeichnung dafür, weil das Material hier bisher nicht hergestellt wurde.«

»Was ist es, Affendrüsen?«

»Mein liebes Kind«, Hudson lachte. »Glauben Sie etwa alles, was Sie gedruckt sehen?«

Toth lachte mit, und ihr Unbehagen legte sich. Als Hudson sie angesehen hatte, hatte ihr sein Blick Verlangen und Anerkennung geschickt.

»Ich glaube nur das interessante Zeug«, sagte sie.

»So wie die Geschichten von der ewigen Jugend?«

»Für dieses Thema bin ich noch zu jung.«

Das war eine Lüge, aber sie war das Lügen gewohnt. Wie beim Sex war sie auch in diesem Metier eine Meisterin.

»Eines Tages werden Sie in den Spiegel sehen und bemerken, daß Ihre Titten bis zum Bauchnabel hängen«, sagte Hudson. »Und Ihr herrlicher Arsch wird Ihnen zwischen den Knien baumeln.«

Toth lächelte und klopfte das fragliche Teil.

»Dann werden Sie sich unter das Messer eines lächelnden Chirurgen legen«, fuhr Hudson fort. »Er wird hier ein wenig abzwicken, dort ein wenig straffen, hier etwas schneiden, dort etwas nähen, und wenn er fertig ist, werden Sie Narben haben und Ihre Titten und Ihr Arsch sind nach kurzer Zeit wieder so schlaff wie zuvor.«

Hudson legte seinen Kopf auf den Tisch zurück, aber er ließ Toth nicht aus den Augen, während er ihr weiter vom Leben eines alten Menschen erzählte.

»Ein paar Jahre später werden Sie sich abermals unters Messer legen«, sagte er leise. »Und wieder und wieder, bis Sie nicht mehr zählen können, wie oft man an Ihnen rumgeschnippelt hat. Aber bis dahin ist Ihre Haut dünn und fleckig, und Sie haben sich so oft liften lassen, daß Ihr Nabel bereits einen Spitzbart hat. Unter dem Skalpell eines begeisterten Arztes erlangen Sie niemals die ewige Jugend. Sie kriegen nichts als Narben, die er mit etwas Glück wenigstens geschickt hinter den Falten versteckt.«

Toth erschauderte. Wie das Meer war das Alter eines der wenigen Dinge, die sie ängstigten, ohne sie gleichzeitig zu stimulieren. Gegen das Alter gab es keinen Sieg. Man wurde alt und häßlich und starb.

»Ist Ihnen das passiert, alter Mann?« fragte sie heftig. »Haben Sie auch Narben und Falten gekriegt?«

Hudson lächelte.

»Kommen Sie doch näher und überzeugen sich selbst«, forderte er sie auf.

Das Zögern ihrer Schritte verriet Hudson, daß seine Einschätzung ihrer Reaktion auf seine tatsächliche Abhängigkeit von Schläuchen und Nadeln richtig gewesen war. Es war die normale Reaktion einer gesunden jungen Kreatur.

Aber niemand blieb ewig gesund und jung.

Toth rückte in Reichweite heran. Die Masseurin knetete weiter an Hudson herum, als wäre sonst niemand im Raum.

»Los«, forderte Hudson und sah Toth aus gewieften, alten Augen an. »Berühren Sie mich. Ich bin durchaus echt.«

Langsam strich Toth über Hudsons Leib. Sein Körper war bemerkenswert, fest und geschmeidig, mit dem Muskelspiel eines kräftigen, durchtrainierten Vierzigjährigen.

Und mit der sexuellen Energie eines Teenagers. Das hatte sie selbst in seinem Flugzeug in Erfahrung gebracht, während sie seinen Schwanz gestreichelt und ihm ihre erpresserischen Forderungen ins Ohr geflüstert hatte.

»Was Sie da gerade bewundern, ist das Ergebnis einer Mischung aus Frischzellen und etwas, was man Prednisteran nennt«, sagte Hudson.

»Und was bewirkt diese Mischung?« fragte Toth, trotz ihres Abscheus vor allem Medizinischen fasziniert.

Denn sie wußte, daß Hudsons Schilderung ihrer Zukunft richtig war. Eines Tages würde sie die einzige Waffe verlieren, die ihr den Machtgewinn ermöglichte. Eines Tages würden die Männer sie anblicken und eine alte Frau sehen.

»Es ist eine Mischung, die das menschliche Wachstumshormon unterdrückt, welches auch für den Alterungsprozeß verantwortlich ist«, erklärte Hudson. »Die Rumänen sind darüber gestolpert, als sie versuchten, Wunderdrogen für die Sportmedizin zu entwickeln. Sie wollten etwas, das die Entwicklung ihrer jungen Turnerinnen verlangsamte. Und was sie dabei entdeckten, war ein wahrer Jungbrunnen.«

»Nur das graue Haar hält man damit nicht auf, he?« fragte Toth, während sie mit den Fingerspitzen durch seine dichte Mähne strich.

»Die Haarfarbe habe ich bewußt gewählt, um zu beweisen, daß man damit kein vertrottelter, alter Tattergreis sein muß.«

»Wie lange hat es gedauert?« fragte Toth.

»Bis die Behandlung gewirkt hat?«

»Ja.«

»Das ging sehr schnell. Es war spannend zuzusehen, wie der eigene Körper jünger wurde. Und besonders amüsierte es mich, plötzlich wieder feuchte Träume zu haben.«

Toth lachte und löste die Finger aus seinem Haar.

Hudson legte lächelnd den Kopf auf den Tisch zurück, und die Masseurin vergrub ihre Finger im Muskelgewebe seiner Schultern. Während des gesamten Gesprächs hatte sie nicht die geringste Regung gezeigt.

»Wer ist die Frau?« fragte Toth. »Eine von Ihren häßlicheren Huren?«

Toth meinte, ein kurzes Aufflackern in den toten, trüben Augen der Frau zu sehen, aber es verschwand so schnell, wie es aufgetaucht war.

»Sie gehört zum rumänischen Geheimdienst«, sagte Hudson. »Ihre Aufgabe ist es, die Behandlung zu überwachen, um sicherzugehen, daß ich meinen Stoffwechsel nicht überstimuliere. Keine Angst, sie versteht kein Englisch.«

»Sie meinen also, Sie können diese Phantasie noch, was weiß ich, zwanzig Jahre aufrechterhalten?« fragte Toth.

»Mit Leichtigkeit«, erwiderte Hudson. »Ich werde der erstaunlichste Hundertjährige sein, den die Welt je gesehen hat. Ich habe die Absicht, lange genug kraftvoll und potent zu bleiben, um meinen ersten und bisher einzigen Sohn zu beerdigen.«

»Es klingt, als freuten Sie sich schon darauf, ihn unter der Erde zu sehen«, bemerkte Toth.

»Er ist ein wertloser Weichling, süchtig nach Drogen und Alkohol und Tod.«

Als die rumänische Krankenschwester sah, daß die gesamte Flüssigkeit aus dem Behälter gelaufen war, entfernte sie behende den Schlauch und den Katheter und reinigte die Einstichstelle mit Alkohol. Dann massierte sie sanft die Muskeln in Hudsons Bein.

Hudson schwieg eine Zeitlang, bis er verärgert knurrte und sich auf die Ellbogen stützte. Die Schwester nickte eilig zum Zeichen, daß sie die Beschwerde verstanden hatte, und bearbeitete das Bein mit mehr Vehemenz.

»Das Prednisteran kann ziemlich brennen, wenn es nicht im Blutkreislauf verteilt wird«, sagte Hudson. »Das ist der einzige Nachteil der Behandlungen.«

»Das ist alles? Ein leichtes Brennen?«

»Ein ziemlich geringer Preis für körperliche, sexuelle und geistige Langlebigkeit, finden Sie nicht?«

»Allerdings, Baby. Amen.«

Erneut strich Toth über Hudsons Leib, als wäre er ein Haustier, das sie zu kaufen gedachte und von dessen Gesundheit es sich zu überzeugen galt.

»Würden Sie es gern mal ausprobieren?« fragte Hudson. »Die erste Behandlung ist die angenehmste und erfrischendste Erfahrung, die man sich vorstellen kann.«

Toth hob die Hand. »Klingt, als könnte man davon abhängig werden.«

»Genau wie von der Jugend.«

Toth begann schweigend in dem heißen, schwülen Solarium umherzuwandern und sich die Einrichtung und die medizinischen Instrumente anzusehen.

Hudson folgte ihr mit belustigten Blicken. Er hatte ihre Reaktion vorausgeahnt. Es war schwer für einen Menschen in der Blüte seines Lebens, die Anziehungskraft ewiger Vitalität nachzuempfinden.

Aber in ein paar Jahren dächte sie anders – sobald sie die erste schleichende Gewißheit ihrer eigenen Verwundbarkeit durch Alter und Häßlichkeit zu spüren begann. Dann käme sie auf Knien angekrochen und würde ihn um die wenigen Krumen anbetteln, die er ihr abzugeben gewillt sein würde.

»Warum haben Sie angerufen?« fragte er leise. »Haben Sie das Ei?«

»Ich arbeite immer noch daran. Was ist mit dem Geld?«

»Ich arbeite immer noch daran«, wiederholte Hudson spöttisch ihren Satz.

Toth nahm eine Flasche Medizin und sah mit gerunzelter Stirn auf die Beschriftung, die sie nicht verstand.

»Beeilen Sie sich lieber«, sagte sie. »Sie sind nicht mehr der einzige Interessent. Der ehemalige Besitzer hat mich kontaktiert.«

Hudson drehte sich um und setzte sich auf. Mit einem Blick entließ er die Masseurin, die zögernd stehenblieb, als ob sie nicht verstehe. Er nickte mit dem Kopf in Richtung Tür, und die Frau verließ den Raum im Stechschritt, die Schultern gestrafft wie ein Soldat auf dem Paradeplatz.

»Ich dachte, sie verstünde kein Englisch«, stichelte Toth.

»Vorsicht ist besser als Nachsicht.«

Er schwang die Beine vom Tisch, stand auf und griff nach dem weißen Morgenmantel, der über einer Stuhllehne hing. Seine Nacktheit machte ihm offenbar nicht das geringste aus. Sein Schwanz war überraschend groß und voll, obwohl er sich im Ruhezustand befand.

Was für Toth ein überzeugenderer Beweis für den Erfolg seiner Behandlungen war als all seine Erzählungen.

»Alexej Nowikow ist hinter Ihnen her?« fragte Hudson und band sich den Morgenmantel um die schlanken Hüften. »Nun, er dürfte keine sonderliche Bedrohung darstellen.«

»Er ist derjenige, der dieses kleine Manöver ausgeheckt hat. Wußten Sie das nicht?«

»Ich ahnte es«, sagte Hudson mit kühler Zufriedenheit. »Und jetzt weiß ich es.«

Er nahm einen Kristallschwenker von dem Tablett auf dem Tisch. Die dazu passende Karaffe enthielt Mineralwasser. Er füllte das Glas und hob es an den Mund.

»Die einzig erkennbare Nebenwirkung der Droge ist Durst«, sagte er geistesabwesend. »Ein, zwei Tage fühlt man sich wie ausgetrocknet.«

Als er getrunken hatte, stellte er den schweren Schwenker wieder ab und wandte sich erneut an Toth. Sie hielt immer noch die Medizinflasche in der Hand, als könne sie sich nicht dazu durchringen, sie wieder wegzustellen.

»Es ist ein bemerkenswertes Zeug«, sagte Hudson. »Es wirkt bei jedem, egal wie alt er ist. Sie würden so jugendlich und verführerisch bleiben, wie Sie jetzt sind, und nichts von der Erniedrigung voranschreitenden Alters und gesundheitlicher Probleme verspüren.«

Abermals las Toth den Text auf der Flasche. Sie verstand immer noch kein Wort.

»Und all das mit Hilfe eines einzigen Elixiers?« fragte sie boshaft. »Wen versuchen Sie damit zu verarschen? Wenn den Ärzten so etwas je gelungen wäre, hätte ich inzwischen davon gehört. Genau wie jeder andere über dreißig.«

Hudson schenkte sich ein weiteres Glas Wasser ein und hielt es ins Sonnenlicht.

»Die Leute, die dieses Gebräu zusammengemischt haben, hatten kein Interesse an Geld oder Ruhm«, sagte er. »Sie hatten größere Pläne, weiterreichende Ideen, bedeutungsvollere Wünsche. Traurigerweise hat die Geschichte sie überholt, ehe sie ihre Visionen realisieren konnten.«

»Was ist passiert?«

»Das, was immer passiert. Sie wurden von ihren Untergebenen exekutiert.«

»Zu schade.« Toth ersparte sich etwaiges Mitgefühl. »Heißt das etwa, daß Ihre Vorräte an diesem Jugendsaft begrenzt sind?«

»Eins von Hudson Internationals neuesten Labors wird an der Herstellung des Stoffes arbeiten«, gab er Auskunft.

»Und wie lange wird es dauern, bis es klappt?«

»Ich habe bisher noch keinen geeigneten Projektleiter gefunden. Aber wenn ich ihn erst einmal habe, wird die Entwicklung nicht lange dauern. Bis dahin reicht es noch für mich.«

»Sie Glücklicher.«

»Glück hat damit nichts zu tun.«

Hudson leerte das Glas, ehe er weitersprach.

»Ich habe genug von dem Zeug, um zumindest einer weiteren Person das Leben verlängern zu können«, sagte er, »wenn ich Lust dazu habe.«

Toth wollte den Blick abwenden, aber es gelang ihr nicht. Es war merkwürdig faszinierend, alte Augen im Gesicht eines Mannes zu sehen, der das Geschlechtsteil eines jugendlichen Draufgängers besaß.

»Wie lange ist es her, daß ein Mann Sie die ganze Nacht hindurch gevögelt hat?« fragte Hudson.

»Das letzte Mal habe ich das erlebt, als sich jemand den Schwanz mit Kokain eingerieben hat.«

»Ich brauche kein Kokain. Und ebensowenig brauchen Sie sich wegen möglicher Krankheiten zu fürchten, die man bekommt, wenn man sexuelle Kontakte zu Drogenabhängigen oder gewöhnlichen Straßenböcken hat.«

Toth lachte kurz auf. »Das sagen Sie alle, Baby.«

»Jeder meiner Kontakte unterzieht sich regelmäßigen und eingehenden Blutuntersuchungen«, sagte Hudson. »Meine Spermienzahl ist hoch, sie sind sehr beweglich und haben eine überdurchschnittliche Lebensfähigkeit.«

»Wunderbar, alter Mann. Wenn ich das nächste Mal den Drang nach einem All-Night-Stand verspüre, rufe ich Sie an.«

»Was mir so vorschwebt, läßt sich nicht in einer einzigen Nacht erledigen«, erwiderte Hudson ruhig. »Dafür müßten Sie schon wesentlich mehr Zeit opfern.«

Toth wollte etwas Schnippisches erwidern, aber als sie Hudson in die Augen sah, gefroren ihr die Worte auf der Zunge.

»Ich finde Ihre Sexualität stimulierend«, sagte er, »aber das gilt für eine ganze Reihe von Frauen. Sie müssen mir also schon ein bißchen mehr bieten als Ihre zweifellos begnadete Möse.«

Wieder versuchte Toth, den Blick von ihm abzuwenden. Wieder gelang es ihr nicht. Furcht und Erregung wallten in ihr auf und trieben sie auf Hudson zu.

»Sie haben Ihre Position und Ihre russischen Kontakte genutzt, um sich eine solide Machtbasis zu schaffen«, fuhr Hudson sachlich fort. »Wenn man sieht, woher Sie stammen, ist das eine durchaus beachtliche Leistung.«

»Ich habe mir dafür auch den Arsch aufgerissen.«

»Viele Menschen reißen sich die Ärsche auf. Aber nur sehr wenigen gelingt es, dadurch etwas Sinnvolleres zu erreichen als ein allabendliches Bierchen und ihre Steuerbeiträge.«

Ein Schauder der Erkenntnis lief Toths Rücken hinab. Genau diesen Satz hatte sie wiederholte Male selbst gesagt, allerdings nie in Hudsons Gegenwart. Seine Nachforschungen mußten mehr als gründlich gewesen sein.

»Viele der Dinge, die Sie getan haben, haben Sie eher instinktiv als intellektuell getan«, sagte er, »aber ich spüre, daß Sie ein außerordentliches Talent besitzen, wenn es um das Manipulieren anderer Menschen geht. Sie sind vollkommen kalt.«

»Das hört ein Mädchen nicht gerade gern«, sagte Toth und bleckte die Zähne zu einem harten Lächeln. »Das ist weder sexy noch in irgendeiner Weise feminin.«

»Was für ein Unsinn«, verbesserte er sie, »die mächtigen Frauen in der Geschichte waren diejenigen, die *all* ihre Talente genutzt haben und nicht nur die, die die Gesellschaft braven Mädchen zugesteht.«

Wortlos bewegte er sich mit einer eigenartig fließenden Geschmeidigkeit auf sie zu, die sie überlegen ließ, wie es wohl wäre, mit einer Schlange zu schlafen. Als er ihre Schultern packte, überraschten sie die Hitze und Stärke seines Griffs.

»Was Sie brauchen, ist ein Mentor«, sagte er. »Jemand, der Ihnen zeigen kann, wie man die nächste Stufe der Macht erklimmt – die Stufe, von der aus man die Dinge auf einer globalen Ebene verändern kann. Wenn Sie das erreicht haben, werden Sie sicher sein. *Eher nicht.*«

Einen langen, spannungsgeladenen Augenblick maßen sie sich gegenseitig.

»Was wollen Sie von mir?« fragte sie.

»Ich will, daß Sie mich heiraten. Der Ehevertrag wird bestimmte, sehr großzügige Klauseln enthalten. Dann will ich ein Kind von Ihnen. Einen Sohn, um genau zu sein.«

Toth öffnete den Mund zu einem erstaunten O.

»Wenn Ihre Bluttests negativ sind«, fuhr Hudson fort, »dann werden wir künstlich verhüten. Wenn der Fötus infiziert ist oder das falsche Geschlecht hat, wird er abgetrieben, und wir fangen noch mal von vorne an.«

»Das ist doch wohl nicht Ihr Ernst«, keuchte Toth.

»O doch. Und dann wird unser Sohn so früh wie möglich der medizinischen Behandlung unterzogen, die mir so großartige Dienste erwiesen hat.« Hudson redete sich warm. »Er wird der intelligenteste und kraftvollste Mann seiner Generation sein. Unter meinem Schutz, mit meinem Finanzimperium im Rücken, mit Ihrer urwüchsigen Anziehungskraft und Ihrer angeborenen Schläue wird unser Sohn die besten Chancen haben, eines Tages einer der mächtigsten Männer der Welt zu sein.«

»Sie sind ja vollkommen übergeschnappt.«

Hudson lachte. »Du machst es dir zu einfach, Liebling. Gib dir ein bißchen mehr Mühe.«

»Ich bin schwarz. Wie steht's damit, *Liebling*?«

»Das ist wunderbar. Außerdem hast du asiatisches und kaukasisches Blut in dir. Sogar etwas mehr kaukasisches als anderes, wenn meine Nachforschungen stimmen.«

»Mischlinge sind oben nicht allzugern gesehen«, sagte Toth geradeheraus. »Das können Sie mir glauben.«

»Das tue ich. Aber glaube du auch mir, wenn ich dir sage, daß es in den kommenden Jahren eine völlige Vermischung der Rassen, Kulturen, Sprachen und Nationalitäten geben wird. Es passiert schon jetzt, während wir uns darüber unterhalten. Es ist ein unaufhaltsamer sozialer, politischer und sexueller Sog.« Hudson lächelte. »Solchen Unvermeidbarkeiten verleiht die Weltgeschichte seit jeher ein Gütesiegel.«

»Nicht, solange ich lebe.«

»Nicht, wenn du dem natürlichen Alterungsprozeß unterliegst und in wenigen Jahrzehnten stirbst«, stimmte Hudson ihr zu. »Aber wenn du mich heiratest, werde ich dir zur Hochzeit eine wesentlich höhere Lebenserwartung schenken als die, die du augenblicklich hast. Und unser Sohn wird noch länger leben. Er wird auf eine Weise von seiner gemischten Herkunft profitieren, die wir uns noch nicht einmal vorstellen können.«

Toth schlang die Arme um sich und erschauderte. Sie leckte sich die Lippen, aber nicht aus sexueller Erregung. Ihre Lippen waren trocken vor Furcht und einer dunklen Vorahnung, wie sie sie nie zuvor verspürt hatte.

Sie hatte gedacht, sie wüßte alles, hätte alles getan, hätte nichts mehr, auf das es sich zu freuen lohnte, außer immer größeren Risiken für einen immer geringeren Kick, bis zu dem Tag, an dem sie sich einmal verschätzen und draufgehen würde.

Hudsons Angebot jedoch änderte all dies.

»Sie wären ein verdammt guter Verkäufer«, sagte sie schließlich. »Sie sind clever genug, mich nicht zu begrapschen oder irgend etwas von Liebe zu faseln.«

Hudsons Lachen war wie sein Blick, alt und kalt.

»Diejenigen von uns, die mit einer gewissen Intelligenz ausgestattet sind«, sagte er, »werfen solchen emotionalen Ballast ab, sobald sie den Windeln entwachsen. Liebe ist etwas für Narren. Wir werden diese Narren beherrschen, genau wie den Rest der Welt.«

Toth spürte, daß sie auf Hudsons uneingeschränkte Offenheit stärker reagierte als auf alles andere, was ihr je ein Mann geboten hatte. Er war vollkommen, herrlich, wunderbar frei von Skrupeln. Er würde sie benutzen. Sie wußte es.

Aber er würde sie nicht brechen, statt dessen würde er sie unterrichten. Er wäre Vater, Mentor und Liebhaber in einer Person.

Wenn sie bei ihm bliebe, würde sie immer in einer Phantasiewelt leben, wäre sich nie sicher, ob sie noch die Kontrolle besäße. Sie wäre verängstigt und gleichzeitig erregt. In einem Wort, sie würde auf die einzige Weise *lebendig* sein, die für sie Bedeutung besaß.

»Ich nehme an, das Ei hat nichts mit Ihrem plötzlichen Interesse, mir ein Kind zu machen, zu tun?« fragte sie.

»Natürlich hat das Ei etwas damit zu tun. Ohne das Ei wärst du von wesentlich geringerem Interesse für mich.«

»Wieviel geringer wäre das Interesse?«

»Das Ei ist von unüberschätzbarer Bedeutung für die Zukunft, die wir uns gemeinsam aufbauen können. Es ist der kritische Bestandteil eines internationalen Netzwerks von Agenten und nützlichen Idioten.«

Hudson sah Toth in die Augen und vergrub seine Finger im weichen Fleisch ihrer Oberarme. Er kannte ihre Schmerzgrenze offenbar genau, denn er hörte genau in dem Augenblick auf, als der wahre Schmerz begann. Dann bewegte er seine kleinen Finger und streichelte sanft ihre samtige Haut.

Toth hielt den Atem an. Verlangen wallte in ihr auf. Hudson kannte ihren Körper so gut wie sie selbst, besser noch, bereitete ihr gleichzeitig Schmerz und Lust, das eine bedingt durch das andere.

»Betrachte das Ei als deine Mitgift für mich«, sagte er.

»Vielleicht brauche ich – Hilfe.«

»Körperlich oder geistig?«

»Körperlich«, sagte Toth. »Rein körperlich.«

»Nimm Bill Cahill.«

»Ist er diskret?«

»Zweifellos.«

»Diskret genug, daß man ihn mit dem Vergraben einer Leiche beauftragen könnte?«

»Es wäre nicht seine erste. Wen willst du töten, Nowikow?«

»Nein. Einen Straßenbock, den ich vor einer Weile aufgegriffen habe. Eine Nebensache.«

26

Um den Mietwagen herum breitete sich Los Angeles wie ein gegen die Finsternis der Nacht anbrandendes Lichtermeer aus. Laurel chauffierte in dem trügerischen Zwielicht genauso souverän wie bei strahlendem Sonnenschein. Cruz hätte ihr zu ihren Fahrkünsten gratuliert, wäre er nicht so wütend gewesen.

»Wie lange noch?« fragte er.

Seine Stimme verriet kaum verhohlene Ungeduld. In dem eigenartigen Licht glänzten seine Augen metallisch.

Ein Seitenblick verriet Laurel, daß er ihr immer noch grollte. Also konzentrierte sie sich lieber wieder auf den Verkehr.

»Nur noch ein paar Minuten.«

»Dann erzähl mir jetzt endlich, wohin wir fahren.«

Laurel zögerte.

»Wir haben keine Zeit mehr, um eine Falle aufzustellen.« Cruz grunzte. »Zu schade, daß ich das von der Gegenseite nicht auch behaupten kann, aber so wolltest du es ja, nicht wahr? Es ging dir einzig um die Sicherheit deines Vaters, alle anderen zählen nicht.«

Laurels Antwort bestand in Schweigen. Sie hatte es satt zu erklären, was sie selbst nicht ganz verstand. Sie wußte nur, daß sie sich nicht mehr hätte in die Augen sehen können, wenn sie ihrem Vater eine Falle gestellt hätte. Tief in ihrem Innern glaubte sie, daß ihr Vater nur aus Verzweiflung gehandelt hatte und nicht aus Habgier und kaltblütiger Berechnung.

Ein erneuter Streit mit Cruz würde weder ihre noch seine Gefühle verändern. Sie hatten seit der Abfahrt aus Karroo herumgezankt, und es würde erst aufhören, wenn sie ihr Ziel erreichten. Wenn überhaupt.

Cruz war außer sich gewesen vor Zorn, weil sie ihm nicht dabei behilflich sein wollte, ihren Vater in einen netten, sauberen Hinterhalt geraten zu lassen. Gillespie war bei diesem Thema zu schwarzem Eis erstarrt, kalt genug, um sich daran zu verbrennen. Nur Redpath schien sie zu verstehen. Sie war anderer Meinung als Laurel gewesen, aber wenigstens hatte sie Verständnis für ihre Entscheidung aufgebracht.

Während Cruz sich unruhig bewegte, blitzte das Lämpchen des Funktelephons in seinen Händen auf. Die Leitung war geöffnet, und das bliebe sie, bis er der Risk Ltd. ihr Ziel genannt hätte.

Laurel drückte den Blinkschalter und bog ab. Anschließend sprach Cruz ins Telephon: »Doheny rauf in Richtung Hollywood Hills.«

»Hat sie dir inzwischen gesagt, wohin ihr fahrt?« erkundigte sich Gillespie.

»Du hast genausoviel gehört wie ich.«

»Scheiße. Jüngelchen, du hast wirklich beschissene Arbeit geleistet, als es darum ging, ihr Vertrauen zu gewinnen.«

»Erzähl mir doch zur Abwechslung mal was, was ich noch nicht weiß.«

»Laß mich mit ihr reden«, forderte Gillespie ihn auf.

Cruz nahm das Telephon von seinem Ohr.

»Der Hauptfeldwebel möchte dir ein paar Artigkeiten ins Öhrchen flüstern«, sagte er und wedelte mit dem Hörer.

»Ich verzichte darauf, vielen Dank.«

Der hielt das Telephon wieder an seinen Mund. »Sie ...«

»Ich hab's gehört«, unterbrach Gillespie beleidigt.

Danach herrschte Schweigen im Wagen, das nur durch Cruz' knappe Wegbeschreibung jeweils unterbrochen wurde. Wieder bog Laurel ab, dieses Mal in die Benedict Canyon Road, und schließlich steuerte sie in ein kühles, kleines Tal direkt an der Küste.

Die Straße wurde von neuen Fertighäusern gesäumt, alle mit hartem, weißem Stuck und Rauchglas und sauberen Kanten. Jedes Haus kauerte auf einem erst kürzlich gerodeten Baugrundstück, das ebenso winzig wie überteuert war.

Am oberen Ende der Straße stand ein Haus aus einer anderen Zeit, das einen anderen Lebensstil verriet. Das Flutlicht, das sich bei Einbruch der Dämmerung eingeschaltet hatte, brannte aus ästhetischem Vergnügen statt aus Gründen der Sicherheit, obgleich es wohl auch diesen Zweck zu erfüllen schien. Das Haus selbst zeigte einen raffiniert bescheidenen Stil. Die Umgebung betonte noch seine Silhouette und das sanfte Gefälle des gepflegten Grundstücks selbst. Der Rest der Nachbarschaft wirkte im Vergleich dazu wie aus Pappmaché.

Laurel bog in die Einfahrt neben dem alten Gebäude ein.

»Park den Wagen auf der Straße«, befahl Cruz.

»Aber…«

»Tu es einfach!«

Mit zusammengepreßten Lippen ließ Laurel das Auto am Rand der Einfahrt stehen. Als sie nach dem Schlüssel griff, fuhr Cruz' Hand blitzartig vor und hinderte sie daran, den Motor abzustellen.

»Laß ihn an«, befahl er.

Flink las er die Adresse und gab sie an den wartenden Hauptfeldwebel durch.

»Ich hab's«, war dessen Erwiderung.

»Vergessen Sie es nicht«, sagte Laurel laut. »Ich dulde niemanden in der Nähe außer Cruz, sonst rufe ich Dad nicht an.«

Gillespies Antwort bestand im Kappen der Leitung.

»Warum denkst du, daß er nicht schon hier ist?« fragte

Cruz. »Warum meinst du, daß er darauf wartet, angepiepst zu werden?«

»Er parkt immer dort drüben, direkt unter der Platane«, sie wies die Einfahrt hinauf.

»Immer? Seit wann kommt er hierher?«

»Dieses Haus gehörte erst meiner Mutter und dann mir.«

»Ich dachte, deine Eltern wären geschieden gewesen?«

»Das waren sie auch. Aber das funktionierte genausowenig wie ihre Ehe. Dad hatte immer die Schlüssel zu diesem Haus, obwohl Mom es erst nach der Scheidung gekauft hat.«

Cruz suchte die nähere Umgebung nach irgendwelchen Bewegungen ab, sah aber nichts. Das Gebäude stand auf einem Felsvorsprung oberhalb der kleinen Schlucht. Platanen mit riesigen Blättern und glatter, wettergegerbter Rinde warfen ihre Schatten auf eine Terrasse am Haus.

»Der ›Lieblingsplatz‹, he?« fragte Cruz, der sich an die Nachricht erinnerte, die Swann seiner Tochter hinterlassen hatte.

»Ja«, flüsterte Laurel. »Er ist etwas ganz Besonderes. In meiner Erinnerung… aber ich kann hier nicht leben. Die Stadt ist einfach zu nah.«

Cruz empfand dasselbe, aber er sagte lediglich: »Wende das Auto, damit es in Fahrtrichtung steht. Und laß den Motor laufen.«

Während Laurel den Wagen wendete, griff Cruz auf den Rücksitz und zog einen schwarzen Aluminiumaktenkoffer hervor. Er öffnete ihn, nahm seine Pistole heraus, prüfte routiniert, ob sie geladen war, und steckte sie in das Halfter hinter seinem Rücken. Dann schob er ein paar zusätzliche Magazine nach.

Schwarze Schuhe, schwarze Jeans, brikettfarbenes Hemd, schiefergraue Windjacke, schwarze Waffe, und unter allem die ebenfalls schwarze kugelsichere Weste. Cruz war eine

Studie in dunklen Schattierungen, ein gefährlicher Mann bei der Verfolgung einer ebenso gefährlichen Beute.

Tragt Schwarz. Er erwartet euch.

Laurel unterdrückte einen unwillkürlichen Schauder. Sie hatte getan, was sie konnte, um diesen Augenblick zu vermeiden, aber trotzdem war es jetzt soweit: Ihr Vater und ihr Geliebter machten Jagd aufeinander.

»Sieh mich nicht so an«, sagte Cruz unwirsch. »Ich werde den Hurensohn schon nicht erschießen, sobald er mir vor die Flinte kommt. Das ist mehr, als du mir versprechen kannst. Aber das ist dir auch nicht so wichtig, he? Du denkst, ich hätte dich benutzt, um an ihn heranzukommen. Wahrscheinlich richtest du selbst die Waffe auf mich, ehe er dazu kommt.«

Laurel verspürte einen dumpfen Schmerz.

»Sag so etwas nicht«, ihre Stimme klang belegt. »O Gott, sag so etwas nicht! Glaubst du etwa, es wäre leicht für mich, darauf zu warten, daß einer von euch beiden getroffen wird, und zu wissen, daß das alles meine Schuld ist?«

»Hör endlich auf damit, es ist nicht deine Schuld. Schließlich hat dein Vater die Wahl getroffen, und nicht du oder ich.«

»Das ist kein Grund für mich, ihn zu verraten«, Laurel blieb störrisch.

»Du verrätst niemanden außer uns. Wir haben etwas verdammt Seltenes. Und du wirfst es weg wegen eines Mannes, dem du nie wichtig genug warst, als daß er auch nur in deiner Nähe geblieben wäre.«

»Nein! So ist es nicht!«

Cruz erwiderte nichts.

»Mein Gott, Cruz. Siehst du es denn nicht? Du bist unglaublich schnell, du bist mächtig, du bist tödlich. Ich habe dich in Cambria erlebt. Mein Vater hat nicht die geringste Chance gegen dich!«

»Schwachsinn! Er ist...«

»In Cambria hast du nicht getötet, obwohl du die Möglichkeit dazu gehabt hättest«, fuhr Laurel fort, als hätte Cruz nichts gesagt. »Ich vertraue darauf, daß du auch meinen Vater nicht töten wirst. Das ist der einzige Grund, weshalb ich mich bereit erklärt habe, euch behilflich zu sein. Was Dad getan hat, war falsch, aber er hat es nicht verdient, dafür zu sterben!«

Unfähig zu glauben, was er da hörte, starrte Cruz Laurel an. Doch was er sah, verriet ihm, daß sie jedes Wort ernst meinte.

»Du bist mit Blindheit geschlagen«, erwiderte er. »Dein Vater ist nicht irgendein vertrottelter kleiner Tagedieb, der zu blöd ist, seinen eigenen Arsch zu finden. Er ist ein hochtrainierter Heckenschütze, ein Menschenjäger, ein Mörder, ein Raubtier, wie ich es niemals war und sein könnte. Er schießt nicht, um zu verletzen. Er schießt, um zu töten.«

»Du bist so schnell«, flüsterte Laurel. »Ich habe dich gesehen!«

»Zu schade, daß du deinen Vater noch nicht in Aktion erlebt hast. Eine Menge Männer sind gestorben, noch während sie überlegten, was, in aller Welt, sie da wohl getroffen hat.«

Mit einer ruckartigen Bewegung löste Cruz seinen Sicherheitsgurt und streckte die Hand nach dem Türgriff aus.

»Cruz!« flüsterte Laurel mit einem Knoten im Hals, während sie blind die Hände nach ihm ausstreckte. »So nicht. Wenn irgend etwas schiefläuft, kann ich nicht damit leben. *Ich liebe dich.*«

Cruz drehte sich noch einmal zu ihr um, sah das Aufblitzen von Tränen in ihren Augen und das Zittern ihrer Lippen.

»Du brauchst mich nicht anzulügen, Süße. Ich habe gesagt, daß ich deinen Vater nicht töten werde. Und dabei bleibt es!«

Dann tat er, was er nicht hatte tun wollen. Er beugte sich vor und küßte Laurel, bis sie nicht mehr nur nach Tränen, sondern auch nach Verlangen schmeckte. Dann küßte er sie abermals, wie um einen Traum in die Wirklichkeit zu holen.

»Was auch immer geschieht«, sagte er und hauchte weitere Küsse auf ihr Gesicht. »Es ist nicht deine Schuld. Glaub mir Liebling. Du bist die einzige Unschuldige von uns allen.«

Dann öffnete er die Tür und glitt aus dem Wagen, ehe Laurel sich genug in der Gewalt hatte, um etwas zu erwidern. Das Funktelephon lag auf dem Beifahrersitz, und der schwarze Kunststoff schimmerte wärmer als Cruz' Blick.

»Warte hier auf mich«, sagte er leise.

»Aber...«

»Kein Aber«, seine Stimme war messerscharf. »Versprich es mir.«

Laurel starrte ihn schockiert an und fragte sich, wo der sanfte Geliebte von vor wenigen Sekunden geblieben war.

»Hör mir zu«, er sprach drohend weiter. »Was ich fühle, widerspricht allem, was ich je über den Umgang mit Klienten und professioneller Distanz gelernt habe. Aber wir hängen gemeinsam hier fest, weil du dich geweigert hast, Gillespie an meiner Stelle mitzunehmen, und weil ich blöd genug war, dir diesen Unsinn durchgehen zu lassen.«

Laurel wurde vor Schreck stocksteif.

»Es ist noch nicht zu spät, um es mir anders zu überlegen«, fuhr er fort. »Wenn ich dir einen Befehl gebe, dann ist das kein Spiel. Also streite nicht mit mir, und frage mich nicht, warum. Wenn du mir das nicht versprechen kannst, dann gebe ich den Fall in dieser Sekunde ab.«

Der Impuls zu streiten, nach dem Warum zu fragen, mehr Informationen zu verlangen, war fast stärker als sie, doch ein Blick in Cruz' Augen verriet ihr, daß ihre erste Frage zugleich die letzte wäre. Er würde Gillespie anrufen und gehen, ohne sich noch ein einziges Mal umzudrehen.

Sie atmete tief ein und nickte. »Was soll ich tun?«

»Wenn du irgend jemanden kommen siehst«, sagte Cruz,

»dann drückst du den Sendeknopf des Telephons und fährst, so schnell du kannst, davon. Gillespie wird dir sagen, was dann zu tun ist.«

»Und was wird mit dir?«

»Der Lärm, den du veranstaltest, wenn du auf das Gaspedal trittst, ist für mich Warnung genug. Verstanden?«

Laurel nickte stumm, da sie wußte, ihre Stimme würde umkippen, falls sie sprach.

Cruz schloß lautlos die Beifahrertür und blickte um sich. Hinter keinem der Fenster in der Nachbarschaft regte sich etwas. Keine Tür öffnete sich. Kein Hund schlug an.

Mit der Geschmeidigkeit eines Mannes, der in der Nacht zu Hause war, trat Cruz in die dunklen Flecken, die zwischen den Flutlichtkreisen in der Einfahrt lagen. Man hörte lediglich ein leises Klicken, als er seine Waffe zog, den Hahn spannte und sie entsicherte. Seine weichen Schuhe verursachten nicht das geringste Geräusch.

Als er die Stelle erreichte, an der Swann Laurel zufolge normalerweise seinen Wagen abstellte, bückte er sich und fuhr mit dem Zeigefinger der linken Hand über einen schwarzen Fleck auf dem Beton. Seine Fingerspitze wurde schwarz. Er rieb sie an seinem Daumen, spürte etwas Schmieriges und roch dran.

Motoröl. Frisch genug, um noch flüssig zu sein. Einen Tag alt vielleicht, aber nicht mehr. Die sengende kalifornische Sonne verwandelte ein paar Tropfen Öl innerhalb kürzester Zeit in klebrigen Teer.

Auf leisen Sohlen umrundete Cruz das Haus, um herauszufinden, ob vor ihm jemand anderes einen Erkundungsgang unternommen hatte. Alles, was er fand, waren ein paar Markierungen am Rande eines der Blumenbeete, die Fußabdrücke sein mochten.

Auf jeden Fall bewiesen sie nichts. Offenbar wurde das Grundstück von einem Gärtner gepflegt.

Ein paar Minuten lang stand Cruz reglos hinter ein paar Hibiskusbüschen und lauschte den nächtlichen Geräuschen. Eine leichte Brise wehte durch die Platanen, eine Spottdrossel sang, und zur Antwort drang der sehnsuchtsvolle Schrei einer Trauermöwe durch die Dunkelheit.

Wie ein Schatten huschte er über das Blumenbeet auf die Steinterrasse. Die Haustürschlüssel, die Laurel ihm widerwillig in Karroo ausgehändigt hatte, lagen in seiner linken Hand. Der zweite Schlüssel war für die Hintertür.

Er wandte sich von der Terrasse ab und schlich über einen schmalen Pfad, der zur Hintertür des Hauses führte. Der Schlüssel ließ sich lautlos drehen. Cruz trat zur Seite, schob die Tür mit den Fingerspitzen auf und wartete.

Keine Bewegung. Kein Geräusch.

Nach einer weiteren Minute glitt Cruz hinein, lehnte sich mit dem Rücken an die Wand und lauschte erneut. An jeder Tür blieb er stehen, horchte und schob sich weiter, bis er das ganze Haus durchforscht hatte. Erst dann löste er den Hahn seiner Pistole, sicherte sie, drehte die Lichter an und ging hinaus, um Laurel zu sagen, daß alles in Ordnung war.

Sobald sie ihn sah, stellte sie den Motor ab, rannte auf ihn zu und hielt ihn eine Minute lang eng an sich gepreßt. Er umarmte sie ebenfalls, aber seine Augen suchten ununterbrochen die Umgebung ab, und die Hand, die für gewöhnlich seine Waffe zog, verharrte einsatzbereit in der Nähe des Pistolengriffs.

Irgendwann schob er Laurel sanft von sich, stieg nochmals in den Wagen und zog ihre Ledertasche und seinen Aluminiumkoffer heraus.

»Komm«, sagte er. »Ich will, daß du dich versteckst. Hier. Trag das Zeug. Auch wenn es nicht gerade ritterlich ist, dich alles schleppen zu lassen – ich brauche meine Hände.«

»Ich dachte, wir wären sicher«, Laurels Stimme zitterte.

»Im Augenblick ist er nicht hier, aber er war hier.«

»Woher weißt du das?«

»Unter der Platane sind frische Ölspuren.«

»Vielleicht war es jemand anders?«

»In einer Privateinfahrt am Ende einer Sackgasse? Das ist nicht sehr wahrscheinlich.«

Schweigend ging Laurel vor Cruz zum Haus. Er folgte ihr, schloß die Tür, drehte den Schlüssel um und nahm ihr seinen Pistolenkoffer ab.

»Hat außer deinem Vater sonst noch jemand Schlüssel zu diesem Haus?« fragte er. »Vielleicht ein Reinigungsunternehmen, ein Sicherheitsdienst oder so?«

»Nein.«

Laurel trat hinter Cruz ins Wohnzimmer.

»Dann ist alles klar. Dein Vater war hier.«

»Hast du etwa auch Ölspuren auf dem Küchenfußboden entdeckt?« fragte Laurel bissig, aber ihre Augen schimmerten.

»Die Luft ist frisch«, sagte Cruz, »als hätte erst vor kurzem jemand die Fenster geöffnet. Außerdem liegt die Tageszeitung von heute auf dem Küchentisch. Du hast keine Alarmanlage, oder?«

»Nein.« Laurel wandte sich von Cruz ab, da sie die Fremdheit in seinem Blick, seiner Stimme und seinen Gesten nicht länger ertrug. »Ich bin nicht allzuoft hier. Städte machen mich nervös.«

»Laurel.«

Sie drehte sich wieder zu Cruz um und sah, daß er das Telephon in der Hand hielt und wartete.

Mit einem stummen Gebet, daß sie das Richtige tat, nahm sie es ihm ab, gab die Nummer von Jamie Swanns Piepser ein und hinterließ als Rückrufnummer die hiesige.

»Wie lange braucht er normalerweise?« fragte Cruz, nachdem sie eingehängt hatte.

»Für gewöhnlich ruft er innerhalb einer Stunde an.«

»Und wenn nicht, wie lange dauert es dann?«

»Der Rekord liegt bei zehn Tagen. Mom war schon begraben, als er endlich meinen Anruf beantwortete.«

Cruz stöhnte. »Kein Wunder, daß du Männern mißtraust.«

»Ich vertraue dir.«

»Du denkst, daß ich ein besserer Mörder als dein Alter bin«, erwiderte Cruz. »Was für eine blendende Empfehlung.«

»Das habe ich nicht gesagt!«

»Natürlich nicht.«

»Was denkst du?« fragte Laurel schroff.

»Daß ich Jamie Swann durchaus ähnlich bin.«

»Das bist du nicht.«

»Was weißt du schon! Er und ich bewegen uns beide weit außerhalb der Grenzen des Anstandes. Wir beherrschen beide die gefährlichsten Lektionen, die ein Cop jemals lernt.«

«Wovon sprichst du?«

»Davon, wie leicht es ist, das Gesetz zu brechen und ungeschoren davonzukommen«, knurrte Cruz. »Das lernt man, wenn man in der Gosse lebt, wo Lügen die einzige Wahrheit sind, wo Gewalt der schnellste Weg zum Frieden und die Moral so düster und glitschig wie der Mississippi ist.«

»Das meintest du also, daß du genauso wie mein Vater bist?«

»Ich meine damit, daß ich genauso sein könnte.«

»Nein.«

»Du urteilst so schnell und bist so vertrauensvoll. Hast du dir jemals darüber Gedanken gemacht, was passieren könnte, wenn du dich irrst?«

»Warum bestrafst du mich?« fragte Laurel gepreßt.

»Tue ich das?«

»Ja«, erwiderte sie. »Du kennst den Unterschied zwischen einem Paradox und Unmoral genausogut wie ich: den Unterschied zwischen einer Lüge, die man erzählt, um die

Wahrheit aufzudecken, und einer Lüge, die man um des Vorteils willen erzählt. Hier liegt die Grenze zwischen Ehrlichkeit und Verbrechertum.«

Der reglose Blick aus ihren bernsteinfarbenen Augen hielt ihn fest.

»Du hast mehr Vertrauen in mich als ich selbst.« Er schüttelte ungläubig den Kopf.

»Wie du selbst einmal gesagt hast, sehe ich dich sehr klar.«

Cruz schloß die Augen, trotzdem sah er Laurel vor sich. Er versuchte zu sprechen, aber ihm fielen keine Worte ein außer denen, die er sich momentan verkneifen sollte.

»Cruz?«

Seinen Namen aus ihrem Mund zu hören entfachte Sturm in seinen Gefühlen.

»Ich sehe mich noch einmal um.« Er schob sie weg.

Obgleich Laurel nichts erwiderte, sah er, daß seine Barschheit sie verletzt hatte.

»Wenn ich jetzt in deiner Nähe bleibe«, sagte er, »werde ich dich küssen, bis wir beide vergessen, wo wir sind, wer wir sind, was wir sind. Und das wäre das Dümmste, was ich je getan habe.«

»Cruz«, flüsterte sie und streckte die Hände nach ihm aus.

»Nein«, sagte er und trat einen Schritt zurück. »Es darf nicht noch einmal passieren, Süße. Ich bin der falsche Mann am falschen Ort zur falschen Zeit. Um dich zu beschützen, muß ich wahrscheinlich Dinge tun, für die du mich hassen wirst. Mach es uns nicht noch schwerer, als es ohnehin schon ist.«

Eine Erkenntnis blitzte in ihr auf: Fremder, Geliebter, Leibwächter ... und jetzt Jäger.

Ihre Nackenhaare sträubten sich. Sie hatte gewählt, und dies war das Resultat. Cruz entglitt ihr, und sein dunkler Schatten verwandelte sich in schwarzes Vakuum. Er würde sich nicht davon abhalten lassen, alles zu ihrem Schutz Erforderliche zu tun – weder durch Gefahr noch durch ihren Körper noch durch sonst etwas, was sie sich einfallen ließe.

Sie fröstelte und schlang die Arme um sich.

»Ich werde dich niemals hassen«, verkündete sie leidenschaftlich, doch er antwortete nicht.

Als sie die Augen öffnete, merkte sie, daß sie allein war. Cruz hatte sich in die Nacht zurückgezogen, ohne daß auch nur ein einziges Geräusch seinen Aufbruch verraten hatte.

27

Sie schleppte sich zu der Ledertasche, die sie aus Cambria mitgebracht hatte, nahm eine Schieblehre, eine kleine mechanische Waage, den Rubin und ihren tragbaren Computer heraus. Anschließend kauerte sie sich in einen Sessel, stellte die Waage auf den Tisch und legte den Stein vorsichtig darauf.

Das Dämmerlicht im Raum erschwerte das Ablesen der winzigen Skala, so daß Laurel an der Schnur der Tischlampe zog, deren Schirm aus klaren Kristallprismen bestand. In dem Augenblick, in dem das Licht anging, ergoß sich ein wahrer Regenbogen an Farben über den Tisch, ihre Hand und den Sessel. Jedes Teil schimmerte in einem anderen Ton.

Doch zum ersten Mal fiel Laurel das stumme Schauspiel der Lampe nicht auf. Ebensowenig bemerkte sie, daß Cruz im Türrahmen stand und sie mit einem Blick bedachte, dessen Glühen beinahe mit den Händen greifbar war. Nie zuvor hatte er etwas so Schönes gesehen wie Laurel.

Nur unter Aufbietung seiner gesamten Selbstbeherrschung gelang es ihm, nicht zu ihr zu eilen, um sie zu berühren und das festzuhalten, was ihm auf ewig zu entgleiten bevorstand.

Ich liebe dich.

Laurels Worte verfolgten ihn. Nie zuvor hatte er einen Menschen geliebt. Er war sich noch nicht einmal sicher, was Liebe war, wie sie sich anfühlte oder wie lange sie hielt. Seine Arbeit hatte immer andere betäubende Gedanken in ihm geweckt, und außerdem war er geradezu süchtig nach Adrenalin, der Erregungsdroge von Cops und Agenten jeder Art.

Aber irgendwie war es Laurel gelungen, in seine dunkle Seele vorzudringen, ihn zu sehen, ohne zurückzuschrecken, ihn zu berühren und eine Reihe von Gefühlen in ihm zu wecken, deren Stärke ihn verwirrte und gleichzeitig bezwang: einen ungeahnten Beschützerinstinkt, Zärtlichkeit, Leidenschaft und gar Bewunderung. Sie war verletzlicher und zugleich stärker als jede andere Frau, die ihm jemals begegnet war.

Wie konnte dieser Hurensohn sie nur derart in Gefahr bringen? tobte er stumm. Nie wieder werde ich einer Frau wie ihr begegnen. Und wegen Swann werde ich sie wieder verlieren. Wenn ich Glück habe, schicke ich ihren geliebten Daddy für den Rest seines Lebens in den Knast.

Wenn ich kein Glück habe, muß ich den Vater töten, wenn ich die Tochter retten will. Dann wird Laurel sich nicht einmal mehr an die Worte erinnern wollen, die sie mir gegenüber eben geäußert hat.

Die Gewißheit, Laurel zu verlieren, verfolgte Cruz ebenso wie ihr Eingeständnis ihrer Gefühle für ihn. Ehe er ihr begegnet war, war er allein gewesen, aber nicht einsam.

Nun, da er ihr begegnet war…

Cruz schob diesen Gedanken fort. Wenn er darüber nachdachte, daß er Laurel verlieren würde, könnte er seine Mission vielleicht nicht mehr erfüllen. Es wäre besser, wenn Laurel lebte und frei war und ihn haßte, als wenn sie tot und begraben wäre, nur weil er gezögert hatte, statt auf ihren Feind zu zielen.

So lautlos er gekommen war, trat er wieder in den Flur hinaus und ließ Laurel allein in dem glitzernden Lichtbogen zurück. Er strich durchs Haus und unterzog es abermals dem prüfenden Blick eines Leibwächters.

Das Haus selbst war nicht schwer zu verteidigen. Es besaß eine klare Aufteilung und spärliches Mobiliar, was hieß, daß sich frei von einem Raum in den anderen schießen ließ. Die

Einfahrt war zu übersichtlich, um von dort aus einen Überraschungsangriff zu starten und die Eingangstür erfreulicherweise zu hell erleuchtet, um heimlich hereinzuschlüpfen.

Schlecht war der dichtbewachsene Hügel hinter dem Haus. Das Gebüsch bot möglichen Eindringlingen Deckung bis direkt in den Hinterhof.

Cruz überprüfte zum wiederholten Male die Umgebung, stand still und reglos an einem Fleck, lauschte und überlegte, was er tun würde, wollte er unbemerkt ins Haus.

Es ist viel zu leicht, sagte er sich. Der reinste Spaziergang. Ich könnte zehn Männer und einen tanzenden Elefanten auf die Terrasse führen, ohne daß es jemand bemerkt. Aber ich glaube nicht, daß Swann in Begleitung kommt. Laurels GEFAHR-Botschaft hatte bestimmt seinen Argwohn gegen die Komplizen geweckt.

Cruz kehrte ins Haus zurück. Er war sich immer sicherer, daß die Abdrücke, die er im Blumenbeet neben der Terrasse entdeckt hatte, Jamie Swann gehörten. Er hatte offenbar den gleichen Rundgang wie Cruz gemacht, die gleichen Überlegungen angestellt, die gleichen Schlüsse gezogen: Er mußte vom Hügel herunterkommen und zwar allein, da niemandem zu trauen war.

Swann, sorgen Sie bloß dafür, daß ich Sie nicht töten muß, dachte er. Denn obwohl Sie es verdient hätten zu enden, dafür, daß Sie Laurels Leben wegen eines kalten Steins aufs Spiel gesetzt haben, will ich nicht Ihr Henker sein.

Cruz hatte eigentlich nicht vor, ins Haus zurückzukehren, wollte Laurel nicht erneut vom Türrahmen aus beobachten, aber trotzdem tat er genau das.

Dieses Mal spürte Laurel seine Gegenwart. Der Bildschirm des Computers war schwarz. Der Rubin lag in ihrer Handfläche und fing die Farben des Regenbogens auf wie ein Magnet, der Eisenspäne sammelte.

Langsam zog sie ein Stück Papier aus der Tasche und

wickelte den Rubin ordentlich hinein, als wäre er einer der anderen losen Steine, die die Tasche enthielt. Dann schob sie das Tütchen in die Schachtel zu dem anderen Steinsortiment und stellte die Tasche fort.

Cruz beobachtete Laurel mit finsterem Gesicht und brennendem Blick. Dann durchschritt er den großen Raum zur Flügeltür, die auf die Terrasse hinausging. Sie war verriegelt, doch er schob den schmalen Hebel beiseite und öffnete sie. Kühle, nach Tau und Blättern duftende Luft strömte herein.

Ein schwacher Hauch der Abendbrise wehte ein paar Blätter von dem großen Eukalyptusbaum im Hinterhof herab. Als die Blätter auf die Terrasse fielen, verursachten sie ein trockenes, raschelndes Geräusch wie leise Tritte.

Als Cruz sich wieder umdrehte, stand Laurel nur wenige Schritte von ihm entfernt. Ihre goldenen Augen beobachteten ihn. Ihre Lippen und Hände zitterten. Nur leicht. Gerade genug, daß ein Mann mit scharfen Augen es wahrnahm.

Und Cruz' Augen waren scharf.

»Könntest du deine Regeln vielleicht vorübergehend mißachten, um mich in den Arm zu nehmen?« fragte sie zögernd. »Nur das. Nur einen Augenblick. Ich fühle mich so ... allein.«

Cruz merkte nicht, daß er die Arme nach ihr ausstreckte. Alles, was er merkte, war, daß die Wärme von Laurels Leib an seiner Brust einen starken Kontrast bildete zu der kalten Pistole in seinem Rücken. Er schlang den linken Arm um sie und hielt sie eng an sich gepreßt.

Seine rechte Hand schloß sich um den Griff seiner Waffe, als weitere Blätter flüsternd auf die Terrasse segelten.

»Ich hätte so vieles anders machen sollen«, sagte Laurel und blickte Cruz ins Gesicht. »Die Entscheidung, die ich getroffen habe, hat mir mehr genommen, als ich für möglich hielt. Sie hat mir dich genommen.«

Cruz antwortete nicht. Schweigend ließ er von ihr ab.

»Wird Zeit, daß ich mal in Karroo anrufe«, sagte er in neutralem Ton. »Bleib im Dunkeln, ja?«

Aus dem Hinterhof drang ein schwacher Laut herein. Es hätte eine Katze sein können.

Oder aber ein Mann, der wie eine Katze schlich.

»Cruz?« flehte Laurel.

Er sah sie abwartend an.

»Wenn Dad anruft«, sagte sie, »dann spring nicht zu hart mit ihm um. Drohungen machen ihn nur noch sturer, als er ohnehin schon ist.«

Cruz beugte sich vor und bedachte Laurel mit einem kurzen, harten Kuß. Dann hauchte er ihren Namen auf ihre Lippen, was gleichzeitig zärtlich und schmerzlich klang. Sie klammerte sich an ihn wie eine Ertrinkende.

»Ich weiß, was für ein Mensch dein Vater ist«, sagte Cruz und löste sich sanft. »Ich weiß es besser als du.«

Vergebens suchte Laurel in Cruz' Gesicht nach einem Zeichen der Gefühle, die sie mit ihm geteilt hatte. Doch dunkle Schatten und neue Schmerzfalten waren alles, was sie fand.

Cruz wandte sich um und ging in die Küche hinaus. Laurel hörte seine Stimme, als er mit Karroo sprach.

»Ja, ich werde warten«, sagte er knapp. »Aber nicht ewig.«

Sie merkte, daß sie die Küche ansteuerte, allein, um Cruz anzusehen. Doch dann machte sie entschlossen kehrt. Es ist zu spät für uns, sagte sie sich. So wie ich mich gebettet habe, muß ich eben liegen. Allein.

Sie zog erneut an der Schnur der Tischlampe und der Regenbogen entschwand, als hätte es ihn nie gegeben. Der Raum lag im Dunkeln, nur eine Ecklampe und die indirekte Beleuchtung der Terrasse spendeten kümmerliches Licht.

Durch die offene Terrassentür drang eine leichte Brise herein. Laurel kämpfte mit den Tränen und trat hinaus. Sie wünschte sich, sie könnte sich ebenso in Dunkelheit auflösen wie der Regenbogen.

Plötzlich legte sich eine Hand auf ihren Mund und ein harter Arm zog sie an einen Männerkörper.

»Schrei nicht, Laurie. Ich bin's nur.«

Ihre Erleichterung war so groß, daß sie einen Augenblick wacklige Knie bekam.

Swann drehte seine Tochter zu sich herum und hob ihr Kinn mit seiner linken Hand.

Sie starrte ihren Vater an. Sein Gesicht war teilweise im Dunkeln verborgen, seine Züge kalt und hart. In Höhe des Gürtels hielt er eine entsicherte Pistole, deren Mündung an Laurel vorbei aufs Haus gerichtet war.

»Dad?« flüsterte sie plötzlich unsicher, fast angsterfüllt.

»Wen, in aller Welt, hast du erwartet? Den Weihnachtsmann?«

Laurel schüttelte wortlos den Kopf. Seine Stimme war leise, drang nicht weiter als bis an ihre Ohren, doch bei aller Gedämpftheit vermittelte sie kalte Berechnung. Nie zuvor hatte sie ihren Vater so wie dieses Raubtier erlebt.

Zum ersten Mal verstand sie Cruz' Argwohn gegen Jamie Swann.

Zum ersten Mal hatte sie Angst um Cruz.

Kaltes Entsetzen wallte in ihr auf, als ihr klar wurde, was sie getan hatte. Sie hatte Cruz Beschränkungen auferlegt, ihrem Vater hingegen nicht.

Swann fixierte seine Tochter. Was auch immer er in ihrem Gesicht suchte, er fand es nicht.

»Der Bastard hat dich eingewickelt, he?« fragte er in demselben drohendem Ton wie zuvor.

»Was?«

»Dieser geschmeidige Gorilla, der noch vor einer Minute bei dir war. Du wärst ihm ja fast in die Hose gekrochen, so scharf bist du auf ihn.«

Laurel war zu verblüfft, um etwas zu sagen.

Vorsichtig trat Swann ins Licht, wobei er die Flügeltür

keine Sekunde aus den Augen ließ, als erwarte er das Anrücken einer ganzen Armee Polizisten auf der Terrasse.

»Wo ist er?« fragte er, während er auf das Haus zuging. »Ist er bewaffnet?«

Ohne nachzudenken, trat Laurel ihrem Vater in den Weg.

»Cruz Rowan ist nicht dein Feind«, sagte sie leise. »Bitte, Dad! Bleib stehen und hör mir zu. Es ist nicht so, wie du denkst!«

Swann sah Laurel an wie einen tödlichen Gegner. Einen furchtbaren Augenblick lang dachte sie, er würde seine Waffe auf sie richten.

Schließlich ließ er die Pistole langsam sinken.

»Himmel«, sagte er, völlig aus dem Konzept gebracht. »Ich dachte, du wärst cleverer!«

»Cleverer? Cleverer, als mich dir in den Weg zu stellen?«

Die Worte schockierten ihn.

»Du hast wirklich diesen Unsinn geglaubt, daß er dich liebt, he?« fragte Swann mit Verachtung in seiner Stimme. »Rowan benutzt dich nur. Er benutzt dich, um mich zu erwischen. Das ist der älteste Trick der Welt, ich habe ihn selbst Hunderte von Malen angewendet. Werd endlich erwachsen, Baby!«

In Laurel mischte sich Ärger mit Verzweiflung.

»Ich bin erwachsen«, stellte sie richtig, »erwachsener als du denkst. Aber schließlich warst du auch nicht oft da, um viel von mir mitzukriegen, stimmt's?«

Dies war das zweite Mal, daß Laurel ihren Vater schockierte. Und dieses Mal sah sie den Schmerz in seinem Gesicht. Er sah aus, als hätte sie ihm eine Ohrfeige versetzt.

Sofort bereute sie ihre Worte. Sie versuchte es noch einmal in dem Bestreben, unter der Schale des grausamen Jägers ihren liebenden Daddy zu entdecken.

»Cruz ist nicht hinter dir her.«

»Ach nein? Warum, in aller Welt, hängt er dann hier rum?«

Laurels Antwort fiel kurz und bündig aus. »Um mein Leben zu schützen.«

»Was?«

»Kurz nachdem ich dich von Cambria aus anrief, brachen zwei Männer bei mir ein. Sie haben versucht, mich umzubringen.«

Swann öffnete den Mund. Es drang kein Laut über seine Lippen, aber das Entsetzen in seinem Gesicht sprach Bände.

»Cruz trug eine kugelsichere Weste«, fuhr Laurel fort. »Darum leben wir beide noch. Er stieß mich zu Boden, warf sich über mich und fing die Kugeln ab, die für mich bestimmt waren. Dann vertrieb er die Kerle, ehe sie noch mehr Schaden anrichten konnten.«

Auf Swanns Gesicht zeichnete sich erst Unglauben, dann Verstehen und schließlich tödlicher Haß ab.

»Dieses verlogene Weib!« knurrte er mit zusammengebissenen Zähnen.

»Wer?«

Statt einer Antwort rang Swann um sein inneres Gleichgewicht. Dann streckte er die Hand aus und strich Laurel über die Wange. Seine Finger zitterten leicht.

»Davon wußte ich nichts, Laurie«, flüsterte er. »So wahr mir Gott helfe, davon wußte ich nichts.«

»Das habe ich mir gedacht. Aber wer steckt hinter dieser Sache? Was geht hier vor, Dad?«

»Egal. Ich kümmere mich darum.«

»Wie?«

Swanns Miene war finster und angespannt.

»Das ist eine Frage, die du mir nicht stellen solltest«, sagte er. »Und die ich dir nicht beantworten werde.«

«Ich muß dir diese Frage stellen«, sagte Laurel. »Die einzige Chance, diesem Durcheinander ein Ende zu machen, ist die Aushändigung des Eis an Cruz. Er wird dafür sorgen, daß die Russen es zurückbekommen.«

Langsam glätteten sich seine Züge, ohne allerdings an Finsternis zu verlieren. Er schüttelte den Kopf.

»So leicht ist das nicht«, sagte er. »O nein, es ist alles andere als leicht. Das Ei ist nur ein Teil des Ganzen. Selbst wenn ich es zurückgäbe, wäre der Preis zu hoch.«

»Meinst du, die Polizei würde sich dir an die Fersen heften? Cruz hat gesagt, daß die Russen keine öffentliche Einmischung wollen. Sie bestehen nur auf Rückgabe der Rubin-Überraschung.«

»Ja, ich wette, daß sie das tun.«

Swanns Lächeln trug nicht im geringsten zu Laurels Beruhigung bei.

»Aber Rowan hat recht«, fuhr er fort. »Die örtlichen Cops sind nicht das Problem. Wenn die Russen schlau sind – und das sind sie –, wenden sie sich bestimmt nicht an die Polizei.«

Er musterte seine Tochter mit Augen, deren Farbe ihrer Augenfarbe glich, aber die trotzdem so anders waren, Spiegel eines Lebensdickichts, das dem ihren nicht im entferntesten ähnelte.

»Hast du dein Arbeitszeug mitgebracht?« fragte er.

»Ja.«

»Hol mir die Tasche, und kehr dann ins Haus zurück. Zwei Minuten später bin ich verschwunden.«

»Es wäre bestimmt einfacher, dir nur den Stein zu bringen, nicht wahr?« fragte Laurel kühl.

Swanns Augenlider flatterten.

»Scheiße, Laurie. Du solltest ihn gar nicht erst finden.«

»Eine Menge Dinge sollten nicht passieren, aber dann ist alles anders gekommen.«

»Wer weiß sonst noch darüber Bescheid?«

»Cruz und seine Chefin, Cassandra Redpath.«

»Haben sie herausgefunden, um was es sich bei dem Stein handelt?«

Laurel starrte ihren Vater an.

»Es ist ein Rubin, oder nicht?« fragte sie. »Aber etwas ist seltsam daran.«

Swann war unglücklich über ihre unergründliche Miene, was wußte sie bloß? Fragen wollte er nicht, denn Fragen enthüllten oft ebensoviel wie Antworten.

»Seltsam?« fragte er. »Wieso?«

»Das kann ich dir ohne weitere Tests nicht sagen, aber wahrscheinlich ist der Stein nicht echt.«

»Das kann nicht sein«, wehrte Swann ab. »Vor der Revolution war niemand in der Lage, synthetische Steine herzustellen.«

»Ich könnte mich irren. Das spezifische Gewicht weist eine unmerkliche Abweichung auf, aber vielleicht geht auch meine Waage falsch.«

»Das muß es sein«, sagte Swann bestimmt.

»Andererseits ist der Stein zu klar, zu perfekt, zu ebenmäßig. So etwas habe ich bei einem natürlichen Edelstein noch nie gesehen.«

»Baby, kümmer dich einfach nicht weiter darum.«

Swanns Stimme war sanft, enthielt aber einen gefährlichen Unterton.

»Das ist das Problem, Dad. Ich bin nicht mehr dein Baby.«

»Du bist jetzt Cruz' Baby, ist es das? Inzwischen gilt ihm deine Loyalität, und dein alter Herr kann ruhig zur Hölle fahren.«

»Wenn Cruz nicht gewesen wäre, wäre ich jetzt tot.« Laurel wollte die Stimme versagen. »Wenn du nicht gewesen wärst, wäre ich gar nicht erst geboren. Ich würde sagen, meine Loyalität gebührt euch beiden gleichermaßen. Ich liebe euch beide, und ihr reißt mich entzwei.«

Schweigen erstreckte sich zwischen ihnen, doch dann machte Swann seinem Herzen Luft: »Mutter Gottes, was für eine Scheiße das doch alles ist.«

»Was ist los, Dad? Was für eine Scheiße meinst du? Ich

habe ein Recht darauf, es zu erfahren. Schließlich wäre ich deshalb fast zu Tode gekommen.«

»Je mehr du weißt, desto schlimmer wird es für dich. Vergiß es. Ich hätte dich da nie mit reinziehen dürfen. Und durch diesen Hurensohn Rowan bist du noch tiefer verstrickt worden. Wo ist der Stein?«

Hilfesuchend blickte Laurel zum Haus. Cruz war immer noch nirgends zu sehen, aber das änderte sich bestimmt jeden Augenblick. Seine Gespräche mit Karroo dauerten selten länger als fünf oder sechs Minuten.

»Kannst du den Stein holen, ohne daß Rowan es merkt?« fragte Swann.

»Bitte mich lieber nicht darum.«

»Hol ihn, Laurel. Das ist die einzige Möglichkeit für dich, aus dieser Sache heil herauszukommen.«

»Nein«, flüsterte sie.

»Kannst du ihn nicht holen oder willst du es nicht?«

»Ich will es nicht«, sagte Laurel. »Ich verstehe nicht, was los ist, aber von jetzt an bin ich mit von der Partie. Wenn du nicht mit Cruz und der Risk Limited zusammenarbeiten willst, helfe ich dir nicht.«

Swann starrte eine Weile ins Leere, doch langsam verwandelte sich sein Unglauben in Wut.

»Verdammt«, zischte er. »Du bildest dir wirklich ein, in diesen Bastard verliebt zu sein? Offenbar vögelt er außergewöhnlich.«

Er schob sich an Laurel vorbei ins Haus. Seine Pistole war entsichert, und in seinen Augen glomm kalte Entschlossenheit.

Laurel packte ihren Vater am Arm. Die Muskeln unter seiner Haut waren wie Metallkabel, hart und angespannt durch Zorn und Erregung.

»Nein«, sagte sie heiser. »Wenn du noch einen Schritt machst, schreie ich. Vielleicht gelingt es dir, Cruz zu überraschen, aber wenn er weiß, daß du kommst, hast du keine Chance gegen ihn. Er ist gut, Dad. Sehr gut. Und ich meine nicht nur im Bett.«

Swanns jagdbereite Anspannung ließ nach. Laurel hatte seinen Angriff vereitelt, als hätte sie ein Gewehr in der Hand. Als ihm diese Erkenntnis dämmerte, sah er seine Tochter plötzlich in einem anderen Licht.

»Du würdest es wirklich tun?« sagte er, und es war mehr eine Feststellung als eine Frage.

»Ja.«

Er wußte die Antwort, ehe sie sprach. Ihre Körpersprache verriet sie, ihre nervöse Bereitschaft, die der seinen so ähnlich war. In widerwilliger Bewunderung schüttelte er den Kopf.

»Du bist ganz schön hart, wenn du dir etwas in den Kopf gesetzt hast«, sagte er. »Ich wünschte, deine Mutter wäre mit dieser Art von Stahl in ihrer Seele gewappnet gewesen.«

»Hättest du sie dir wirklich so gewünscht?«

»Nicht, als wir uns zum ersten Mal begegneten. Ich war zu jung für Hochachtung vor einer starken Frau. Ich hoffe nur, der Bastard, den du dir eines Tages aussuchen wirst, ist den Schmerz wert, den er dir bereiten wird, Laurie. Ich war es auf jeden Fall nicht.«

»Bei Cruz habe ich zum erstenmal den Eindruck, daß ein Mann es wert ist, dieses Risiko einzugehen.«

Mit einem traurigen Lächeln strich Swann seiner Tochter übers Haar.

»Also gut, wenn es so ist, soll es so sein. Ich werde dir den Weg ebnen, so gut ich kann.«

»Laß Cruz ...«

»Nein«, unterbrach Swann. »Zu spät, Baby. Es gibt zu viele Schulden zu begleichen. Aber ich verspreche dir, daß ich dich nicht noch einmal in den Sumpf meiner Welt hinabziehen werde, egal, wie aussichtslos es um mich steht.«

Laurel stellte sich auf die Zehenspitzen und küßte ihren Vater auf die Wange. Swann erwiderte diese Zärtlichkeit und schlüpfte darauf lautlos in die wartende Nacht zurück.

»Ich liebe dich, was auch geschehen mag«, rief Laurel ihm leise nach. »Genau wie Mutter dich geliebt hat. Dein Name war das letzte, was sie gesagt hat.«

Swanns Stimme wehte aus der Dunkelheit zu ihr herüber.

»Ich habe sie so geliebt, wie ich nur lieben konnte. Genau wie dich, Laurie. Also werde ich für dich dasselbe tun, was ich für sie getan habe – ich werde aus deinem Leben verschwinden.«

Ein Schatten bewegte sich auf die Büsche zu und tauchte unter.

Swann war fort.

Zwanzig Sekunden später trat Cruz aus der Dunkelheit am anderen Ende des Hauses.

Laurel starrte ihn entgeistert an.

»Du warst hier?« stammelte sie.

»Nicht die ganze Zeit.«

»Du hättest ihn aufhalten können!«

»Er hatte das Ei weder in der Hand noch in dem Wagen, der ein Stück weiter unten steht. Verdammt schade, daß niemand von Risk Limited in der Nähe ist, um ihn zu beschatten.«

»Niemand hindert dich daran.«

»Ich bin dein Leibwächter, falls du es noch nicht vergessen hast«, sagte Cruz freundlich, während er den buschbewachsenen Hügel hinaufsah, als verfolge er Swanns Rückzug.

»Wann bist du zu dem Schluß gekommen, daß der Stein synthetisch ist?« fragte er beiläufig.

Laurel stand immer noch fassungslos da. Sie schluckte und gab sich einen Ruck, um seine Frage zu beantworten.

»Ich bin nicht zu dem Schluß gekommen«, zögerte sie. »Es war ein spontaner Einfall heute abend. Ich dachte, Dad hätte sich vielleicht eine Fälschung andrehen lassen und die ganze Aufregung wäre umsonst.«

Cruz blickte immer noch auf den Hügel, angestrengt in alle Richtungen horchend, ob Swann nicht irgendwo in der Nähe wartend lauschte und dann zu dem Juwel seiner letzten Hoffnung zurückschlich.

Außer den Geräuschen der Nacht war nichts zu hören.

Cruz griff in seine Tasche und zog den blutroten Stein hervor, den Swann so verzweifelt hatte haben wollen.

»Dein Vater hat sich keine Fälschung andrehen lassen«, erklärte er. »Er wußte bereits, daß der Stein synthetisch ist.«

»Ich habe den Rubin in der Tasche gelassen«, sagte Laurel gepreßt. »Aber du hast mir nicht vertraut und gedacht, ich würde ihn meinem Vater geben, nicht wahr?«

»Ich habe den Methoden deines Vaters nicht getraut, der dich vielleicht herumgekriegt hätte, ihm den Stein auszuhändigen.«

»Er würde mir niemals etwas antun. Niemals!«

»Das weiß ich. Jetzt.«

Was Cruz nicht sagte, war, daß er in der Dunkelheit gestanden und seine Pistole auf Jamie Swanns Kopf gerichtet hatte, bis er die Gefahrlosigkeit der Situation erkannte. Dann hatte er einen raschen Erkundungsgang unternommen und Swanns Wagen entdeckt.

»O Gott, ist das ein Theater«, sagte Laurel.

Sie zitterte wie Espenlaub.

»Das Ganze ergibt keinen Sinn«, sagte sie. »Warum sollte sich irgend jemand solche Mühe machen wegen eines unechten Rubins?«

Cruz starrte auf den Stein in seiner Hand. Die Nacht hatte ihm die Farbe genommen und die eigenartig geschliffenen Facetten stumpf gemacht wie Talmiware.

»Wenn der Rubin eine Fälschung ist und Alexej Nowikow das weiß«, sagte er, »dann ist er vielleicht einer der wertvollsten Kristalle der Welt. Wenn der Stein sprechen würde. Wenn dein Vater die Wahrheit gesagt hat. Drei große Wenns, Süße.«

»Und was glaubst *du*?«

»Komm zurück ins Haus. Vorläufig sind die anderen am Zug.«

28

Swann versuchte den Zorn zu unterdrücken, der in ihm brodelte, aber es gelang ihm nicht ganz. Außer ihm wußte nur eine Person, daß er das Ei an seine Tochter geschickt hatte. Nur diese war im Bilde über die Verbindung von Risk Ltd. und Laurie und hätte ein Motiv für den Mordversuch.

Swann umklammerte rachsüchtig das Lenkrad, als wäre es Claire Toths eleganter Hals.

Diese verlogene, hinterhältige Hure, tobte er innerlich. Sie schläft mit mir in dem Augenblick, in dem sie mein Kind ermorden läßt. Und es gefällt ihr noch! Gott, es turnt sie sogar mehr an als alles andere!

Swann mußte sich zusammenreißen, was ihm nur sehr schwer gelingen wollte. Er hatte bei seiner Arbeit eine Menge Psychopathen kennengelernt, aber Toth übertraf sie bei weitem. Sie war eine ganz eigene Unmensch-Kategorie.

Aber nicht mehr lange. Bald würde Toth wie viele andere Bekanntschaften Swanns das Schicksal ereilen. Dann wäre sie stocksteif, eiskalt, mausetot.

Bisher hatte Swann nie gerne einen Menschen umgebracht. Es war leider Teil seiner Arbeit gewesen, wie das Lügen und Betrügen und das Leben am Rande der sogenannten Zivilisation.

Aber heute abend war es etwas anderes. Heute schäumte er vor Entschlossenheit, einen Mord zu begehen. Den Mord an Claire Toth.

Er parkte seinen Wagen einen Block vom Beverly Wilshire entfernt und betrat das Hotel durch den Seiteneingang. Soeben fand das Abschlußbankett eines Kongresses statt. Überall drängten sich aufgedonnerte, mit üppigem Schmuck behangene Damen in Cocktailkleidern und fette, toupetgestylte Männer in Smokings. Von daher konnte Swann wohl kaum etwas passieren.

Trotzdem verbrachte er zehn Minuten damit, die Leute in der Lobby zu beobachten. Niemand sah in irgendeiner Weise gefährlich aus. Vor allem trug offensichtlich keiner von ihnen eine Tarnung.

Zufrieden überprüfte Swann, ob sein lockeres, leichtes Jackett immer noch den Griff seiner Pistole verbarg. Dann ging er zum Fahrstuhl wie ein Mann, der ein Ziel hatte. Der Lift blieb in jedem Stock stehen, spuckte Fahrgäste aus oder sammelte neue Passagiere ein.

Swann beschloß, direkt in Toths Etage hinaufzufahren, statt weiter unten oder weiter oben auszusteigen und dann die Treppe zu nehmen. Es waren einfach zu viele Leute da, die sich jeweils an ihn erinnern könnten.

Toths Zimmer lag am Ende eines langen, ruhigen Ganges. Es war der letzte Raum vor der Treppe, die zugleich als Notausgang diente. Vor der Tür blieb er einen Augenblick stehen und stellte seine Ohren auf. Die Tür war dick, aber er machte zwei Stimmen aus, eine weibliche und eine männliche.

Swann hatte Damon Hudson in der Limousine nur wenige Worte sprechen hören, aber das, was durch die Tür drang, entsprach seinem Alter und seinem Ton. Wie das ganze Ambiente.

Es sah Toth ähnlich, ein Doppelspiel zu planen, während er auf dem Beifahrersitz der Limousine saß und sie sich hinten mit Hudson verabredete. Es wäre ein Griff in ihre Trickkiste. Sie würde ihren Partner verraten, sie würde Hudson verraten und dann würde sie Hudson dazu bringen, sich selbst zu verraten, indem er sich von seiner Erpresserin verführen ließ.

Paß bloß auf deine Eier auf, du alter Furz, dachte Swann. Sie wird sie dir ins Maul stopfen, als wären sie aus Zucker.

Langsam schob Swann den Schlüssel ins Schloß. Ehe er ihn jedoch herumdrehen konnte, spürte er den kalten Stahl eines Pistolenlaufs auf der warmen Haut hinter seinem Ohr.

Er erstarrte. Sein Zorn war vergessen und zum ersten Mal, seit er Laurel verlassen hatte, dachte er wieder klar. Keiner seiner Gedanken tröstete ihn. Er hatte die Kontrolle über das Spiel in einem Augenblick verloren, in dem Kontrollverlust den Tod bedeutete.

Er hoffte nur, daß Cruz Rowan seine Tochter besser zu schützen verstand als er selbst.

»Mach weiter«, bellte eine Männerstimme. »Öffne die Tür und geh rein.«

Aus dem Augenwinkel sah Swann ein weißes Hemd, einen gedämpften roten Schlips und ein dunkles Jackett.

»Hallo, Bill«, sagte er leise. »Wie habe ich dich nur übersehen können?«

»Egal, Arschloch. Geh einfach rein.«

»Du willst doch wohl kein großes Aufheben machen, indem du mich erschießt?«

»Keine Sorge. Davon kriegt keiner was mit.«

Die Mündung der Waffe drückte gegen Swanns Hirn. Er zögerte und wog seine möglichen Chancen ab. Sein Gegner stand zu nah. Bei jeder Bewegung mit der Pistole schob er sie geradezu in seine Reichweite.

Früher oder später würde Cahills Aufmerksamkeit nachlassen. Dann würde Swann ihm die Waffe abnehmen und eine Lektion erteilen, die er bestimmt nie mehr vergaß.

Aber zunächst ging es um Claire Toth.

Swann drehte den Schlüssel herum und öffnete die Tür des Hotelzimmers. Toth und Damon Hudson saßen gemeinsam auf einer der Tür zugewandten Couch, die Rubin-Überraschung vor ihnen aufgebaut.

Als Swann und Cahill wie Siamesische Zwillinge eintraten, blickten Toth und Hudson ohne allzu großes Interesse auf.

»Das reinste Kinderspiel«, sagte Cahill. »Er war so interessiert daran mitzukriegen, was hier drinnen gesprochen wurde, daß er mich nicht einmal die Treppe raufkommen hörte.«

Cahill stieß Swann abermals mit der kalten Mündung der Waffe an.

»An die Wand«, befahl er knapp. »Beide Hände nach oben. Beine breit. Bleib so.«

Swann stützte seine Hände an der Brokattapete ab und ließ sich von Cahill abtasten. Ohne ein Wort nahm der Bodyguard ihm seine Waffe ab.

»Die Überwachungskameras des Hotels, nicht wahr?« sagte Swann an Cahill gewandt. »Du hast einen guten Kumpel beim Sicherheitsdienst.«

Cahill grinste. Nun, da er Swann entwaffnet wußte, gab er sich lockerer.

»Wir haben vor zweiundzwanzig Jahren zusammen beim FBI-Dezernat für Banküberfälle gearbeitet«, erklärte er gut gelaunt. »Und wir helfen uns immer noch hin und wieder gegenseitig aus. Ich dachte schon, du bekämst nie genug davon, die Ladies in der Lobby anzuglotzen.«

»Kommen Sie doch näher, und setzen Sie sich, Mr. Swann«, bot Hudson in seiner papiernen Stimme an. »Ich hatte gehofft, daß Sie kommen würden. Miss Toth scheint nicht zu wissen, wie man das Ei zum Funktionieren bringt.«

Swann sah Toth an und lächelte.

Toth verspürte einen Hauch von Erregung und Angst. Sie hatte sich immer gefragt, wie es wäre zu sterben. Jetzt wußte sie es, der Tod lauerte in Jamie Swanns Raubtieraugen. Sein Lächeln verriet ihr, daß er ihre Gedanken las.

Mit der Pistolenmündung schob Cahill Swann zu einem Sessel. Swann reagierte langsam, beobachtend und abwartend. Cahill benahm sich, als hätte er alles vergessen, was er beim FBI jemals gelernt hatte über den Umgang mit Waffen und Gefangenen.

Swann freute sich direkt auf den Augenblick, in dem er Cahill seine eigene Waffe entgegenhalten würde. Aber zuerst mußte er Toth glaubhaft machen, daß er aus dem Spiel aussteigen wollte – vorsichtig natürlich, sonst glaubte sie ihm nicht.

»Die Party ist aus«, sagte Cahill. »Setz dich und benimm dich anständig.«

Swann setzte sich in den Ohrensessel, wobei er sein Gewicht vorne behielt und seine Beine sprungbereit unter sich zog.

»Lehn dich zurück. Entspann dich«, sagte Cahill. »Nummern wie dich habe ich schon dutzendweise fertiggemacht.«

Swann verlagerte sein Gewicht leicht nach hinten, aber die Beine hatte er immer noch fest auf dem Boden. Dann schob er sich unmerklich stückchenweise wieder nach vorn, wodurch sich sein Gewicht abermals verlagerte.

Entweder bemerkte Cahill dieses Manöver nicht oder er hielt es für lächerlich. Er schob seine Waffe ins Halfter und zog einen in Leder gehüllten Polizeiknüppel hervor.

»Gute Arbeit, Schatz«, sagte Swann zu Toth. »Spiel mit zweien oder stirb, richtig?«

»So gefährlich ist es nicht«, entgegnete Toth. »Hudson hat uns ein sehr großzügiges Gegenangebot gemacht.«

»Selbstverständlich.«

Toth lächelte, leckte sich die Lippen und biß darauf, ohne Swann aus den Augen zu lassen.

»Aber vorher braucht er einen Beweis dafür, daß das Ei tatsächlich das ist, was wir sagen«, fuhr sie heiser fort. »Das kannst du ihm doch beweisen, nicht wahr?«

Swann bedachte Toth mit einem verächtlichen Blick.

»Sicher, Baby«, sagte er. »Das kann ich.«

»Gut«, sagte Hudson. »Ich bitte darum.«

»Einen Scheiß werde ich tun, alter Mann. Sie sind wirklich ein Narr.«

Hudson sah Cahill an, und der Sicherheitsmann schlug mit dem Knüppel zu. Der Schlag war nicht hart genug, um eine Platzwunde zu hinterlassen, aber Swanns Kopf krachte trotzdem nach hinten.

»Ist das alles, was du zu bieten hast?«

Cahill wog die Waffe in seiner Hand und sah Swann gleichgültig an.

»Du hast bestimmt kein Interesse daran zu erfahren, wie gut ich zuschlagen kann«, knirschte er. »Bring das Ei zum Laufen, wenn du nicht eine Woche lang Zähne ausspucken willst.«

Swann lachte. »Ich wette, du warst schon im Kindergarten der Schrecken jeder Erzieherin.«

Cahill sah Hudson an.

»Du kannst mir ruhig jeden Zahn einzeln ausschlagen«, stichelte Swann. »Aber dann habt ihr immer noch nicht, was ihr haben wollt.«

»Du bist ein ganz Harter, he?« fragte Cahill. »Bildest dir ernsthaft ein, Wehwehchen würden dich nicht zum Reden bringen.«

»Du könntest meinen Schwanz an ein Telephon binden und den ganzen Tag lang den Zimmerservice anrufen«, sagte Swann, »du kämst trotzdem damit nicht an dein Ziel.«

Toth setzte zum Reden an, doch Hudson winkte barsch ab.

»Worin genau besteht das Problem?« Er starrte Swann an.

»Das sage ich Ihnen, wenn Sie mir hunderttausend Dollar bezahlen«, erwiderte Swann.

»Machen Sie sich nicht lächerlich«, erwiderte Hudson kalt. »Verhandlungen stehen Ihnen jetzt nicht zu Gebote.«

»Denken Sie doch mal drüber nach, alter Mann. Ja, ich bin gerade aus dem Geschäft rausgeflogen, tja, und kann nicht viel dagegen tun, ohne selbst ebenso tief in der Scheiße zu landen wie Sie.«

Hudson nickte.

»Also nehme ich hundert Riesen und verschwinde«, fuhr Swann fort. »Unter den gegebenen Umständen ist das nicht unbedingt viel. Es ist weniger als das Bestechungsgeld, das Sie bezahlen müßten, um einen Mord im Beverly Wilshire Hotel zu vertuschen.«

Hudson sah Toth an, die gelangweilt nickte.

»Also gut«, sagte Hudson. »Miss Toth kann Sie mit dem Geld bezahlen, das ich heute eingesteckt habe. Also, warum kriegen Sie das Ei nicht zum Funktionieren?«

»Es fehlen Teile«, Swann klang überzeugend. »Das, was Sie da vor sich sehen, ist nichts weiter als ein hübsches Skelett.«

Das war die Wahrheit.

»Was?« Hudson bedachte Toth mit einem finsteren Blick. »Claire sagte, Sie brächten alles mit, was wir brauchen.«

»Dann hat sie gelogen.« Swann lächelte dünn. »Gewöhnen Sie sich besser gleich daran. Die Hure lügt selbst im Schlaf.«

Toth beobachtete Swann. Ihr hungriger schwarzer Blick sah auf die Zeit zurück, in der sie seine Geliebte war und auf den Augenblick hin, in dem sie seine Henkerin würde.

»Hat sie gelogen, als sie von dem Ostblockcomputer sprach?« fragte Hudson.

»Wenn ich das wüßte«, erwiderte Swann. »Was hat sie denn darüber erzählt?«

»Daß wir einen bräuchten.«

»Ja.«

Außerdem bräuchten sie den Originalrubin, aber das würde Swann bestimmt nicht erwähnen. Wenn Toth die Fälschung noch nicht bemerkt hatte, würde er sie frühestens dann darüber aufklären, wenn es für ihn von Vorteil war.

»Gibt es eine Möglichkeit, ohne den Computer auszukommen?« wollte Hudson wissen.

»Vielleicht könnte es mit einer Kabelverbindung und mit Hilfe eines Hackers funktionieren.« Swann zuckte die Schultern. »Fragen Sie Nowikow. Schließlich ist es sein Spielzeug.«

»Unter den gegebenen Umständen glaube ich nicht, daß er uns groß helfen könnte«, meinte Hudson.

»Tja, nun, manche Leute haben einfach keinen Sinn für Humor, nicht wahr?«

Hudson sah seinen Gefangenen forschend an, als stecke vielleicht mehr in Swann als bisher angenommen.

Swann erwiderte den Blick.

Cahill drehte sich leicht, als bereite er den nächsten Schlag vor. Swann bemerkte die Bewegung und sah den Sicherheitsmann an.

»Nur ruhig«, sagte er und log ebenso überzeugend wie er die Wahrheit gesprochen hatte. »Dein Boß hat das ganze Teil, oder zumindest wird er es haben, sobald er die Computerverbindung bekommt.«

Einen Augenblick sagte keiner ein Wort, dann wanderten Hudsons Augen zu Toth.

»Allmählich begreifen Sie's«, war Swanns spöttischer Kommentar. »Sie ist diejenige, die Ihnen Ihre Fragen beantworten kann. Sie steckt bis zu ihren Titten mit Nowikow unter einer Decke.«

Hudson sah Toth an, als erwarte er eine Bestätigung.

Sie musterte Swann und fühlte sich unwohl, ohne zu wissen warum.

»Himmel«, sagte Swann barsch. »Gib mir die hundert Riesen und ich verschwinde aus euer aller Leben. Ich habe die Schnauze voll von diesem Horrortreiben.«

Langsam kam Toth um den Tisch herum und ging mit der Geschmeidigkeit einer Raubkatze vor ihm in die Knie.

»Armes Baby«, murmelte sie. »Du bist wirklich nicht so hart, wie ich dachte, nicht wahr?«

»Ich war es einmal. Aber ich werde alt.«

Zärtlich strich Toth über die leichte Schwellung auf Swanns Wange.

»Du warst der Beste«, sagte sie so leise, daß nur er es verstand. »Der einzige, der mich nie schlagen mußte, damit ich kam.«

»Mein Fehler. Gib mir mein Geld und ich bin weg.«

Toth blickte Swann prüfend an, um herauszufinden, ob er log. Aber alles, was sie sah, war der schwelende Haß, den sie bereits gesehen hatte, als er den Raum betrat. Und sie hatte keinen Grund zu bezweifeln, daß dieser Haß seinen wahren Gefühlen entsprach.

Langsam stand sie wieder auf, wandte sich an Hudson und hob leicht den Kopf.

»Jetzt, Bill«, sagte Hudson bestimmt.

Cahill schlug nur einmal zu. Der Hieb traf Swann am Hinterkopf. Als der Bodyguard den Arm ein zweites Mal anwinkelte, schlug sein Opfer bereits mit dem Gesicht nach unten auf den Teppich.

»Das reicht«, sagte Hudson zu Cahill. »Wir wollen schließlich nicht, daß er überall Blessuren hat.«

»Warum nicht?« fragte Cahill. »Lassen Sie mich ihn noch ein wenig bearbeiten, und dann werfe ich ihn irgendwo raus. Er kommt bestimmt nicht noch mal zurück, glauben Sie mir.«

»Das ist nicht nötig«, sagte Hudson. »Holen Sie die Limousine, und warten Sie vor dem Ausgang der Lobby. Wir brauchen nicht mehr lange.«

Widerwillig legte Cahill den Knüppel fort und wandte sich zum Gehen. Toth folgte ihm, und sobald die Tür hinter ihm geschlossen war, schob sie die Sicherheitsriegel vor.

Hinter ihr begann Swann sich zu rühren. Er stöhnte und rollte langsam den Kopf hin und her, als weiche er Schlägen aus, die nur er alleine sah.

Toth blickte mit einer Mischung aus Furcht und Faszination zu Swann hinab. Er versuchte bereits, sich auf die Seite zu rollen und sich an der Sessellehne hochzuziehen.

»Himmel, er ist wirklich ein Monster«, japste sie und dann zu Hudson gewandt: »Beeilung!«

»Hilf mir, ihn in den Sessel zu hieven«, lautete Hudsons Aufforderung.

Gemeinsam zerrten und schoben sie den halb bewußtlosen Swann in den Sessel zurück. Er murmelte ein paar unzusammenhängende Worte und betastete seinen Kopf.

»Schnell, hol ein Glas«, wies Hudson Toth an.

Sie eilte zu dem kleinen Kühlschrank in der Wand und schnappte sich ein Glas aus dem darüber hängenden Regal.

»Whisky«, zischte Hudson. »Mach es voll.«

»Er trinkt Wodka.«

»Was auch immer. Aber mach schnell!«

Toth suchte in dem schmalen Kühlschrank herum, bis sie zwei kleine Fläschchen Wodka fand. Sie öffnete sie und goß den Inhalt in das Glas. Die beiden Flaschen füllten es mehr als zur Hälfte. Anschließend eilte sie zu Hudson zurück.

Ohne ein Wort nahm er ihr den Schwenker ab. Er wandte Swann den Rücken zu und warf zwei kleine Tabletten in die klare Flüssigkeit. Sie lösten sich sofort auf.

Er schwenkte das Glas mehrere Male und reichte es an Toth zurück.

»Flöß es ihm ein.«

Toth riß ihre schwarzen Augen auf; sie wäre also diejenige, die Swann vor den Augen eines Zeugen tötete, dessen Wort vor Gericht noch mächtiger war als ihr eigenes.

»Verlier jetzt bloß nicht die Nerven, mein Täubchen«, sagte Hudson sanft. »Es wird vollkommen unverdächtig sein. Ein Mann, der sich eine starken Drink zusammenmischt. Dann kriegt er einen Herzanfall. Er stürzt, schlägt sich die Wange und den Hinterkopf an. Er stirbt. Wie traurig. Wie banal.«

Toth starrte einen Augenblick auf das Glas und dann auf den angeschlagenen, hilflos zusammengesunkenen Mann.

»Oh, Baby«, murmelte sie. »Mein armes Baby.«

Sie kniete sich neben den Stuhl und hielt Swanns Kopf mit einer Hand hoch, während sie ihm mit der anderen das Glas zwischen die Lippen zwängte.

»Armes, armes Baby«, sagte sie leise. »Es tut mir leid, daß sie dir das angetan haben. Ich wußte nicht, daß es so kommen würde. Hier, trink, dann wirst du dich besser fühlen. Ich hole dir jetzt dein Geld und du kannst gehen.«

Swann versuchte, das Glas fortzuschieben, aber er war zu schwach, zu orientierungslos.

Behutsam nahm Toth die große Hand, die gegen den Schwenker stieß.

»Los, Baby«, sagte sie zärtlich. »Du wirst dich viel besser fühlen. Es ist nur Wodka. Er macht deinen Kopf frei. In deinem jetzigen Zustand kannst du wohl kaum mit dem Geld hier herausspazieren, oder?«

Sie hielt das Glas schräg, bis ein wenig Flüssigkeit über Swanns Lippen rann. Er schmeckte die vertraute Strenge des Wodkas und schluckte wie im Reflex. Toth goß ihm mehr in den Mund, und er schluckte erneut.

Der Alkohol hatte tatsächlich eine belebende Wirkung. Swanns Augen erkannten die gegenüberliegende Wand. Er schüttelte seinen verletzten Kopf und schob das Glas mit der freien Hand fort.

»H-himm-mmel«, stöhnte er und lallte wie ein Betrunkener.

Mühsam rang er darum, die Kontrolle über sich zurückzuerlangen. Er wußte nicht, was schiefgelaufen war. Er wußte nur, *daß* etwas schiefgelaufen war. Vor ihm erschien Toths angespanntes Gesicht.

»H-hure. Ich h-hätte dich f-fertigm-machen sollen, als ich n-noch die Ch-chance dazu hatte.«

Swann lallte immer noch, aber seine Worte waren zu verstehen.

»Ja«, stimmte Toth gütig zu und strich mit ihren Lippen über sein zerschundenes Gesicht. »Hier, Schatz. Trink noch etwas. Es hilft dir, dich besser zu fühlen, nicht wahr?«

Während sie sprach, fuhr sie mit ihren langen Fingern durch sein Nackenhaar und betastete vorsichtig die Schwellung, die von dem Knüppel kam.

»Es tut mir wirklich leid, daß sie dir so weh getan haben«, raunte sie ihm zu. »Das sollten sie nicht.«

Immer noch orientierungslos hörte Swann nur die sanften Worte und spürte die zarte Berührung ihrer Hand an seinem schmerzenden Kopf. Er richtete sich in seinem Sessel auf und nahm Toth den Schwenker ab. Einen Augenblick lang starrte er auf das Glas und versuchte, sich daran zu erinnern, woher es gekommen war. Vergebens.

Automatisch nahm er einen großen Schluck. Die Bewegung ließ seinen Schädel dröhnen, und er stöhnte laut auf.

»Hure«, sagte er.

»Ach, Baby, sei doch nicht so«, sagte Toth. »Ich habe nur getan, was du an meiner Stelle auch getan hättest.«

Mit zusammengekniffenen Augen starrte Swann an Toth vorbei, bis er Hudson bemerkte. Er runzelte die Stirn und kramte in dem Rest seines Bewußtseins, wer Hudson war und was er hier verloren hatte. Erinnerungsfragmente kamen zurück.

Hudson und Toth und ein doppeltes Spiel.

»Vertrauen Sie ihr nicht, alter Mann«, krächzte Swann betont langsam, da er wollte, daß Hudson jedes Wort verstand. »Sie wird Ihnen Ihre Eier abschneiden und Sie Ihnen zu essen geben, als wären sie aus Zucker.«

»Nicht, solange sie ein Interesse daran hat, mich am Leben zu erhalten«, war Hudsons Erwiderung. »Das ist das Geheimnis einer glücklichen Beziehung, wie Sie eigentlich wissen sollten.«

Dann lachte Hudson.

Das trockene Geräusch klang wie das Rascheln von Blättern, die auf eine gepflasterte Terrasse segelten. Swann hatte es schon einmal gehört. Vor kurzem. Er wußte, daß es mit etwas Wichtigem zusammenhing.

Er wußte nur nicht, womit.

Langsam drehte er den Kopf und starrte Toth an. Ihre Miene verriet eine Mischung aus Mitleid und Furcht und dunkler Erregung. Entfernt merkte er, daß sein Kopf klarer wurde, aber in seinem Bauch breitete sich eine eisige Kälte aus, die seinen einst so kraftvollen Körper versteinern wollte.

»Was hast du mit mir gemacht?« flüsterte er.

»Nichts, Baby«, sagte Toth. »Trink nur aus, dann hole ich dir dein Geld.«

Swann hob sein Glas nicht an den Mund, und Toth warf einen unbehaglichen Blick darauf. Er hatte weniger als die Hälfte getrunken.

Sie versuchte, das Glas erneut an seine Lippen zu führen, doch Swann schlug ihre Hände fort und starrte fiebrig auf das Glas. Allmählich dämmerte es ihm.

Er schleuderte den Schwenker fort, so daß sich die restliche Flüssigkeit in hohem Bogen auf den Teppich ergoß. Er hechtete vor, um Toth zu fassen, und seine riesigen Hände griffen klauenartig nach ihrem Hals, aber er erwischte sie nicht. Seine Nerven und Muskeln reagierten nicht mehr.

Toth fiel nach hinten und kroch wie eine verängstigte Krabbe davon.

»Himmel!« kreischte sie. »Tun Sie doch etwas!«

»Es ist bereits getan«, erwiderte Hudson gelassen.

»Er hat nicht alles getrunken!«

»Offensichtlich war es genug. Sieh ihn dir doch an.«

Swann stellte sich zitternd auf die Beine, doch dann fiel er wieder in den Sessel zurück. In demselben Tempo, in dem ihn seine körperliche Kraft verließ, wurde sein Hirn wieder frei.

»Was, zum Teufel, war das?« fragte er.

»Ein sowjetisches Gebräu«, sagte Hudson und setzte sich wieder zurecht. »Es wird aussehen wie ein Herzanfall, vor allem bei einem großen, fleischigen Mann, wie Sie es sind. Aber Sie hätten alles trinken sollen. Dann wären Sie schmerzlos gestorben, was ich jetzt nicht garantieren kann.«

Swann kippte gefährlich zur Seite.

»Verdammt, ich bin ein Idiot«, flüsterte er und sah Hudson an. »Als ich Sie hier sah, habe ich mir keine Sorgen mehr gemacht über meinen Tod. Ich dachte nicht, daß Sie sich die Hände schmutzig machen würden.«

»Ich bin Pragmatiker«, stellte Hudson richtig. »Das war ich schon immer. Ich würde ein Dutzend Männer wie Sie umbringen, wenn ich dafür das hier bekäme.«

Während er sprach, streckte er die Hand aus und drückte mit dem Daumen auf das Ei. Es öffnete sich und enthüllte ein schimmerndes, außergewöhnliches Netzwerk aus Silber und Gold.

Darüber brannte wie eine blutrote Flamme der Rubin.

Das erstickte Geräusch, das Swann entfuhr, konnte ein Todesröcheln sein oder aber das Lachen eines Dämons.

»Die Hure und der Pragmatiker«, keuchte er. »Himmel, was für ein Paar von Nullen ihr doch seid. Ihr seid soeben aus dem Spiel ausgeschieden, und ihr wißt es noch nicht einmal.«

»Wovon reden Sie?« fragte Hudson.

Swann ignorierte ihn, sprach nur noch mit Toth.

»Der Rubin«, sagte er und rang nach genug Luft, um Toth das Ausmaß ihres Verlustes beschreiben zu können. »Ich habe ihn ausgetauscht. Du hast eine Fälschung erwischt, *Baby.* Leer. *Unbeschrieben.*«

Sein Körper zuckte in einer Mischung aus Schmerzen und gräßlichem Gelächter zusammen.

Hudson griff nach dem Ei und nahm den glühenden Rubin nervös in Augenschein. Er trug ihn zu einer Lampe, wo er besser sah, und untersuchte den Stein genau.

»Nun?« fragte Toth. »Ist es ein Rubin?«

»Ich weiß nicht. Aber ich kenne jemanden, der es uns sagen kann.«

Doch noch während er diese Worte sprach, verspürte Hudson die zunehmende, schmerzliche Gewißheit, daß das Objekt in seinen Händen tatsächlich eine Fälschung war. Für einen Mann, der mit Claire Toth zusammenarbeitete, war es logisch gewesen, einen letzten Trumpf im Ärmel zu halten.

Er hastete zu dem Sessel, in dem Swann zusammengesunken war, und vergrub seine Finger in Swanns Haar, zerrte seinen Kopf nach hinten.

»Es gibt ein Gegenmittel«, rief er aus. »Sagen Sie mir, wo Sie den echten Rubin versteckt haben, und ich schaffe es her.«

»Leck mich doch am Arsch, du Stinktier.« Swann zuckte abermals zusammen vor Schmerz, doch sein Blick war immer noch auf Toth gerichtet. »Wir sehen uns in der Hölle wieder, Baby. Darauf kannst du wetten.«

Hudson wirbelte zu Toth herum.

»Wo könnte er ihn versteckt haben?« fragte er. »Wem hat er vertraut?«

»Niemandem. Menschen zu vertrauen ist dumm, und Jamie war nur dumm, wenn es um seine Tochter ging.«

»Was soll das heißen?«

»Er hat ihr das Ei geschickt.«

»Wo ist sie?« fragte Hudson laut.

»Jetzt? Keine Ahnung. Sie hat ein Haus in Cambria. Aber dort ist sie nicht.«

»Wo ist sie?«

»Ich arbeite daran«, erwiderte Toth knapp. »Sie und ihre Mutter hatten hier unten ein Haus, irgendwo in Los Angeles. Jamie hat sich dort oft versteckt.«

»Nein.«

Der heisere Schrei drang unbewußt aus Swanns Hals. Seine

Stimme klang erstickt, fast unverständlich, aber sein Schmerz war eindeutig.

Er machte einen Satz nach vorn, doch seine Beine trugen ihn nicht. Er fiel krachend zu Boden, als hätte ihm jemand abermals einen Knüppel übergezogen.

»Also fangen wir mit der Tochter an«, verkündete Hudson. »Bill Cahill hat nützliche Kontakte zur örtlichen Polizei. Er wird das Haus finden. Komm. Vielleicht ist uns Nowikow schon wieder einen Schritt voraus!«

»Und was ist mit Jamie?« fragte Toth.

»Er wird bereits tot sein, wenn Bill mit der Limousine kommt.«

29

In der angespannten Stille des Hauses ertönte das Klingeln des Telephons wie eine Explosion. Cruz war schneller als Laurel am Apparat.

»Hallo«, entfuhr es ihm.

Zunächst war die Verbindung hohl und still. Dann hörte Cruz leise Geräusche, als ringe jemand mühsam nach Luft.

»Hallo«, wiederholte er.

Wieder kam keine Antwort außer einem heiseren Röcheln. Cruz überlegte, ob es sich bei dem Anrufer vielleicht um irgendeinen Spinner handelte, der durch derartige Unternehmungen sexuelle Erregung fand.

»Wer ist es?« fragte Laurel, die in diesem Augenblick hinter ihn trat.

Er schüttelte den Kopf.

»Hallo.«

Immer noch nichts.

Cruz wollte gerade einhängen, als er ein ersticktes Keuchen vernahm. Das Geräusch verriet nicht die geringste Lust, sondern Schmerz und Leid.

»Ich verstehe Sie nicht«, sagte er.

Ein kaum verständlicher Laut drang durch den Hörer, wie ein einziger Buchstabe, der Buchstabe »L«, ausgestoßen von einer tiefen Männerstimme. Cruz warf einen Seitenblick auf Laurel, die ihn ängstlich beobachtete. Die Ereignisse der vergangenen Tage hatten Linien der Anspannung und des Schmerzes in die Haut um ihren vollen Mund gegraben, so daß er dünner wirkte. Cruz verspürte die schreckliche Gewißheit, daß dieser Anruf ihren Zustand nicht gerade verbessern würde.

»Ich verstehe Sie immer noch nicht«, beschwichtigte er. »Sind Sie in Schwierigkeiten? Brauchen Sie Hilfe?«

Ein fast triumphierender Laut drang durch den Hörer, halb Knurren, halb Stöhnen. Der Kontakt war hergestellt.

Cruz brauchte keinen sechsten Sinn, um zu raten, wer da so verzweifelt sprechen wollte. Ein einziger Mann mit solch einer Stimme würde diese Nummer wählen, und das auch nur in extremen Schwierigkeiten – der Mann am anderen Ende der Leitung befand sich eindeutig am Ende seiner Kräfte.

»Nur ruhig, Jamie«, sagte er.

Als Laurel den Namen ihres Vaters vernahm, schreckte sie auf. Sie schlüpfte näher, streckte jedoch nicht die Hand nach dem Hörer aus.

»Sie sind zu uns durchgekommen«, sagte Cruz. »Hier spricht Cruz Rowan. Laurel ist bei mir in Sicherheit. Was ist los, Jamie? Sind Sie verletzt?«

»Gi...gi...gift«

Swann schien zu ersticken, als zöge ihm jemand die Schlinge um den Hals.

»Versuchen Sie es noch einmal, langsamer«, bat Cruz und zog beim Sprechen sein Funktelephon hervor. »Bleiben Sie, wo Sie sind, Mann. Wir kommen zu Ihnen.«

Das Selbstvertrauen in Cruz' Stimme schien Swann zu beleben. Er hechelte aber noch.

Cruz drückte auf die Wahlwiederholung seines Funktelephons, und sofort antwortete jemand von der Risk Ltd. Er drehte den Kopf und sprach leise in sein Handy, ohne allerdings den Hörer des hauseigenen Telephons vom Ohr zu nehmen.

»Hier ist John Smith der Zweite. Ich bin ungestört. Habt ihr eine Möglichkeit, den Kerl zu orten, der mit mir in Los Angeles gerade telephoniert?«

»Ja.«

»Dann tut es.«

»In Ordnung«, kam die Bestätigung.

»Vergiftet«, keuchte Swann in Cruz' anderes Ohr.

Seine Stimme war klarer geworden, als hätte die Verbindung zu Cruz eine beruhigende Wirkung auf ihn.

»Wissen Sie, welche Sorte?« fragte Cruz.

»Egal«, ächzte Swann. »Ich sterbe. Tot. Sie sind losgefahren, um ...«

Das Sprechen erschöpfte ihn.

Cruz hörte, wie er mühsam Luft holte.

»Langsam«, sagte er beschwörend. «Wo sind Sie?«

»... Laurel fertigzumachen.«

Die Worte drangen mit einem heiseren Stöhnen aus Swanns Kehle.

Danach kam nichts mehr. Er hatte getan, was er tun mußte. Seine Schlacht war geschlagen. Er hatte sein möglichstes getan, um Laurel in Sicherheit zu bringen.

Cruz hörte ein lautes Krachen und wußte, daß Swann zusammengebrochen war. Das Telephon am anderen Ende der Leitung fiel klappernd auf etwas Hartes, den Fußboden oder ein Möbelstück.

Dann hörte man nichts mehr außer dem Summen, das eine offene Leitung von sich gibt.

»Jamie«, drängte Cruz. Und dann lauter: «Jamie Swann! Sprich mit mir, Mann! Wo bist du?«

Außer einem schwachen Stöhnen war nichts zu hören. Es war das Geräusch eines Mannes, der große Schmerzen empfand, der dem Tod nahe war.

Cruz ließ den Hörer sinken und begegnete Laurels ängstlichem, goldenen Blick. Er wünschte, er könnte ihr die Nachricht ersparen, aber das war nicht möglich.

»Dein Vater wurde vergiftet«, zwang er sich zu sagen. »Er ist in einem schlimmen Zustand. Wenn er nichts hat, an das er sich klammern kann, verlieren wir ihn. Vielleicht verlieren wir ihn auch so.«

Laurel schnappte sich den Hörer des Telephons.

»Dad! Dad! Sprich mit mir! Ich bin's, Laurel, Dad. Kannst du mich hören?«

Cruz sah sie gespannt an.

Sie schüttelte stumm den Kopf.

»Versuch, ihn zum Sprechen zu bringen«, sagte Cruz. »Ich habe jemanden, der den Anruf zurückverfolgt.«

»Dad. Dad! Ich weiß, daß du mich hören kannst, Dad. Gib mir ein Signal, daß du noch da bist.«

Jamie Swann hörte die Stimme seiner Tochter durch einen grauen Nebel, der mit rotem Blut durchzogen war, seinem eigenen Blut, das tosend durch seine Adern spülte wie eine Welle über einen eingestürzten Damm.

Schwach, aber deutlich in ihrem Appell, war Laurels Stimme der einzige Fixpunkt in Swanns auseinanderfallender Welt.

»Laurie?«

Er sprach den Namen lallend, aber unmißverständlich aus.

Laurel spürte, wie Furcht und Hoffnung ihr Herz durchschnitten. Swanns Stimme war schwach, so furchtbar leise und dünn. Sie klang, als spräche er vom anderen Ende der Welt.

»Ja, Dad. Ich bin hier«, sagte Laurel laut. «Du kannst uns helfen, wenn du uns sagst, wo du bist.«

Sie lauschte mit Entsetzen den röchelnden, unzusammenhängenden Geräuschen, die aus der Kehle ihres Vaters drangen. Einen Augenblick fühlte sie sich zurückversetzt ans Totenbett ihrer Mutter, wo sie die letzten Atemzüge einer stolzen Frau vernehmen mußte, die bis ans Ende wütend geblieben war, das Leben so früh verlassen zu müssen.

Aber es gab einen Unterschied. Swann schien sich bewußter zu sein, schien den Prozeß besser zu verstehen, schien in der Lage zu sein, dagegen anzukämpfen. Seine erstickten Laute verrieten eindeutigen Trotz, als bekämpfe er den Tod mit dem letzten Rest seines Willens und seiner Energie.

»Beh… Behhhh…«

Die Laute verursachten Laurel körperlichen Schmerz. Sie preßte den Hörer so hart an ihr Ohr, daß Hand und Kopf brannten.

»Noch einmal, Dad. Bitte, sprich mit mir. Ich liebe dich. Laß mich dir helfen.«

»Behhhh… Hiiil…«

»Beverly Hills?« riet sie.

Das Geräusch, das er ausstieß, hätte alles heißen können.

»Beverly Hills?« wiederholte sie lauter. »Bist du in Beverly Hills?«

Swann machte ein Geräusch, das unter normalen Umständen blankes Entsetzen beim Zuhörer hervorgerufen hätte, aber Laurel faßte es als Zustimmung auf. Sie drehte sich um und warf Cruz zu: »Beverly Hills.«

»Das ist eine große Stadt«, drängte er. »Eng das Feld weiter ein!«

»Wo in Beverly Hills, Dad?« fragte Laurel laut. »Sprich mit mir. Hilf mir!«

Cruz sprach leise, aber bestimmt in den Hörer des Funktelephons.

»Swann ist in Beverly Hills«, sagte er.

»Verstanden. Wir suchen immer noch.«

»Dad! Dad!«

Cruz schloß die Augen und ballte die linke Hand zur Faust. Der Schmerz in Laurels Stimme traf ihn wie ein Peitschenhieb. Er dachte daran, wie sie nach dem Aufbruch Swanns ausgesehen hatte, als er aus der Dunkelheit trat.

Und was noch schlimmer war, er erinnerte sich genau an das, was sie gesagt hatte. *Du warst hier. Du hättest ihn aufhalten können!* Und an seine eigene Antwort, die stimmte, was seinen Job betraf... aber die unangemessen brutal war, wenn man die Sorge des Mädchens um ihren Vater bedachte.

Er hatte das Ei weder in der Hand noch in seinem Wagen, der ein Stück weiter unten steht.

Falls Swann starb, wußte Cruz, wem Laurel die Schuld geben würde. Das überraschte ihn nicht. Er selbst gäbe sich ebenfalls die Schuld.

»Los, los«, schnauzte Cruz ins Funktelephon. »Wir bezahlen dieser Schlafmütze bei der Telephongesellschaft schließlich nicht tausend Dollar im Monat dafür, daß er es sich gemütlich macht. Sagt ihm, daß es um das Leben eines Menschen geht!«

Im Hintergrund, zur Untermauerung seiner Worte, schrie Laurel ihre Hoffnung und ihre Angst und ihre Liebe in das andere Telephon, in dem Versuch, ihren Vater auf dem letztverbliebenen Wege zu erreichen.

Am liebsten hätte Cruz sie in die Arme genommen und festgehalten, sie getröstet, daß alles gut werden würde.

Aber nichts war gut. Er dürfte sie nicht einmal festhalten, denn sich um sie zu kümmern hieß, kälter und rücksichtsloser sein als die Menschen, die hinter ihr her waren.

Er tippte sie an die Schulter. Falls sie die stumme Ermutigung bemerkte, reagierte sie nicht darauf. Sie sah ihn noch nicht einmal an. Alles, was sie hatte, gab sie durch das Telephon.

Ihr zuzuhören war für Cruz, als öffne man eine seiner Venen, so daß das Blut herausrann und das Licht und die Wärme seines Lebens mit sich nahm.

Er machte kehrt und ließ Laurel allein. Er ging zu seinem schwarzen Aluminiumkoffer. Obgleich er die Pistole immer noch am Körper trug, fühlte er sich elend.

In dem Koffer war eine Uzi verstaut. Er zog die Waffe heraus und überprüfte sie. Nachdem er sich vergewissert hatte, daß sie funktionstüchtig war, zog er eine Stablampe heraus, die gebündeltes Licht abgab. Die Lampe in der einen und die Uzi in der anderen Hand, glitt er von Raum zu Raum, löschte sämtliche Lichter und ließ alles in vollkommener Dunkelheit zurück. Nur die Außenbeleuchtung des Hauses brannte noch.

Nachdem das Gebäude gesichert war, sah er sich in der Hauseinfahrt prüfend um und leitete gleichzeitig mit Hilfe des Funktelephons die Suche nach Swann.

Seit seinem letzten Rundgang hatte sich nichts verändert.

Cruz ging zum nächsten Beobachtungsposten, einem Fenster, durch das man die Straße und einen Teil der Einfahrt überblickte. Nichts rührte sich.

Eilig machte er kehrt und ging in den hinteren Teil des Hauses. Er vernahm Laurels Stimme, die sich in einer Litanei hob und senkte, einzig getragen von dem Wunsch, ihren Vater am Leben zu erhalten. Beiläufig überlegte Cruz, wie es wohl wäre, so geliebt zu werden, vorbehaltlos, schutzlos, nur aus einem Gefühl heraus, das so komplex, mächtig und unauslöschlich war wie das Sonnenlicht.

Am Ende, wenn man alles andere abzog, war es Liebe, die Swann aufrecht hielt. Liebe hatte Swann dazu getrieben, Laurel eine Überlebenschance zu verschaffen. Swann hatte Männer aus nächster Nähe sterben sehen. Er hatte selbst Menschen umgebracht. Er mußte wissen, wie nah er selbst dem Tod war, verwandte aber seine letzte Kraft darauf, Laurel zu warnen, statt Hilfe für sich selbst zu rufen.

Ich ziehe den Hut vor dir, Jamie Swann, dachte Cruz. Ich hoffe, wenn für mich die Zeit gekommen ist, bringe ich denselben Mut auf wie du.

Draußen rührte sich nichts, noch nicht einmal der Wind. Sämtliche Sicherheitslampen im Hof funktionierten. Sämtliche Lichter im Haus waren gelöscht.

»Habt ihr was rausgefunden?« schnauzte er ins Telephon.

»Wir suchen immer noch.«

»Scheiße«, zischte er.

Er kehrte zu Laurel zurück. Im Dämmerlicht der Außenbeleuchtung schimmerte ihre Haut geisterhaft. Ihre Augen waren pechschwarz.

»Dad, du mußt mir helfen«, rief sie heiser. »Wo genau bist du?«

Sie umklammerte Cruz' Handgelenk. Unter ihren eisigen Fingern brannte seine Haut. Die aufgestaute Hitze seines Körpers durchdrang sie wie eine Schockwelle, machte sie hellwach.

Die Geräusche, die Swann ausstieß, waren grauenhaft, aber Laurel lauschte ihnen, als wären sie wunderbar. Vor Anstrengung vibrierte sie.

»Hotel?« fragte sie. »Versuchst du, ›Hotel‹ zu sagen?«

Ein krächzender, gurgelnder Laut war die einzige Antwort, aber Laurel hatte gelernt, daß er Zustimmung bedeutete.

»Welches Hotel, Dad?« fragte sie. »Es gibt so viele!«

Heiseres, unregelmäßiges Atmen war Swanns einzige Erwiderung.

Verzweifelt durchforstete Laurel ihr Gedächtnis nach den Namen der dortigen Hotels. Nur einer fiel ihr ein.

»Das Beverly Hills Hotel?« fragte sie.

Ein heiseres Knurren. Negativ.

Cruz beugte sich zum Sprechen vor: »Das Beverly Hills Wilshire?«

Seine heisere Zustimmung war schwach, aber verständlich.

»Es ist das Beverly Hills Wilshire«, schrie Laurel auf. »Welches Zimmer, Dad?«

Das krächzende, erstickte Atmen entfernte sich.

»Beverly Wilshire Hotel«, sagte Cruz in sein Funktelephon. »Ich rufe die Polizei.«

Er unterbrach die Leitung und tippte die Nummer des Notrufes ein.

»Geben Sie mir den Leiter Ihrer Dienststelle«, schnarrte er, als endlich jemand an den Apparat kam.

Sein Ton war knapp, aggressiv, selbstbewußt. Innerhalb von zehn Sekunden sprach er mit dem für Notfälle zuständigen Polizeileutnant.

»Dad, gleich kommt Hilfe«, rief Laurel in ihren Hörer. »Halt durch. Wir sind bald bei dir.«

Sie wiederholte die Nachricht zahllose Male, aber ihr Vater reagierte nicht.

»Beeil dich!« sagte sie zu Cruz. »Er spricht nicht mehr!«

»Gift, vielleicht irgendwas Exotisches«, meldete Cruz ins Funktelephon. »Schicken Sie Sanitäter hin. Setzen Sie sich sofort mit der Notfallstation der Universitätsklinik in Verbindung.«

Mit halbem Ohr hörte Laurel zu, wie Cruz die Situation erklärte und um Hilfe bat. Sie betete, daß niemand ihm widersprechen oder weitere Erklärungen fordern würde.

»Ich habe ein paar Kontakte in der forensischen Abteilung des FBI«, sagte Cruz. »Aber sie brauchen physiologische Daten und Symptome, um etwas zu tun.«

Laurel warf Cruz einen gehetzten Blick zu. Tränen liefen ihr lautlos über die Wangen, doch sie spürte sie nicht.

»Ja, ich kümmere mich darum und rufe Sie dann wieder an«, sagte Cruz. »Wir haben keine Zeit für langwierige Erklärungen.«

Er hängte ein und wählte eine andere Nummer, die ihn direkt mit Cassandra Redpath verband.

»Sind Sie …«, begann Laurel.

»Sie fahren gerade los«, sagte Cruz.

Redpath hob beim ersten Klingeln ab.

»Hier ist Cruz. Ich bin ungestört. Laurel ist in Sicherheit. Swann ist angeschlagen, aber noch nicht am Ende. Die Ärzte sind unterwegs.«

»Was brauchen Sie?« fragte Redpath.

»Die forensische Abteilung«, sagte Cruz schnell. »Wir brauchen die besten Daten über alle Gifte, die es auf der Welt gibt, und wir brauchen sie umgehend.«

»Kriegen Sie. Irgendeine Möglichkeit der Eingrenzung?«

»Wenn man die Spieler bedenkt, fangen wir am besten mit den exotischen, synthetischen Giften an. Sowjetstil. Vielleicht Digitonin. Irgendwas, das so aussieht, als hätte das Opfer einen Herzanfall.«

»Bleiben Sie dran.«

Cruz wandte sich Laurel zu.

»Sprich weiter mit ihm, Liebes. Nimm die Taschenlampe und lies ihm notfalls aus dem Telephonbuch vor. *Halt ihn wach.*«

Laurel begann wieder zu sprechen. Sie redete von ihren schönsten Kindheitserinnerungen, stellte sie ihrem Vater vor, wie eine Reihe schimmernder Achate, die sie in den Sturmwogen eines Strandes gefunden hatte.

Sie zu hören, rührte Cruz so schmerzlich an, daß er kaum mehr Luft bekam.

»Noch mal«, sagte er zu Redpath.

»Drei Chemiker. Einer von ihnen hat ziemlich viel für Langley gemacht.«

»Bitten Sie ihn um einen Gefallen. Auf jeden Fall ist bei uns bald die Zeit abgelaufen.«

»Verstanden.«

Während Laurels Stimme sich bei der lebendigen Schilderung ihrer Erinnerungen hob, gab Cruz Redpath die Telephonnummer des Polizeileutnants in Beverly Hills, mit dem er gesprochen hatte.

»Wenn Ihr Chemiker eine gute Idee hat«, sagte Cruz, »dann soll er sich an ihn wenden. Der Leutnant steht in direktem Funkkontakt zu den Sanitätern.«

»Sonst noch was?« wollte Redpath wissen.

»Wie sieht's bei Ihnen mit dem Beten aus?«

»Besser, als Sie vielleicht denken.«

»Dann gehen Sie in die Knie, Boß. Es steht zuviel auf dem Spiel, als daß man sich von seinem Stolz lenken lassen dürfte.«

Cruz unterbrach die Verbindung, steckte das Telephon ein und griff nach seiner Pistole. Er zog sie hervor und legte sie auf den Tisch neben das Telephon, in dessen Hörer Laurel sprach.

»Sie ist entsichert und schußbereit«, wisperte er. »Falls du irgendwen außer mir siehst, schieß.«

Laurel drückte den Telephonhörer an ihr linkes Ohr. Sie legte die Hand auf die Waffe, um sie beim ersten Anzeichen von Schwierigkeiten anheben zu können.

»Ich sehe mich noch mal im Hof um«, murmelte Cruz. »Dann komme ich durch die Küche zurück und mache viel Lärm. Verstanden?«

Ohne ihren Redefluß zu unterbrechen, nickte sie.

»Dad, Dad, hör mir zu, bleib dran. Du hast getan, was du tun mußtest. Du hast mich gewarnt. Und jetzt laß uns dir helfen. *Bleib bei mir, Dad. Hilfe ist unterwegs.*«

Außer Swanns schwachem, unregelmäßigem Atmen hörte sie nichts.

Doch dies war die einzige Antwort, die Laurel vorderhand brauchte. Sie sagte ihr, daß ihr Vater noch am Leben war.

Sie wiederholte die Aufzählung ihrer Kindheitserinnerungen, ihrer Hoffnung und ihrer Liebe pausenlos. Zwischen den Sätzen lauschte sie den Geräuschen am anderen Ende der Leitung. Sie wurden schwächer, vereinzelter, schienen sich ihr zu entziehen.

»Daddy! Verlaß mich nicht!«

Plötzlich hörte sie ein gedämpftes Krachen, gefolgt von diversen Stimmen. Dann drangen die knappen, codeähnlichen Worte von angestrengt hantierenden Sanitätern durch das Telephon. Plötzlich übernahm eine Frau die Leitung.

»Hier spricht die Feuerwehr. Wir haben den Patienten gefunden. Mit wem spreche ich?«

»Mit seiner Tochter. Lebt er noch?«

»Ja«, sagte die Sanitäterin. «Wir bringen ihn auf die Notfallstation der Uniklinik.«

Dann hörte man ein Kommando und einen dringenden Hilferuf an die Zentrale.

Die Frau hängte ein, und Laurel blieb allein zurück. Mühsam kämpfte sie gegen ein Gefühl aufkommender Angst und Panik an. Ihre Augen füllten sich erneut mit Tränen, die ebenso bitter waren wie jedes Gift.

»Laurel, ich komme rein.«

Die verhaltene Baßstimme gehörte Cruz. Sie drang nicht weiter als bis an Laurels Ohr.

»Dad ist...«

»Ruhe«, zischte Cruz.

Laurel blieb der Rest im Hals stecken. Diesen Tonfall hatte Cruz bisher erst ein einziges Mal gehabt, als die Killer in Cambria geflohen waren und er hatte hören wollen, ob sie vielleicht noch einmal zurückkamen.

»In Ordnung«, sagte er, als er nur noch wenige Zentimeter vor ihr stand. »Was ist mit deinem Vater?«

»Als die Sanitäter kamen, lebte er noch«, flüsterte sie.

Sie versuchte so leise zu sprechen wie Cruz. Aber ihr Hals rasselte vor Anspannung und Furcht und dem verzweifelten Einreden auf ihren Vater, der im Sterben lag.

Cruz setzte zum Sprechen an, doch dann zögerte er und betrachtete sie in einer noch nie dagewesenen Weise.

»Was ist los?« fragte Laurel.

»Du hast in Cambria nicht auf mich geschossen. Würdest du überhaupt jemals auf jemanden schießen, um dein Leben zu retten?« fragte er bohrend.

»Dad hat mir die gleiche Frage gestellt, als er mir die Waffe gab«, sagte Laurel.

»Und was hast du ihm geantwortet?«

»Ja.«

»Bleibst du dabei?«

Sie erschauderte. »Ja.«

»Dann schnapp dir die Pistole und komm mit. Leise.«

Cruz führte Laurel in die Eingangshalle.

»Guck mal raus«, sagte er. *»Aber faß nicht an die Fensterläden.«*

Laurel rückte vorwärts und sah durch einen schmalen Spalt hinaus. Außer ihren eigenen Tränen sah sie nichts. Es war das erste Mal, daß sie sie überhaupt wahrnahm. Ungeduldig wischte sie sie fort und beugte sich abermals vor.

Es lohnte sich kaum. Alles, was Laurel sah, war ein unglücklicher Nachbar auf der anderen Straßenseite. Er trug ein Hemd und eine Freizeithose. Eine Hundeleine baumelte nutzlos an seiner linken Hand. Nirgends war ein Hund zu sehen.

Der Mann begutachtete die Eingangstür von Laurels Haus, als erwarte er, sein Hund käme jeden Augenblick herausspaziert. Er sah in die Büsche, in die Schatten und in den Hof. Hin und wieder pfiff er leise wie ein Mann, der niemanden stören wollte, aber trotzdem seinen Hund finden mußte.

»Charley? Wo bist du? Komm zu Papa, du kleiner schwarzer Bastard. Ich habe einen leckeren Knochen für dich. Hierher, Charley. Hierher. Mama wird uns beide in den Zwinger sperren, wenn du nicht sofort zurückkommst. Hierher, Charley. Hierher, Junge.«

»Ich sehe nur einen Mann, der seinen Hund verloren hat«, sagte Laurel heiser und trat in den Raum zurück. »Ist das verdächtig?«

»Was du da siehst, ist ein Profi bei der Arbeit.«

»Was?«

»Es nennt sich ›Aktion verlorener Hund‹. Eine klassische Überwachungstechnik. Sie lehren sie an der Akademie des

FBI und wahrscheinlich in jeder anderen Agentenschule der Welt.«

»Ist er vom FBI?« fragte Laurel.

»Er kommt mir bekannt vor«, sagte Cruz. »Aber das ist einer der Gründe, weshalb ich das FBI verlassen habe. Irgendwann sahen wir alle gleich aus.«

Laurel lächelte und schnaufte, wie um ein Kichern oder ein Schluchzen zu verbergen.

»Ich nehme an, er könnte vom FBI sein«, fuhr Cruz fort. »Aber ich mache lieber keinen ernsten Fehler. Ziel mit deiner Waffe auf ihn.«

Verwirrt befolgte Laurel diesen Befehl. In dem schwachen Licht, das aus der Einfahrt kam, wirkten ihre Bewegungen geschmeidig und sicher. Die Pistole in ihrer Hand schwankte kein einziges Mal.

Cruz atmete erleichtert auf.

»Du hast die eisernen Nerven deines Daddys geerbt«, sagte er.

Er beugte sich vor, öffnete den schwarzen Aluminiumkoffer, den er immer mitgeschleppt hatte, und griff hinein. Dann zog er die Uzi heraus, überprüfte sie und begann, seine Jacke auszuziehen.

Schweigend beobachtete Laurel, wie er eine Art Halfter aus dem Koffer nahm, es anzog und als Stütze für die grausame Waffe nahm. Dann zog er seine leichte Jacke wieder an, ließ sie allerdings offen.

»Was ist das?« flüsterte sie.

»Etwas Illegales.«

Er griff abermals in den Koffer und holte ein kleine Derringer hervor.

»Weißt du, wie man damit umgeht?« fragte er Laurel.

»Was hast du da alles drin, ein Waffenarsenal?«

»Ich werde Gillie sagen, daß es dir gefallen hat.«

Laurel blickte auf die kleine Waffe in Cruz' Hand.

»Dad hat mir gezeigt, wie man so ein Ding benutzt«, gab sie unwillig zu.

»Ja? Was hat er gesagt?«

Sie zitierte kläglich: »Er sagte ›Schieb sie dem Kerl hinters Ohr und dann drück ab‹.«

»Das ist eine gute Methode«, zollte Cruz Beifall.

Er nahm Laurel die Pistole ab und gab ihr statt dessen die Derringer.

»Sie ist geladen und gesichert«, sagte er. »Zeig mir, wie man sie entsichert.«

Laurel nahm die Derringer und nach kurzem Suchen entsicherte sie sie.

»Okay. Das reicht«, sagte Cruz. »Und jetzt schieb dir das Ding unters Hemd.«

Unbeholfen schob Laurel die Derringer mit der Mündung nach unten in den Bund ihrer Jeans und zog das Hemd drüber.

Cruz überprüfte seine eigene Pistole, ehe er sie entsicherte.

Zum ersten Mal fiel Laurel auf, daß Cruz' Pistole genau wie ihre eigene einen orangefarbenen Punkt über der Mündung aufwies. Es war eine echte Waffe, alles andere als ein Kinderspielzeug.

»Komm«, sagte Cruz.

»Was tun wir?« fragte Laurel schwach.

»Wenn der Junge tatsächlich dem FBI angehört, haben wir nicht das geringste Problem.«

»Und wenn nicht?«

»Dann trink besser nicht, was er dir anbietet«, war Cruz' sarkastischer Rat. »Auf geht's.«

Laurel hatte noch mehr Fragen auf Lager, aber er bewegte sich bereits.

Ohne zu zögern folgte sie ihm in die Nacht.

30

Durch die Büsche direkt hinter dem Tor gedeckt, verfolgte Cruz den Fortgang der Pantomime mit dem verlorenen Hund. Die leere Leine in der Hand stapfte der Mann abermals die Sackgasse an dem alten Haus vorbei und rief ins Gebüsch, als erwarte er tatsächlich das Auftauchen seines besten Freundes, hechelnd und mit wedelndem Schwanz.

Insgeheim bewunderte Cruz die Darbietung. Die Augen des Mannes suchten unablässig die Gegend ab, ruhten nicht eine Sekunde lang, erkundeten die Eingänge des Hauses, erwogen eine geschickte Annäherungstaktik, analysierten mögliche Gefahren. Und die ganze Zeit über rief er nach dem Phantom-Charley.

Bei jedem Schritt, jeder Bewegung, jeder Drehung verfolgte die Mündung von Cruz' Pistole den Kopf des Mannes wie ein Radar. Sein Finger lag auf dem Abzug, jeder Nerv war angespannt. Der geringste Druck würde genügen, um die Waffe abzufeuern.

Laurel trat zum Tor. Weisungsgemäß blieb sie auf der linken Seite, so daß sie Cruz nicht in die Schußlinie geriet.

»Oh, gut, daß Sie noch da sind«, sagte sie zu dem Mann. »Ich hatte schon gefürchtet, Sie wären vielleicht weitergegangen. Ihr Hund ist in meinem Garten.«

Die Kinnlade des Mannes fiel herab.

»Eh, ich glaube nicht, daß er es ist«, sagte er.

»Ist er klein?«

»Ah ...«

»Schwarz?«

»Hm...«

»Heißt er Charley?«

»Eh...«

»Sie *haben* doch einen Hund verloren, oder nicht?« fragte Laurel, als wäre sie plötzlich mißtrauisch geworden.

»Oh, ja. Sicher.«

Mit einer eiligen Bewegung, die auf Ungeduld schließen ließ, öffnete Laurel das Tor.

»Tja, dann kommen Sie rein, und holen Sie sich Ihren verdammten Köter ab«, sagte sie in barschem Ton. »Das Vieh gräbt gerade meine Stiefmütterchen aus.«

Wie im Reflex trat der Mann auf das geöffnete Tor zu, wobei er sich ducken mußte, um einer Hängepflanze auszuweichen.

»Nehmen Sie die Hände hoch«, sagte Cruz von der Seite.

Der Mann fuhr auf.

Laurel drehte sich um und rannte davon.

Cruz war in dem nachtschwarzen Gebüsch versteckt, aber der tödliche Schimmer seiner Pistole und der glühende Punkt über der Mündung blieben dem Mann nicht verborgen. Ebensowenig war die Tatsache zu leugnen, daß er das Ziel der Waffe abgab.

»Laurel?« fragte Cruz leise.

»Ich bin bereit.«

Ihre Stimme kam vom oberen Ende des Weges. Sie hatte sich in der Dunkelheit versteckt, außer Reichweite für einen möglichen Angriff des ungebetenen Gastes.

»Gehen Sie durch das Tor«, dirigierte Cruz den Mann mit tonloser Stimme. »Machen Sie es hinter sich zu. Langsam. Stolpern Sie nicht. Zögern Sie nicht. Langsam und zügig, oder Sie sind ein toter Mann. Ganz wie Sie wollen.«

Der Mann schleppte sich die Einfahrt hinauf.

»Rufen Sie wieder nach Ihrem Hund«, befahl Cruz leise.

»Was, zum Teufel...«

»Tun Sie, was ich Ihnen sage.«

»Charley, bist du es, alter Junge?«

Die Stimme des Mannes klang spröde, aber nicht auffallend genug, um einen Kollegen oder Komplizen zu alarmieren, der vielleicht irgendwo in der ruhigen Straße auf ihn wartete.

In dem Augenblick, als sie von der Straße aus nicht mehr zu sehen waren, trat Cruz aus seinem Versteck. Er befand sich weit genug weg, aber der Mann war nah genug vor seiner Pistole.

»Bewegen Sie sich«, wies Cruz ihn an. »Ihre Freunde können Sie nicht sehen. Sie können Ihnen nicht helfen.«

»Sie machen einen…«

»Halt's Maul«, Cruz verlor die Geduld.

Und der Eindringling hielt seinen Mund.

»Wir kommen rein«, rief Cruz leise.

»Ich erwarte euch«, antwortete Laurel ebenso leise.

Als sie die Terrasse erreichten, wandte sich Cruz erneut an seinen Gefangenen.

»Auf den Boden, das Gesicht nach unten. Beine gespreizt. Hände über den Kopf.«

»He, wer, in aller Welt…«

»Gesicht nach unten«, wiederholte Cruz. *»Jetzt.«*

Zögernd folgte der Mann dem Befehl.

Cruz rammte ihm die Mündung der Pistole in den Nacken und durchsuchte ihn mit einer Gründlichkeit, die keinen Platz für Schamgefühle ließ. Er ließ keins der normalen Verstecke aus und nahm sich auch ein paar ungewöhnliche Stellen vor.

»Neunmillimeter«, sagte Cruz, während er dem Mann seine Waffe aus dem Halfter nahm und sie sich in den Hosenbund schob. »Polizeiknüppel. Taschenmesser. Piepser. Brieftasche.«

Der Mann schwieg.

Mit einer Hand öffnete Cruz die Brieftasche. In einem Fach steckte ein Führerschein.

»Name«, sagte Cruz.

»Scheißkerl.«

Cruz lehnte sich schwer auf seine Pistole.

»Noch mal«, wiederholte er. *»Name!«*

»William R. Cahill«, knurrte der Kerl.

»Also gut, Bill. Für wen arbeitest du?«

»Fürs FBI.«

»Wo ist dein Dienstausweis?«

»Zu Hause.«

»Dafür würde dir der Direktor die Eier abschneiden lassen, wenn du noch fürs Büro arbeiten würdest. Aber ich glaube nicht, daß du das tust.«

Cahill murmelte etwas.

Cruz richtete sich auf und trat einen Schritt zurück.

»Steh langsam auf«, sagte er. »Geh durch die Hintertür. Mach keine Dummheiten, sonst pustet dich die Frau aus deinen eleganten Schuhen. Sie ist wirklich schlecht gelaunt nach allem, was ihr ihrem Daddy angetan habt und so.«

»Ich habe ihm nur, ein-, zweimal eins mit dem Knüppel verpaßt«, maulte Cahill, während er sich erhob.

»Dann ist ja alles in Ordnung. Dafür wird sie auch nur ein-, zweimal auf dich schießen. Auf geht's.«

»Wie sind Sie mir auf die Schliche gekommen?« fragte Cahill.

»Ich habe die ›Aktion verlorener Hund‹ auch in Quantico gebüffelt«, war Cruz' trockene Erklärung.

Cahill blieb stehen.

»Sie? Sie arbeiten fürs FBI?« fragte er. »Warten Sie einen Moment. Ich kenne Sie, nicht wahr? Sie sind Cruz Rowan. Sie waren bei der Sondereinheit für Geiselbefreiungen.«

Cahill begann die Hände herunterzunehmen, als sei er mit diesem Losungswort über den Berg.

»Hoch«, herrschte Cruz ihn an. »Über den Kopf.«

»Aber ich …«, wollte Cahill sich empören.

»Ins Haus«, wurde er unterbrochen.

Mit einem heftigen Fluch ging Cahill in Richtung des Gebäudes. Laurel war nirgends zu sehen.

»Setz dich auf den Küchenfußboden«, befahl Cruz. »Kreuz die Beine, und behalt schön die Hände über dem Kopf.«

»Hören Sie mal, das ist wirklich unnötig.«

»Du kennst doch die Spielregeln. Man soll nie etwas glauben, und man soll nie ein Risiko eingehen, wenn man nicht unbedingt muß. Laurel, komm zurück.«

Sie trat aus dem Wohnzimmer, ging in einem weiten Bogen um Cahill herum und stellte sich neben Cruz. Nicht ein einziges Mal geriet sie ihm in die Schußlinie.

»Gut gemacht, Liebes«, sagte Cruz. »Hinter meinem Rücken steckt eine Neunmillimeter. Nimm sie dir. Halt Cahill damit in Schach.«

»Ist das eine Uzi?« fragte Cahill und sah auf Cruz' offene Jacke.

Cruz antwortete nicht. Er spürte, wie das Gewicht von Cahills Waffe aus seinem Gürtel gezogen wurde. Dann hörte er das vertraute Geräusch der Entsicherung.

»Beim ersten Schuß mußt du lange und hart abdrücken«, sagte er zu Laurel. »Beim zweiten Mal geht's schon schneller.«

«Wie bei Dads Pistole.«

»Würde mich nicht überraschen.«

Cahills Miene verriet Cruz, daß es ihn mehr beunruhigte, von Laurel bedroht zu werden als von einem hochtrainierten Profi. Nichts macht einen Killer nervöser als ein Amateur, der eine Pistole in Händen hält.

Cruz lächelte. Genau damit hatte er gerechnet.

»Wenn er sich bewegt«, wies er Laurel an, »dann warn ihn nicht lange und ruf auch nicht mich. Schieß einfach.«

Laurel nickte grimmig.

Cruz machte eine erneute Runde ums Haus. Auf der Straße rührte sich nichts. Niemand schien nach einem vermißten Hund oder nach dem ebenfalls vermißten Hundehalter zu suchen. Nirgends fuhr ein unbeleuchteter Wagen langsam vorbei.

Verdammt, sagte Cruz zu sich selbst. Wo, in aller Welt, bleibt Gillie? Er hatte inzwischen genug Zeit, um herzukommen und einen Sicherheitsring um das Gelände zu bilden!

Cruz blickte abermals hinaus.

Nichts.

Mit einer stummen Verwünschung kehrte er in die Küche zurück.

»Ich nehme ihn dir wieder ab«, erlöste er Laurel.

Mit einem stummen Seufzer der Erleichterung ließ Laurel die Pistole sinken.

Cahill hatte sich nicht von der Stelle gerührt.

»Wir sind ein bißchen nervös«, erklärte Cruz. »Also mach keine Mätzchen. Für wen arbeitest du?«

»Ich war zwanzig Jahre lang beim FBI. Dann habe ich dort aufgehört. Jetzt arbeite ich für Damon Hudson von Hudson International.«

»Als was?«

»Als Sicherheitsmann.«

»Warum hast du in Hudsons Auftrag unser Haus observiert?« fragte Cruz.

»Ich – oh, ich versuche etwas über einen Kunstgegenstand in Erfahrung zu bringen, den man ihm gestohlen hat.«

Cruz verzog keine Miene.

»Aus seinem Museum?« fragte er.

»Nicht genau«, sagte Cahill. »Er war Teil der russischen Ausstellung, die übermorgen eröffnet werden soll.«

»Nett von Hudson, den Russen in Zeiten der Not seine Männer zur Verfügung zu stellen«, meinte Cruz.

»Ja. Mr. Hudson ist wirklich ein netter Mensch.«

»Warum hast du dich gerade hier umgesehen? Das Haus ist nicht direkt eine Kunstgalerie.«

»Jamie Swann hat das Kunstwerk gestohlen«, erklärte Cahill und sah Laurel an. »Miss Toth sagte, in Cambria wäre es nicht, also dachten wir, es wäre vielleicht hier.«

»Toth?« fragte Cruz. »Claire Toth?«

»Ja. Swanns Partnerin. Zumindest war sie das. Jetzt allerdings teilt sie mit Hudson das Lager. Sie ist ein echtes Prachtweib. Ich hab noch nie einen solchen Arsch gesehen.«

Einen Augenblick lang sagte Cruz nichts. Er hätte sich denken sollen, daß Claire Toth eines Tages erneut seinen Weg kreuzen würde, aber dennoch überraschte es ihn.

»Swanns Partnerin, he?« sagte er. »Der arme Kerl. Das muß ungefähr so sein, wie wenn man mit einer Mischung aus einer Kettensäge und einer Bedürfnisanstalt schläft.«

»Der Arsch ist es vielleicht wert.«

»Kein Arsch auf der Welt ist so etwas wert«, widersprach Cruz. »Vor allem ihrer nicht.«

Laurel unterdrückte nur mit Mühe ein Zittern. Die kalte Verachtung in Cruz' Stimme traf sie wie eine Keule.

»Was für ein Kunstwerk ist denn verschwunden?« fragte Cruz beiläufig. »Die Mona Lisa?«

»So ein diamantenbesetztes Osterei mit einem großen Rubin«, berichtete Cahill. »Fabergé.«

Das überraschte Cruz und Laurel nicht, aber sie vermieden es sorgfältig, einander anzusehen.

»Wer hat dich heute abend begleitet?« Cruz setzte das Verhör fort.

»Niemand.«

»Falsch«, sagte Cruz. »Und bisher hast du uns so schön die Wahrheit gesagt. Ich hatte wirklich Hoffnung für dich. Wer ist noch hier?«

Cahill dachte über seine Möglichkeiten nach. Keine von

ihnen war besonders vielversprechend, und Cruz wußte es ebensogut wie er.

»Ich dachte, Sie meinten einen Kollegen«, sagte er nach einem Augenblick. »Aber ich habe keinen.«

»Dumm, Bill. Wirklich dumm. Am Ende der Straße steht ein Wagen.«

Cahill lachte auf. »Das ist nur Hudson. Er will unbedingt das Ei zurück. Wenn Sie etwas darüber wissen, wird er sich das einiges kosten lassen.«

»Vor ihm sind noch andere an der Reihe. Wie steht's mit dir?«

»Was meinen Sie?«

»Läßt es sich Hudson genug kosten, daß es sich für dich lohnt, einen Mord zu begehen?«

Laurel entfuhr ein Pfeifen.

Cahill achtete nicht auf sie. Unter anderen Umständen hätte das Entsetzen in seinem Gesicht vielleicht komisch gewirkt.

»Wovon, zum Teufel, sprechen Sie?« fragte er heiser.

»Jamie Swann.«

»Ich schwöre bei Gott, daß ich ihm nur den Knüppel auf den Kopf geschlagen habe.«

»Und dann hast du ihm Gift eingeflößt.«

Cahill wurde kreidebleich. Auf seiner Stirn und seiner Oberlippe bildeten sich Schweißtropfen.

»Nein!« widersprach er schrill. »Das habe ich nicht getan. Okay, ich habe vielleicht, ein-, zweimal die Gesetze übertreten, wenn ich Hudson geholfen habe, aber so nicht!«

Cruz sah Cahill an und glaubte ihm. Aber das würde er ihn bestimmt nicht wissen lassen. Verängstigte Männer waren wesentlich hilfsbereiter als Männer, deren Selbstvertrauen keinen Knacks hatte.

»Wenn du es nicht warst«, sagte Cruz lässig, »wer war es dann?«

Cahill öffnete den Mund, doch dann klappte er ihn wieder zu.

Cruz wartete.

»Woher, in aller Welt, soll ich wissen, daß Sie die Wahrheit sagen?« fragte Cahill nach einem Moment.

»Ruf einfach die Uniklinik an. Swann ist seit ungefähr zwanzig Minuten dort. Er ist tot.«

Laurel stieß ein Wimmern aus, aber sagte nichts. Sie hatte Cruz versprochen, sich ruhig zu verhalten und seine Anweisungen genau zu befolgen. Aber ihn so selbstverständlich den Tod ihres Vaters verkünden zu hören, war, als haue er ihr eine Faust ins Gesicht.

»Jesus, Josef und Maria«, flüsterte Cahill. »Sie müssen es getan haben, als ich die Limousine geholt habe.«

»Das sagst du. Aber was meinst du, wird Hudson dazu sagen?«

In Bill Cahills Ausdruck rangen Furcht und Zorn. Er stand bis zum Bauch in der Scheiße und sank immer tiefer. Er wußte es.

Und was noch schlimmer war, Cruz wußte es auch.

»Wessen Version wird Toth deiner Meinung nach unterstützen?« Cruz bohrte unbarmherzig weiter. »Wer ist der Milliardär in eurem Trio, und wer hat den geilen Arsch? Und wer ist der perfekte Sündenbock?«

Schweigen erstreckte sich in der Küche, während Cahill mit gekreuzten Beinen auf dem kalten Boden saß und seine Chancen überschlug, wenn sich Hudson und Toth gegen ihn verbündeten.

»Was soll ich tun?« fragte er schließlich demütig.

»Gibt es in der Limousine ein Telephon?«

Cahill nickte.

»Steh langsam auf«, sagte Cruz. »Ruf Hudson an. Sag ihm, daß du Laurel und mich gefesselt hast, aber daß wir dir nicht sagen, wo der Rubin ist.«

Cahill sah aus, als wünsche er, diese Geschichte entspräche der Wahrheit. Aber das tat sie nicht. Langsam stand er auf, wobei er sorgsam Bewegungen vermied, die das Feuer auf ihn herausfordern könnten.

Denn er hatte nicht den geringsten Zweifel, daß Cruz genau das tun würde, wäre es erforderlich.

»Sag Hudson, daß Nowikow auf unserem Anrufbeantworter eine Nachricht hinterlassen hat«, fuhr Cruz fort. »Daß er uns zur Auffindung des Rubins gratuliert und daß er in einer Stunde kommt, um ihn abzuholen. Dir bleibt also weniger als eine Stunde, um das Haus auseinanderzunehmen und den Rubin zu entdecken, was du ohne Hudsons und Toths Hilfe nicht schaffst.«

»Und wenn sie nicht kommen?«

»Dann werde ich es auf die unfreundliche Tour versuchen. Auf jeden Fall erwische ich die beiden, so oder so.«

Daran zweifelte Cahill nicht. Cruz hatte bereits Jahre zuvor angesichts von Millionen Zuschauern unter Beweis gestellt, daß er gnadenlos und unerbittlich war.

»Einverstanden«, sagte Cahill. »Wo ist das Telephon?«

»Hinter dir an der Wand. Und vergiß nicht – Hudson ist es nicht wert, daß man für ihn stirbt.«

»Scheiße«, entfuhr es Cahill. »Er ist es noch nicht mal wert, daß man für ihn *arbeitet*.«

31

Während Cahill die Nummer des Funktelephons der Limousine wählte, winkte Cruz Laurel zu sich heran.

»Mr. Hudson?« sagte Cahill. »Ich bin im Haus und habe die Situation im Griff.«

Er machte eine Pause und hörte seinem Gesprächspartner zu.

»Nein, Rowan hat keine Probleme gemacht«, sagte er und riskierte einen Seitenblick. »Die meisten Männer sind recht vernünftig, wenn sie in die Mündung einer Pistole schauen.«

Pause.

»Der Rubin? Tja, nun, das *ist* ein Problem. Auf Miss Swanns Anrufbeantworter war eine Nachricht von Nowikow. Er kommt in einer Stunde, um den Stein abzuholen.«

Cahills Mund verzog sich zu einem gehässigen Lächeln, als er Hudsons Antwort vernahm.

»Ich dachte mir, daß Sie es so sehen würden«, sagte er. »Aber weder Miss Swann noch Rowan erzählen mir, wo der Rubin versteckt ist. Wenn Sie und Miss Toth mir helfen, finden wir das Ding dreimal eher, als wenn ich das Haus allein durchsuche.«

Cahill lauschte.

»Tut mir leid, Mr. Hudson, aber das mache ich nicht«, sagte er dann. »Wenn Sie wollen, daß Miss Swann in die Mangel genommen wird, dann müssen Sie das schon selber tun.«

Einen Augenblick später hängte er ein und wandte sich an Cruz.

»Sie sind unterwegs.«

»Laurel«, forderte Cruz sie auf, »geh zum Fenster und beobachte die Einfahrt.«

Sobald sie die Küche verlassen hatte, sah er Cahill an.

»Ich würde Ihnen gerne vertrauen«, sagte er. »Aber ich habe panische Angst um Laurels Sicherheit. Also drehen Sie sich um, und legen Sie die Hände über den Rücken.«

»Verdammt«, sagte Cahill matt.

Er drehte sich um, legte die Hände auf den Rücken und ließ sich von Cruz die Handgelenke mit einem Plastikseil zusammenbinden.

»Setzen Sie sich rückwärts auf einen Stuhl«, befahl Cruz, während er einen Küchenstuhl in seine Richtung schob.

Cahill setzte sich rückwärts auf den Stuhl.

Dann drehte sich Cruz um und blickte auf die Hintertür.

»Wie, keinen *Knebel*?« Cahill probierte es mit einem Scherz.

»Wenn Sie die beiden warnen und dafür wegen Mord vor Gericht gestellt werden wollen, werde ich Sie nicht aufhalten. Und wenn Sie aufstehen, aus der Küche spazieren und erschossen werden wollen, halte ich Sie genausowenig auf.«

Cruz ging zur Hintertür und den Weg zur Einfahrt hinab, wobei er bei jedem Schritt hoffte, Gillespies Haussignal aus dem Gebüsch zu hören. Was er hörte, waren Hudson und Toth, die vor der Eingangstür erschienen und klopften.

Er schlich lautlos wie ein Gespenst hinter ihnen die Treppe hinauf.

»Mach auf, Laurel«, sagte er.

Hudson und Toth fuhren überrascht zu ihm herum und starrten in die Mündung der Uzi, die ihre eigene Sprache sprach.

»Einer nach dem anderen«, sagte Cruz. »Hudson, Sie gehen als erster rein.«

»Also hören Sie …«, fuhr Hudson auf.

»Los.«

Hudson sah Cruz eine Ewigkeit lang an, doch dann machte er kehrt und betrat das Haus.

»Und jetzt Sie«, sagte Cruz an Toth gewandt.

»Himmel, Sie sind's, Rowan?«

»Jawohl. Los.«

»Verdammt. Niemand hat eine Stimme wie du, Baby. Ich werde schon heiß, wenn ich dich sprechen höre.«

»Ins Haus.«

Drinnen suchte Cruz Hudson sorgfältig nach Waffen ab. Der Alte hatte nichts dabei. Als er sich zu Toth umdrehte, legte sie lächelnd die Hände hinter den Kopf. Die Bewegung führte dazu, daß sich ihre modische Seidenjacke öffnete und den Blick auf ihre vollen Brüste unter der dünnen Seide ihrer Bluse freigab.

»Ich bin bereit, wenn du es bist«, sagte sie mit kehliger Stimme.

Laurel verfolgte die Szene schockiert vom anderen Ende des Raums. Toth bewegte sich sinnlich unter Cruz' Händen und verwandelte so ein Routineabklopfen in ein unverblümtes sexuelles Vorspiel.

»Ein bißchen tiefer, Baby«, sagte sie lächelnd. »Ahh, genau so. Jetzt fester. *Fester.*«

Cruz' Miene blieb reglos, während er sich Toths spektakulären Körper vorknöpfte. Er vergewisserte sich, daß sie keine Waffe trug, die nicht angeboren war.

»Nicht schlecht, Baby«, sagte Toth heiser. »Willst du, daß ich das auch mal bei dir mache?«

Cruz drehte sich zu Hudson um. Der ältere Mann stand da, ohne sich zu rühren, beobachtete alles genau und dachte angestrengt nach.

»Haben Sie den Rubin?« fragte er geradeheraus.

»Haben Sie das Ei?« fragte Cruz ebenso direkt.

»Ja.«

»Wir haben den Rubin.«

»Ich hätte Miss Toth drei Millionen für den Rubin bezahlt. Ihnen zahle ich vier.«

»Warum?«

»Ich will, daß meine Ausstellung ein Erfolg wird«, sagte Hudson.

»Ja. Richtig.« Cruz achtete auf einen neutralen Ton. »Warum habe ich nur nicht selbst daran gedacht…«

Er wandte sich an Toth.

»Und was ist mit Ihnen?«

»Jamie hat mich dazu gezwungen, ihm beim Diebstahl des Eis behilflich zu sein.«

»Haben Sie ihn deshalb umgebracht?«

»Wovon reden Sie?« fragte Toth und sah ihn argwöhnisch an.

»Von Gift«, erklärte Cruz.

»Das habe ich bestimmt nicht getan, Baby. Ojemine, hu, Jamie war das Beste, was mir je passiert ist. Der Mann konnte einen die ganze Nacht vögeln und war trotzdem morgens als erster auf. Typen wie ihn findet man selten.«

Cruz stöhnte und wandte sich wieder Hudson zu.

»Was ist mit Ihnen?« fragte er. »Haben Sie ihn vergiftet?«

»Ist er vergiftet worden?« fragte Hudson ruhig.

»Ja oder nein?«

»Fünf Millionen«, sagte Hudson.

Cruz ignorierte ihn.

»Sechs«, hieß das nächste Angebot.

Die Versuchung, Hudson ins Gesicht zu schlagen, war so groß, daß es Cruz ehrlich entsetzte. Sie verriet ihm, wie außer sich er war.

Andererseits würde ein gezielter Hieb die Zahl der Leute verringern, um die er sich kümmern mußte. Wenn sie sich alle drei gleichzeitig auf Laurel stürzten, könnte er nicht schießen aus Angst, er träfe vielleicht sie.

Himmel, Gillie! dachte Cruz. *Wo steckst du nur?*

»Laurel«, sagte er barsch.

Sie fuhr zusammen wie unter einem Peitschenhieb.

»Geh und behalte die Hintertür im Auge«, sagte er. »Ich erwarte den Hauptfeldwebel, also schieß nicht, ehe du weißt, wer es ist.«

Als sie den Raum verließ, atmete er erleichtert auf.

»Setzen Sie sich auf den Boden«, wies er Toth und Hudson an.

»Hören Sie zu, junger Mann«, versuchte es Hudson nochmals.

»Setzen Sie sich hin, oder ich schlage Sie nieder.«

Hudson setzte sich.

Toth saß bereits. Sie hatte ein feineres Gespür für männliche Stimmungen als ihr Komplize.

»Hören Sie mir gut zu«, sagte Cruz. »Sie alle sind des schweren Diebstahls und Mordes verdächtig. Aber nicht alle von Ihnen werden hängen. *Einer von Ihnen kann vollkommen straffrei davonkommen.* Er braucht mir nur das Ei zu geben und mir zu sagen, wer Jamie Swann vergiftet hat.«

»Hört ihm nicht zu«, fiel Hudson ihm ins Wort. »Er hat keinen Beweis, sonst würde er nicht diese Show abziehen.«

»Was ist mit Ihnen beiden?« fragte Cruz und blickte von Toth zu Cahill. »Sie beide haben keine Milliarden, um sich freizukaufen. Sie haben nur das Ei und das Wissen, wer Jamie Swann getötet hat.«

»Ich habe es nicht getan«, sagte Cahill. »Das schwöre ich vor jedem Gericht.«

»Er lügt!« fiel Toth ihm ins Wort. »Er war derjenige, der den armen Jamie bewußtlos geschlagen hat. Wenn Jamie tot ist, dann ist das seine Schuld, nicht meine!«

»Was ist mit dem Ei?« fragte Cruz sie. »Wo ist es?«

»Zuletzt muß es Jamie gehabt haben.«

Cruz knurrte. »Was ist mit Ihnen, Cahill? Können Sie mir das Ei geben?«

»Ich…«, setzte Cahill an.

»Cruz!« rief in diesem Augenblick Laurel aus der Küche.

»Nicht jetzt, Schatz!«

»Sie hat keine andere Wahl«, näselte Nowikow.

Cruz fuhr automatisch herum und zielte mit der Waffe auf Nowikow.

Der Russe schob Laurel vor sich her, als er den Raum betrat. In einer Hand hatte er eine automatische Pistole, in der anderen eine Faustvoll von Laurels schwarzem Haar. Die Mündung der Waffe klemmte unter ihrem Kinn.

»Lassen Sie sie los«, sagte Cruz.

»Werfen Sie Ihre Waffe weg«, sagte Nowikow.

»Nein«, sagte Cruz gepreßt. »Sie würden uns sowieso töten.«

Dann, an Laurel gewandt: »Atme tief ein, Liebling. Du siehst aus, als würdest du jeden Augenblick in Ohnmacht fallen.« Das letzte Wort wurde von ihm unmerklich betont. »Ist alles in Ordnung?«

Laurel verharrte einen Moment, als sie in Cruz' blasse, kristallblaue Augen sah. Die Intensität seines Blickes spürte sie geradezu körperlich.

In Ohnmacht fallen.

Augenblicklich fingen ihre Knie an zu zittern, und sie fiel wie ein Stein zu Boden. Die Bewegung brachte Nowikow aus dem Gleichgewicht. Laurels Fuß schlängelte sich um seinen Knöchel herum und brachte ihn endgültig aus der Balance. Die Mündung der Waffe zeigte nicht mehr auf ihren Kopf, als Nowikow die Arme hochriß bei dem Versuch, nicht zu Boden zu gehen.

Cruz feuerte los, noch während er nach vorne sprang. Die Kugel zerschmetterte Nowikows rechtes Handgelenk und schleuderte seine Pistole quer durch den Raum. Ehe sie auf die Erde fiel, landete Cruz einen Treffer an Nowikows Kinn.

Der Russe stürzte nieder und rührte sich nicht mehr.

Cruz machte sich nicht die Mühe, nach seinem Zustand zu forschen. Er wußte, was sein Tritt angerichtet hatte. Er fuhr zu Hudson, Toth und Cahill herum.

Keiner von ihnen hatte sich gerührt. Hudson und Toth wirkten ehrlich verblüfft. Cahill blinzelte argwöhnisch.

»Laurel?« fragte Cruz, ohne die drei Gefangenen aus den Augen zu lassen. »Ist alles in Ordnung?«

»J-ja.«

Laurel zwang sich durchzuatmen. Es war ganz leicht gewesen, eine Ohnmacht vorzutäuschen, denn sie hatte sich tatsächlich sehr wackelig gefühlt.

»Kannst du aufstehen?« fragte Cruz.

»J-ja.«

Ihre Stimme zitterte, aber trotzdem schaffte sie es, ohne Hilfe hochzukommen.

»Schnapp dir Nowikows Waffe, und stell dich mit dem Rücken zu mir«, sagte er. »Nowikows Leibwächter muß noch irgendwo da draußen sein.«

Laurel nahm Nowikows Pistole und sah auf seinen leblos ausgestreckten Körper hinab. Sofort wandte sie den Blick woandershin. Sie baute sich mit dem Rücken zu Cruz auf und zwang sich, Nowikows Waffe festzuhalten.

Sie war entsichert und der Hahn gespannt.

»Neunmillimeter«, sagte sie. »Genau wie deine.«

»Ist sie schußbereit?«

»Ja, der – *Cruz, da ist jemand an der Eingangstür!*«

Man hörte ein überraschtes Knurren, dann ein Donnern und schließlich ein lautes Krachen, ehe ein Cruz nur allzu bekannter Pfeifton erklang.

»Schieß nicht«, sagte Cruz. »Es ist Gillespie. Kommen Sie rein, Hauptfeldwebel, wurde allmählich auch Zeit!«

Einen Augenblick später wuchtete sich Gillespie durch die Tür. Er hatte eine Automatik in der Hand und Gapans reglosen Körper über der Schulter.

»Den habe ich draußen gefunden«, sagte er und warf seine Beute ab.

»Wahrscheinlich hat er darauf gewartet, daß ich den Rubin und das Ei wieder zusammenbringe«, sagte Cruz.

»Das wäre nett«, stimmte Gillespie ihm zu. »Miss Swann, wenn Sie wollen, löse ich Sie jetzt bei der Bewachung der Gefangenen ab.«

Laurel blickte hinauf in Gillespies wunderbar geformtes Gesicht.

»Danke«, sagte sie, ließ ihre müden Arme sinken und sicherte gleichzeitig die Waffe in ihren Händen. »Für so etwas bin ich einfach nicht geeignet.«

Gillespie sah sie lächelnd an. »Das hätte ich gar nicht gemerkt.«

Cruz lächelte ebenfalls, aber die Mündung seiner Waffe schwankte kein einziges Mal.

»Wer ist denn diese schwarze Schönheit?« fragte Toth und musterte Gillespie von Kopf bis Fuß.

»Halt's Maul«, fuhr Cruz sie an. »Dem nächsten, der ohne Aufforderung den Mund aufmacht, wird es so gehen wie Nowikow.«

Niemand hatte mehr eine Frage.

Gillespie baute sich hinter den drei Gefangenen auf. Jedem von ihnen könnte er mit seinen riesigen Pranken eins auswischen.

»Wir sind bereit, Botschafterin«, sagte er.

Cassandra Redpath betrat den Raum und stellte sich neben ihn. Sie trug eine schlanke, tödlich aussehende Pistole, die Mündung nach unten, an ihrem Bein. Nach einem Rundblick sah sie mit gerunzelter Stirn auf Nowikow und wandte sich dann an Cruz.

»Ist Alexej tot?«

»Ich bezweifle es. Ich gebe mir Mühe, Klienten nicht zu töten, solange ihre Rechnungen noch nicht beglichen sind.«

Redpath lächelte. »Das Ei?«

»Hudson und Toth sagen, daß Swann es hat. Aber sie lügen. Einer von ihnen hat es irgendwo versteckt.«

»Was ist mit ihm?» fragte sie mit einer Kopfbewegung in Cahills Richtung.

»Er sagt, daß er es nicht hat. Ich glaube ihm.«

»Der Rubin?«

»Er ist ordentlich unter Dach und Fach.«

»Hervorragend«, murmelte sie, sicherte ihre Waffe und lächelte die drei Gefangenen einladend an.

»Wie wäre es mit Verhandlungen?«

Nachwort

Unter halbgeschlossenen Lidern sah sich Laurel in Cassandra Redpaths Arbeitszimmer um. Nichts hatte sich verändert in dem Monat, seit sie Karroo verlassen hatte. Das Büro war immer noch mit seltenen Schätzen aus der Geisteswelt angefüllt. Die Wüstensonne brannte immer noch heiß. Und Laurel versuchte immer noch zu verstehen, weshalb sie sich zu Cruz Rowan stärker hingezogen fühlte als je zu irgendeinem anderen Mann.

Zu schade, daß ihre Gefühle unerwidert blieben.

Aber das Leben war unvorhersehbar. Falls Laurel im letzten Monat irgend etwas gelernt hatte, dann das.

»Miss Swann«, sagte Redpath und erhob sich von ihrem Schreibtischsessel. »Schön, daß Sie sich extra die Mühe gemacht haben herzukommen.«

Laurel lächelte bittersüß.

»Ich konnte Ihrer Einladung nicht widerstehen, Botschafterin. Ich wollte zu gerne den Schlußakt erfahren.«

Was Laurel nicht sagte, war, daß sie sich schmerzlich danach sehnte, Cruz Rowan wiederzusehen, wenn auch nur für einen Augenblick. Hatte er dieselben Schatten in den Augen wie sie? Träumte auch er von einem Wasserloch, das in einem felsigen Cañon verborgen war? Den schmerzlichen Unterschied zwischen Alleinsein und Einsamkeit – kannte er ihn nun ebenfalls?

Laurel wurde von Zweifeln geschüttelt und mußte es *wissen.* Vielleicht würde sie dann endlich aufhören, sein Gesicht vor sich zu sehen, seine Stimme zu hören, sich daran zu erinnern, wie es war, mit einem Mann zusammenzusein, der sie als Frau nicht einsperrte, sondern mit hinausnahm in die Weite.

Einen Teil der Antwort auf ihre Fragen hatte sie bereits bekommen. Cruz hatte nicht in dem Flugzeug gesessen, von dem sie abgeholt worden war. Er hatte nicht auf der privaten Landebahn gewartet, um sie zum Haus zu begleiten. Wenn er überhaupt irgendwo auf Karroo war, dann machte er sich unsichtbar.

Was hieß, daß er sie nicht vermißt hatte. Nicht wirklich. Nicht so, wie er ihr fehlte, als hätte man ihr einen Teil ihres Ichs entwendet.

Vielleicht war er auch unterwegs, um irgendeine andere Frau zu retten, dachte Laurel, um ihr ihr Leben zurückzugeben und sie ohne ein Wort zu verlassen, ihr das Herz zu rauben und dieser Tatsache gegenüber vollkommen taub zu sein.

»Bitte, nehmen Sie Platz«, sagte Redpath sanft. »Sie sehen … verändert aus.«

Laurel wußte, was die Botschafterin aus Gründen des Taktes nicht aussprach. Sie hatte sich tatsächlich verändert, war älter, angespannter, argwöhnischer geworden.

Mehr wie ihr Vater.

»Es ist auch viel geschehen«, sagte Laurel. »So oder so war es ein furchtbarer Monat für mich.«

»Für uns alle«, murmelte Redpath.

»Wie bitte?«

»Schwamm drüber. Wie gesagt, nehmen Sie doch Platz, Laurel. Sonst habe ich das Gefühl, daß Sie sich ohne Vorankündigung plötzlich in Luft auflösen.«

Laurels Lächeln war wie ihr Blick – weit weg –, trotzdem setzte sie sich.

»Sie sehen überhaupt nicht anders aus«, sagte sie zu Redpath. »Offensichtlich haben Sie inmitten unserer chaotischen Welt Ihren Frieden bewahrt.«

»Diesen Frieden verdanke ich nicht mir allein.«

»Verständlicherweise. Wie geht es dem Hauptfeldwebel? Ist er immer noch der Vorführathlet aus Nubien?«

»Oh, ja.« Redpath lächelte. »Möchten Sie etwas trinken?«

»Nein, danke. Als ich Ihre Einladung erhielt, habe ich lange überlegt, ob ich sie annehmen soll. Jetzt weiß ich es. Es war ein Fehler. Je eher ich Karroo wieder verlasse, um so besser ist es für alle Beteiligten.«

»Warum?«

»Bitte geben Sie sich nicht den Anschein, als verstünden Sie mich nicht«, entgegnete Laurel. »Ich habe Sie in Aktion gesehen und weiß also, daß Sie alles andere als harmlos sind. Also erzählen Sie mir, Botschafterin, was ist passiert, nachdem Cruz mich ins Krankenhaus zu meinem Vater fuhr?«

Und nachdem er mich dort verlassen hat, fügte sie in stummer Verbitterung hinzu. Ohne ein Wort. Ohne einen Blick. Sogar ohne einen Händedruck.

»Ich dachte, Cruz hätte Sie vielleicht auf dem laufenden gehalten.«

»Das hätte er tun können. Aber er hat es nicht getan. Ich habe die ganze Zeit gehofft, vielleicht etwas in den Zeitungen zu erfahren, aber dort standen nur Bruchstücke.«

»Zum Beispiel?«

»Oh, zum Beispiel eine Geschichte in der *Los Angeles Times* über zwei russische Besucher namens Alexej Nowikow und Georgi Gapan, die in dem bösen alten Hollywood überfallen wurden. Einem von beiden wurde dabei das Handgelenk gebrochen, im übrigen kamen die beiden mit leichten Gehirnerschütterungen davon.«

»Sie hatten Glück«, sagte Redpath. »Das Leben in der Stadt ist heutzutage wirklich gefährlich.«

»Und dann hing vor dem leeren Schaukasten bei der Ausstellung im Hudson-Museum, in dem die Rubin-Überraschung hätte liegen sollen, diese Karte.«

»Ich habe die Ausstellung nicht besucht«, entschuldigte sich Redpath.

»Dann wissen Sie wahrscheinlich auch nicht, daß das Ei beim Transport von Tokio nach Los Angeles beschädigt wurde«, klärte Laurel sie trocken auf. »Während der Reparaturarbeiten wurde festgestellt, daß das Stück wahrscheinlich eine Fälschung war, und deshalb gelangte es nicht zur Ausstellung.«

»Jammerschade. Man kann sich nur immer wieder fragen, was aus der Welt geworden ist.«

»Tja, und ich für meinen Teil frage mich insbesondere, was aus Damon Hudson und diesem... Geschöpf geworden ist.«

»Claire Toth?«

Laurel nickte kurz.

»Ich fürchte, Mr. Hudsons Gesundheit hat sich dramatisch verschlechtert«, sagte Redpath. »Was bei einem Mann seines Alters durchaus zu erwarten ist, nehme ich an.«

»Einem Mann seines Alters? Er sah nicht älter als mein Vater aus.«

»Unglücklicherweise hat er sich einer illegalen, höchst riskanten Verjüngungskur unterzogen. Eine Zeitlang wirkte sie phantastisch. Doch dann entwickelte er eine Allergie gegen das Medikament.«

»Wann?«

»Vor ungefähr einem Monat.«

»Wie merkwürdig.« Laurel äußerte ihr Erstaunen.

Redpaths Zustimmung klang fast so, als schnurre sie.

»Die Ärzte beobachten fasziniert die Symptome, die Hudsons Körper zeigt«, fuhr sie fort. »Er altert sozusagen vor ihren Augen, wie ein Streichholz, das von einer unsichtbaren Flamme aufgezehrt wird. Sie erwarten, daß der Prozeß sehr bald zum Ende kommen wird.«

»Zum Ende?«

»Jawohl.«

Laurel wiegte den Kopf. »Ich verstehe. Und die Kreatur, die meinem Vater das Gift verabreicht hat?«

»Ah, ja, die aufregende Miss Toth.«

Redpath blickte auf die komplizierte Weltuhr, eins der wenigen modernen Stücke in ihrem Büro.

»Während wir uns hier unterhalten«, sagte sie, »überquert Miss Toth gerade die Grenze zur Finsternis.«

Laurel blickte auf die schimmernden Lichter, die auf der Uhr den Tag von der Nacht unterschieden. Die Linie schob sich langsam von Ost nach West über Europa hinweg.

»Das verstehe ich nicht«, sagte sie.

»Irgendeine rachsüchtige Seele hat ein vollständiges Dossier über Miss Toths Aktivitäten als nicht registrierte Agentin einer fremden Regierung...«

»Eine Spionin?« unterbrach Laurel.

»Mit einem Wort, ja. Sämtliche wichtigen Zeitungen der Welt haben das Dossier bekommen. Natürlich wurde es, wo erforderlich, zuvor übersetzt. Und zwar erstklassig, wenn ich das sagen darf.«

Laurel blickte sich in dem Arbeitszimmer mit seinen Regalen und Schaukästen voller Bücher in jeder wichtigen Sprache um. Sie hatte keinen Zweifel daran, daß alle verräterischen Nuancen in Toths Karriere von den diversen Übersetzungen aufgegriffen worden waren.

»Der ›rachsüchtigen‹ Seele gilt mein ganzer Dank«, sagte sie. »Zu schade, daß sich das mörderische Weib Toth nicht auch diesen Verjüngungsbehandlungen unterzogen hat.«

»Vielleicht ja, vielleicht nein. Mit zunehmendem Alter nimmt man Dinge wahr, die schlimmer sind als der Tod.«

»Zum Beispiel?« fragte Laurel in herausforderndem Ton.

«Für den Rest seines traurigen Lebens gezwungen zu sein, hinter sibirischem Stacheldraht Eiswürfel zu essen«, erklärte Redpath.

Laurel ging auf die Weltkarte zu. Die schimmernde, goldorangefarbene Linie hatte sich weiterbewegt, so daß Sibirien nun in der blauschwarzen Nachtzone lag.

»Wie haben Sie sie in das Flugzeug gekriegt?« wollte sie wissen.

»Diese Kleinigkeit hat Alexej für uns erledigt... War die Idee Ihres Vaters.«

»Das war Dads Idee?« fragte Laurel überrascht, »wußte ich gar nicht. Aber schließlich weiß ich sowieso nicht besonders viel über ihn, nicht wahr?«

»Er kannte Miss Toth besser als jeder andere Mann. Er wußte genau, was sie am meisten hassen würde.«

»Er war ihr gegenüber großzügiger, als ich es gewesen wäre«, sagte Laurel geradeheraus. »Ich hätte sie für das, was sie ihm angetan hat, auf den elektrischen Stuhl gebracht.«

»In der Tat hatte Jamie die Absicht, sie für das zu töten, was sie *Ihnen* angetan hat«, korrigierte Redpath. »Aber ich habe ihm die Schwierigkeiten eines solchen Unterfangens deutlich gemacht. Die Öffentlichkeit würde es erfahren und er im Gefängnis landen, wo er für Sie nichts mehr tun könnte. Schließlich stimmte er mir zu.«

»Sie haben Dad von seinem Vorhaben abgebracht? Allerhand. Wie haben Sie das geschafft?«

»Ich bat ihn lediglich darum, eine besondere, persönliche Hölle für Miss Toth aufzuzeichnen, was er auch tat. Mr. Gapan fand einen solchen Ort und schickte sie dorthin.«

Laurel traute sich erst nicht zu fragen, aber schließlich gewann ihre Neugier die Oberhand.

»Wie sieht denn Miss Toths besondere, persönliche Hölle aus?«

»Eine lebenslange Haftstrafe in einem Lager, in dem der Boden niemals auftaut, in dem man die Zellen mit einer Mischung aus brennendem Dung und Stroh beheizt, und in dem die anderen Insassen Schwule oder Päderasten sind. Jeder einzelne von ihnen.«

Schweigen folgte diesen Worten, dann stieß Laurel einen abgrundtiefen Seufzer aus.

»Möge sie ein langes, beschissenes Leben haben«, murmelte sie.

»Amen«, fügte die Botschafterin hinzu. »Übrigens, wie geht es Ihrem Vater?«

»Viel besser. Die Ärzte sind der Ansicht, daß er wieder auf die Beine kommt. Er wird zwar nicht mehr so kräftig sein wie früher, aber ein normales Leben führen können.«

»Wie schön. Hat er sich schon über mein Stellenangebot Gedanken gemacht?«

Laurel war überrascht. »Davon hat er nichts erzählt.«

»Das ist es, was ich an Ihrem Vater mag. Er ist ein Mann mit vielen Geheimnissen, die es alle wert sind, verborgen zu bleiben.«

»Ihr Wort in Gottes Ohr«, Laurel sah das etwas anders. »War Gapan von Anfang an auf unserer Seite? Hat er Ihnen deshalb geholfen?«

»Hat Ihr Vater das gesagt?«

»Nein«, erwiderte Laurel kühl. »Das haben Sie gesagt. Mein Vater hat Toths Hölle ausgemalt, und Gapan hat Ihnen geholfen, sie zu finden.«

Redpath senkte die Lider, so daß das durchdringende Strahlen ihrer grünen Augen nur noch augenblicksweise zu sehen war.

«Ich hatte eine Menge Zeit, mir über die Rubin-Überraschung Gedanken zu machen«, fuhr Laurel fort. Ihre Augen blickten nach innen, auf eine Landschaft, zu der nur sie Zugang hatte. »Irgend jemand auf seiten der Russen muß Dad geholfen haben. Irgend jemand, der…«

»Warum?« unterbrach Redpath schnell.

»Was?«

»Warum sagen Sie, daß Ihr Vater einen russischen Partner hatte?«

»Der zweite Rubin«, leitete Laurel ihre Erklärung ein. »Der, den Dad in das Ei gelegt hat, als er mich in Cambria aus dem Zimmer schickte. Der Rubin, von dem sich die zu allem bereite Miss Toth täuschen ließ. Der Rubin, der genauso aussah, sich genauso anfühlte, die gleichen Maße hatte und genausoviel wog wie der erste.«

Redpath senkte die Lider noch mehr, doch das dazwischen sichtbare Grün war ein fluoreszierendes Feuer.

»Woher wissen Sie das?« fragte sie leise.

»Das war ganz leicht. Dad ist nicht dumm. Er würde nicht irgendeinen Müll in das Ei legen, der von jedem als solcher erkannt würde, der Augen, eine Schieblehre und eine Waage besitzt.«

Redpath wartete schweigend ab.

»Daraus folgt, daß der Austausch von vornherein geplant war, von irgend jemandem, der Zugang zu der Rubin-Überraschung hatte«, Laurel sprach unbeirrt weiter. »Das heißt, entweder Gapan oder Nowikow. Und Nowikows Verhalten nach zu urteilen, war Gapan derjenige, der meinen Vater angeheuert hat, das Ei so zu stehlen, daß niemand auf Gapan und seine Anhänger in der Regierung als Auftraggeber kam.«

»Interessant.«

»Wie gesagt, ich hatte viel Zeit, um mir darüber den Kopf zu zerbrechen.«

Was Laurel nicht sagte, war, daß es leichter gewesen war, mit den Teilen des Puzzles zu spielen, das die Rubin-Überraschung hieß, als mit den Teilen eines viel näheren Puzzles, das den Namen Cruz Rowan trug.

»Sonst noch was?« fragte Redpath.

»Sicher. Der schwierige Part bestand darin, herauszufinden, was die Rubin-Überraschung überhaupt bedeutete.«

Redpath sah sie vollkommen reglos an.

»Soll ich fortfahren?« fragte Laurel.

»Oh, bitte«, drängte die Botschafterin.

»Auch wenn Cruz meint, daß Menschen häufig ohne jeden Grund ermordet werden«, erklärte Laurel, »haben Regierungen immer ein Motiv, und ihr Ziel ist die Macht. In modernen Gesellschaften stützt sich die Macht auf Information. Das ist es, worum es bei der Spionage geht.«

Laurel wartete ab und suchte in Redpaths Gesicht nach einem Zeichen von Zustimmung oder Ablehnung. Die Miene der Botschafterin verriet jedoch nichts außer Interesse.

»Also habe ich den Faden noch ein bißchen weitergesponnen«, sagte Laurel. »Und schließlich fielen mir ein paar jahrelang zurückliegende Artikel ein, in denen es um Laser und synthetische Edelsteine und die Möglichkeit ging, Informationen in Kristallgittern zu speichern. Informationen, die von einem Strahl gebündelten Lichts aufgefangen werden wie in jedem normalen CD-Gerät.«

Wieder machte sie eine Pause und musterte Redpath forschend, ob sie ihre Theorie stützte oder verwarf, doch Redpath sah sie weiter reglos an.

»Aber statt eines sehr, sehr dünnen Films, auf dem man CD-Informationen speichert«, sagte sie, »hat man bei einem Rubin, der nichts anderes als ein Kristallgitter ist, drei Dimensionen. Die Materialmenge, die sich darauf abspeichern ließe, ist schwindelerregend, als trüge man die Bibliothek des Kongresses in seiner Hosentasche. Wenn es sich bei den Informationen um Staatsgeheimnisse handeln würde – militärische, technische, geheimdienstliche oder so –, dann hätte man etwas, das einen Mord wert wäre. Meinen Sie nicht, Botschafterin?«

»In der Tat.«

Laurel schwieg.

Die Botschafterin hatte jedoch lebenslange Erfahrung darin, geduldiger – und gewiefter – als ihr Gegenüber zu sein.

»Wenn beispielsweise Ihre Lobby im Augenblick nicht an der Macht wäre, übrigens, ohne deswegen aus dem Rennen zu sein«, fuhr Laurel schließlich fort, »dann hätte die Kontrolle über derartiges Info-Material einen besonders hohen Wert.«

Redpath brummte.

»Also ...« Laurel zögerte, doch mit einem Schulterzucken warf sie ihre Bedenken über Bord. »Also kam ich zu dem Schluß, daß die alte Garde der Russen wahrscheinlich versucht hat, diesen unschätzbaren Kristall in Geld und/oder Einfluß zu verwandeln. Die neue Garde wollte das Material natürlich zurück, aber ihr fehlte die Macht, herüberzukommen und es an sich zu nehmen.«

Es gelang Redpath, gleichzeitig interessiert und desinteressiert zu bleiben. Ihre Miene war die Diplomatenversion von einem Pokerface.

»In der Tat«, beendete Laurel ihre Ausführungen, »wette ich, daß die neue Garde noch nicht einmal wußte, worum es sich bei der Rubin-Überraschung tatsächlich handelte, ehe das Ei fabriziert und mit dem Rest der Ausstellung ›Glanzstücke aus Rußland‹ außer Landes geschickt wurde.«

»Und worum handelt es sich bei der Rubin-Überraschung Ihrer Meinung nach?« fragte Redpath leise.

»Um das glänzendste System zur Informationsspeicherung und -weitergabe, das je ein Mensch erschaffen hat.«

Langes Schweigen folgte auf diesen Satz.

»Allmählich denke ich, daß ich vielleicht das falsche Mitglied Ihrer Familie angeheuert habe«, räumte Redpath schließlich ein. »Hat Ihnen Ihr Vater derartige Analysetechniken beigebracht?«

»Nein. Es ist eher so, wie wenn man ein Schmuckstück entwirft. Es gibt einen zentralen Edelstein und eine Reihe faszinierender Möglichkeiten. Man betrachtet ihn. Man lebt mit ihm. Man träumt von ihm. Und eines Tages sieht man ein Muster vor sich, und alles rückt an seinen Platz.«

»Haben Sie sich deshalb von Cruz abgewandt? Weil Ihnen das Muster nicht gefiel?«

»Hat er das gesagt?«

»Cruz hat überhaupt nichts gesagt.«

»Was für ein Zufall«, Laurel faltete die Hände. »Genau wie auf der Notfallstation des Krankenhauses. Auch dort hat er nicht ein verdammtes Wort gesagt. Ich sprach mit dem Arzt über Dad, drehte mich um, um Cruz eine Frage zu stellen, und schaute nur in fremde Gesichter. Cruz war weg.«

»Vielleicht dachte er, Sie würden ihm die Schuld an dem geben, was Ihrem Vater zugestoßen war.«

»Das ist absurd. Cruz wußte, daß ich ihn liebe. Unter Umständen meinte er es sogar gut: ein sauberer, schmerzloser Schnitt oder so ähnlich.«

»Ich glaube, das Muster Ihrer Beziehung zu ihm ist Ihnen noch nicht ganz klar.«

»O doch.«

Unvermittelt stand sie auf.

»Auf Wiedersehen, Botschafterin. Vielen Dank, daß Sie meine Neugier befriedigt haben.«

»Wollen Sie denn nicht wenigstens zum Essen bleiben?«

»Nein, danke. Hier zu sein erinnert mich daran, daß ich einfach nicht mit so einer hochgestochenen Anziehungskraft konkurrieren kann, wenn es um die Treue, geschweige denn um die Liebe eines Mannes geht.«

Laurel wollte losstürmen – und rannte direkt in Cruz Rowan hinein. Sie stieß einen erstickten Laut aus, als er sie packte und vor sich hinstellte.

»Vielleicht glauben Sie mir jetzt endlich«, seufzte Redpath zu Cruz gewandt, »statt sich weiter in diesem verdammten Cañon Ihr Grab zu schaufeln.«

Mit festem Stechschritt ging sie um ihren Schreibtisch herum.

»Wenn einer von euch in den nächsten dreißig Minuten versucht, das Büro zu verlassen«, sagte sie, »wird ihn der Hauptfeldwebel in hohem Bogen zurückschmeißen. Und zwar mit dem größten Vergnügen, wenn ich das hinzufügen darf. Gillie hat Cruz' noblen Starrsinn ebenso satt wie ich. Und jetzt, Kinder, fangt an mit euren Verhandlungen.«

Die Tür schmetterte laut hinter der Botschafterin ins Schloß.

Cruz sah Laurel fragend an. Sie war zu blaß, ihr Mund zu schmal, ihr Puls schlug zu schnell, und ihre Augen – ihre Augen blickten ins Leere wie die seinen. Zu viele Erinnerungen schnitten in ihr Herz, so daß es blutete.

»Laurel«, flehte er. »Ich wollte dir nie weh tun. Das war das letzte, was ich wollte. Darum habe ich dich verlassen.«

Sie schloß die Augen, als schlösse sie auch ihn damit aus.

Doch nichts, was sie tat, konnte das Gefühl seiner Hände auf ihren Armen ausschließen, seine Wärme oder seine Kraft.

»Laß mich los«, bat sie heiser.

»Nein.«

Sie machte die Augen wieder auf.

Cruz' Lächeln war so traurig, daß es sie schmerzte.

»Ich kann nicht«, sagte er einfach. »Ich habe es versucht. Weiß Gott, ich habe mir Mühe gegeben. Ich dachte, es wäre das beste für dich.«

»Warum?«

»Ich weiß nicht, was Liebe ist. Ich habe noch nie eine Frau geliebt. Ich wußte noch nicht einmal, ob ich es kann. Und ich weiß es immer noch nicht. Alles, was ich weiß, ist, daß ich dich immerzu in den Augenwinkeln sehe, deine Stimme hinter mir höre, daß mein Herz einen Satz macht und ich mich umdrehe…«

Cruz' Stimme erstarb. Seine Finger krallten sich in ihre Arme, doch es kümmerte sie nicht. Sie blickte in seine eingesunkenen, trotzdem leuchtenden Augen und sah sich selbst.

»…und dann bist du nicht da«, seine Stimme klang blechern. »Wieder einmal merke ich, wie sehr du mir fehlst. Ich dachte, ich würde mich daran gewöhnen. Aber immer ist es wie beim ersten Mal, außer daß es immer stärker schmerzt. Geht es dir auch so?«

»Mmm.«

»Ich kann nicht aufs Wasser sehen, ohne an den Teich in dem Cañon zu denken und dich wie Feuer in meinen Adern zu spüren. Ich kann mir nicht die Lippen lecken, ohne dich zu kosten. Ich kann nicht die Augen schließen, ohne zu sehen, wie du dich mir hingibst. Ich kann nicht atmen, ohne dich neben mir atmen zu hören, keuchend vor Leidenschaft, und zu hören, wie du meinen Namen rufst. Geht es dir auch so?«

»So ähnlich.«

»Die Nächte sind am schlimmsten«, klagte er. »Jedesmal, wenn ich einschlafe, spüre ich das warme Gewicht deines Körpers, der neben mir zusammengerollt ist, verspüre einen Frieden, den ich nur bei dir gefunden habe. Dann wache ich wieder auf und ...«

Cruz schloß die Augen und rang um seine Fassung.

Laurel hauchte seinen Namen und hob ihre zitternden Hände an sein Gesicht. Sie strich über seine Brauen, seine Nase, seinen Mund, sein starkes Kinn, seine schimmernden dunklen Wimpern. Er bebte.

»Laurel?«

»Ich weiß, was das ist. Man nennt es Liebe.«

Als Cruz die Augen öffnete, war jede Dunkelheit daraus gewichen. Ihm versagte die Stimme, so zog er Laurel einfach an sich, als wäre sie sein Leben. Und sie tat es ihm gleich.

Nach exakt einer halben Stunde verließ der Hauptfeldwebel leise pfeifend seinen Wachposten vor der Tür. Er fand Redpath im Schatten des Sonnendachs, von wo aus sie das Panorama genoß.

«Nun?« fragte die Botschafterin.

»Wir werden zu viert essen, Mom.«